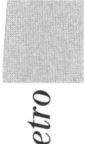

metro

Attica Locke
Heaven, My Home

metro wurde begründet
von Thomas Wörtche

Zu diesem Buch

Bei Einbruch der Nacht verwandelt sich der Caddo Lake im texanischen Marion County in ein bedrohliches Labyrinth aus Bayous und stummen Zypressen. Als der neunjährige Levi King mit seinem Boot nicht zurückkehrt, soll Texas Ranger Darren Mathews ermitteln – denn Levi ist der Sohn eines Captains der Arischen Bruderschaft. Und gegen die braucht das FBI dringend eine Anklage, bevor Trump Präsident wird und sich die Grenzen der Justiz verschieben. Mathews, entsetzt darüber, was eine Handvoll verängstigter Weißer einer Nation antun kann, stapft durch einen Sumpf aus Hass und Anschuldigungen, der ständig droht, ihn zu verschlingen. Attica Locke zeichnet das gnadenlose Porträt eines brodelnden Amerikas in der Trump-Ära.

»Ein großartiges Buch, das den uralten Rassenkonflikt nicht schwarz-weiß, sondern als vielfältig ineinander verflochtene Gemengelage schildert, die keine moralisch sauberen Trennungen zulässt.« *Deutschlandfunk Kultur*

Die Autorin

Attica Locke (*1974 in Houston) ist Schriftstellerin und Drehbuchautorin. Sie hat mehrere Kriminalromane verfasst und u. a. an den Serien *Empire* und *When They See Us* mitgewirkt. Für ihr literarisches Schaffen erhielt sie den Harper Lee Prize for Legal Fiction, den Edgar Award, den NAACP Image Award sowie den Los Angeles Times Book Prize und stand auf der Shortlist für den Women's Prize for Fiction. Locke lebt in Los Angeles.

Im Unionsverlag ist außerdem lieferbar: *Bluebird, Bluebird*.

Die Übersetzerin

Susanna Mende (*1965) studierte Hispanistik, Kunstgeschichte und Germanistik in Hamburg. Sie übersetzt Erzählungen, Romane und Essays aus dem Spanischen und dem Englischen, u. a. Werke von Carlos Eugenio López, Antonio Dal Masetto und Raúl Argemí. Mende lebt in Berlin.

Mehr über die Autorin und ihr Werk auf *www.unionsverlag.com*

Marion County

*Wie einen Baum am Wasser
soll man mich nicht verpflanzen.*

nach
Jessie Mae Hemphill

Für Nigton

Attica Locke

Heaven, My Home

Kriminalroman

Mit einem Nachwort
von Sonja Hartl

Aus dem Englischen
von Susanna Mende

Unionsverlag

Die Originalausgabe erschien 2019 bei Mulholland Books.
Die deutsche Erstausgabe erschien 2020 im Polar Verlag, Stuttgart.

Im Internet
Aktuelle Informationen, Dokumente und Materialien
zu Attica Locke und diesem Buch
www.unionsverlag.com

Unionsverlag Taschenbuch 1014
© by Attica Locke 2019
© der deutschsprachigen Ausgabe by Polar Verlag,
Stuttgart 2020
Diese Ausgabe erscheint mit freundlicher
Genehmigung des Polar Verlags
Originaltitel: Heaven, My Home
© by Unionsverlag 2024
Neptunstrasse 20, CH-8032 Zürich
Telefon +41 44 283 20 00
mail@unionsverlag.ch
Alle Rechte vorbehalten
Reihengestaltung: Heinz Unternährer
Umschlagfoto: Jacky Chapman (Alamy Stock Foto)
Umschlaggestaltung: Sven Schrape
Druck und Bindung: CPI – Clausen & Bosse, Leck
ISBN 978-3-293-71014-6

Der Unionsverlag wird vom Bundesamt für Kultur mit einem
Verlagsförderungs-Strukturbeitrag für die Jahre 2021–2024 unterstützt.

Texas, 2016

Dana würde ihm die Hölle heiß machen, wenn er es bis Sonnenuntergang nicht über den See nach Hause schaffte.

Jedenfalls hatte sie das gesagt, als sie ihn auf die Stufen des Trailers gesetzt hatte – genau in dem Moment, in dem Rory Pitkin mit ausgeschaltetem Motor auf seiner Indian Scout heranrollte und dabei die Spitzen seiner Motorradstiefel durch den Sand zog. Sie hatte Levi den Schlüssel zum Bootsschuppen ihres Großvaters und die letzten Dollar aus ihrem Portemonnaie gegeben und ihn angewiesen, wieder zu Hause zu sein, bevor Ma und Gil zurück wären, weil sie sonst vor seinen Augen alle seine Pokémon-Karten verbrennen würde. Mann, seine Schwester konnte ein echtes Miststück sein, und weil ihm der scharfe Klang des Wortes gefiel, sprach er es laut aus, *Miststück*, ein Geheimnis zwischen ihm und den Zypressen. Das rostrote Licht, das zwischen dem Spanischen Moos hindurchfiel, verriet ihm, dass er es niemals vor Einbruch der Dunkelheit nach Hause schaffen würde, was bedeutete, dass er zwei Regeln seiner Mom gebrochen hatte: rechtzeitig daheim zu sein und nicht allein mit dem Boot hinauszufahren. Es war Levi nicht erlaubt, in Grandpa's altem drei Meter fünfzig langen Skiff mit dem V-förmigen Rumpf auf das offene Wasser des Caddo Lake hinauszufahren – ein Gewässer, das so riesig war, dass man, wenn man Zeit und Lust auf einen Tag mit geräucherten Austern und sauberem Wasser hatte, bis nach Louisiana fahren konnte. Gil sagte, es gebe nirgendwo im Land etwas Vergleichbares, es war der einzige See, der sich über zwei Countys und eine Staatsgrenze erstreckte. Doch Gil behauptete alles Mögliche, wenn der Tag lang war – vor allem, dass er Ma liebte. Nur dass er sich nicht so verhielt. Levis richtiger Daddy war für gewöhnlich hinter sie getreten, wenn sie am Herd stand und Fleischwurst briet, hatte sie auf den Hals geküsst und zum Kichern und Lächeln gebracht und dazu, seinen Kuss zu erwidern. Jedes Mal wenn Gil ein Zimmer betrat, fing Mom entweder an, ihn zu beschimpfen, oder sie erstarrte vor Angst, so als könnte sie sich auf dem braunen Cordsamt unsichtbar machen, in den Gil mit der Zigarette ein Dutzend Löcher gebrannt hatte, seit er eingezogen war. Levi traute Gil nicht mehr als dem Lächeln eines Alligators. Aber jetzt, wo er allein über das Wasser fuhr, dachte Levi, dass Gil vielleicht doch recht damit gehabt hatte. Der Caddo Lake war ein Monster; ein Gewässer, das einen Jungen wie ihn einfach verschlingen konnte. An vielen Stellen ähnelte er mehr einem von Unkraut überwucherten Sumpf als einem richtigen See, einem Zypressenwald, der vor Äonen überschwemmt und verlassen worden war, und Levi gestand sich ein, dass er hier draußen allein Angst hatte. Durch die breite Wasserstraße südlich von Goat Island wäre es bis nach Hopetown, der kleinen Siedlung aus Trailern und Shotgun Houses am nordöstlichen Ufer, wo Levi mit seiner Mutter und Schwester und Gil lebte, nur ein kurzes Stück. Er blies eine blonde Haarsträhne weg, die ihm in die Augen gefallen war, und ließ den Bootsmotor aufheulen. Er riss die Pinne nach links und riskierte eine Abkürzung.

Allein in den letzten Minuten schien sich das Licht von der Farbe von Pflaumenbranntwein in das Blaugrau der hereinbrechenden Nacht verwandelt zu haben, und eine Dezemberbrise drang unter den dünnen Stoff seiner weißblauen KARNACK-HIGHSCHOOL-INDIANS-Windjacke, die er sich aus der Schrankhälfte seiner Schwester genommen hatte. Er stellte sich vor, wie sie und Rory Pitkin sich nackt in dem Zimmer herumwälzten, das er und Dana sich teilten, und spürte, wie ihn ein

Schauer überlief, der ihm peinlich war. Er war nicht blöd. Er wusste, was sie taten. Vögeln. C.T. nannte es so.

Das hier war seine Schuld. Nicht die von C.T. wie er fand. Levi hatte auf C.T.s Xbox Fußball gespielt und die Zeit vergessen. Er war dabei gewesen, ein Fantasy Team zusammenzustellen, denn Mom hatte gemeint, dass dieses Jahr vielleicht eine Xbox unterm Weihnachtsbaum liegen würde, falls Gil mit dem Geschäft Erfolg hätte, das er von Jefferson aus betrieb. Doch in der ganzen Zeit, die er bei ihnen war, hatte keins von Gils Vorhaben je dazu geführt, dass Levis Leben einfacher wurde. Sie hatten noch immer die Hälfte der Zeit keine Milch im Kühlschrank.

Nachdem er am Nachmittag aus dem Trailer verbannt worden war, war Levi mit dem kleinen Boot die sieben Meilen am Seeufer entlang bis zur Hütte von C.T.s Familie auf der anderen Seeseite in Harrison County gefahren. Dort hatte er über dem Videospiel alles um sich herum vergessen. Er war in den Genuss von etwas gekommen, von dem er tief im Innern wusste, dass er es nie haben würde. Er war so eifersüchtig auf seinen Freund gewesen, dass er sich im Gehen einen der Gamecontroller geschnappt und in die Tasche seiner Windjacke gesteckt hatte. Er hasste es, wenn er so etwas tat, doch er konnte es auch nicht sein lassen. Manchmal überkam es ihn einfach. Es war, als würde sein Gehirn vor lauter *Verlangen* einfach abschalten – nach dem Eigentum der anderen Kinder, sei es eine Xbox oder ein Dad, der zu Hause war –, sodass er einfach zugriff. Er spürte, wie ihn die Ecke des Controllers durch seine Nylonjacke in die knochige Seite stach. Hier draußen auf dem Wasser, wo Gott allein sein Zeuge war, war ihm ganz heiß vor Scham.

Der Himmel sagte ihm, dass es schon nach fünf war.

Er hatte keine Zeit, denselben Weg, den er gekommen war, zurückzufahren – an der nördlichen Uferlinie des Sees und einen schmalen, relativ sicheren Kanal entlang, mit Verandalampen an

Bootshäusern und heruntergekommenen Hütten, die Spuren von Zivilisation verrieten. Das würde beinahe eine Stunde dauern. Bis dahin wäre es stockdunkel, und Levi hatte keine Taschenlampe dabei. In einer dünnen Jacke und mit nichts an Bord als dem alten Radio seines Grandpa und einem einzelnen Paddel, das teilweise verrottet und von seinem Grandpa dazu benutzt worden war, sich an Land zu ziehen, hatte er sich aufgemacht. Der Radioempfang war unbeständig. Die Antenne war auf halber Länge abgeknickt, und in den stillen Momenten packte ihn eine bohrende Angst. Er hatte gehört, dass der See bei Einbruch der Nacht verstummte, dass das Spanische Moos auf den Bäumen sämtliche Geräusche schluckte, sodass man sich in diesem urzeitlichen Gewässer an der Staatsgrenze wie am Ende der Zeit fühlen konnte, beinahe so, als wäre man der letzte Überlebende.

Nicht dass er je so spät draußen auf dem Wasser gewesen wäre, nicht einmal, als sein Grandpa noch lebte. Der hatte an Abendessen um Punkt fünf Uhr geglaubt. Die *Swamp Loon* hätte längst im Bootsschuppen zum Trocknen gelegen und Grandpa vor dem Fernseher mit seinem dritten oder vierten Bier gesessen. Der alte Mann hatte sich nach Einbruch der Dunkelheit vom See ferngehalten und Levi stets gewarnt, dass man sich allzu schnell verfuhr, wenn man sich lediglich mit Hilfe eines schwachen Scheinwerfers oder blassen Monds zu orientieren versuchte. Der See war so groß und verzweigt – die vielen Bayous, Neben- und Zuflüsse wie ein Schlangengewirr auf der texanischen Seite, jedenfalls der Teil, der sich in Marion County befand –, ein labyrinthisches Feuchtgebiet, das Fremde seit zwei Jahrhunderten in die Irre führte. Wenn man den See nicht gut kannte, konnte man schnell eine Zypresse mit einer anderen verwechseln, in den falschen Bayou einbiegen und nicht mehr herausfinden, jedenfalls nicht, wenn es stockfinster war. Bei dem Gedanken begann Levis Herz zu rasen. Das Radio plärrte wieder los und erschreckte ihn, als Patsy Cline durch ein plötzliches Rauschen hindurch erklang. Es war ein Sender außerhalb von Shreveport, der gegen Abend von Zydeco auf Country umstellte – ein weiterer Hinweis darauf, dass er spät dran war.

I go out walking after midnight ...
Midnight. Mitternacht.

Das Wort fühlte sich wie eine Warnung an. Sein Grandpa hatte es »eine Nacht im Caddo Motel verbringen« genannt. *Komm ja nicht auf die Idee, rumzutrödeln und dich nachts allein da draußen rumzutreiben, mein Sohn. Denn keine Menschenseele wird dich retten.* Grandpa erinnerte sich an die Geschichten von Schwarzbrennern und Mördern, die *sein* Großvater erzählt hatte, und die sich angeblich auf den zahllosen großen Inseln auf dem See versteckten. *Sowohl Rothäute als auch Neger, mein Junge, und Diebe und Yankees ebenfalls.* Grandpa war mit Schauergeschichten von Schießereien und Messerstechereien aufgewachsen, ganz zu schweigen von den Geistergeschichten über Seelen, die sich auf dem Wasser tummelten, und Gespenster, die sich in den Bäumen versteckten. Laut Grandpa ließ sich nicht sagen, wie viele Menschen auf diesem Gewässer verschwunden waren.

Levi versuchte, die Jolle um den dicken Stamm einer Zypresse zu manövrieren, rutschte jedoch mit den feuchten Händen von der Pinne ab, die nach links schnappte. Als er den Kurs zu korrigieren versuchte, stieß er mit dem Bootsheck gegen Baumwurzeln. Der Motor klackerte ein paarmal, wie wenn eine Murmel eine Treppe hinabhüpfte. Er schaltete das Radio aus und lauschte, ob der Motor weiter Schwierigkeiten machte. Doch das Klackern war schnell wieder vorbei, und der Motor tuckerte gleichmäßig. Er rieb sich die Hände an seiner schmutzigen Jeans ab und lenkte das Boot in Richtung Heimat. Levi war nicht so versiert auf dem Wasser wie Grandpa, weil man ihm nur ein paarmal erlaubt hatte, das Steuer des Skiffs zu übernehmen, bevor Grandpa im September starb, womit es mit dem Bootsunterricht endgültig vorbei war – und das nur wenige Wochen, bevor er bei der Weihnachtsbootsparade in Karnack sein Debüt als Skipper geben und an der Pinne der *Swamp Loon* stehen sollte. Er hatte elf Dollar gespart, um sämtliche Lichterketten zu kaufen, die er dafür bei Dollar General in der Stadt kriegen konnte. Aber jetzt, wo er hier draußen allein unterwegs war und die Sonne ihn wie eine herzlose Geliebte im Stich gelassen hatte, hatte er plötzlich ein Bild seines Boots vor Augen, wie es bei der Parade leer dahintrieb, Grandpa tot und er *vermisst*. Er wusste nicht, woher der Gedanke kam, doch er kam ihm so real vor, dass er ihm regelrecht in die Knochen fuhr und er sich eingestehen musste, dass er Angst hatte. Ein Paar Krähenflügel flappten in der Luft über ihm, und Levi erschrak so sehr, dass er hochschoss. Das Boot kippte leicht, woraufhin trübes braunes Wasser hereinschwappte und die Spitzen seiner Sneaker durchnässte. Er schätzte, dass er nicht einmal mehr eine Meile vor sich hatte, und plötzlich wollte er nur noch nach Hause und sich bei Dana darüber beschweren, dass sie immer ihren Kram auf seiner Bettseite liegenließ. Selbst dabei zuzuhören, wie Gil furzte und im Minutentakt Flüche ausstieß, klang in diesem Moment gut. Das schwindende Sonnenlicht hatte den See schwarz gefärbt, so als hätte Gott dunkle Wolle auf der Oberfläche ausgebreitet, um den See für die Nacht zuzudecken. Levi schloss einen direkten Handel mit ihm ab: Falls er ihn hier herausbringen würde, und das schnell, würde er alles beichten. Er würde Mom sagen, dass er ohne ihre Zustimmung rausgefahren war, und die Tracht Prügel von Gil wie ein Mann nehmen. Er würde von jetzt an brav sein und sogar Mr. Page und seine Indianer in Ruhe lassen.

Er wollte einfach nur nach Hause.

Er hörte das Klackern erneut. Und dann erstarb der Motor ganz plötzlich und unerwartet. Keine röchelnden letzten Atemzüge, wie er es bei Schussverletzten im Fernsehen erlebt hatte, hocherhobenen Händen, was das Boot mal auf die eine und dann wieder auf die andere Seite kippen ließ. Es schwankte so stark, dass es fast gekentert wäre. Doch Levi war verzweifelt genug, um das Risiko einzugehen. »Hier«, rief er, und es klang ganz erstickt, denn das Spanische Moos verschluckte seine Worte fast, wie um sich von den Rufen verlorener Seelen zu nähren, so wie es den Saft der Zypressen brauchte, um im Sumpf zu überleben.

nichts von dem unverständlichen Gebrabbel an Grandpas letzten Tagen – voller Bedauern und Reue wegen seines Freunds Leroy –, nur Stille, die so vollkommen war, dass er sie in seiner Brust spürte. Er merkte, dass er den Atem anhielt, während er darauf wartete, dass der Motor wieder zu brummen begann. Doch er war stumm und kühlte sich mit jeder Minute stärker ab. Zwischen hier und Zuhause sah er keine anderen Boote; die Fischer, Freizeitskipper und Touristen mit Kajaks waren alle verschwunden. *Hilfe.* Es hätte sowohl ein Flüstern als auch ein Schrei sein können, es hätte keine Rolle gespielt. Er war hier draußen allein, und er wusste das. Wenn er sich genau westlich hielt, würde er irgendwann nach Hause kommen. Doch alles, was er hatte, um voranzukommen, war das verrottete Paddel, und es war durchaus denkbar, dass er im Kreis fahren und von seinem Kurs in Richtung Louisiana abweichen würde. Nein, besser, er blieb bis morgen, wo er war. In ein paar Stunden würden sich Mom oder Dana bestimmt ein Boot leihen und auf die Suche nach ihm machen. So lange würde er es aushalten, oder? Wenn er sich keinen Millimeter über den Bootsrand hinausbeugte, wo, wie er spüren konnte, eine wilde Tierwelt unter der Wasseroberfläche lauerte. Er spürte, wie hinten etwas gegen das Boot stieß. Alligator, dachte er und geriet in helle Panik, schoss senkrecht hoch und stand kerzengerade da, als könnte er jederzeit losrennen. Das Boot kippte erneut, und noch mehr Wasser schwappte herein und stand ihm jetzt bis zu den Knöcheln. Direkt vor sich sah er etwas.

Es war ein dunkler Schatten, der auf ihn zukam.

Er meinte, das leise Brummen eines Motors zu hören.

War sich aber nicht sicher, ob er sich das nur einbildete, ob er nicht gerade ein bisschen durchdrehte. *Eine Nacht im Caddo Motel.* Alles in ihm sträubte sich gegen die Vorstellung. Ein Licht ging an und leuchtete ihm direkt in die Augen, während der Schatten näherkam. Levi blieb aufrecht stehen und winkte mit

Erster Teil

1

An dem Abend, als Darren Mathews in den Trailer seiner Mutter einbrach, hatte er seit über einem Monat keinen Drink mehr gehabt. Nun, jedenfalls nicht mehr als ein, zwei Bier einmal oder zweimal die Woche – und stets im Beisein seiner Frau, deren Blick er vor dem ersten Schluck sekundenlang standhielt, um ihr die Gelegenheit zu geben, etwas zu sagen oder zu schweigen, wobei er für ihr Schweigen stets dankbar war. In dieser neuen, höchst prekären Phase ihrer Ehe machten beide Zugeständnisse. Ihr Privatleben hatte sich stabilisiert und war seit ihrer Trennung und seiner Zeit in Lark, Texas, in der rauen Strömung fest verankert – durch das Vergnügen von gutem Sex, der einem die besten Momente einer Ehe in Erinnerung brachte und die hässlichen vergessen ließ. Er hatte ganz vergessen, wie gut es sich anfühlte, seine Frau zu vögeln, und wie leicht der Akt zwei Seelen miteinander verflocht. Er hatte vergessen, wie sicher er sich bei Lisa fühlte, wie sehr sein Ich-Gefühl von ihrer Liebe und Aufmerksamkeit bestimmt wurde. Und von Lisa begehrt zu werden – ihre fast konstante Bereitschaft im Bett – hatte die Balance zwischen ihnen auf eine Weise verschoben, die neu war für Darren, der sich während ihres gesamten Liebeswerbens und ihrer Ehe gefühlt hatte, als müsste er sie fortwährend aufs Neue erobern und rumkriegen. Jetzt war es Lisa, die jeden Tag tat, was sie konnte, um ihm zu gefallen, um seiner wert zu sein.

Sie wusste, dass er beinahe nicht zu ihr zurückgekommen wäre, wusste, dass ein Leben allein in seinem Geburtshaus in Camilla eine Option für ihn war, wusste, dass ein Teil seiner Seele den Rest seines Lebens dort verbringen und auf dem Land seiner Vorfahren sterben könnte. Er zog einen Abend auf der hinteren Veranda in Camilla, von wo aus er das Wild in den umliegenden Wäldern beobachten konnte, den Annehmlichkeiten einer Stadt wie Houston vor. Er war noch immer ein Junge vom Land.

Er hatte seine Frau und sein Leben wieder.

Aber es hatte ihn auch etwas gekostet.

Mehrere Termine bei einer Eheberaterin im Stadtzentrum von Houston – einer korpulenten Weißen, die viel zu viel Türkisschmuck trug – hatten ihn zu dem Entschluss gebracht, den Außendienst zu quittieren. Zumindest glaubte er, dass es seine Entscheidung war. Es war hitzig zugegangen und ziemlich schweißtreibend gewesen, kleinliche Ressentiments hervorzukramen, nur um sie anschließend wieder zu begraben, diesmal endgültig. Ein paarmal hatte er dem Bedürfnis nachgegeben, gedanklich abzuschalten. Doch sie hatten ihre vier Termine durchgezogen – *Ich glaube, Sie schaffen das* –, und Darren hatte zugestimmt, in das Büro der Texas Ranger in Houston zurückzukehren und vom Schreibtisch aus für die Sondereinheit zur Arischen Bruderschaft von Texas zu arbeiten. Von Montag bis Freitag parkte er seinen Chevy vor dem Büro und trug sein Mittagessen zu seiner engen Arbeitsnische, wo er Stunden damit verbrachte, die digitale Überwachung der Arischen Bruderschaft zu überprüfen. Telefon- und Bankdaten. Austausch in Chatrooms. Er war jetzt ein Schreibstubenhengst und, je nach Verkehrslage, meistens gegen achtzehn Uhr zu Hause. Dass Lisa ihn nicht dazu zwang, das alles in stocknüchternem Zustand zu tun, brachte ihn dazu, sie noch ein bisschen mehr zu lieben. Genug, wie er hoffte, um den Zorn zu kaschieren, den er angesichts ihrer Forderung verspürte, von der Straße wegzubleiben. Nicht dass zu Hause zu sein so schlimm gewesen wäre.

Es gab Bier.

Und Sex.

Die Sache mit seiner Mutter nagte natürlich an ihm.

Doch eine Zeit lang gelang es ihm, sich einzureden, dass Bells Beweggründe weniger von Rachsucht als von Verzweiflung herrührten. Sie war kurz vor ihrem Sechzigsten und lebte allein in einem gemieteten Trailer, ihr einziger Sohn war kinderlos und mit Zuneigungsbekundungen sparsam, zufrieden damit, seine Mutter einmal im Vierteljahr zu treffen, oder noch seltener, wenn er glaubte, sich das erlauben zu können. Ihr Freund war sowohl verheiratet als auch ihr Chef, und er zahlte ihr weniger als den Mindestlohn dafür, dass sie an fünf Tagen in der Woche Toiletten schrubbte. Seit der Highschool hatte sie keinen Mann für sich allein gehabt, und sie hegte einen tiefen Groll gegen die Mathews-Familie, weil sie ihr das Leben gestohlen hatte, das ihr eine Ehe mit Darrens Vater ihrer Meinung nach ermöglicht hätte. Diese Verbitterung nährte sie wie ein Findelkind, das sie an ihre Brust hielt. Die Schuld lag jetzt bei Darren. Er hatte seine Mutter während der letzten beiden Monate täglich angerufen, war beinahe jedes Wochenende bei ihr vorbeigefahren, hatte freiwillig Büschel von Vogelmiere und Wiesenrispengras um den Trailer herum gerupft, die Stufen gefegt und die Dachrinne gereinigt und ihr jedes Mal ein paar hundert Dollar und eine Kiste Bier dagelassen.

Es war ein Tanz, den sie da veranstalteten, ein Country-Walzer, wobei sie so taten, als wäre Darren der Sohn, der nur auf die richtige Gelegenheit gewartet hatte, sich um seine älter werdende Mutter zu kümmern, und das hatte er jetzt davon: Erpressung. Obwohl sie nie ein so krasses Wort benutzte, und er ebenfalls nicht. Als er sie ein einziges Mal direkt nach der Waffe fragte, hatte sie das vielmehr als seine Art aufgefasst, darum zu bitten, mehr Zeit mit ihr zu verbringen, und war sogar so weit gegangen, sich selbst bei ihm zu Hause in Houston zum Abendessen einzuladen, was Darren als die Strafe erkannte, die es war. Begonnen hatte alles mit ihrer lächerlichen Bitte um Venusmuscheln mit Semmelbröseln und Speck und eine Schwarzwälder Kirschtorte, deren Rezepte sie aus einem alten Exemplar vom *Ladies Home Journal* aus der Rubrik »Kosmopolitische Lebensweise« ausgeschnitten hatte, das sie schon seit Highschoolzeiten besaß und dessen vergilbte Seiten sie Lisa geschickt hatte.

Sie war betrunken, als sie bei ihnen in ihrem Loft im Zentrum von Houston auftauchte, und fragte, noch bevor sie den Mantel abgelegt hatte, wo denn die anderen Gäste seien. Lisa hängte Bells abgewetzten Kaninchenpelz in den Flurschrank – und vergaß nicht, solidarisch Darrens Hand zu drücken, bevor sie Bell zum Esstisch führte. Sie hatten einen Blick auf den Buffalo Bayou, aber Bell ließ sich auch davon nicht beeindrucken. »Wir haben auf dem Land auch schmutziges Wasser«, sagte sie, als ihr Darren den Stuhl hinschob. Lisa beeilte sich, den ersten Gang zu servieren, eine kalte Zwiebelsuppe, die sie bei Kerzenschein aßen. Darren trank nichts und sah dabei zu, wie Lisa und Bell um die Wette die Flasche billigen Chardonnay leerten, den seine Mutter mitgebracht hatte.

In den letzten beiden Monaten hatte seine Frau sehr wenige Fragen gestellt.

Sie hatte das neu entdeckte Interesse an einer Beziehung zu seiner Mutter als entwicklungsbedingte Tatsache hingenommen, etwas Unvermeidliches, das sie lange vor ihm kommen sah. Sie sah nichts Schändliches darin, als er ganz nebenbei verkündete, dass er mehr Zeit mit ihr verbringen und sich mehr um sie kümmern wollte, wenn er konnte. Zweimal hatte sie es sogar als *reizend* bezeichnet. Heute Abend, das Haar zu einem schlichten Pferdeschwanz hochgebunden und mit goldenen Hängern an den Ohren, die jedes Mal hin- und herschwangen, wenn sie lachte oder nickte, genoss sie es, Bell dabei zuzuhören, wie sie Kindheitsgeschichten über Darren erzählte: wie sie ihm roten Pfeffer auf die Hände gestreut hatte, während er schlief, um ihm das Daumenlutschen abzugewöhnen (*Das hätte fürchterliche Hasenzähne gegeben, wenn ich nicht gewesen wäre*); wie sie einen Faden an ihrer Eingangstür und Darrens losem Zahn befestigt hatte, um *das blöde, kleine Mistding herauszureißen*. Er wusste nicht, weshalb alle ihre Geschichten von Zähnen handelten. Aber was spielte das für eine Rolle? Seine Mutter hatte ihn nicht großgezogen und besaß nicht die Liebe oder das Vertrauen der Männer, die es getan hatten – seine beiden Onkel William und Clayton. Es war erfunden, und zwar alles zwischen Suppe und Hauptgericht. Bis auf die Geschichte, als sie vor dem Maschendrahtzaun seiner Grundschule stand und dabei zusah, wie ihr Sohn das Ampelspiel spielte, wie sie weinte, als Clayton Wind davon bekam und den Schuldirektor bat, sie vom Schulgelände zu verweisen. »Ist das wahr?«, fragte Darren. Als seine Mutter *Ja* murmelte, spürte er, wie ihm das die Kehle zuschnürte. Er wusste nicht, was er sagen sollte. Beim Dessert war Lisa ziemlich beschwipst. Mit feuchter Haut und glasigen Augen blickte sie ihn an und fragte: »Darren, wieso lerne ich deine Mutter erst jetzt kennen?«

Bell stieß ein kleines, bellendes Lachen aus.

»Wirklich eine gute Frage, Darren. *Wieso* lernt deine Frau mich denn jetzt erst kennen?«, sagte sie in einem Ton, mit dem sie sich offen über Lisa lustig machte, was diese aufgrund ihres Alkoholpegels nicht registrierte – Konsonanten und Vokale klar artikuliert, jede Betonung an ihrem Platz, nicht wie die verwaschene Sprache, die sonst aus Bells Mund kam. Sie schenkte ihrem Sohn ein kleines Lächeln, während sie darauf wartete, dass er sich seiner Frau erklärte. Und als sie mit tiefem Schweigen konfrontiert wurde, griff sie zu der Weinflasche auf der anderen Seite des Tisches und schenkte sich den letzten Tropfen ein, bevor sie ihre Handgranate auf den elegant gedeckten Tisch rollte: indem sie ganz nebenbei bemerkte, dass es doch schade sei, dass das Sheriffbüro des San Jacinto County nie die kleine 38er Pistole gefunden hätte, mit der Ronnie Malvo erschossen worden war – der Grund, weshalb Mack in der Mordsache noch nicht freigesprochen war –, dass das Ding überall sein könne und irgendjemand bestimmt Bescheid wisse. *Mensch, es bräuchte nur einen Anruf bei Frank Vaughn, um das Verbrechen aufzuklären.* Sie blickte Darren an, um sich zu vergewissern, dass er begriff, dass sie den Namen des Bezirksstaatsanwalts von San Jacinto County kannte, während sie sich die Leinenserviette auf ihre Lee-Jeans legte. Darren bedachte sie mit einem Kopfschütteln, einer kraftlosen Warnung. Er hatte niemandem erzählt, dass seine Mutter die mutmaßliche Mordwaffe auf dem Grundstück der Mathews in Camilla gefunden hatte, dass sie sich in ihrem Besitz befand – dass sie ihn an den Eiern hatte.

»Was?«, sagte Lisa, presste ihren Finger auf Schokoladenkrümel auf ihrem Teller und leckte sie ab. Ihre Seidenbluse hatte einen winzigen Fleck. Ein Tropfen Kirschsaft von der Schwarzwälder Kirschtorte. Sie war noch immer beschwipst, und Darren hatte das Bedürfnis, sie und den Frieden, der sich auf ihre Ehe gesenkt hatte, zu beschützen. Seine Mutter würde auch diesen zerstören, wenn er es zuließ. Es genügte nicht, seine Stellung als Texas Ranger zu gefährden. Bell Callis wollte, dass auch seine Ehe am seidenen Faden hing. In der Nacht hatte er nicht geschlafen. Aber dann war er am nächsten Morgen aufgestanden und hatte es wieder getan.

Guten Morgen, Mom, brauchst du irgendwas? Ich habe gerade an dich gedacht.

Wochenlang hatte er fortwährend an sie denken *müssen* – mehr wollte sie auch nicht, sagte er sich. Die Bedrohung konnte kontrolliert werden. Natürlich hatte er vermutet, dass die 38er irgendwo in dem knapp vierzig Quadratmeter großen Trailer lag, den sie ihr Zuhause nannte, weshalb ihm der Gedanke gekommen war, eines Tages reinzustürmen und sie ihr einfach wegzunehmen. Doch seine Mutter hatte die Schnelligkeit und das Temperament einer Wildkatze. Irgendeine plötzliche Bewegung, und sie würde angreifen. Sie würde ihn dafür bezahlen lassen, wenn er ihr diese neue Macht wieder wegnahm. Also sagte er sich, er hätte alles unter Kontrolle, eine Lüge, die ihn abends einschlafen ließ. Bis sie das nicht mehr tat.

Der Freitag, an dem es schließlich mit ihm durchging, begann völlig harmlos.

Er war an diesem Abend mit ein paar Ranger-Freunden verabredet, wobei Darren an der Reihe war, sie zu bewirten. Doch nachdem sich Roland Carroll beim letzten Mal auf ihrer Gästetoilette übergeben und dabei die Toilette um knapp einen Meter verfehlt hatte, war Lisa zu dem Schluss gekommen, dass sie seine Ranger-Kumpel nicht mehr so bald in ihrer Wohnung haben wollte. Also hatte Darren die Party neunzig Meilen den Highway 59 hinauf verlegt, auf seinen Familiensitz in Camilla. In der Rückschau erkannte er, dass er bereits an einem Aktionsplan gearbeitet hatte, was seine Mutter betraf. Und das, bevor er hörte, wie an dem Nachmittag ein Wagen auf dem unbefestigten Weg zum Farmhaus vorfuhr. Er hatte gerade die Chilischoten neben der Veranda gegossen – und gedacht, dass er sie rechtzeitig für das Weihnachtsessen einlegen könnte –, als Frank Vaughn, Bezirksstaatsanwalt von San Jacinto County, in die Auffahrt einbog und die Reifen seiner Ford-Limousine Klumpen feuchter roter Erde aufwühlten. Darren hatte den Mann seit seiner Zeugenaussage vor der Grand Jury nicht gesehen – als Rutherford »Mack« McMillan, langjähriger Freund der Familie, einer Anklage wegen Mordes an Ronnie »Redrum« Malvo, einem Mitglied der Arischen Bruderschaft von Texas und ein Riesenarschloch, entkommen war.

Damals verdächtigte Vaughn Darren, zu wissen, wo sich die Mordwaffe befand – Mack zu decken –, und die Grand Jury hatte schließlich eine Strafverfolgung abgelehnt. Bis zu welchem Grad Frank Vaughn Darren dafür verantwortlich machte, war schwer zu sagen. Aber Darren wusste, dass das kein zwangloser Besuch war. Als Vaughn aus seinem Wagen stieg, fiel die Mittagssonne auf sein dichtes Haar und den Diamantsplitter seines A&M-Absolventenrings. »Hallo«, sagte er mit zusammengekniffenen Augen, was seinem Gesicht einen fast maskenhaften Ausdruck mit dunklen Augenschlitzen verlieh. Er war ein paar Jahre älter als Darren, hatte vielleicht sogar schon die fünfzig erreicht und hätte beruflich längst den Sprung in eine Großstadt schaffen müssen, wenn er das Talent und die Lust dazu gehabt hätte. Sein Bezirk schloss mehrere umliegende Countys mit ein, alle in seinem Herrschaftsbereich; die Mühlen der Justiz in diesem kleinen Teil von Osttexas mahlten auf seine Weisung hin, und so gefiel ihm das.

»Kann ich Ihnen behilflich sein?«, fragte Darren.

Er streckte die Hand nach dem Wasserhahn an der Hausseite aus, und als Vaughn die Verandastufen erreichte, war das lauwarme Wasser nur noch ein Rinnsal.

»Ich meinte, ich hätte Ihren Truck in Camilla gesehen.« Das Gebaren des Bezirksstaatsanwalts war grimmig, aber keineswegs unfreundlich – eher nachbarschaftlich, als würde er vorbeischauen, um Darren vor einem aufziehenden Sturm zu warnen, damit er die Fensterläden schloss und sich auf schweren Regen einstellte.

»Nun, Sie haben mich gefunden«, sagte Darren mit ruhiger Stimme, um sich nicht anmerken zu lassen, wie sehr ihn die Vorstellung beunruhigte, dass ihn der Bezirksstaatsanwalt überhaupt aufsuchte. Darren war nur allzu bewusst, dass er wegen Justizbehinderung oder Schlimmerem angeklagt werden konnte, falls die Behörden von der kurzläufigen 38er Wind bekamen, die seine

Mutter im Herbst genau auf diesem Grundstück gefunden hatte. Er würde seine Marke verlieren und ins Gefängnis wandern.

Darren wickelte den Wasserschlauch um einen rostigen Haken, den Mack – der für die Mathews-Familie arbeitete – vor Jahrzehnten in den Rahmen der Holzveranda genagelt hatte. Es war kühl draußen, die Luft ziemlich frisch, der Himmel wie geschliffener Lapislazuli und der Regen prasselte aus grauen Wolken nieder, als schuldeten sie jemandem Geld. Sie waren noch ein gutes Stück von einem richtigen Dezemberfrost entfernt. Nicht nötig, die Zwiebeln und Kohlköpfe in den nächsten zwei Wochen abzudecken, dachte Darren, als er den Schlauch aufhängte. Er tat es sorgfältig und geduldig in Vaughns Beisein, eine Demonstration stoischer Ruhe.

»Nun, Sie wissen, dass wir die Sache nicht einfach auf sich beruhen lassen können«, sagte der Bezirksstaatsanwalt, als würden sie eine erst kürzlich begonnene Unterhaltung fortsetzen. »Mit dem Toten und alldem. Ronnie Malvo war Abschaum, das war kein Geheimnis. Aber wir können nicht zulassen, dass Leute einfach Selbstjustiz üben. Nicht in meinem Bezirk, Ranger.«

»Keine Ahnung, was das mit mir zu tun hat. Ich habe meine Aussage vor Gericht gemacht.«

»Das haben Sie.«

»Und Mack wurde freigesprochen.«

»Er schon, ja«, sagte Vaughn. »Vorerst.« Er kam ein wenig näher, sodass er und Darren sich neben dem Haus direkt gegenüber standen. »Aber falls da noch jemand in die Sache verwickelt ist, find ich's raus. Sie wissen das, Ranger. Betrachten Sie das also als einen Höflichkeitsbesuch.« Er blickte hinunter auf seine Stiefelspitzen, dunkelbraune Roper, die in der Erde auf dem Mathews-Grundstück ihren Glanz verloren. Als er wieder aufblickte, hatte er ein leichtes Grinsen im Gesicht und sagte Darren auf den Kopf zu: »Ich hätte auch in das Ranger-Büro unten in Houston kommen und rumtönen können, dass sie in der Sache nicht unbedingt aus der Schusslinie sind.«

»*Ich?*«

»Ich hoffe, dem ist nicht so, wirklich«, sagte Vaughn. Trotzdem wurde das Grinsen breiter, und die Fältchen um seine schmalen Augen herum verzogen sich, als er hinzufügte: »Aber falls Sie vorhaben, Rutherford McMillan weiterhin zu decken, werden Sie vielleicht auf zwölf Männer und Frauen treffen, die über Ihr Schicksal befinden. Es wird auf jeden Fall eine weitere Grand Jury geben, merken Sie sich meine Worte, Ranger. Sie können vor ihr aussagen oder derjenige sein, der den Gerichtsbeschluss ausbaden muss.«

Darren erstarrte sichtbar.

In den Monaten, in denen der Mord an Malvo ein so verheerendes Chaos in Darrens Leben und Karriere angerichtet hatte, war der Bezirksstaatsanwalt einer Drohung noch nie so nah gewesen. Er versuchte sie abzuschwächen, indem er eine Hand auf Darrens Schulter legte, um ihm ein entspanntes Gefühl zu vermitteln, eine Geste, die irgendwie peinlich war, weil Darren gut fünf Zentimeter größer war, mit Stiefeln zehn, sodass sich keiner der beiden Männer mit der Machtverteilung wirklich wohlfühlte. »Ich hoffe, ich kann in dieser Sache auf Ihre Kooperation zählen«, sagte Vaughn, als er sich zu seinem Wagen umwandte. »Mein Büro wird sich den Fall noch mal in allen Einzelheiten vornehmen. Wir werden Zeugen befragen, neue«, sagte er und hielt inne, um die Wagenschlüssel aus der Tasche seiner marineblauen Hose zu fischen und den nächsten Schlag zu platzieren. »Ihre Mutter zum Beispiel.«

Darren spürte einen Anflug von Panik.

Er wusste, dass er vorsichtig sein musste, und trotzdem war seine Stimme so laut, dass es ihm peinlich war. Meine Güte, er klang erschrocken, sogar fassungslos. »Bell Callis ist Ronnie Malvo nie begegnet, sie hat überhaupt keine Ahnung, wer er ist.«

»Aber sie kennt *Sie*.« Vaughn sah Darren über den Rand der Fahrertür an. Das Grinsen wollte ihm nicht mehr aus dem Gesicht weichen. Darren erkannte jetzt das selbstgefällige Vergnügen, den Blick eines Mannes, der ein paar Hunderter mehr und ein gutes Blatt hatte. »Sie waren in letzter Zeit häufig bei ihr draußen. Jedenfalls haben mir die Deputys aus der Gegend das erzählt.«

»Keine Ahnung, was das Ihrer Meinung nach zu bedeuten hat«, erwiderte Darren.

»Vielleicht gar nichts ... vielleicht aber doch.«

»Haben Sie mit ihr gesprochen?«, fragte Darren und bereute die Worte in dem Moment, in dem sie ihm wie lockere Zähne aus dem Mund fielen. Er verspürte einen Kontrollverlust, der ihn zuerst beschämte und dann erschreckte. Als er wieder das Wort ergriff, geschah es voller gerechtem Zorn. »Meiner Mutter geht es nicht gut«, sagte er, weil es in gewisser Weise einfach so sein musste. »Falls ich herausfinden sollte, dass Sie sie belästigen ...«

Vaughn hob eine Hand, nicht so, als wollte er sich verabschieden, sondern vielmehr so, als entließe er Darren vorerst nur. »Wir reden noch, Mathews«, sagte er und glitt auf den Fahrersitz seines Fort Taurus. »Wir reden noch.« Ein paar Sekunden später hörte Darren, wie der Motor angelassen wurde. Er stand reglos da, so als wären aus dem Boden Ranken hochgeschossen und hätten sich um seine Fußknöchel gelegt. Er konnte sich nicht bewegen, selbst als von Frank Vaughn nichts mehr zu sehen war außer aufgewirbelter roter Erde in der Auffahrt. »Scheiße«, murmelte er. Das Spiel war aus. Er würde wegen Bell etwas unternehmen müssen.

2

An diesem Freitagabend erwartete er lediglich fünf Ranger – Roland von der Company A, der gemeinsam mit Darren in Houston stationiert war; Buddy Watson, Company B, der in Henderson County südlich von Dallas arbeitete; Ricky Nuñez, Company G, der bis von Corpus Christi heraufgefahren war; Hector Martinez, Company E, Pecos County; und Patricia Nolan von der Company F in Austin. Darren wusste, dass es trotzdem ausufern konnte. Tatsächlich hoffte er sogar darauf; er brauchte eine Tarnung für das, was er vorhatte. Er hatte vier Kilo Fleisch und Hot-Link-Würste aus der Stadt mitgebracht und, Gott stehe ihm bei, tatsächlich geglaubt, er würde nichts trinken, auf den Schnaps verzichten, nur um zu beweisen, dass er es konnte. Aber er war echt dankbar wie ein Hund, dem man einen Knochen hinwarf, als Hector mit einer Flasche Tennessee Whiskey auftauchte und Patricia mit Mezcal und einem Margarita-Mix. Buddy und Roland bestückten den alten Frigidaire-Flair-Kühlschrank seiner Onkel mit Bier, Shiner Bock und Miller High Life. Alle hatten sich achtundvierzig Stunden dienstfrei genommen, hatten den Abend und nächsten Tag, um die Sau rauszulassen, denn es war für alle ein höllisch anstrengender Monat gewesen. Als er am Morgen in Houston aufgebrochen war, hatte Lisa ihm gesagt, dass er sich ruhig Zeit lassen solle – was neu war. Sie hatte sich auf die Zehenspitzen gestellt, um ihn zum Abschied zu küssen, hatte Geist und Körper gestreckt, um ihre Unterstützung anzubieten. Seit den Wahlen vor vier Wochen hatte es im gesamten Staat über fünfzig hassmotivierte Gewalttaten gegeben, und Lisas Gefühle gegenüber seiner Dienstmarke waren nicht mehr so ablehnend. »Komm einfach heil wieder«, sagte sie.

Darren legte eine Platte von Ligthnin' Hopkins auf den Plattenspieler, einen Blues mit zupfender Gitarre, der Buddy Watson dazu brachte, mit den Augen zu rollen und aufzustöhnen. Doch sie hatten folgende Regel aufgestellt: Der Gastgeber war Herr über die Musik und den Speiseplan. Heute Abend gab es ein Barbecue, aber Rickys Frau hatte trotzdem Tamales für sie gemacht. Als er sie im Ofen aufwärmte, erfüllten sie das Haus mit einer rauchigen Süße, als die Maishülsen braun wurden und das Schweinefett tropfte und zischte. Von den ungefähr einhundertfünfzig Texas Rangern im Staatsdienst bildeten sie zwar nicht den Querschnitt des Departments ab, aber sie gehörten zu den wenigen, die zugaben, dass der Job um einiges leichter war, wenn man Gleichgesinnte hatte, mit denen man reden konnte. Drei schwarze Ranger, zwei Latinos und eine von zwei weißen Frauen, die dieser inoffiziellen Bruderschaft der Solidarität beigetreten waren. Vicki Brennan, eins der Gründungsmitglieder dieses nicht autorisierten Privatclubs, hatte nach der Wahl aufgehört, ihre E-Mails zu beantworten.

Sobald die Drinks eingeschenkt waren, begannen die Spekulationen.

»Was ist bloß in sie gefahren?«, sagte Patricia.

»Hat wahrscheinlich Angst«, meinte Ricky. Er trug ein schlichtes schwarzes Sweatshirt und dazu passende Wrangler und kippte zwei Bier, bevor er sich setzte.

Roland verzog das Gesicht. »Glaubst du wirklich, sie hat ihn gewählt?«

»Sollte keine Rolle spielen«, sagte Ricky. »Hier jedenfalls nicht.«

Er meinte die Gruppe, die Freundschaften, die sie geschmiedet hatten. Aber Patricia schnaubte nur und schüttelte den Kopf. »Und ob das eine Rolle spielt«, sagte sie. Mit sechsundzwanzig war sie die Jüngste, war bereits seit ihrem Akademieabschluss vor acht Jahren Ranger. Als ehemalige Basketballspielerin an der Sam Houston State war sie beinahe so groß wie Darren, blond mit einem langen Gesicht und merkwürdig zarten Zügen. Sie leckte das Salz von ihrem Glas ab.

»Vicki hat ein Auge auf die Zentrale geworfen, will aufsteigen«, sagte Roland. »Wir sind nicht verpflichtet, sie zu unseren Treffen einzuladen.« Er zupfte ein Klümpchen Tabak aus der Blechdose in der Brusttasche seines Hemds und schob es sich unter die Zunge.

Hector nickte mit seinem kahlrasierten Kopf. »Sie war schon immer eine von ihnen«, sagte er.

Er ging nicht näher darauf ein, wen er damit meinte. Trotzdem nickten alle.

»Wir alle müssen tun, was wir können, um das durchzustehen«, sagte Ricky, und die anderen Ranger im Raum stimmten zu. Nacheinander räumten sie ein, dass sich in den letzten vier Wochen etwas geändert hatte, nicht nur in der Welt insgesamt, sondern auch im Job. Sie hatten mit Dingen zu tun, die sie noch nie erlebt hatten, Geschichten, die sie nur von den Älteren im Department kannten: brennende Kirchen; die Verschandelung einer Moschee in Bryan; schwarze und braune Kinder, die in Speisesälen geschubst oder in Turnhallen angespuckt wurden; und eine Mexikanerin in kritischem Zustand, nachdem sie in Anwesenheit ihres Ehemanns und der drei Kinder auf dem Parkplatz eines Kroger in Fort Worth angegriffen worden war. Buddy sprach von einem Tummelplatz für Unruhestifter in der Nähe von Jefferson im Marion County. Er mochte in dem Zusammenhang sogar ein vermisstes Kind erwähnt haben. Aber vielleicht täuschte sich Darren auch.

Danach wurde alles ein bisschen verschwommen.

Er schaffte es, erst nach einer Stunde von Bier auf Whiskey umzusteigen, doch die Wirkung setzte rasch ein. Der Schnaps machte Wachs aus seinem Rückgrat; machte alles weicher an den Rändern, ließ ihn das Gerede über das Department vergessen, ihre Geschichten von der Front, von denen Darren keine hatte. Er saß im Augenblick in Houston fest, war in einem Maße gelangweilt, wie er es nicht einmal sich selbst einzugestehen wagte, aus Angst, dass sich hinter dem Wort eine tiefere Wahrheit versteckte, so melancholisch wie die Platte, die lief. Darren war deprimiert und voller Wut, die ihn von innen heraus zerfraß. Täglich wunderte er sich ganz benebelt vor Wut darüber, was eine Handvoll verängstigter Weißer einer Nation antun konnte. Nie mehr wollte er hören, wie sie den Sinn der Ausschreitungen in Ferguson oder Baltimore infrage stellten, und übrigens auch der in Watts und Los Angeles, den Grund, warum Schwarze ihre eigenen Viertel abfackelten – nachdem weiße Wähler gerade in einem Akt blinden Zorns ein Streichholz an das Land selbst gehalten hatten, das sie zu lieben behaupteten, aber nur dann, wenn sie es mit niemandem teilen mussten. Das war der Teil, der wehtat, der Schmerz, der bis ins Mark ging. Nachdem er jahrelang von dem Glauben an eine universelle Neigung zur Gerechtigkeit eingelullt worden war, sah er, wie wenig Freunde und Nachbarn an sein Leben dachten, an sein Anrecht auf dieses Land.

Nach Obama war es Verrat an der Versöhnung.

Binnen Kurzem wurde der dritte Drink eingeschenkt, und als Hector ein paar Bier auf die hintere Veranda stellte und ein Päckchen Marlboro daneben legte, verlagerte sich die Party nach draußen. Patricia saß auf einem der grünen Gartenstühle aus Metall in eine Patchworkdecke gehüllt, die Darrens Großmutter noch vor seiner Geburt gefertigt hatte. Die abgewetzte Baumwolle roch nach den Zedernholzklötzen, mit denen sie den Flurschrank teilte, und der süßliche Duft mischte sich mit dem Pinienduft in der Luft. Es war kühl draußen und stockfinster hinter dem gelblichen Schein der Verandalampe. Roland, der nur außerhalb der

Stadtgrenze schlief, wenn es gar nicht anders ging, zuckte jedes Mal zusammen, wenn er eine Eule rufen hörte. Bald schnorrte er Zigaretten von Hector und riskierte es, dass das jemand kommentierte. Buddy erzählte von der Dispatcherin in Corsicana, der er es dreimal die Woche besorgte. *Sie kann einen Stein aus einem Pfirsich saugen.* Patricia nannte ihn einen widerlichen Mistkerl und warf ihm eine Limettenschale an den Kopf. Ricky war bereits am Einnicken, seine schwarzen Krokodillederstiefel über der Armlehne des kleinen Verandasofas, ein Kissen mit Wasserflecken zusammengefaltet unter dem Kopf. Sie hatten die Hintertür offen gelassen, und der Geruch von Tamales und Barbecue breitete sich in der Nachtluft aus. Darren saß der Wärme des Hauses am nächsten und horchte auf den Timer des Backofens.

Er schenkte sich einen vierten Drink ein und wunderte sich über seine Torheit, tatsächlich zu glauben, dass er sich mit dem braunen Zeug nicht bis obenhin volllaufen lassen würde. Seine Haut war gerötet. Ihm wurde warm unter dem grauen T-Shirt, das er trug. Genau genommen wurde er wütend, wütend auf sich selbst. Sein Verstand gab mit jedem Drink ein Stück Kontrolle ab, und er gestand sich ein, dass er heute Nachmittag mit Frank Vaughn mächtig ins Schleudern geraten war. Der Mann blufft, sagte er sich, ganz bestimmt. Aber wenn Vaughn zu ihm gekommen war, um einfach ins Blaue hinein zu ermitteln, hatte Darren doch heftig genug reagiert, um ihn davon zu überzeugen, dass er an der Sache dranbleiben sollte.

Ausgeschlossen, dass seine Mutter mit dem Bezirksstaatsanwalt reden würde, oder?

Es ergab keinen Sinn, jedenfalls nicht in der Vorstellung von Bell Callis. Es würde ihr das Einzige nehmen, was sie immer gewollt hatte – die Aufmerksamkeit von einem der Mathews, ihren Sohn zu ihren Füßen zu haben. Wer würde sich um ihren Stellplatz und das Abwasserrohr der Toilette kümmern? Falls er ins

Gefängnis ging, wer würde ihren Kühlschrank auffüllen und ihre Kabelfernsehrechnung bezahlen? Seine Mutter würde doch nicht absichtlich das Leben ihres einzigen Sohnes zerstören. *Oder?*

Lightnin' hatte seine eigenen Ansichten darüber.

You got love just like hydrant ... you know that turns it off and on.

Das Zupfen der Gitarre war wie ein Finger, der in Darrens Wunden bohrte.

Lisa wusste nichts von dem Geld.

Sie kannte nicht die ganze Geschichte, keiner tat das.

Wem könnte er sie erzählen, mal im Ernst? Mit schweren Lidern betrachtete er die anderen, die auf seiner Veranda saßen, Patricia mit den bloßen Füßen auf dem Holzgeländer, und alle ziemlich angeschickert. Es wäre so einfach, es jetzt zu erzählen, den Klatsch und Tratsch und die Gespräche über die Arbeit mit einem Geständnis zu unterbrechen. *He, Leute, ich bin in Schwierigkeiten.* Doch es wäre irgendwie rücksichtslos, ihnen diese Sache aufzubürden, Wissen, zu dem sie sich unter Eid bekennen müssten, falls es je so weit käme. Das Gleiche galt für Greg Heglund, einen seiner besten Freunde, aber auch ein Bundesagent. Darrens Onkel Clayton, ein ehemaliger Strafverteidiger und Professor für Verfassungsrecht, würde darauf bestehen, dass Darren sich einen Anwalt nahm – auch wenn er seinen Impuls, Mack zu beschützen, einen älteren Schwarzen, der beschuldigt wurde, einen miesen Rassistenarsch getötet zu haben, nachempfinden könnte –, aber Darren würde nicht darauf vertrauen, dass sich die Neuigkeiten nicht bis zu seinem Lieutenant in Houston herumsprächen. Wie viele Cops kannte Darren, die davon ausgingen, dass jemand schuldig war, wenn er sich »einen Anwalt nahm«, ein verfassungsmäßiges Recht, das irgendwie anrüchig war wie ein Betrugsdelikt?

Auf einmal wurde ihm bewusst, wie einsam er war, weil er niemanden hatte, mit dem er über den Schlamassel reden konnte, den er angerichtet hatte, über das Geheimnis, das er seit Monaten mit sich herumtrug, über die Tatsache, dass er seine Mutter nicht gut genug kannte, um zu wissen, was sie in solch einer Situation tun würde. Und was Lisa tun würde, wenn er es ihr erzählte. Sie hatten gerade erst wieder zu einem guten Verhältnis gefunden. Wenn sie herausfand, dass er seine Freiheit und ihr gemeinsames Leben für Rutherford McMillan aufs Spiel setzte, würde sie das verstehen oder wäre sie dann fertig mit ihm? Er wusste es ehrlich nicht. Die beiden Frauen in seinem Leben waren Chiffren. Vom Whiskey gelöst driftete sein Geist zu einem ganz anderen Menschen. Randie Winston. Er hatte vergangenen Oktober den Mord an ihrem Mann in Lark aufgeklärt. Er dachte an den Abend, den sie in dieser Spelunke in Garrison verbracht hatten, direkt hinter der County-Grenze von Lark, wo sie sich bei Bourbon und billigem Wodka unterhalten hatten – über seine Ehe und ihre – und er kurz davor gewesen war, sein ganzes Leben offenzulegen. Er erinnerte sich daran, wie Randie beinahe seine Hand auf dem Tisch ergriffen hatte. Er glaubte noch immer, dass er an jenem Abend alles hätte gestehen können.

Sie hatte ihn danach zu erreichen versucht.

Nur eine Nachricht auf seiner Mailbox, in der sie ihm mitgeteilt hatte, dass sie seinem Rat gefolgt und die Überreste ihres Mannes in der kleinen Stadt in Osttexas begraben hatte, wo er geboren war. *Sie hatten recht.* Ihr Sinneswandel, Texas nicht mehr zu hassen, sondern den Einfluss auf den Mann, den sie einmal geliebt hatte, anzuerkennen, hatte ihn berührt, tat es noch immer. In seinem betrunkenen Zustand machte ihn der Gedanke daran trübselig. Es war einer seiner stolzesten Augenblicke als Ranger gewesen. Er lachte über eine Geschichte, die Buddy erzählte, obwohl er nur mit halbem Ohr zugehört hatte. Und dann sagte er sich, dass er wusste, was zu tun war. *Heute Nacht.*

Er wartete, bis sie vom Alkohol hinüber waren oder schliefen. Patricia in Darrens ehemaligem Kinderzimmer und die anderen ausgestreckt auf irgendwelchen Möbeln im Wohnzimmer, wo fettgetränkte Pappteller und Bierflaschen den Holzfußboden übersäten. Es war fast zwei Uhr morgens, als er zu seinem Chevy-Truck hinausging, der auf der Wiese vor dem Haus stand. Um diese Uhrzeit war die Luft frisch und angenehm in Camilla, was seinen erhitzten Gemütszustand beruhigte, als er mit heruntergelassenen Scheiben fuhr. Er war vorsichtig, fuhr die gesamte Strecke zehn Meilen unterhalb der erlaubten Höchstgeschwindigkeit und machte die Scheinwerfer aus, sobald er den Weg hinter dem Haus von Bells Vermieter – eine doppelte Spurrille, die zu ihrem Trailer führte – entlangfuhr.

Obwohl er auf eine Auseinandersetzung, falls nötig, gefasst war, stand weder Bells 92er Chevette vor ihrem Zuhause, noch waren irgendwelche Lichter in ihrem Trailer an. Ein paar Nächte verbrachten sie und Fisher, ihr Freund, in einer der leerstehenden Hütten am Lake Livingston, wo sie als Putzfrau arbeitete. Wahrscheinlich hatte er heute Nacht Glück. Im Lichtschein einer Taschenlampe suchte er jeden Zentimeter des Zwei-Zimmer-Trailers ab, wobei er mit geübter Sorgfalt vorging. Er begann in der Küche und arbeitete sich vom einen Ende der Blechkiste bis zum anderen vor. Er durchsuchte jeden Schrank, jede Schublade und jede Dose auf der Arbeitsfläche, inspizierte Kühlschrank und Eisfach und nahm sich sogar die Zeit, in der Spüle heißes Wasser über einen gräulichen Eisblock laufen zu lassen. Eine Rinderbrust, die locker drei Jahre alt war.

Die Pistole war nicht in der Küche.

Im Wohnzimmer auch nicht.

Er räumte den TV-Schrank aus, hob jedes Kissen auf dem schmalen Sofa hoch, das an die Wand montiert war. Das Badezimmer ergab ebenfalls nichts. Als er ihr Schlafzimmer durchwühlte, machte sich langsam Gewissheit breit. Die 38er war nicht unter der Matratze. Sie war weder in dem Schreibtisch neben der Tür noch unter der Teppichecke, die Darren mit bloßen Händen abgerissen hatte, wobei er sich an den Teppichklammern schnitt. Sie war in keinem der ramponierten Schuhkartons in ihrem Schrank, allerdings fand er Bilder seines Vaters, die er noch nie gesehen hatte, verblasste Fotografien von Darren »Duke« Mathews, als er gerade mal in der Highschool war. Ohne nachzudenken, steckte er die Polaroids ein, wobei sein Herz wie verrückt klopfte

Die Pistole war nicht da.

Er verspürte allerdings einen Hoffnungsschimmer, als er sich an den Zwischenraum unter dem Trailer erinnerte. Sie hatte einmal wochenlang eine Packung Toilettenpapier, die sie auf der Arbeit gestohlen hatte, unter den Bodendielen versteckt. Er sollte hinter dem billigen Gitter nachsehen, das um die Unterseite des Trailers herumführte, in dem knapp achtzig Zentimeter Kriechraum zwischen Bells Zuhause und dem kalten, harten Boden. In dem Moment, als er sich zur Eingangstür umdrehte, fiel Scheinwerferlicht durch das Frontfenster des Trailers und warf Schatten an die Rückwand. Er sprang rasch außer Sicht, presste sich an die Seitenwand und spähte aus dem Fenster in der Erwartung, die kastenförmige Silhouette vom Wagen seiner Mutter zu sehen. Aber nein, es waren die Umrisse eines Streifenwagens.

Darrens erster Gedanke war, zu verhindern, dass er erschossen wurde.

Mit der Marke in der offenen Handfläche seiner linken Hand trat er hinaus, wobei er die Hände nicht so sehr in die Höhe, sondern unterwürfig mehr nach vorn streckte. Erst als er am Fuß der Stufen anlangte, konnte er das Gesicht des Officers sehen. Er war ein Deputy, einer der jüngsten, die Darren je gesehen hatte, und obwohl Darrens Marke klar zu erkennen war, schwebte die Hand des Deputys über seiner Dienstwaffe. Darren stand reglos vor dem Trailer seiner Mutter und nannte seinen Namen und Titel. Der Deputy, ein weißer Junge mit schwarzer Igelfrisur, sagte: »Ich weiß, wer Sie sind.« Und trotzdem war seine Hand noch immer nur Zentimeter von seiner Pistole entfernt.

Darren blieb ganz ruhig und streckte ihm eine Hand entgegen, als hätten sie sich zufällig in der Stadt auf dem Postamt getroffen und stünden sich nicht am Schauplatz eines potenziellen Einbruchs gegenüber. »Ich kenne die meisten Männer und Frauen im Sheriffdepartment hier oben. Meiner Familie gehört seit achtzig Jahren ein Haus in Camilla«, sagte er, um seine Zugehörigkeit deutlich zu machen. »Sie müssen wohl neu sein.«

Der Junge schüttelte ihm nicht die Hand, sondern hielt seine noch immer dicht über der Waffe.

Er war nervös, ein bisschen unsicher ob der Situation, in die er da mitten in der Nacht hineingeraten war. Er bat Darren, die Taschenlampe in seiner Rechten fallen zu lassen. Darren gehorchte und beobachtete, wie die Taschenlampe auf die Erde fiel und gut einen halben Meter auf den anderen zurollte. »Sind Sie im Dienst, Ranger?«

»Das Gleiche könnte ich Sie fragen, Deputy.«

»Ich habe einen Anruf vom Grundstückseigentümer weiter oben bekommen, der meinte, dass der Sohn seiner Mieterin hier herumspukt, obwohl sie gar nicht zu Hause ist, was ihr bestimmt nicht gefallen würde.« Darren hatte genug Whiskey im Blut, um sich zu fragen, ob das eine Lüge war, und um auf den paranoiden Gedanken zu kommen, dass ihm Frank Vaughn gefolgt war. »Haben Sie die Erlaubnis der Mieterin, sich in ihrem Trailer aufzuhalten, Sir?«

»Und ob, sie hat mir schließlich einen Schlüssel gegeben.«

Kaum hatte Darren die Worte ausgesprochen, fragte er sich, ob er die Eingangstür nicht sichtbar aufgehebelt hatte. Er redete weiter, damit der Deputy seine Aufmerksamkeit auf ihn und nicht auf die Eingangstür richtete. Er sprach aus, was ihm als Erstes in den Sinn kam. »Sie hat mich gebeten, die Katze zu füttern, während sie weg ist.«

Er war richtig zufrieden mit sich, mit der Einfachheit der Lüge.

»Katze?« Der Deputy ließ die Schultern sinken, und zum ersten Mal nahm er die Hand von seinem Holster weg. Es war dunkel, doch Darren meinte die Andeutung eines Lächelns zu sehen. Der Junge war erleichtert. Das hier wäre bald vorbei. »Ist die Katze denn drin?«, fragte er und reckte den Hals in Richtung Eingangstür.

Darren versperrte ihm die Sicht auf die Tür und sagte: »Genau das ist mein Problem. Sie ist rausgeschlüpft, und ich kann sie nicht finden.«

»Haben Sie unter dem Trailer nachgesehen? Ich helfe Ihnen dabei«, sagte der Deputy.

Er drehte sich zu seinem Streifenwagen um, und die Erleichterung darüber, dass das Ganze lediglich auf eine entwischte Katze hinauslief, verlieh seinem Gang eine gewisse Elastizität. Er wollte dem Texas Ranger nun unbedingt einen Gefallen tun. »Lassen Sie mich zurückstoßen und mit den Scheinwerfern unter den Trailer leuchten. Dann sehen Sie alles, was sich darunter versteckt.«

Darren wurde heiß im Nacken.

Er schüttelte den Kopf und sagte ihm, dass das nicht nötig sei.

»Ich habe meinen Truck«, sagte er energischer, als es angebracht war.

»Oh nein, der ist zu hoch. Da sehen Sie so gut wie gar nichts.«

Der Deputy ließ sich auf den Fahrersitz seines Streifenwagens gleiten, ließ den Motor an und positionierte sein Fahrzeug so, dass die Unterseite von Bells Trailer lichtüberflutet war. Er streckte ein Bein aus dem Wagen, um auszusteigen, und fragte Darren: »Soll ich mit drunter klettern?«

Darren schüttelte den Kopf und überlegte noch immer, wie er das Ganze beenden konnte.

Doch mittlerweile wäre es seltsam, sogar verdächtig, wenn er nicht wenigstens den Versuch unternähme, nach der Katze zu suchen. *Der Katze.* Er verkniff sich ein bitteres Lachen. Das, wonach er unter dem Trailer seiner Mutter suchte, würde ihn ruinieren, wenn es unter dem wachsamen Blick eines Cops gefunden würde – einem Mitglied jener Strafverfolgungsbehörde, die gegen Darren ermitteln würde, falls Frank Vaughn eine weitere Grand Jury einberief, um im Mordfall von Ronnie Malvo zu ermitteln. Während der Deputy zusah, bog Darren ein Stück des Gitters zurück, ging auf alle viere und robbte unter dem Trailer von einem Ende zum anderen, wobei er sich in die Erde krallte und über jede kleine Erhebung schrappte. Er wusste nicht, ob er Erleichterung oder eine erstickende Angst verspürte, als er überhaupt nichts fand. Es war völlig unklar, was sie damit gemacht hatte. Die Waffe konnte überall sein.

3

Am Montagmorgen wurde Darren als Erstes in das Büro seines Lieutenants gerufen, eine überraschende Bitte, die ihn nervös machte, sobald er das Büro betrat. Bei Fred Wilson hatte man zwei Wochen nach den Wahlen ein Magengeschwür diagnostiziert, obwohl Darren vermutete, dass er für den designierten Präsidenten gestimmt hatte – auch wenn diese Annahme lediglich auf dem Hut und den Cowboystiefeln des Mannes basierte, einem Paar aus Straußenleder, wie Darren selbst gerade eins trug. Doch das musste nicht unbedingt etwas zu bedeuten haben. Richtet nicht und so weiter.

Wilson hatte eine wachsende Zahl Hausmittelchen auf seinem Schreibtisch aufgereiht, eingeklemmt zwischen zwei hohen Aktenstapeln. Wie jeder gute Texaner behauptete seine Frau, mit der er seit fünfundzwanzig Jahren verheiratet war, dass sie zu einem Achtel Cherokee sei, und bestand darauf, dass Fred das, was ihm sein Hausarzt verschrieb, mit etwas ergänzte, das in der Erde wuchs. Aktuell knabberte er fortwährend an gedünstetem Kohl oder rohen Karotten oder nippte an irgendeinem wässrigen Gebräu, das ihm seine Frau täglich zubereitete. An guten Tagen rochen seine Rülpser nach Kokosnusswasser oder Banane. Heute war es Knoblauch. Es gab kein einziges Fenster im Gebäude, das sich öffnen ließ, und die Luft in Wilsons Büro roch abgestanden und säuerlich.

Darren setzte sich auf den Freischwinger Wilson gegenüber und legte seinen grauen Stetson auf sein Knie. Er trug heute dunkelblaue Hosen, die er bereits im Morgengrauen gebügelt hatte, dazu ein weißes Button-down-Hemd und eine schmale burgunderrote Krawatte. Er war heute Morgen von Camilla gekommen und hoffte, dass sich sein Zusammenstoß mit jemandem vom Sheriff-Department von San Jacinto County noch nicht herumgesprochen hatte. Wilson hatte vor sich eine Akte auf dem Schreibtisch liegen, eine Mappe, die dünn genug war für Darrens blühende Fantasie, um zu glauben, dass es sich um seine Personalakte handelte. Alles hatte sich wieder eingerenkt, sowohl persönlich als auch beruflich, und er hatte Angst, das könnte sich erneut ändern.

Wilson war der Auftakt.

Er rieb über eine Stelle mit Bartstoppeln, die er heute Morgen beim Rasieren übersehen hatte, als er sagte, dass Darren sich im Büro in Houston wieder gut eingelebt habe. Nach den erfolgreichen Verhaftungen in Lark im letzten Herbst sei er stolz gewesen, ihn wieder begrüßen zu können. Wilson hatte für Darren eine neue Stelle bei der gemeinsamen Arbeitsgruppe der Texas Ranger – in Partnerschaft mit der ATF, DEA und dem FBI – geschaffen, die daran arbeitete, zahlreiche Anklagen wichtiger Mitglieder der Arischen Bruderschaft von Texas wegen Drogenhandels, illegaler Waffenverkäufe und diverser anderer Verabredungen zu Straftaten vorzubereiten. Wilson meinte, Darren habe von seinem Schreibtisch in Houston aus unschätzbare Rechercheabeit geleistet, indem er tausende Seiten Mobilfunkverbindungen mit gelbem Marker durchgegangen sei und nach allem Ausschau gehalten habe, was die Feds gegen die Bruderschaft verwenden könnten. Dass er dabei vor Langeweile fast zu schielen angefangen hatte, behielt Darren für sich. Die Hände im Schoß gefaltet, hörte er Wilson zu, als dieser ihm sagte: »Bislang war ich froh, Sie wieder hier in Houston zu haben.«

Darren war sich nicht sicher, was er damit sagen wollte, doch es klang nicht gut.

»Wie läuft es zu Hause, Ranger?«

»Gut«, sagte Darren, obwohl ihm das Wort fast ihm Hals stecken blieb.

»Ich habe gehört, Sie waren am Wochenende draußen in San Jacinto.«

Los geht's, dachte Darren.

Wilson griff nach einem Fläschchen mit No-name-Säureblockern. Er schüttete sich ein paar in seine linke Hand, die die Größe und Oberflächenbeschaffenheit eines Kinderbaseballhandschuhs hatte. »Hören Sie, ich will mich nicht in Familienangelegenheiten einmischen, solange es unsere Arbeit nicht beeinflusst.«

»Ich kann es erklären.«

»Nicht nötig. Was auch immer Sie bei Ihrer Mom zu tun hatten, geht nur Sie beide etwas an. Ich wollte eher wissen, wieso Sie auf Ihrem Familiensitz in Camilla waren.«

Dann fragte ihn Wilson rundheraus nach seiner Ehe.

»Haben sich Lisa und Sie wieder zusammengerauft?«

»Ich meine, würde sie Sie für ein paar Tage weglassen? Ich weiß, dass Sie darum gebeten haben, in Houston stationiert zu sein. Ich würde auch nicht fragen, wenn die Feds nicht eine Sonderanfrage geschickt hätten.«

Darren fuhr mit dem Finger an der Krone seines Huts entlang. Er merkte, dass er etwas in ihrer Unterhaltung nicht mitbekommen hatte. »Es tut mir leid, Sir. Ich weiß nicht, wovon Sie reden.«

Wilson schlug die Akte auf. Sobald sie offen dalag, warf er keinen Blick mehr darauf, weil er den Inhalt auswendig kannte. »Wir haben ein vermisstes Kind oben bei Jefferson – am Caddo Lake, um genau zu sein – im Marion County.«

»Das ist der Zuständigkeitsbereich von Company B.«

»Ich weiß«, sagte Wilson seufzend. Er warf ein paar Magensäuretabletten ein, und Darren sah ihm dabei zu, wie er ein paar unbehagliche Sekunden lang kaute. »Doch dieser Fall bedarf besonderer Aufmerksamkeit. Vieles daran deutet auf Ärger hin.«

»Inwiefern.«

»Der Junge, Levi King ...«

»Wie alt?«

»Neun.«

Darren sah sich selbst im Alter von neun, mit seinen vorstehenden Zähnen, egal welche Märchen seine Mutter über seine Zahnpflege und auch über die wichtige Rolle, die sie bei seiner Erziehung gespielt hatte, erzählte. Im Alter von neun waren die Männer, die ihn großgezogen hatten, seine Onkel William und Clayton Mathews, seine Welt.

Wilson nickte und stieß einen leisen Rülpser aus. Er nahm einen Schluck Cola, die ganz bestimmt nicht auf der Liste der Stärkungsmittel seiner Frau stand. »Nun, zu dem Jungen besteht eine Verbindung. Deshalb will das FBI jemanden, der damit umzugehen weiß.«

»Verbindung?«

»Die Familie des Jungen gehört zur Bruderschaft.«

Darren verzog das Gesicht.

Es wurde ihm erst bewusst, als Wilson sagte: »Das Kind kann nichts dafür.«

»Natürlich nicht«, beeilte sich Darren zu sagen. Er war nicht stolz auf den kurzen Moment, in dem seine Abneigung gegen die Arische Bruderschaft von Texas sein Mitgefühl mit dem Jungen überwog. Doch er konnte auch die schwelende Antipathie – vielmehr die Gleichgültigkeit – gegenüber einer Familie der Bruderschaft, die Kummer hatte, nicht abschütteln. Er verbarg sie jedoch gut genug, um eine naheliegende Frage bezüglich des FBI zu stellen: »Haben die mich angefordert?«

»Sie haben nach einem Ranger aus der Sondereinheit gefragt.« Ich habe *Sie* vorgeschlagen.«

»Danke«, sagte Darren. Es klang mehr wie eine Frage, und er hoffte, nicht den Eindruck zu erwecken, als würde er es geringschätzen oder den Ernst der Lage nicht erkennen. Trotzdem war der Zeitpunkt schlecht. Daran war nicht zu rütteln. Er konnte im Moment nicht in den Außendienst. Nicht jetzt, wo es mit Lisa gut lief. Und nicht nachdem ihm die Situation mit seiner Mutter entglitten war. Er musste mit ihr sprechen, weil die Waffe weder im noch unter dem Trailer war. Sie hatte auf keinen seiner Anrufe reagiert, und er hatte am Sonntag gut fünf Stunden auf den Stufen vor ihrem Trailer gesessen und darauf gewartet, dass sie nach Hause kam und sich rechtfertigte, war sogar bei Starfish Resort Cabins und RV Hook-up vorbeigefahren, um nach ihrer Chevette oder ihr selbst Ausschau zu halten, wie sie in ihrem abgewetzten blauen Arbeitskittel leicht wankend von Hütte zu Hütte ging.

Darren rutschte auf seinem Stuhl hin und her, seine langen Beine steif wie Zündhölzer.

Durch die Wand von Wilsons Büro hörte er das fortwährende Klingeln von Telefonen, Gespräche von Rangern auf dem Flur und ihre schweren Schritte auf dem dünnen Industrieteppich. Auf seinem Schreibtisch lag im Augenblick ein Stapel Telefonunterlagen neben hunderten Seiten abgefangener Gefängniskorrespondenz von Mitgliedern der Bruderschaft. Er hatte gedacht, er würde den Tag damit verbringen, nach Mustern und Verbindungen zu suchen, Code-Wörter zu knacken, die entweder Anschläge befahlen oder mit denen kiloweise Meth verkauft oder Bargeld in Läden gewaschen wurde, die in Kleinstädten überall im Staat alles Mögliche anboten, von Autoreifen über Schönheitspflege bis zu Linoleum. Seit er wieder in Houston war, war das Darrens einziger Beitrag zur Sondereinheit gewesen, die schon seit Jahren hinter der Arischen Bruderschaft her war.

Doch jetzt wurde Darren an die Front gerufen.

»Der Vater des Jungen – Bill ›Big Kill‹ King – ist ein ABT-Captain, der wegen Drogendelikten eine zwanzigjährige Haftstraße im Telford-Unit-Gefängnis in der Nähe von Texarkana verbüßt. Handel, Herstellung, bewaffnete Raubüberfälle, alles Mögliche.«

Obwohl die Anklage wegen Körperverletzung, nachdem ein Schwarzer, Vater von zwei Kindern, zu Tode gekommen war, fallen gelassen wurde, dachte Darren.

»Und während er seine Schuld an der Gesellschaft begleicht«, fügte Wilson hinzu, »lässt sich seine Frau auf so einen beschränkten Mitläuferarsch namens Gil Thomason ein, der schon ein paarmal eingesessen hat, meistens wegen Betrugs. Schneeballsystem und alte Damen um ihr Bingo-Geld bringen. Es heißt, Bill King will nicht, dass sein Junge länger in Gesellschaft dieses Kerls ist.«

»Denken Sie, es geht ums Sorgerecht?«

»Wir wissen es nicht«, sagte Wilson. »Aber der Junge ist seit Freitagabend verschwunden.«

»Das sind zweieinhalb Tage«, bemerkte Darren.

Wilson nickte, und beide wussten, dass das kein gutes Ende verhieß. »Der Vater, King«, sagte er, »schwört, er weiß nicht, wo sein Junge ist. Berichte aus Telford besagen, dass er deswegen am Boden zerstört ist. Er bettelt darum, dass das Sheriffbüro in Jefferson etwas unternimmt und seine Verbrechen nicht dem Jungen anlastet. Er hat sogar einen Brief an den Gouverneur geschrieben.« Zum ersten Mal blickte Wilson in die aufgeschlagene Akte auf dem Schreibtisch. Obenauf lag ein handgeschriebener Brief von Bill King an den Gouverneur, der vom Texas Department of Criminal Justice abgefangen worden war, TDCJ NR. 657372212. Als Adresse hatte King lediglich geschrieben *Capitol Hill, Austin.* Wilson reichte ihn Darren über den Schreibtisch. Der Gouverneur hatte den Brief nie erhalten, und jetzt lag er in seinen schwarzen Händen. Er las ihn nicht gleich. Er legte ihn in seinen Schoß, um die Bleistift-Markierungen nicht zu verwischen. Dann blickte er auf und sagte: »Sieht nach einer lokalen Angelegenheit aus.«

»Offiziell ja«, sagte Wilson. »Aber ich müsste lügen, wenn ich behaupten wollte, dass wir darin keine Gelegenheit sehen.«

»Gelegenheit?«

Als Wilson das Wort aus seinem Mund hörte, verzog er das Gesicht. Er legte die Hände schwer auf den Schreibtisch und verschränkte seine dicken Finger. »Hören Sie«, sagte er, »in gut einem Monat haben wir einen neuen Mann im Weißen Haus, ein brandneues Justizministerium, und wer weiß, wie das ausgeht, ob deren Prioritäten überhaupt mit dem übereinstimmen, was wir mit dem FBI sechs Jahre lang in der Sondereinheit gemacht haben. Sechs Jahre, Ranger, versuchen wir jetzt schon, dieser terroristischen Vereinigung das Handwerk zu legen.«

Terroristische Vereinigung.

Noch nie hatte er seinen Vorgesetzten die ABT so bezeichnen hören. Und ihm war vage bewusst, dass es zu seinem Vorteil war, dass Wilson etwas verkaufte.

»Zwanzig Captains und zwanzig einfache Mitglieder der Bruderschaft sind bei diesem Deal unter Umständen dran. Es ist ein guter Fall, Darren. Das könnte die Wende bringen, könnte die Sache sein, die die Bruderschaft in diesem Staat ein für allemal zu Fall bringt.«

»Was brauchen Sie von mir?«, fragte Darren.

»Wir brauchen eine Anklage, besser früher als später. Die Feds wollen das vor dem Wachwechsel in Washington vor eine Grand Jury bringen. Bevor das Trump-Justizministerium die Arische Bruderschaft mit einer Art Ehrengarde verwechselt. Die Feds sagen, sie stünden kurz davor, das möglich zu machen.«

Diesmal schob Wilson die gesamte Akte in Darrens Richtung. »Zwei Mitglieder der ABT sind in einen häuslichen Streit verwickelt, wobei jeder mit dem Finger auf den anderen zeigt ...«

»Ist es das, was hier läuft?«

Wilson nickte zu dem handgeschriebenen Brief in Darrens

Schoß, damit er ihn las, und redete dann weiter. »Einer von den beiden oder die Ehefrau redet vielleicht über die Machenschaften der Bruderschaft, über die sie zuvor nicht reden wollten, Informationen, die einer Anklageschrift den letzten Schliff geben könnten. Das FBI hat es nicht geschafft, Bill King mit diesem größeren Fall der Bruderschaft in Verbindung zu bringen. Vor allem weil er schon sechs Jahre im Knast sitzt und behauptet, er hätte sich geändert. Doch wenn die Ehefrau und der neue Freund sauer genug werden, vielleicht ...«

»Sie wollen das Kind als Druckmittel benutzen?«

Wilson verzog angesichts der Schlussfolgerung das Gesicht. »Wir wollen bei den Ermittlungen umsichtig sein, das ist alles. Falls im Verlauf der Suche nach dem Kind irgendwelche Geheimnisse zutage kommen, können wir sie vielleicht nutzen.«

»Sie glauben, er lebt noch?«, fragte Darren, obwohl er nicht genau wusste, wie er auf die Frage kam. Er hatte die Akte nicht gelesen und wusste so gut wie nichts. Nur dass der Junge bereits wieder aufgetaucht wäre, wenn es sich um einen familieninternen Streit gehandelt hätte. Die Frage erschütterte Wilson, und sein Gesicht nahm eine blassgraue Färbung an.

»Wie gesagt, es sind schon fast drei Tage, und je eher Sie zum Sheriff-Büro von Marion County fahren, desto besser«, sagte er.

»Wieso ich?«, fragte Darren schließlich. »Aus offensichtlichen Gründen.«

»Ich kann Ihnen nicht folgen«, sagte Wilson.

Darren hasste es, wenn Weiße das machten – wenn sie so taten, als wäre Rasse etwas, woran sie nicht gedacht hätten, bis man *selbst* das Thema ansprach. Wahrscheinlich hatte man ihnen beigebracht, dass es höflich sei oder so etwas, so wie man nicht erwähnte, dass der andere einen Krümel schwarzen Pfeffer zwischen den Zähnen hatte. Doch Darrens niederschmetternde Erkenntnis war, dass die Person, die ihm gegenüber saß, ihn in den letzten fünfzehn Minuten nicht richtig wahrgenommen hatte. Es war eine Unsichtbarkeit, die ihn wütend machte. Er hatte geglaubt, dass er und Wilson das bereits hinter sich gelassen hätten. »Kommen Sie«, sagte er zu seinem Lieutenant. »Wenn Sie mich schon zu einem Schlamassel mit der Bruderschaft schicken, dann sagen Sie mir wenigstens, wieso.«

Wilson machte ein verkniffenes Gesicht; er sah aus, als würde er einen besonders schmerzhaften Nierenstein ausscheiden. Er stieß die Luft aus und räumte dann ein: »Es gibt Berichte über zahlreiche Rassenkonflikte in der Gegend, aus der der Junge kommt, eine kleine Gemeinde namens Hopetown am See, ungefähr fünfzehn Meilen von Jefferson entfernt.«

»Nie ein Hopetown auf einer Karte von Texas gesehen«, sagte Darren.

»Ich glaube nicht, dass es in den letzten zwanzig oder dreißig Jahren überhaupt auf einer Landkarte vermerkt war. Es ist eine sterbende Kleinstadt da draußen, und die Probleme wurden wohl von Neuankömmlingen heraufbeschworen, die mit den Leuten, die wer weiß wie lang schon dort leben, aneinandergeraten sind. Jemand, der das Problem angehen will, muss mit zahlreichen Zeugen reden, und die werden nicht alle wie die Leute von der Bruderschaft aussehen oder reden, wenn Sie wissen, was ich meine.«

»Es gibt Schwarze in Hopetown«, brachte Darren es auf den Punkt.

»Ein paar, ja.«

Darren war einverstanden, bevor er wusste, wie er das seiner Frau erklären sollte.

»Ein Deputy vom Marion County wird Sie begleiten.«

»Glauben Sie mir, ich finde mich schon zurecht in Osttexas.«

»Es ist zu Ihrem eigenen Schutz«, sagte Wilson.

»Das ist nicht nötig ...«

»Das war kein Vorschlag«, sagte Wilson abschließend.

»Irgendwas Bestimmtes, worauf ich achten soll?«, fragte er.

»Jedes Stück Papier und jede Zeugenaussage, die Bill King mit Aktionen der Bruderschaft in Verbindung bringen«, sagte Wilson. »Es ist unsere letzte Chance.«

Darren stand auf, die Akte in der Hand, in der Bill Kings Brief sorgfältig verwahrt war, und stülpte seinen Stetson auf den Kopf. Er musste zum Friseur, aber dafür war jetzt keine Zeit. Erst als er an der Tür war, hielt ihn Wilson noch einmal auf. »Und Mathews«, sagte er mit wissendem Blick, »keine Einbrüche mehr, ja? Sie sind endlich wieder da, wo ich Sie haben will. Vermasseln Sie das nicht.«

Darren schenkte seinem Lieutenant ein schmales Lächeln.

Dann tippte er sich an den Hut und ging.

Nur um zwei Sekunden später in Wilsons Büro zurückzukehren. »Weil wir von der Sondereinheit gesprochen haben«, sagte er und versuchte lässig zu klingen. »Haben Sie je daran gedacht, das San Jacinto County darüber zu informieren, dass Ronnie Malvo ein Spitzel war?«

Wilson zog die Brauen zusammen. »Um eine Ermittlung auf Bundesebene zu gefährden?«

»Oder den Bezirksstaatsanwalt auf Trab zu bringen, damit er tut, was er bereits hätte tun sollen, bevor Malvo unter der Erde war – andere Verdächtige in Betracht zu ziehen.«

Nicht dass Darren nicht schon früher daran gedacht hätte.

Die Arische Bruderschaft von Texas, auch ABT genannt, ließ Spitzel nicht einfach singen und weiterleben. Sie schnitten ihnen die Zunge heraus und zwangen sie, sie zu essen. Theoretisch hätte jeder in ihrer Gang einen Killer auf Malvo ansetzen können. Wenn er tagelang über endlosen Seiten voller Bruderschaft-Delikten saß – ABT-Mitglieder, die allem Möglichen verdächtigt wurden, von Drogenhandel über Raubüberfälle bis hin zu Mord –, dachte Darren manchmal, wie einfach es wäre, sich einen Namen herauszugreifen, so als würde man in einen Bingokorb fassen und eine Gewinnzahl ziehen. Es erschreckte ihn, wie leicht es wäre, Frank Vaughn das Fahndungsfoto eines tätowierten Mitglieds der Bruderschaft auf den Tisch zu knallen und damit den Mordverdacht von Mack und Verdacht auf Beihilfe von ihm selbst wegzulenken. Er konnte die Missbilligung seines verstorbenen Onkels William spüren, der ebenfalls ein Texas Ranger gewesen war, ein Mann, den Darren wegen seiner Integrität und seinem blinden Vertrauen in das Gesetz verehrte. Aber Darren war sich nicht mehr sicher, ob das Gesetz dieses Vertrauen noch verdiente. Er hatte Mack instinktiv beschützt, weil seine eigene Lesart der Geschichte ihm sagte, dass ein schwarzer Mann ein Recht auf seine Angst hat. Andernfalls würde er wegen der eines anderen sterben. *Entweder sie oder wir, stimmt's?* Diese Überzeugung fühlte sich wie ein Stein in seiner Brust an, der bei jedem Atemzug an den Knochen seines Brustkorbs rieb und ihn so von innen heraus mürbe machte. Doch war es deswegen weniger wahr? Hatte seit den Wahlen irgendetwas seinen Zynismus widerlegt? Vielleicht mussten die Regeln tatsächlich geändert werden. Vielleicht war Gerechtigkeit genauso wenig ein starres Konzept wie die Liebe, und Dichter und Blues-Musiker kannten die Regeln besser als alle anderen. Er erinnerte sich an eine alte Platte von Lightnin' Hopkins, an einen Song, aus dem sich sein Onkel William nichts gemacht hatte, den sein Zwillingsbruder Clayton jedoch mit einem sarkastischen Lächeln mitsummte. *Yeah, I'm black and I'm evil, but this black man did not make hisself.* Ich bin schwarz und ich bin schlecht, aber dieser Schwarze hat sich nicht selbst erschaffen. Für Clayton war Gerechtigkeit stets relativ.

Wilson sah ihn befremdet an und sagte: »Meine Auffassung ist, dass Frank Vaughn einen ziemlich wasserdichten Indizienprozess in einem ›Hängt ihn höher‹-County verloren hat …« Etwas an seiner Schilderung ließ Darren erröten, als hätte er in einem Aufzug plötzlich einen fahren lassen. Er räusperte sich und fuhr fort: »Vaughn hatte seinen großen Tag, er hatte seine Grand Jury und die Klage wurde abgewiesen. Das sollte ihn vielleicht lehren, es so bald kein zweites Mal zu versuchen.«

»Oder jetzt erst recht.«

Wilson schien einen Moment lang darüber nachzudenken und wiederholte dann seine Anweisung von vorhin: »Vermasseln Sie das nicht, Mathews. Ich mein's ernst. Mack ist nicht Ihr Problem. Dieser Mordfall ist nicht Ihr Problem.« Er konnte Wilson nicht sagen, dass er völlig falschlag – nicht ohne die ganze schmutzige Geschichte mit der Waffe und seiner erpresserischen Mutter ans Licht zu bringen. Und das kam auf keinen Fall infrage. Er nickte lediglich pflichtbewusst, als ihm sein Lieutenant sagte, dass er so schnell wie möglich nach Jefferson fahren sollte.

4

Er rief Lisa von unterwegs an; er hinterließ ihr sogar zwei Nachrichten, bevor er den Freeway erreichte. Ihre Sekretärin versprach, dass sie zurückrufen würde, als er sich mit seinem Chevy durch den bereits nachlassenden Verkehr der morgendlichen Rushhour quälte, durch die volle Stadt in Richtung Highway 59, jene Straße, die ihn aus Houston heraus in das Herz von Osttexas führen würde. Er fuhr Richtung Norden nach Jefferson, eine Kleinstadt mit etwas über zweitausend Einwohnern an der Grenze zu Louisiana. Die Fallakte lag aufgeschlagen auf dem Beifahrersitz seiner Chevy-Kabine, während der Brief von Bill King am Lenkrad lehnte. Er las ihn in kurzen Abschnitten, wobei er den Blick immer nur für Sekunden von der Straße nahm. Hinter dem Städtchen Humble und dem George Bush Intercontinental Airport wurde es einfacher, als die Gebäude und Einkaufszentren, Handelshäuser für Traktoren und Feuerwerksstände unberührter Landschaft wichen – dichter Pinienbewuchs auf beiden Seiten des Highways – und der Verkehr nachließ.

Bill King eröffnete mit dem 5. Buch Mose.

Er wusste, dass Gott von ihm erwartete, stark und mutig zu sein, sich seiner Angst nicht zu beugen, weil der Herr ihn nicht verlassen würde. Er wusste das. Doch er glaubte, Gott habe Soldaten der Gnade auf Erden, und er brauchte jemanden, der seinen Jungen suchte. Er bat den Gouverneur, ihn beim Vornamen zu nennen, dem Sheriff von Marion County Druck zu machen, damit er Vermisstenanzeigen über seinen Sohn Levi ernst nahm. Darren blickte hoch und bremste, als er merkte, dass er auf den

Sattelschlepper vor ihm zu dicht aufgefahren war. Er fragte sich, wie diese Vermisstenanzeigen in Bill Kings Knast gelangt waren. Der Brief war am Sonntag geschrieben worden – jedenfalls war er da ins Postsystem von Telford gelangt, wo Bill King eine zwanzigjährige Haftstrafe verbüßte, von der er bereits sechs Jahre hinter sich hatte. In dem Brief gestand er, nicht gerade einen christlichen Einfluss in der Welt zu hinterlassen und ein *beschissener* Vater zu sein. Das Wort war dann durchgestrichen und durch *schlechter* ersetzt worden. Doch wie der Gouverneur inzwischen wisse – so schrieb er weiter in diesem seltsamen, allzu vertraulichen Ton –, sei er dabei, seine Schuld an der Gesellschaft zu begleichen und sein Leben in den Dienst Gottes zu stellen. Die Vorstellung, dass die Regierung – in Gestalt der örtlichen Strafverfolgungsbehörden – sein Kind für etwas bestrafe, für das er bereits büße, würde ihn umbringen. Er hoffte, das Gefängnis *bald* verlassen zu können – ein Wort, das er unterstrichen hatte –, um mit seinem Sohn ein neues Leben zu beginnen, der im Augenblick nicht nur Opfer seiner falschen Entscheidungen, sondern auch des Mannes sei, der bei seiner Exfrau lebte, ein *zwielichtiger Kerl*, der, wie er fürchtete, seinem Sohn Levi Leid zufügte, entweder direkt oder schlechterdings durch Vernachlässigung. Seine Ex, Marnie, und ihr Freund Gil hätten manchmal Besuch von ein paar üblen Burschen. Er musste es schließlich wissen. *Ich war selber mal einer.* Er drängte den Gouverneur, den Sheriff davor zu warnen, irgendwelche Äußerungen seiner Exfrau für bare Münze zu nehmen und den Lügen, die sie über ihn und die Familie verbreitete, Glauben zu schenken. Er glaubte, sein Sohn sei in Gefahr und dass jede Sekunde zähle. *Ich flehe Sie an, Sir. Finden Sie meinen Jungen.*

Darren faltete den Brief zusammen und legte ihn in den Fallordner neben sich.

Der Brief lag ihm schwer im Magen.

Er hatte keine Kinder, würde unter den gegebenen Umständen

vielleicht nie welche haben. Er und Lisa hatten anfangs oft darüber geredet, im ersten Jahr, als sie zu entscheiden versuchten, wo sie etwas Eigenes kaufen sollten. Ein Bauernhaus auf ein paar Morgen ehemaligen Weidelands in einem spärlich besiedelten Vorort nordwestlich der Stadt, was Darren gern wollte, oder ein Loft im wiederbelebten Zentrum von Houston in der Nähe von Lisas Büro sowie zahllosen Bars und Restaurants, Konzerthallen und Kunstgalerien und einem Yogastudio, das ihr gefiel, für das sie aber nur selten Zeit hatte. Lisa hatte gewonnen, und Darren vermutete, dass es schon in Ordnung war, kein Fleckchen Gras ihr eigen zu nennen – keinen Ort für ein Kind, um Fahrradfahren zu lernen, oder für einen Wallach, von denen Darren zwei besaß, die aber bei Mack untergestellt waren –, denn nachdem Lisa ihr erstes großes Schadenersatzverfahren gewonnen hatte, war Kinderkriegen kaum noch ein Thema gewesen. Darren war zwar kein Vater, aber er war selbst einmal neun gewesen, und wie bei Levi King war das eine Zeit großer häuslicher Konflikte gewesen.

Es war das Jahr, in dem er Onkel William zum ersten Mal verloren hatte: Das Jahr, in dem sein Onkel – nach einer quälend langen Verlobungszeit – schließlich Naomi geheiratet und selbst eine Familie gegründet hatte, das Jahr, in dem er und sein Zwillingsbruder Clayton aufgehört hatten, miteinander zu reden. Die Männer hatten Darren großgezogen, nachdem sein Vater in Vietnam gefallen war und seine Mutter sich als unfähig erwiesen hatte, sich um etwas Kleines und Bedürftiges zu kümmern. Er selbst war verunsichert und völlig zerrissen gewesen angesichts des Zerwürfnisses zwischen den Brüdern. Clayton, der schon seit Jahren in Naomi verliebt gewesen war, verbannte seinen Bruder vom Familiensitz in Camilla, und Darren sah seinen Onkel William beinahe ein Jahr lang nicht. Es war das erste Mal, dass er sich wie ein uneheliches Kind fühlte, wie ein Junge ohne Familie, jedenfalls nicht so, wie er Familien in Filmen und Bilderbüchern gesehen hatte: mit einer Mom und einem Dad und ein paar Kindern. Auf einmal waren es nur noch Darren und Clayton. Das Haus, genau genommen seine gesamte Kindheit, fühlte sich ohne seinen geliebten Onkel William – den Mann, der ihm das Angeln, das Schießen mit einer Flinte Kaliber 12 und das Züchten von Tomaten, so fest und süß wie Äpfel, beigebracht hatte – vollkommen leer an. Darren hatte es Clayton stets übel genommen, dass er William fortgeschickt hatte, dass er ihn einer weiteren Vaterfigur beraubt hatte. Es dauerte Jahre, bis er die Einzelheiten der Dreiecksbeziehung besser verstand, die seine Familie auseinandergerissen hatte, dass Naomi und William daran ihren Anteil hatten. Die Tatsachen – die für Clayton sprachen – lagen klar auf der Hand. William hatte Clayton sein Mädchen gestohlen.

Clayton war im achten Semester an der Prairie View A&M University, als er Naomi zum ersten Mal sah, eine Studienanfängerin im ersten Jahr in Caprihosen und Strickjacke, das Haar frisch geglättet und gewellt. Sie war so hübsch mit ihrem dunkelbraunen Haar und den sinnlichen braunen, mandelförmigen Augen, dass er über seinen offenen Schnürsenkel gestolpert wäre, wenn sie im Kolleghof nicht stehen geblieben wäre und ihn darauf aufmerksam gemacht hätte. Ihre Blicke begegneten sich, und Clayton war hin und weg. Prairie View war das erste College für Schwarze in Texas gewesen, doch er hätte beinahe mit der Tradition der Mathews gebrochen und sich am Wiley College in Marshall eingeschrieben, um *nicht* als der Zwillingsbruder von William Mathews zu gelten – wenigstens ein paar Jahre lang. Doch in dem Moment, als er Naomi Cortland erblickte, war er für den Rest seines Lebens dankbar, sich für Prarie View entschieden zu haben. William war am selben College Student des ROTC, des Reserve Officer Trainings Corps, mit den Hauptfächern Mathematik und Geschichte, und schien Naomi gegenüber völlig gleichgültig zu sein, nannte sie sogar heimlich »Klappergestell«, nachdem er sie zum ersten Mal gesehen hatte. Zu der Zeit war er damit beschäftigt, einen Pädagogikabschluss in Lufkin zu machen. Schon ein paar Monate nach dem Liebeswerben um Naomi dachte Clayton ans Heiraten, wollte aber erst dann einen Ring kaufen, wenn er die Studiengebühren bezahlt hätte. Während seines dritten Jahrs an der juristischen Fakultät der Texas Southern University in Houston kehrte sein Bruder William an die Prairie View zurück, um nach einem freiwilligen Einsatz in Vietnam seinen Abschluss zu machen. William und Naomi gerieten ins Plaudern – und es waren mehr als ein paar flüchtige Worte auf dem Flur von Claytons Studentenwohnheim. Es gab lange Gespräche über den Krieg und Williams Motive dafür, mitzumachen. Er litt an einem Patriotismus, der ihn am Nabel hinter sich herzog, wie er es beschrieb; es war ein Gefühl, dem er ständig gerecht zu werden versuchte und das an seinem Wunschbild von Amerika nagte. Er war bereit, für dieses Ideal zu kämpfen, zu glauben, dass Treuepflicht und Dienstbereitschaft ihn dorthin bringen konnten. Damals wollte Naomi Krankenschwester werden und begriff, was ein Leben im Dienste anderer bedeutete, begriff, was es hieß, durch Blut und Dreck zu waten in der Hoffnung, reparieren zu können, was zerbrochen war. *Es ist der Kampf,* sagte William häufig. *Die edle Gesinnung liegt im Kampf.* Clayton, den Kopf in einem juristischen Lehrbuch irgendwo in Houston vergraben, fühlte sich von beiden weit entfernt, und als er seinen Abschluss an der juristischen Fakultät machte, führten William und Naomi ihn beim Abendessen der Abschlussfeier in eine ruhige Ecke, um ihm zu sagen, dass sie verlobt seien. Clayton nannte William einen Verräter und Naomi eine Närrin; bis Weihnachten sei sie eine Kriegswitwe, weil sich William eine Kugel für ein Land einfinge, das seine Liebe niemals erwidern würde. Diese Worte nahm er nie zurück, nicht einmal, als er am Grab seines Zwillingsbruders stand, nachdem William in Ausübung seiner Pflichten als Texas Ranger getötet worden war.

Darren fragte sich manchmal, ob der tiefgreifende Unterschied zwischen den beiden Seiten des Gesetzes, welche die Brüder repräsentierten – William, der Texas Ranger, und Clayton, der ehemalige Strafverteidiger –, sowohl von Herzensangelegenheiten als auch von einem ideologischen Dissens geprägt war. Inzwischen hatte er erkannt, dass ihn der Versuch, die Glaubenssysteme der beiden Männer unter einen Hut zu bringen – der Impuls, bei Polizeivergehen gegen einen Schwarzen, diesen vor der Polizei zu schützen –, den ganzen Ärger mit Mack und dem Malvo-Mord eingebracht hatte.

Was das Zerwürfnis zwischen seinen Onkeln betraf: William war tot, und Clayton hatte schließlich das neu entfacht, was er vor vielen Jahren verloren hatte. Er und Naomi lebten zusammen in Austin, wo er an der Texas School of Law unterrichtete. Sie hatten noch nicht geheiratet. Aber Darren war sich sicher, dass es passieren würde. Es war seltsam genug, um ihm Kopfschmerzen zu bereiten, wenn er zu lange darüber nachdachte. Nie wusste er, ob er in Williams Namen gekränkt sein oder sich für Clayton freuen sollte. Und Bruderschaft hin oder her, er hatte Mitgefühl mit Levi King und jedem anderen Kind, dessen Privatleben vom chaotischen Beziehungsleben Erwachsener bestimmt wurde.

Eine gute Stunde hinter Marshall, weniger als neunzig Meilen von Jefferson, dem Verwaltungssitz von Marion County, entfernt rief er seine Mutter an. Sie ging beim ersten Klingeln ran, an das Handy, das er ihr erst letzten Monat gekauft hatte. Im Hintergrund war Musik und das Rauschen des Windes zu hören. Sie war irgendwo draußen, das Radio auf ihrem Putzwagen, wie Darren vermutete, und hörte Betty Wright und den Rhythm and Blues der Ausgebeuteten. Sie war kurz angebunden, verärgert darüber, von ihrem Sohn gestört und kontrolliert zu werden. Sie sagte: »Was willst du?«, ohne die Musik leiser zu stellen, und gleich darauf hörte Darren Stimmen im Hintergrund und ein Klirren, das für ein Windspiel zu laut war. Bierflaschen, dachte er. Bell war nicht bei der Arbeit. Sie machte Party mit ein paar Leuten. Kein Grund, die Stechuhr zu bedienen, wo Darren ihr doch regelmäßig einen Batzen Geld zusteckte. Er kam gleich zur Sache.

»Wo ist sie?«, fragte er.

»Wo ist was, mein Junge? Ich hab dir doch gesagt, dass ich beschäftigt bin.«

»Die Waffe, Mom. Wo zum Henker hast du die Waffe hingetan?«

»Moment, lass mich das Telefon leise stellen.«

»Mom ...«

»Was, sie werden nichts sagen«, bemerkte sie. »Es sind Fisher und 'n paar seiner Leute aus Lake Charles. Die interessiert so'n Kleinstadtkram nicht.«

»Bist du in Louisiana? Was ist mit der Arbeit?«

»Ich bin mit meinem Boss hier, also gibt's keine Probleme«, sagte sie. »Ich verstehe nicht, wieso dich das kümmert, kommst ja nicht mal vorbei, um mich zu besuchen.«

»Ich hab dich am Donnerstag besucht«, sagte er. »Ich habe deinen Rasen gemäht.«

Das mit dem Einreden von Schuldgefühlen geschah ganz automatisch, und wenn sie dabei ertappt und korrigiert wurde, saugte sie lediglich die Luft durch die Zähne ein und sagte: »Was willst du, Darren?«

»Wo ist sie?«

»An einem sicheren Ort.«

»Wo?«

»Besser, du weißt es nicht, oder? Glaubhafte Soundso«, sagte sie und suchte nach dem passenden Wort. »Bestreitbarkeit, das ist es.

Ich hab das bei Investigation Discovery gesehen.« Über die Kabelbox, für die Darren ebenfalls bezahlte. »Ich will nicht, dass mein Baby lügen muss.«

»Ich würde nur lügen müssen, wenn jemand nach der Waffe fragen würde«, sagte er. »Was niemand tun wird, wenn du kein Wort darüber verlauten lässt.«

»Ich habe dein Geheimnis bisher bewahrt.«

»Es geht nicht nur um mich. Macks Freiheit steht ebenfalls auf dem Spiel. Sie könnten uns beide ins Gefängnis stecken, wegen Mordes oder wegen Vertuschung.«

»Mack ist nicht mit mir verwandt, also ist das nicht meine Sorge.« Sie bat jemanden, ihr einen Flusskrebs und ein wenig Mais zu reichen. »Ich werde dich beschützen. Schließlich bin ich deine Mutter und werde nicht zulassen, dass dich jemand holt.«

Etwas in ihrer Stimme brachte ihn dazu, ihr glauben zu wollen. Es war seltsamerweise einer der wärmsten mütterlichen Momente, die er je mit ihr gehabt hatte. Er erlaubte sich den unrealistischen Gedanken, die Situation von Anfang an falsch eingeschätzt zu haben.

Vielleicht hatte seine Mutter die Waffe tatsächlich von seinem früheren Wohnsitz fortgeschafft, um ihren Sohn zu beschützen. Vielleicht waren die vielen Male, die er in den vergangenen beiden Monaten bei ihr gewesen war, die vielen gemeinsamen Mahlzeiten ihre Art gewesen, ihm näherzukommen. Vielleicht hatte sie sein Geld nur genommen, weil er es ihr angeboten hatte. Hatte sie ihn mit der 38er denn je direkt erpresst? Er musste zugeben, dass die Antwort *Nein* lautete. Vielleicht war es ein Fehler, seine Mutter nach ihren früheren Fehltritten zu beurteilen, auch wenn sie zahlreich waren. »Du hast also nicht mit dem Bezirksstaatsanwalt gesprochen?«

Bell stieß ein raues Lachen aus. »Soll ich denn?«

»Nein.«

»Dann hör auf, dir Sorgen zu machen, mein Junge.«

»Wo ist sie, Mom?«, fragte er drängend. »Ich würd' mich einfach besser fühlen, wenn ich es wüsste, wenn ich sie an mich nehmen und irgendwo ...«

»Und deine Fingerabdrücke überall darauf hinterlassen würdest? Das ist das Letzte, was du brauchst.« Er hörte das Ploppen eines Bierflaschenverschlusses. Bell nahm einen Schluck und stieß einen kleinen Seufzer aus, gefolgt von einem leisen, damenhaften Rülpsen. »Ich hab's dir gesagt, Junge, ich hab dich. Wir einander.«

»Danke«, sagte er kurzzeitig verwirrt und verunsichert von der Zuneigung seiner Mutter. *Ich liebe dich, Mom.* Er sagte es stumm vor sich hin, bevor er es laut aussprach. Es fühlte sich auf einmal richtig an. Er war sich nicht sicher, ob sie ihn gehört hatte. Die Musik, die Bierflaschen, ein Mann und eine Frau, die im Hintergrund lachten. Bell, die um Feuer für ihre Zigarette bat. Er hörte, wie das Papier in der Flamme knisterte, wie sie an der Zigarette zog und den Rauch ausstieß.

»Das stimmt«, sagte sie noch immer tröstend. »Mom hat dich.«

Noch ein Zug und dann: »Wo wir davon sprechen, Puck fragt schon wieder nach der Miete. Er hat die Kabelfirma gesehen, den Flachbildschirm, den du mir gekauft hast, und er sagt, dreihundertfünfzig reichen nicht mehr. Er will jetzt fünfhundert im Monat.« Ihre Stimme nahm einen fragenden Ton an.

»Und ich soll das bezahlen?«

»Worüber zum Kuckuck haben wir die letzten zehn Minuten gesprochen, Darren?« Sie klang aufgebracht, aber nicht weniger aufgebracht als er am anderen Ende der Leitung. Etwas zwischen ihnen, eine Hoffnung, die in ihm gekeimt hatte, zerstob, und Darren fühlte sich abermals betrogen. Scheinbar jedes Mal, wenn er bereit war, einen Schlussstrich unter ihre Geschichte zu ziehen und neu anzufangen, auf die Liebe zu setzen, die irgendwo da war, jedes Mal, wenn er die Hand ausstreckte, um ihr zu vergeben, wurde sie ihm weggeschlagen. Sie stellte ihre Forderung. »Könntest du bei ihm vorbeifahren und für mich bezahlen? Fisher und ich werden mindestens übers Wochenende hierbleiben«, sagte sie.

»Ich arbeite, Mom, und bin gerade auf dem Weg nach Jefferson.«

»Dann sag deinem hübschen Mädchen, dass sie zu mir rauffahren soll. Wir sind jetzt eine Familie, ob sie's versteht oder nicht ...«

»Ich habe dir gesagt, dass sie dich gern hat, Mom.«

Sie schnalzte mit der Zunge und wurde mit jeder Sekunde, in der sie nicht bekam, was sie wollte, übellauniger. »Na ja, Familienmitglieder helfen sich gegenseitig. Bring mich nicht dazu, irgendwas zu unternehmen, um dir in dem Punkt auf die Sprünge zu helfen, Darren. Macks Pistole kann bleiben, wo sie ist ... oder eben *nicht*.«

Dann sagte sie ein, zwei Worte zu Fisher oder mit wem auch immer sie zusammen war. Ihm schwirrte der Kopf, so benommen war er von der emotionalen Achterbahnfahrt. Über vierzig Jahre mit ihr, und er war wieder da, wo er begonnen hatte. »Ich liebe dich, mein Sohn«, sagte Bell.

Ich liebe dich auch, Mom.

Zweiter Teil

5

Deputy Brian Briggs erwartete ihn vor dem Gerichtsgebäude, genau genommen an der Ecke Polk und Austin, wo er wie ein Rodeo-Clown winkte, als dächte er, Darren könnte das Gebäude direkt vor ihm womöglich übersehen, als wäre er ein Fremder, der keine Straßenschilder lesen könnte. Briggs war in seinen Zwanzigern und mit seiner Wampe ein paar Jahrzehnte zu früh dran. Er hatte die Haltung eines älteren Mannes, trotz seines jungenhaften Gesichts und seines Eifers. Er war weiß, was bei der Strafverfolgung in Marion County, Texas, fast selbstverständlich war, und mit den Händen auf den Hüften sah er dabei zu, wie Darren seinen Chevy auf einen freien Platz an der Pols Street stellte, neben dem Wandbild eines alten Dampfschiffs namens *Mittie Stephens*. Sie waren nur einen Block vom Big Cypress Bayou entfernt, einst die wichtigste Reise- und Handelsroute nach Jefferson – eine Stadt, die nach dem dritten Präsidenten des Landes benannt und früher einmal die größte Stadt des Staates gewesen war. Der Bayou war eine breite Wasserstraße, die zirka acht Meilen östlich in den Caddo Lake mündete, der selbst eine alte Handelsroute über die Grenze nach Louisiana war. Früher kamen Dampfschiffe von Shreveport und New Orleans über den See in die damalige Hafenstadt Jefferson. Das alles verlieh der Stadt ihren unverwechselbaren Charakter, der stark beeinflusst von den französischen Siedlern in Louisiana war. Der Marktplatz sah aus wie ein geschrumpftes französisches Viertel – Gebäude im Kolonial- und Queen-Anne-Stil mit Laufgängen aus raffiniertem Schmiedeeisen –, jedoch ohne dessen Sinn für Humor oder irgendeine Spur von Ausschweifung. Er wirkte wie eine Kurtisane, die zu Jesus gefunden hatte. Jefferson hatte etwas Verkniffenes, nicht so sehr zugeknöpft als vielmehr verklemmt, einen Sinn für Anstand – die idyllischen Backsteingebäude in den Straßen des Stadtzentrums und die perfekt gepflegten Gärten der Wohnhäuser –, der zu bemüht war, so als gäbe es etwas zu verbergen.

Es war eine Stadt, die in der Zeit stehen geblieben war.

Der einst geschäftige Ort war kaum mehr als eine verschlafene Touristenattraktion, die Straßen voller Antiquitätenläden und Geschäfte, wo man Tickets für Besichtigungen historischer Kolonialhäuser, Geistertouren zu Spukorten oder Bücher über die Zeit vor dem Bürgerkrieg kaufen konnte – Jeffersons Blütezeit, bevor Shreveport die Stadt als Zentrum eines regen Flusshandels ablöste. Als die Eisenbahnbarone von Texas und der Pacific Railway Company Marshall gegenüber Jefferson den Vorzug gaben, war die Stadt endgültig erledigt. Darren war einmal hier gewesen, als er zwölf war, um Marcus Aldrich, Claytons Zimmergenossen im ersten Studienjahr an der Prairie View, zu besuchen. Marcus lebte seit fast zwanzig Jahren in Jefferson, nachdem er eine Weiße geheiratet hatte, die eins von zwei Dutzend Gästehäusern in der Stadt betrieb. Die Ehe hatte nicht gehalten, und Clayton war hingefahren, um seinem Freund beim Auszug aus dem Dogwood Inn zu helfen. Obwohl Darren vermutete, dass er die zweieinhalbstündige Fahrt unternommen hatte, um ihm eine Ich-hab's-dir-doch-gesagt-Predigt zu halten und seinen Kumpel zu animieren, etwas aus seinem Doktor in Geschichte zu machen. Offensichtlich waren es nicht nur Darrens Lebensentscheidungen, bei denen sein Onkel Clayton ein Wörtchen mitreden wollte.

Als Darren aus seinem Truck ausstieg, wartete Deputy Briggs bereits auf ihn. Er hatte seine breite Hüfte an eine alte Gaslaterne gelehnt, die mit Weihnachtslametta und winzigen Glöckchen behängt war, die in der leichten vom Bayou geschwängerten Brise klimperten. Sie waren nah genug am Caddo Lake und an Louisiana auf der anderen Seite, um die Sumpflandschaft, den Duft von Austernschalen und den süßlichen Geruch von Spanischem Moos zu riechen. Er erfüllte die Straßen von Jefferson genauso wie der Geruch von frittiertem Zwergwels und Alligator, der um die Mittagszeit aus den Restaurants im Stadtzentrum strömte.

»Ich habe meinen Streifenwagen hinter dem Amtsgericht abgestellt«, sagte Briggs. »Sie können bis zum Highway hinter mir herfahren. Es sind ein paar Abzweigungen bis dorthin, aber Sie bleiben einfach dicht hinter mir, und ich passe auf, dass Sie sich nicht verfahren.«

»Nicht nötig«, sagte Darren und lächelte, um ihm zu signalisieren, dass er den ganzen Aufriss zu schätzen wusste und nicht unhöflich sein wollte. »Beschreiben Sie mir den Weg, dann finde ich es schon.«

»Vielleicht, vielleicht auch nicht. Hopetown liegt tief im Wald am Caddo Lake. Beim ersten Mal bin ich direkt daran vorbeigefahren«, sagte Briggs und zog seine Autoschlüssel heraus. »Außerdem ist das eine Anweisung vom Sheriff.« Der wiederum seine Anweisungen von Wilson bekam, wie Darren wusste. Er war damit einverstanden gewesen. Er nickte zustimmend und stieg wieder in den Truck, um auf Briggs Eskorte zu warten.

Als Darren seinen Truck hinter Deputy Briggs weißem Streifenwagen in dem winzigen Nest Hopetown abstellte, saßen Marnie King und Gil Thomason draußen vor ihrem Trailer – gestrichen in einem wässrigen Blau mit weißen Zierleisten und auf der einen Seite auf Ziegelsteinen aufgebockt. Fast zweiundsiebzig Stunden, nachdem sie Levi King als vermisst gemeldet hatten, weigerten sie sich noch immer, jemanden von der Polizei ohne Durchsuchungsbefehl in ihren Trailer zu lassen. Er kenne seine Rechte, sagte Gil Thomason und listete sie laut auf, als Darren aus seinem Truck stieg. »Ich meine, wenn der Junge drin wäre, hätten wir Sie schließlich nicht angerufen«, sagte er. Gil sah seine Freundin an, die Mutter des Jungen, weil er wollte, dass noch jemand diesen Unsinn bezeugte. Aber Marnie starrte geradeaus und blickte weder Gil noch die Männer des Sheriffs an, die im Vorgarten standen, der mit rostigen Bootsteilen und sonstigem Gerümpel zugemüllt war. Sie hielt eine nicht angezündete Zigarette in den Händen und rollte sie wie einen Handschmeichler zwischen den Handflächen hin und her. Schließlich griff sie unter den Bund ihrer Leggings und zog ein Feuerzeug heraus. Ihre Stimme war rau wie alte Melasse, die kristallisiert und scharfkantig geworden war. Und sie war winzig und hatte die Füße eines Kindes. Sie trug ein blassrosa Tanktop, und Darren konnte die Rippen durch den Stoff hindurch erkennen.

Alles in Hopetown sah so elend und unterversorgt aus wie Marnie King.

Der Trailer von ihr und Gil stand in der Mitte eines Rasters unbefestigter Wege, an denen diverse mobile Wohnobjekte standen: Trailer, ein paar Vans, ein Hausboot, das aus dem Wasser gezogen und zu einer Hütte umfunktioniert worden war. Jemand hatte eine Satellitenschüssel auf seinem Dach installiert und aus Muschelscherben einen Weg zu seiner Eingangstür angelegt. Sie war flankiert von zwei schwarzen Lawn Jockeys. Jemand mit einem seltsamen Sinn für Geschichte – und Humor – hatte ihnen winzige Konföderiertenflaggen in die Hände gesteckt. Darren ertappte sich dabei, wie er die Wegreihen nach Zeichen für die Arische Bruderschaft von Texas absuchte, ABT-Tattoos auf Gil Thomasons bloßer Haut mit eingeschlossen. Marnie Kings Freund trug ein langärmeliges T-Shirt von der Big Pines Lodge, und das einzig Erkennbare an ihm von Darrens Position aus war sein grimmiger Gesichtsausdruck. »Was zum Henker will der hier?«, blaffte er.

Er nickte in Richtung Darren.

Steve Quinn, Sheriff von Marion County, drehte sich zu Darren um. Er war Ende dreißig, jung für seinen Posten, und hatte dunkles Haar und ein weißes, pockennarbiges Gesicht. Trotzdem sah er attraktiv und vertrauenswürdig aus.

Er stand neben seinem Streifenwagen vor dem Trailer und musterte Darren eingehend, hatte nichts einzuwenden gegen das, was er sah, und ließ sich nicht aus der Ruhe bringen.

»Ranger Mathews ist hier, um uns bei der Suche nach Ihrem Sohn zu helfen.«

»*Meinem* Sohn«, stellte Marnie richtig. »Haben Sie schon mit seiner Großmutter gesprochen?«

»Noch einmal, Ma'am, die Vorschriften besagen, dass wir hier anfangen müssen, um mögliche Probleme zu Hause auszuschließen, sogar die einfache Möglichkeit, dass Ihr Sohn vielleicht weggelaufen ist, sich vielleicht irgendwo bei einem Freund ...«

»Ich weiß genau, wo er ist«, sagte Marnie. »Das ist Rosemarys Werk.«

»Nun, wenn ich einen Blick in sein Zimmer werfen könnte, Ma'am, könnte ich ausschließen ...«

»Was, ich soll dem Hurensohn die Gelegenheit geben, in meinen Sachen rumzuschnüffeln?« sagte Gil. »Sein Stern auf der Brust interessiert mich einen Scheiß, ich lass keinen Nigger in meine vier Wände.«

Sheriff Quinn seufzte mit einem Ausdruck, der genervt und eine Spur verlegen wirkte. Darren spürte, wie der Zorn ihn packte; es brachte sein Herz zum Rasen und seine Fingerspitzen zum Kribbeln. Am liebsten hätte er jemandem eine verpasst. Gil Thomason, aber auch seinem Lieutenant – dafür, dass er über zweihundert Meilen gefahren war, um dann beschimpft zu werden. Er versuchte, sich zu beruhigen und daran zu denken, dass es hier um einen Neunjährigen ging, versuchte wie immer, der bessere

Mensch zu sein. Er seufzte unter dieser Last. Er nahm seinen Stetson ab und ging vor Marnie King in die Hocke, die auf den Stufen ihres Trailers saß. Sie roch nach Babypuder und Zigaretten und verströmte eine säuerliche Fahne von irgendwas, das sie getrunken hatte, bevor die Cops aufgetaucht waren. »Ma'am«, sagte er. Gil versuchte zwischen sie zu treten, bereit, Marnie vor dem fremden Schwarzen zu beschützen, wobei er sein Knie Darren beinahe ins Gesicht drückte. Darren schüttelte energisch den Kopf und sagte: »Sie müssen einen halben Meter zurücktreten, mein Sohn.« Das *Sohn*, das wie *Junge* klang, ließ Gil ausrasten.

»Hör mal, Nigger ...«

»Was?«, sagte Darren, die Hand am Colt, bevor Gil noch näherkommen konnte.

Gil wich zurück, doch nur ein paar Zentimeter, und Sheriff Quinn sagte: »Na, na, na, das wollen wir doch nicht.« Es war nicht klar, ob er Gil oder Darren meinte.

Mit Marnie sprach er in einem freundlichen Ton, der jedoch nicht sein Missfallen für ihre Entscheidungen im Leben verbarg, von denen jede einzelne für das Verschwinden ihres Sohns verantwortlich sein konnte. »Wie lange ist er schon verschwunden?« Er suchte nach etwas in ihren Augen, die schlammgrün waren, von der gleichen Farbe wie das Wasser des Caddo Lake.

»Er ist am Freitagabend nicht nach Hause gekommen«, sagte sie mit vorgerecktem, knochigem Kinn. Darren blickte auf seine Armbanduhr, als wäre ihm gerade erst eingefallen, dass Montag war. »Nun ja, Ma'am«, sagte er, »die Chancen, ein Kind zu finden, das länger als achtundvierzig Stunden vermisst wird, sind sehr gering. Wir wollen Ihnen dabei helfen.«

Das war nicht sein eigentlicher Auftrag hier, aber das brauchten sie nicht zu wissen.

Ein vermisstes Kind zu finden, würde ihm jedenfalls ein besseres Gefühl geben angesichts des Plans, den er hundert Meilen vor

Marion County ausgeheckt hatte: Wenn er irgendeinen Beweis finden konnte – echt oder konstruiert –, um Bill King mit dem Mord an Ronnie Malvo in Verbindung zu bringen, wären er und Mack beim San Jacinto County und bei Bezirksstaatsanwalt Frank Vaughn aus dem Schneider, und Wilson hätte, was er bräuchte, um Bill »Big Kill« King dranzukriegen. Einen Auftragskiller für einen Informanten anzuheuern, ergäbe eine hübsche Anklage, zusätzlich zu den Ermittlungen auf Bundesebene gegen die Arische Bruderschaft von Texas. Darren hatte in Gedanken bereits ein Quidproquo ausgearbeitet und mit seinem Onkel William während der Fahrt hierher ein imaginäres Gespräch geführt.

Bill würde seinen Jungen zurückbekommen im Tausch gegen ein Leben im Gefängnis, wo er auch hingehörte. William, der tot war, hatte kein Wort gesagt, und trotzdem hatte Darren seine Missbilligung spüren können, die so kalt wie der Atem eines Geistes in seinem Nacken gewesen war. Er hatte das Radio laut gestellt und die Fenster seines Trucks heruntergelassen, um sein Schwindelgefühl zu bekämpfen. So leicht war es also, von der Klippe seiner eigenen Moral zu stürzen. Es wurde Musik von Lightnin' Hopkins und Jessie Mae Hemphill gespielt, Baumwollpflücker-Blues, aus einer Zeit, als es kein Gefühl für richtig oder falsch im Umgang mit Weißen gab. Es ging nur ums Überleben.

»Er ist nicht *verschwunden*«, insistierte Marnie. »Seine Großmutter hat ihn.«

Sanft sagte Darren: »Und wenn es nicht so ist?«

Da sah er die Angst in ihren Augen. Marnie King war sich nicht sicher, doch sie klammerte sich an ihre Theorie, weil die Alternative zu schrecklich war. Darren konnte spüren, wie sie an ihrem Zorn festhielt. Er sah ein ängstliches Zittern auf ihrer zerfurchten Stirn. Selbst ihr Körper verströmte Angst. Sie blickte zu ihrem Freund Gil auf, der neben den Stufen stand, und verdrängte sie rasch. »Das war Rosemarys Werk«, sagte sie.

Gil nickte und kratzte sich am Haaransatz, die vollen Locken schon leicht ergraut. Er trug ein weites Paar schwarze Wrangler, das an einer backsteingroßen Gürtelschnalle hing, die, falls sie wirklich aus Silber war, genügt hätte, um dem Trailer einen neuen Anstrich zu verpassen und einen neuen Satz Reifen zu kaufen. Er war barfuß trotz der Steine und Erde um seinen Wohnwagen herum, als hätte er Angst, dass ihm der Sheriff womöglich hinein folgte, wenn er seine Stiefel holte. Was auch immer in dem Trailer war, war es Gil Thomason anscheinend wert, Levi King Zeit zu stehlen, die dieser nicht hatte. Als Darren aufblickte, sah er ein Mädchen im Teenageralter hinter dem vorderen Fenster stehen. Sie hatte milchweiße Haut und schwarz umrandete Augen, und sie trug eine Lederjacke, die zwei Nummern zu groß war. Sie betrachtete die Szenerie, Gil und Marnie vor ihrer Trailertür, den Sheriff und die Deputys und Darren. Ihr Blick begegnete seinem, und er sah deutlich, dass sie weinte, und das vermutlich schon eine ganze Weile.

»Glauben Sie mir, diesen Mist hat sich Rosemary King ausgedacht«, sagte Gil mit der Bestimmtheit eines Mannes, der sich mit Betrügereien auskannte. »Nimmt den Jungen, schaltet den Sheriff ein und bringt dann noch diesen Richter dazu, sich irgendwas auszudenken, um hier herumzuschnüffeln und zu sagen, wir wären nicht geeignet, und ruckzuck verliert Marnie das Sorgerecht, und Rosemary muss keinen Unterhalt mehr zahlen.«

Sheriff Quinn schüttelte den Kopf. »Sie waren es doch, die den Jungen als vermisst gemeldet haben.«

»Er wird nicht vermisst«, sagte Marnie mit schriller, eisiger Stimme. »Reden Sie mit dieser alten Hexe in Jefferson und bringen Sie mir meinen Sohn zurück.« Ihre Stimme brach beim letzten Wort und brach etwas in ihr weit auf. Marnie begann zu weinen, dicke Tränen fielen auf ihr rosafarbenes Tanktop und verfärbten den Stoff in ein dunkles Blutrot.

Briggs hatte recht gehabt: Hopetown war schwer zu finden.

Es war ein gemeindefreies Stück Land am Ende einer einspurigen, unbefestigten Straße und so überwuchert – dicht stehende Pinien und Sumpfeichen, Vogelmiere, die in alle Richtungen wucherte –, dass jemand, der sich nicht auskannte, auf den ersten Metern aufgegeben hätte und umgekehrt wäre. Der einzige andere Zugang zu der winzigen Ortschaft war per Boot, indem man den nördlichen Teil des Caddo Lake überquerte. Doch das nahegelegene Seeufer war von uralten Sumpfzypressen gesäumt, die von Spanischem Moos in der Farbe vom Bart eines alten Mannes bewachsen waren, und ihre knotigen Wurzeln standen aus dem Wasser wie eine Truppenlinie, die Eindringlinge fernhielt. Hier draußen wohnten Menschen, die sowohl vom Land als auch vom Wasser aus nicht zu sehen waren. Die Luft roch nach Torf und totem Fisch und der feuchten, sumpfigen Erde entlang des Ufers. Und nach Pferdescheiße. Seltsam, denn Darren konnte keine Vierbeiner entdecken, bis auf einen räudigen Hund, der an einer Verpackung eines Kirsch-Pies von Hostess schnüffelte.

Wie Sheriff Quinn und Deputy Briggs hatte er seinen Wagen ein paar Meter vom Ufer entfernt neben einer Reihe Bootsschuppen geparkt, sodass die Männer offen sprechen konnten. Quinn ging mit Darren den letzten Tag des Jungen durch. »Die Mutter und der Freund waren in Jefferson und Marshall, um Besorgungen zu machen, was, wenn man Gil Thomason kennt, alles bedeuten konnte, von einem Halt bei Kroger, um Frisiercreme und Toilettenpapier zu kaufen, bis zum Verticken von Kreditkartennummern unter einer Brücke. Der Typ ist ein echtes Stück Scheiße. Falsche Personalausweise, Kreditkartennummern und Drogen natürlich. Er ist wirklich zwielichtiger Abschaum. Deshalb will er uns auch nicht reinlassen.«

»Ich bin überrascht, dass der Richter noch keinen Durchsuchungsbeschluss ausgestellt hat.«

»Jeder hofft wahrscheinlich, dass es eine einfache Erklärung für die Sache gibt, dass der Junge abgehauen ist oder die Großmutter tatsächlich involviert ist. Es fehlt nicht an häuslichen Problemen bei den Leuten«, sagte Quinn und nickte in Richtung des blauweißen Trailers in einiger Entfernung. So dicht am Ufer hatte Darren einen umfassenderen Blick auf Hopetown. Hinter den Trailerreihen befand sich eine leichte Senke, so üppig und grün wie der Trailerpark öde und trostlos war. Ein paar Häuser standen dort. Keine Wohnwagen, sondern richtige Häuser auf Fundamenten, die stabiler waren als Ziegelsteine und Räder. Es gab eine Art strohgedeckter Hütte, die rund wie ein Pilz war. Darren dachte erneut an die Pferde und fragte sich, was es dort gab, in dem anderen Hopetown. »Der Junge hatte Probleme«, sagte Quinn. »Schule schwänzen und leichter Vandalismus. Meine Deputys waren schon mehr als einmal hier draußen.«

Darren verzog das Gesicht. »Er ist neun.«

»Und hat einen Dad im Knast und eine Mom, die mit einem Kriminellen zusammenlebt. Keiner würde das laut aussprechen, außer mir«, sagte der Sheriff. Er blickte zu dem Streifenwagen, der hinter ihnen stand, wo Briggs mit herausgestrecktem Bein auf dem Fahrersitz saß und eine Nachricht in sein Handy tippte. »Aber die Kings erregen nicht viel Mitgefühl hier in der Gegend. Außer Rosemary. Das mit ihr ist etwas anderes.«

»Ihr Sohn, Bill King, ist ein Captain bei der Bruderschaft.«

»Eine Menge Leute sind bereit, das zu vergessen. Rosemary King ist 'ne große Nummer in Jefferson.«

»Was ist mit Thomason? Gehört er zur ABT?«

»Ein Möchtegern-Mitglied«, sagte Quinn. »Das sind die schlimmsten.«

Darren nickte. Er mochte Quinn, spürte, dass er ehrlich zu ihm war, und der Sheriff schien nichts gegen Darrens Anwesenheit in seinem County zu haben. »Bill King will das wohl Gil anhängen«, sagte er. »Er glaubt, dass Marnies Freund dem Jungen vielleicht was getan oder Levi irgendwie in Gefahr gebracht hat. Die Leute sind ziemlich aufgebracht. Zum Teufel, ich habe zwei Kinder, und ich hätte in diesem County keinen Stein auf dem anderen gelassen, wenn sie verschwunden wären. Etwas stimmt mit Thomason tatsächlich nicht, der sorgt immer für Ärger. Aber bisher gibt es keine Anzeichen für irgendein mieses Spielchen, nichts in der Art. Der Junge ist einfach verschwunden.«

Wie Darren von Quinn erfuhr, war der Junge am Nachmittag von zu Hause weggegangen. Seine ältere Schwester – das Mädchen am Trailerfenster – hatte Levi gestattet, mit dem Boot ihres Großvaters rauszufahren, obwohl sie beide wussten, dass Marnie das nicht erlaubt hätte. Das Boot war seit dem Tod ihres Vaters im Herbst nicht oft benutzt worden, und niemand kümmerte sich richtig darum. Aber Dana King hatte ihren Freund zu Besuch und wollte ein wenig Privatsphäre. Sie befahl Levi, ein paar Stunden wegzubleiben. Der Junge fuhr den ganzen Weg nach Karnak auf die andere Seite des Caddo Lake – ein so großes Gewässer, wie Darren erfuhr, dass Teile davon einen eigenen Namen trugen, was ebenfalls für die Handvoll Inseln galt – von denen ein paar mehrere Meilen lang waren –, die sich zwischen Wasserlilien und mit Moos behängten Zypressen erhoben. Quinn, der eine Karte vom See in seinem Streifenwagen hatte, breitete sie auf der Motorhaube des Wagens aus. Er fuhr mit seinem haarigen, ausgestreckten Finger über einen Zufluss namens Clinton Lake, hinter Goat Island und der Bucht von Carter Lake im Westen, wo Levi einen Großteil des Nachmittags bei einem Freund verbracht und Videospiele gespielt hatte. Der Junge, C.T., war der Erste gewesen, den Dana angerufen hatte, nachdem ihr Bruder nach Einbruch der Dunkelheit nicht nach Hause gekommen war. Darren sah sich die Karte genauer an. Sogar auf dem Papier war der See größer, als er ihn sich vorgestellt hatte. Er sah aus wie ein Tier, das man quer über die Landkarte gelegt hatte, mit einem feuerspeienden Kopf im Norden – die Bayous und Bäche, die aus seinem Maul schossen, ähnelten einer gespaltenen Zunge und Flammen – und einem mächtigen Körper, der Teile von Louisiana beansprucht. Es war ein wildes Binnenmeer, völlig ungezähmt. Darren blickte an den Bootsschuppen vorbei zu Hopetowns überwuchertem Ufer. Nur ein geübter Bootsführer konnte durch das Dickicht aus Sumpfzypressen navigieren, deren Wurzeln – auch *Kniewurzeln* genannt – wie Schlagstöcke aus dem Wasser ragten. Caddo Lake war sowohl majestätisch als auch makaber. »Das ist ein weiter Weg für einen Neunjährigen in einem untüchtigen, alten Boot.«

»Das ist eine andere Welt hier draußen. Ich habe Siebenjährige gesehen, die fünfzehn Fuß lange Fischerboote gesteuert haben. Hier wird man in ein Kanu gesteckt, sobald man laufen kann. Die Alten erzählen, wie sie mit dem Boot zur Schule gefahren sind und versucht haben, ihre Hausaufgaben nicht nass werden zu lassen. Für die Leute am See gehört das Wasser einfach dazu.«

»Trotzdem hätte ihm da draußen was zustoßen können.«

»Nein, wir haben einen Augenzeugen, der behauptet, dass er das Boot zurückgebracht hat«, sagte Quinn, während er zu Deputy Briggs in seinem Streifenwagen hinübersah. »Ein Nachbar von dort«, sagte er und streckte seinen Arm aus, um an den Trailern und Vans vorbei auf das andere Hopetown zu zeigen. »Er sagt, er hätte gesehen, wie der Junge den Bootsschuppen abgeschlossen hat. Das Boot selbst hat er nicht gesehen, aber angenommen, dass er damit zurückgekommen ist. Marnie und Gil haben uns auch da nicht reingelassen, aber man kann sehen, dass es abgeschlossen ist.« Er zeigte auf eine Hütte aus rohen Schindeln mit einem Blechdach, an deren Türgriffen ein großes Vorhängeschloss hing. Darren blickte nach oben. Er konnte weder Straßenlaternen noch Lampen an den Bootsschuppen entdecken, überhaupt keine Beleuchtung. »Ist er sicher, dass es Levi King war?«

»Wollen Sie ihn selbst fragen?«

Darren bemerkte erneut den Pferdegeruch und vernahm Hufgeklapper. Er wusste, dass es drei waren, bevor er den Kopf drehte und den berittenen Trupp sah. Der vorderste Reiter war ein Schwarzer um die siebzig, die anderen beiden waren jünger und saßen auf zwei dunkelgrauen Mustangs. Es waren Ureinwohner – texanische Indianer –, der eine ein Teenager, der andere Ende dreißig. Seine Haut war ledrig und bronzefarben, und er hatte beide Hände an den Zügeln und lenkte seinen Hengst mit minimalen Bewegungen. Sie waren bewaffnet mit zwei 45er Revolvern und einem Gewehr, das der Teenager an einem Lederriemen über dem Rücken trug. Der Schwarze sah Darren an, nickte und nannte seinen Namen: »Leroy Page.«

6

Sie waren aus dem anderen Hopetown.

Die ursprünglichen Bewohner, wie sich herausstellte.

»Eine Vereinbarung mit befreiten Sklaven, Schwarze leben dort schon seit dem Ende des Bürgerkriegs«, sagte Quinn, als sie auf einem verschnörkelten Sofa in Rosemary Kings Wohnstube saßen, so hatte sie jedenfalls das schwarze Dienstmädchen genannt, als es den Sheriff und Darren bat, auf *Madame* zu warten. Sie hatten beide eine Kühltasse vor sich stehen, die zu den Porzellantassen auf dem vergoldeten Sofatisch passten. Keiner von beiden hatte sie in den zwanzig Minuten, die sie auf Mrs. King warteten, angerührt.

In Hopetown hatte Mr. Page zuvor seine Aussage vom Samstag bestätigt. Als ältester Bewohner der Gemeinde hatte er es persönlich übernommen, für Ruhe und Ordnung zu sorgen. »Es gab ein paar Probleme mit den Neuen, die hierher gezogen sind«, sagte er, ohne näher darauf einzugehen. »Also halte ich die Augen offen. Ich bin Patrouille geritten, da habe ich gesehen, wie der Junge den Bootsschuppen dort abgeschlossen hat.« Er zeigte auf denselben schäbigen Schuppen, auf den Quinn gezeigt hatte. »Ich hab ihm zugenickt, aber er hat nichts gesagt. Erziehung, Sie wissen schon«, sagte er und blickte Darren Verständnis heischend an. Wie sich herausstellte, mochte Leroy Page den Jungen nicht besonders, mochte auch nicht seine Mutter und den Abschaum, den sie nach Hopetown gebracht hatte.

Trotzdem erboten sich er und die Männer, zu helfen.

Der ältere Ureinwohner, Donald Goodfellow, sagte, er könne in weniger als einer Stunde einen Suchtrupp zusammenstellen. Es habe sich bereits herumgesprochen, und er würde sich das Gleiche für sein Kind wünschen. Der Teenager auf dem anderen Pferd war sein Sohn Ray. Sheriff Quinn meinte, dass das ein bisschen voreilig sei.

»Wir fahren jetzt zur Großmutter des Jungen«, sagte er. »Wahrscheinlich klärt sich das Ganze noch vor Sonnenuntergang.« Er war auf eine Weise entspannt, die Darren weder verstehen noch gutheißen konnte. Er bat den Alten zu beschreiben, was der Junge angehabt hatte, und genaue Angaben zum Zeitpunkt zu machen.

Leroy Page runzelte die Stirn und bemühte sich, korrekt zu antworten.

Es war die Trübung der Augenlinsen, die Darren zu dem Schluss brachte, dass der Mann bereits in seinen Achtzigern sein musste. Als er vom Pferd gestiegen war, um die Ereignisse vom Freitagabend zu schildern, hatte Darren sein Alter an seinen Knochen abgelesen, der leicht gebeugten Haltung. Er war ein alter Mann mit schlechtem Sehvermögen, und trotzdem hatte der Sheriff basierend auf seiner Erinnerung seine Theorie aufgestellt: Levi war am Freitagabend nach Hause gekommen und hier irgendwo verschwunden. Darren fand, der Sheriff verließ sich zu sehr auf ungeprüfte Fakten. Er erwähnte erneut das Wasser, doch Quinn winkte ab. »Es sieht nur tief aus«, sagte er. »Aber der See ist höchstens einen Meter fünfzig tief an manchen Stellen. Nicht tief genug, um darin zu ertrinken, wie es zu Dampfschiffzeiten wegen des höheren Wasserspiegels noch möglich war.« Es klang noch immer ziemlich hoch für einen Neunjährigen.

Quinn griff nach einem der Butterkekse auf einer Servierplatte, verzog nach dem ersten Bissen das Gesicht und legte ihn zurück. Egal, dachte Darren. Es war Quinns Untersuchung. Darren war hier, um für die Sondereinheit so viel wie möglich über die Arische Bruderschaft in Erfahrung zu bringen. Er brauchte nur allein in einem Raum mit Gil, Marnie oder Bill King zu sein, und er würde seinen Plan in die Tat umsetzen. Nicht einer von ihnen war die Pferdekacke wert, die er sich an Rosemary Kings Eingangstür von den Sohlen seiner Stiefel kratzen musste. Dass die Frau, in deren palastartigem Haus im viktorianischen Stil Darren jetzt saß, einen Captain der Arischen Bruderschaft von Texas großgezogen hatte – einen Mann, der jetzt in einem texanischen Gefängnis saß –, ergab genauso viel Sinn wie eine Gemeinde befreiter Sklaven, die sich Grund und Boden mit Nazis teilte. Also keinen. Nicht den geringsten.

Während sie warteten, hatte Darren zwei SMS bekommen.

Die seltsame war von seinem alten Freund Greg: *Bist du da, wo ich denke?*

Und die unheilvolle von Mack: *Wir müssen reden.*

Darren steckte sein Telefon weg, als Rosemary King den Raum betrat, gefolgt von einem unkonventionell aussehenden Mann Ende fünfzig und damit etwas jünger als sie. Rosemary war eine breitschultrige Frau mit graublondem Haar, das sich aus einem Knoten gelöst hatte. Sie war ganz erhitzt, Wangen und Dekolleté – das unter einem frisch gebügelten weißen Hemdblusenkleid hervorlugte – waren leicht gerötet. Das Gleiche galt für ihren Gast. Der Mann trug eine Anzugjacke – Leinen, obwohl es Dezember war – und keine Krawatte. Darren kannte den Grundriss des Gebäudes nicht, doch es sah so aus, als kämen sie gerade von oben. Die geschwungene Treppe befand sich hinter ihnen, und das Geländer war mit Stechpalme und weißen Weihnachtssternen dekoriert.

Rosemary bat Mary, ihr Dienstmädchen, um zwei Gläser Wasser. »Mit Eis«, sagte sie und warf einen kurzen Blick auf den Mann neben ihr. In der Geste lag etwas Intimes und Verschwörerisches, das Darren Unbehagen bereitete. Wo waren sie hier gelandet, und wieso war die Frau nicht da gewesen, um den Sheriff zu empfangen, der nach ihrem vermissten Enkel suchte?

»Sheriff, kann Mary Ihnen noch irgendetwas bringen? Hätten Sie lieber eine Cola oder Kaffee?«

»Nein Ma'am.«

»Ranger?«

»Mary hat uns bereits versorgt«, sagte Darren.

Rosemary wandte ihre Aufmerksamkeit dem Sheriff zu. »Steve, als Sie gestern angerufen haben, habe ich Ihnen doch gesagt, dass ich den Jungen vor Thanksgiving zum letzten Mal gesehen habe. Marnie macht es mir nicht gerade leicht, eine Beziehung zu meinem Enkel aufzubauen.«

Darren beugte sich vor und sagte: »Vielleicht sollte das besser vertraulich besprochen werden.« Er nickte höflich in Richtung des Mannes, der ihm gegenüber in einem König-Ludwig-Sessel saß. Der Mann lächelte irgendwie amüsiert.

»Oh, er kann bleiben«, sagte Rosemary und griff nach dem Glas Wasser, das Mary noch nicht einmal auf dem Sofatisch abgestellt hatte. »Roger ist mein Anwalt.«

Darren warf einen Blick zu Quinn, der nickte.

»Steve.«

Die beiden Männer kannten sich.

Roger kippte sein Eiswasser in drei Schlucken hinunter und streckte dann das Glas Mary entgegen, damit sie ihm noch eins brachte. Die schwarze Frau, die keinen direkten Augenkontakt zu Darren hergestellt hatte, kehrte wortlos dorthin zurück, wo sie hergekommen war.

»Irgendein Grund, weshalb Sie Ihren Anwalt dabeihaben wollen?«

Rosemary winkte ab. »Er wollte nur kurz vorbeischauen.«

Wieder diese Blicke zwischen den beiden.

Roger lächelte und sagte: »Aber wenn ich schon mal hier bin.«

Rosemary spielte mit ihrer Perlenkette. »Roger kümmert sich um alle persönlichen und geschäftlichen Belange der King-Familie. Auch um die Sache mit Levi. Mir wäre wohler, wenn er bleiben würde.«

Quinn nickte.

Aber auf Darren wirkte die ganze Sache wie abgekartet. Er fragte sich sogar, ob die scheinbar unterbrochene Nachmittagsliaison nur vorgetäuscht war. Sie hatte doch gewusst, dass Quinn und Darren auf dem Weg waren? Deputy Briggs, der draußen beim Kutschhaus des Anwesens in seinem Streifenwagen saß, hatte ihr Kommen angekündigt.

Darren blickte der älteren Frau in die Augen. Sie hatten das Blau von Wanderdrosseleiern, umringt von blassen Hautfältchen. Etwas Forschendes lag darin. Sie nahm Darren Mathews genauso unter die Lupe wie er sie. Zweimal schnellte ihr Blick hinab zu der Marke an seiner Brust. Darrens Anwesenheit in ihrem Haus schien sie jedes Mal, wenn sie ihn anblickte, zu überraschen und veranlasste sie, leicht auf ihrem vergoldeten Stuhl hin- und her zu rutschen. Vielleicht wandte sie sich deshalb ausschließlich an Sheriff Quinn; Darren war für sie so unsichtbar wie die schwarzen Hände, die ihr Eiswasser hereingetragen hatten. »Ich habe ihn nicht gesehen«, sagte sie zu Quinn. »Und ich traue seiner Mutter glatt zu, dass sie sich so eine Geschichte bloß ausdenkt, um meine Aufmerksamkeit zu erregen und mir mehr Geld aus dem Kreuz zu leiern.«

»Entschuldigung«, sagte Darren. »Aber wie sollte das Verschwinden ihres Enkels eine Möglichkeit für Marnie sein, Geld von Ihnen zu bekommen?«

Rosemary richtete ihre Antwort an Quinn. »Wer weiß schon, ob sie den Jungen nicht irgendwo eingesperrt hat, nur um mir Angst zu machen und mehr Geld zu verlangen?«

Roger legte ihr warnend eine Hand aufs Knie.

»Wir sollten keinen Angriffspunkt für eine Verleumdungsklage bieten. Wir wissen, wie opportunistisch Marnie und Gil sein können.« Er trug einen rubinroten Siegelring an seiner rechten Hand und einen Diamantring am kleinen Finger seiner linken, jedoch keinen Ehering.

»Sie bekommt zweihundert im Monat von mir und hält noch immer die Hand auf.«

»Zweihundert ist nicht viel für zwei Kinder«, sagte Darren.

»Die Ältere gehört nicht zu meiner Familie«, sagte Rosemary. »Marnie ist loser als ein Zirkuszelt im Sturm, wie meine Mutter zu sagen pflegte. Zweihundert ist das, was der Richter Bill bei der Scheidung aufgebrummt hat. Unterhalt für Levi. Ich übernehme die Kosten, bis er wieder aus dem Gefängnis kommt.« Sie warf Roger einen Blick zu. »Bald, wie wir hoffen.«

»Ihr Sohn Bill hat dem Gouverneur einen Brief geschrieben«, sagte Darren.

Den Namen ihres Sohns aus Darrens Mund zu hören, verstärkte die bereits schwelende Abneigung gegen ihn nur noch. Sie weigerte sich erneut, ihn direkt anzusprechen, und sagte zu Roger: »Ich will nicht über Bill reden.«

»Bill schreibt dem Gouverneur schon seit drei Jahren«, antwortete Roger an ihrer Stelle, um sie davor zu bewahren, mit Darren reden zu müssen, so als würde er sie sanft am Ellbogen um eine Pfütze auf der Straße herumführen. Es gab Darren das seltsame Gefühl, fehl am Platz zu sein; einen Augenblick lang war er sich nicht sicher, ob er überhaupt wahrgenommen wurde. Es fühlte sich an, als wäre er in ein Filmset geraten. Er konnte die Schauspieler sehen, wurde aber selbst nicht beachtet. »Bill King hat sich verändert«, sagte Roger. »Er hat sich Jesus zugewandt. Er hat seinem alten Leben abgeschworen, den hässlichen Dingen, die er getan hat. Wir glauben fest daran, dass der Bewährungsausschuss und der Gouverneur persönlich es für richtig halten, ihn vorzeitig zu entlassen.«

»Es ist Zeit«, sagte Rosemary mit dem Selbstvertrauen einer Frau, die es gewohnt war, ihren Willen zu bekommen.

Quinn sagte: »Ranger Mathews gehört zu einer gemeinsamen Sondereinheit, die gegen die Arische Bruderschaft von Texas ermittelt. Jegliche Informationen, die Ihr Sohn für die Behörden hat, könnten ihn einer vorzeitigen Entlassung näherbringen.«

»Nein«, sagte Roger rasch. Wieder tätschelte er Rosemarys Knie, diesmal weniger als Warnung denn zur Beruhigung, und er ließ die Hand dort. Rosemary presste ihre korallenfarbenen Lippen aufeinander, bis die Haut darum herum ganz rot wurde. Ihr Kiefer war so angespannt, dass Darren die gewundene Ader in ihrer Schläfe heftig pochen sah. »Ich habe meinen Sohn angewiesen, einen sauberen Schnitt mit diesem Abschaum zu machen«, sagte sie. »Er kommt ohne Ballast nach Hause zurück. Er soll nicht den Rest seines Lebens über die Schulter schauen müssen, ob jemand eine Waffe auf ihn richtet, weil er aus dem Nähkästchen geplaudert hat. Er wird seine Zeit absitzen. Danach wird er neu anfangen. Ich habe ihm gesagt, er soll vergessen, dass er je etwas mit diesen Nazis zu tun hatte.«

Ach, wirklich?

Darren spürte seine Macht, ihr die selbstgefällige Gewissheit aus dem Gesicht zu wischen, und es erregte und erschreckte ihn, wie gut sich das anfühlte. Er konnte nicht glauben, dass er tatsächlich mit dem Gedanken spielte, Beweise zu konstruieren, erkannte sich selbst in diesem Moment nicht. Er hatte den erschreckenden Gedanken, dass das Gefühl von Unsichtbarkeit und fehl am Platz zu sein seinem eigenen Verstand entsprang. »So einfach ist das leider nicht«, sagte er. Er spürte, wie Zorn in ihm aufstieg bei dem Gedanken, dass Bill »Big Kill« King einfach vergessen konnte, dass er Mitglied einer Gang gewesen war, deren Initiationsritual darin bestand, ein schwarzes Leben auszulöschen. Er hatte einen Menschen brutal getötet und war nie dafür belangt worden, nachdem ihn eine Jury in Marion County freigesprochen hatte; es war der Verkauf von Opioiden und Meth gewesen, der für die braven Menschen dort draußen eine Grenzüberschreitung dargestellt hatte. »Sie sagen, dass die Arische

Bruderschaft Abschaum sei. Nun, ein Teil dieses Abschaums kam aus Ihrem Haus.«

»Ich habe keinen Rassisten großgezogen.«

»Sagt die Frau, die kaum mit mir geredet hat, seit ich hier hereingekommen bin.«

»Ich habe kein Problem mit Schwarzen, Ranger Mathews. Wie Sie sehen, habe ich zwei von ihnen in meinem Haus. Mary. Und Clyde, meinen Chauffeur. Ich mag nur keine Fremden in meinem Haus, vor allem nicht solche, die meinen Sohn benutzen wollen. Bill hat sich geändert. Er will nichts mit der Arischen Bruderschaft zu tun haben, und er wird kein Wort mit Ihnen reden.« Und weil es irgendwie im Raum schwebte, fügte sie rasch hinzu: »Und nicht, weil Sie schwarz sind.«

Darren musste unwillkürlich lächeln. »Daran habe ich überhaupt nicht gedacht.«

Sheriff Quinn stöhnte auf, als wäre ihm etwas sauer aufgestoßen: »Sachte, mein Junge.«

Roger hielt den Kopf gesenkt, nachdem er einen weiteren losen Faden an seiner Hose entdeckt hatte. Aber Darren litt nicht unter dieser speziellen Bedrängnis, die viele wohlmeinende Weiße aus dem Konzept brachte – eine allergische Reaktion auf Gespräche über Rasse –, weshalb er völlig ruhig blieb.

»Mrs. King, Ihr Sohn ...«

»Ich will damit nicht sagen, dass ich mich mit Schwarzen stets wohlfühle«, sagte sie ziemlich leise und spielte wieder mit den weißen Perlen an ihrem Hals. »Ich habe keinen gesellschaftlichen Umgang mit ihnen. Das ist einfach nicht so hier in der Gegend. Ich bin so nicht erzogen worden. Meine Leute kamen kurz vor dem Bürgerkrieg aus Louisiana, und wir hatten einfach unsere Gewohnheiten. Das sollte nicht zum Schaden der Schwarzen sein, sie gehörten einfach nur nicht zu uns, wenn Sie wissen, was ich meine.« Darren sah, wie sowohl Roger als auch Quinn zustimmend nickten, und er spürte, wie er auf dem lächerlichen Sofa erstarrte. »Ich hatte nichts dagegen, als sie auf die Highschool gehen durften«, sagte sie. »Ich hatte ein farbiges Mädchen in meinem Hauswirtschaftsunterricht. Sie machte den besten Zitronennapfkuchen, den ich je gegessen habe, und sie roch nach Lavendel und Honig«, fügte sie in einem leicht überraschten Ton hinzu. »Wir mochten den gleichen Lipgloss. Wir redeten sogar über Jungs. Aber ich hätte sie nicht mit nach Hause genommen. Ich glaube, es war nie jemand mit schwarzer Hautfarbe in meinem Haus, außer Mary und Clyde natürlich ... und Sie.«

»Rosie«, sagte Roger in dem vorsichtigen Versuch, sie zum Schweigen zu bringen.

Sie schüttelte unwillig den Kopf, verärgert darüber, dass sie sich überhaupt zu solchen Äußerungen hatte hinreißen lassen. Sie reckte ihren Hals in dem Gefühl, ein guter Mensch zu sein. »Hören Sie«, sagte sie zu Darren, »ich habe in meinem ganzen Leben keinen Schwarzen benachteiligt, Mexikaner auch nicht. Ich habe sie nie aus meinem Hotel verbannt. Jedenfalls nicht, seit derlei Tun ungesetzlich ist. Wir haben uns stets an das Gesetz gehalten.«

Wie sich herausstellte, gehörte das Cardinal Hotel, wo Darren übernachten würde, Rosemary King. Sie betonte das noch einmal und sagte sogar, dass sie anrufen und dafür sorgen würde, dass Ranger Mathews eins ihrer besten Zimmer bekäme, eine Suite im Parterre mit Blick auf den rückwärtigen Garten. Das Luxushotel war eins der ältesten im Staat. Ihre Familie hatte es in dem Jahr erbaut, in dem sie von New Orleans nach Jefferson gezogen war, und während des neunzehnten und frühen zwanzigsten Jahrhunderts in den exklusivsten Palast für begüterte Händler und Schiffsbarone verwandelt – es ging sogar das Gerücht, dass Präsident Benjamin Harrison im Cardinal abgestiegen sei. Allerdings waren die Gästebücher bei einem Brand neunzehnhundertzehn vernichtet worden.

Das Hotel war ihr Erbe. Und das von Bill, falls sie ihn dazu bringen konnte, sein Leben zu ändern. »Er war ein braves Kind«, sagte sie. »Ich habe die Zeichen nicht erkannt, was soll ich sagen? Den einen Tag ist er noch mit jedem befreundet, dann gerät er in einen Streit mit einem schwarzen Jungen in der Schule, und auf einmal höre ich das N-Wort viel öfter, und immer öfter verkehrt er mit Jungs, die keine Schwarzen mögen. Dann die kleineren Vorfälle – Häuser im schwarzen Teil der Stadt mit Eiern bewerfen, Kinderstreiche, Sie wissen schon. Dann ablehnen, dass Mary sein Essen kocht. Ich habe das alles mitbekommen, ich wusste nur nicht, wohin es führen würde. Es ist, als hätte ich eines Tages aufgeblickt, und mein lieber Sohn hatte Tattoos auf den Armen und eine wirklich gemeine Ader. Irgendwann ist er dann überhaupt nicht mehr nach Hause gekommen und hat sich mit ein paar richtig bösen Jungs umgeben, ein paar davon aus Marshall und die anderen aus Jefferson.«

»Gil Thomason könnte einer von ihnen sein«, sagte Darren.

»Zumindest ein Möchtegern«, sagte der Sheriff.

»Weißer Abschaum«, stellte Rosemary fest.

»Ihr Sohn scheint zu glauben, dass Gil Levi womöglich etwas angetan hat.«

Sie ließ den Blick auf ihre Hände sinken, die sie im Schoß zu Fäusten geballt hatte. Sie löste sie und strich ein paar Falten in ihrem Kleid glatt. »Das kann ich mir vorstellen.«

In diesem Moment änderte sich etwas.

Quinn spürte es ebenfalls. Er warf Darren einen Blick zu.

Es sah nicht gut aus für den Jungen.

Marnie und Gil Thomason schworen, er sei bei seiner Großmutter, während sie es ablehnten, dass der Sheriff und seine Männer den Trailer durchsuchten. Und Rosemary hier sagte, dass sie ihren Enkel seit Wochen nicht gesehen habe. »Ich weiß, das muss in Ihren Ohren schrecklich kalt klingen«, sagte Rosemary. »Aber die Wahrheit ist, dass ich Levi nie richtig kennengelernt habe. Ich weiß nicht einmal, wie gut er sich an seinen Vater erinnert. Er war noch ein Baby, als Bill sich in Schwierigkeiten gebracht hat. Die Hoffnung war stets, dass die beiden wirklich Vater und Sohn sein könnten, sobald Bill rauskommt, und ich dann eine richtige Großmutter sein könnte. Aber vielleicht bestraft der Staat Texas Bill auf seine Weise für das, was er getan hat, und Gott hat eine ganz andere Vorstellung davon.« Darren sah, wie sich ihre Augen mit Tränen füllten, doch die Tränen galten eher dem Traum, den sie ihrem Sohn nicht mehr erfüllen konnte, als dem Neunjährigen, der noch immer vermisst wurde. Wo auch immer er war, Levi King schien ganz auf sich gestellt zu sein.

7

Sie durchsuchten das Haus trotzdem. Zwanzig Zimmer, darunter eine Bibliothek, ein separates Arbeitszimmer, ein Nähzimmer und ein Speisezimmer so groß, dass es auch als Ballsaal dienen konnte, wie es das am Ende des neunzehnten Jahrhunderts getan hatte, als sich die Familie von Rosemary King in Jefferson niedergelassen hatte. Ihre Urugroßmutter, eine Witwe, die nach dem Verkauf der Familienplantage in Louisiana neu anfangen wollte, war zu einer Grand Dame der Jefferson'schen Gesellschaft geworden, nachdem sie das Cardinal gebaut und zu einem Herzstück des Selbstverständnisses der Stadt während der Dampfschiffära gemacht hatte, als diese die kosmopolitische Hauptstadt von Osttexas war. Sie heiratete nicht noch einmal, zog aber eine Tochter in dem Haus groß, in dem Rosemary King seit ihrer Geburt lebte. Im Esszimmer waren einst Gouverneure, Bankiers und Plantagenbesitzer aus fernen Orten wie Denton und Dallas bewirtet worden. Das Haus in der North Vale Street war laut Quinn das größte im Marion County und eins der Objekte auf dem Rundgang vorbei an historischen Häusern und Gärten in Jefferson.

Sie machte keine Einschränkungen bei der Durchsuchung und hielt sogar Roger zurück, als dieser Einspruch erhob. Mary führte den Sheriff und Darren durch das Haus, als wären sie normale Besucher, die man auf ihrer Suche nach der Toilette nicht sich selbst überlassen wollte. Darren fragte sie, ob sie je Mrs. Kings Enkel Levi begegnet sei. Sie sagte »Einmal«, wobei sie so leise sprach, dass Darren froh war, dass sich ihre Lippen bewegten und er sich die Antwort nicht nur eingebildet hatte. Obwohl sie an

Quinn ein *Guten Tag, Sir* gerichtet hatte, vermied Mary Augenkontakt mit Darren. Er fragte sich, ob es ihr unangenehm war, dass er sie in ihrer Dienstbotenuniform sah, ein zweireihiges Kragenkleid, das schlecht saß und noch vom letzten oder vorletzten Dienstmädchen stammte. Rosemary hatte gesagt, sie hätte noch nie einen schwarzen Gast in ihrem Haus gehabt: Marys Demütigung war nur für weiße Besucher sichtbar gewesen – und somit irgendwie nicht öffentlich –, aber Darren, der ihren Dienstbotenstatus nun bezeugte, machte ihn erst wahr, und das nahm sie ihm anscheinend übel.

Es gab keinerlei Hinweise auf den Jungen im Haus, nicht einmal in dem Zimmer, das eindeutig für seine Besuche reserviert war – die, laut Rosemarys Auskunft selten waren. Es gab ein Doppelbett, das mit einer roten Tagesdecke mit Quarter Horses, Sätteln und Sporen verziert war. Die Wände waren hellblau gestrichen. In der Ecke stand ein Schreibtisch, auf dessen angefügtem Regal nur ein Buch stand: die King-James-Bibel, und die einzigen Spielzeuge im Zimmer waren ein Kipplaster aus Plastik, der kein Kind, das älter als fünf war, interessiert hätte, und ein auf dem Bauch liegender Plüschcockerspaniel. Der Raum hatte die gleiche trostlose Atmosphäre wie der, der für Bill Kings Rückkehr aus dem Gefängnis hergerichtet worden war, beide leer und unberührt.

Sie durchsuchten ebenfalls die Remise.

Clyde, Rosemarys Chauffeur, rauchte draußen vor dem Gebäude, das einen kupferfarbenen 53er Mercedes und einen neuen silbernen Cadillac, beide glänzend wie frisch geprägte Münzen, beherbergte. Er nickte Darren zu, sagte jedoch ebenfalls nichts. In keinem der Fahrzeuge gab es Spuren von Levi. Darren zuckte innerlich, als er sah, wie der Sheriff potenzielles Beweismaterial zerstörte, indem er in beiden Wagen mit bloßen Fingern über die Innenausstattung strich. Müssten sie die beiden Wagen nicht irgendwann gründlich untersuchen? Darren war sich nicht sicher, woher der Gedanke kam. Wollte er damit etwa sagen, dass die alte Dame mit dem Verschwinden ihres Enkels etwas zu tun hatte? Nicht unbedingt, aber mit irgendetwas hielt sie hinterm Berg. Wieso sonst hätte ihr Anwalt anwesend sein sollen? Als ehemaliger Jurastudent wusste er, dass es falsch war, so zu denken. Doch er mochte die Frau nicht. Einen Moment später erklärte Quinn ihre Arbeit für beendet. Weder entließ er Darren, noch lud er ihn ein, als er Briggs mitteilte, dass er ins Büro zurückfahren würde. »Ich sage Ihnen Bescheid, wenn wir etwas wegen des Durchsuchungsbeschlusses hören«, sagte er, bevor er sich umdrehte und die Auffahrt zu seinem Streifenwagen entlangging.

»Etwas stimmt nicht«, sagte Darren zu Wilson. Er berichtete von dem seltsamen Verhältnis zwischen Marnie und ihrem Freund Gil, wie eingeschüchtert sie von ihm war, davon, dass die Großmutter ihren Anwalt bei sich hatte und das County wegen eines Jungen aus einem Trailerpark nicht die geringste Eile an den Tag legte. Er sagte, dass er Quinn möge, aber niemand wirklich scharf darauf zu sein schien, das Kind zu finden. »Außer Bill King.«

»Ich kümmere mich darum, dass Sie ihm so bald wie möglich einen Besuch abstatten können.«

»Sofern er das Kind nicht in seiner Zelle versteckt, kann ich nicht erkennen, wofür das gut sein soll.«

»Bill King sitzt möglicherweise auf einem Berg von Beweisen gegen die ABT.«

»Er wird nicht reden«, sagte Darren und erinnerte sich an Rosemarys scharfen Ton, als sie ihm das mitteilte. Ihm war klar, dass er eine Show abzog, weil er nicht wollte, dass Wilson ihm anmerkte, wie dringend er mit King allein in einem Raum sein wollte.

»Wir kümmern uns darum«, sagte Wilson.

Darren fiel plötzlich wieder die Schwester ein, wie sie weinend in dem Trailer gestanden hatte, und er dachte laut darüber nach, wie er einen Weg finden konnte, allein mit ihr zu sprechen.

»Kommt nicht infrage. Das ist Sheriff Quinns Aufgabe. Marion County hat nicht um Unterstützung gebeten. Ihre Anwesenheit dort ist reine Höflichkeit seitens des Sheriffs. Verhalten Sie sich entsprechend.« Denk an deine Mission dort draußen, mahnte er sich. »Sorgen Sie nur dafür, dass Sie dabei sind, wenn der Trailer durchsucht wird.«

»Ja, Sir.«

»Sagen Sie mal, Mathews, Sie haben doch Frank Vaughn, dem Bezirksstaatsanwalt in San Jacinto County gegenüber nicht erwähnt, dass Ronnie Malvo ein Informant für die Sondereinheit war, oder?«

»Natürlich nicht«, sagte Darren und verspürte eine unerklärliche Angst davor, dass Wilson seine Gedanken lesen konnte, was er geplant hatte, um den Fall in eine andere Richtung zu lenken. »Wieso?«

»Er hat in meinem Büro angerufen«, sagte Wilson und klang ratlos. Einen Moment lang sah er ihn vor sich, über einen Stapel dieser rosa Nachrichtenzettel gebeugt, die seine Sekretärin noch immer benutzte. »Hat am Freitag und dann heute noch mal eine Nachricht hinterlassen. Hat beide Male Ihren Namen erwähnt. Ich wollte nur sichergehen, dass wir auf einer Wellenlänge sind, bevor ich zurückrufe.«

»Natürlich, Sir«, stieß Darren zackig hervor, fehlte nur noch, dass er die Hacken zusammenschlug. *Wieso bloß rief Frank Vaughn seinen Chef an?*

»Wegen Ihrer guten Arbeit in Lark haben Sie bei Leuten einen Stein im Brett, die vorher mit dem Finger auf Sie gezeigt haben, weil Sie mehr über die Geschichte mit Malvo wussten, als Sie rausgelassen haben. Halten Sie sich da jetzt raus, hören Sie? Konzentrieren Sie sich auf die Sache dort draußen in Jefferson, Mathews. Wir haben eine echte Chance, die Bruderschaft in Texas auszumerzen.«

»Verstanden«, sagte Darren ausdruckslos, bevor er den Anruf beendete.

Ihn ärgerte die Annahme, dass ausgerechnet er die Gefährlichkeit der Arischen Bruderschaft nicht verstand, dass ausgerechnet er seine Pflichten vernachlässigte, um diese spezielle Form von hausgemachtem Terrorismus zu bekämpfen. Es machte ihn ehrlich wütend und brachte sein Blut in Wallung. Er begriff die Bedrohung durch die Bruderschaft auf eine Weise, wie es Wilson nie täte, und belächelte insgeheim die Naivität seines Lieutenants. Darren glaubte im Grunde, es besser zu wissen, und das lag ihm schon seit Wochen schwer im Magen. Es verursachte ihm einen bitteren Geschmack im Mund und gab dem, was er empfand, einen Namen. Verzweiflung. Fernab von seiner täglichen Schinderei im Büro, dem ergebnislosen Durchforsten von Akten, das ihn vom Einsatz draußen abhielt, konnte er sich eingestehen, dass ein Teil von ihm diese Arbeit in den letzten Wochen völlig mechanisch getan hatte. In Wahrheit hatte er noch nie so sehr daran gezweifelt, dass die Bruderschaft und das, wofür sie stand, je ausgemerzt werden könnten. Es waren einfach zu viele; sie waren überall dort draußen, mit ihren Tattoos und Halstüchern. Das Land schien sie heimlich zu züchten, wie eine widerwärtige Pilzkrankheit, die sich an lichtlosen Orten ausbreitete, wo man nicht einmal hinzuschauen wagte. Das Land steckte in größeren Schwierigkeiten, als irgendeine Sondereinheit bewältigen konnte. Darren wusste das besser als Wilson, vielleicht sogar besser als das gesamte Department, egal wie sehr er sich davor fürchtete, sich das einzugestehen. Er dachte an Levi King und klammerte sich an den Jungen wie an einen Hoffnungsschimmer. Wenn er den Hass auch nicht an einem Tag auslöschen konnte, konnte er doch einen

Neunjährigen finden und sich gestatten, seinen Vater für den Mord an Malvo drankzukriegen.

Bill Kings Freiheit wäre der Preis für das Leben seines Sohns.

Er stand neben seinem Truck, der ein Stück vom Cardinal Hotel entfernt geparkt war, einem roten Backsteinbau, der einen ganzen Straßenblock umfasste, mit schwarzen Fensterläden und einem Balkon im ersten Stock, an dem vier Lone-Star-Flaggen wehten. Briggs stieg in dem Moment aus seinem Streifenwagen, als er sah, dass Darren sein Telefonat beendete. Er zog die beigefarbenen Hosen seiner Uniform hoch und fragte Darren, ob er nach einem Restaurant suche. Briggs' Kumpel war Küchenchef im Steamboat Palace und könnte ihnen wahrscheinlich einen Tisch besorgen. Darren sah sich in den fast leeren Straßen im Zentrum von Jefferson um und unterdrückte ein Schmunzeln. Obwohl es erst vier Uhr nachmittags war, sagte er zu Briggs, dass er auf sein Zimmer gehen würde, bis er etwas über die Durchsuchung von Marnies und Gils Trailer hörte. Briggs erbot sich, ihm dabei zu helfen, sich in seinem Zimmer einzurichten, ein Auge auf alles zu haben, wie man es ihm aufgetragen hatte.

Darrens Antwort ließ ihn dumm dastehen. »Ich brauche niemanden, der mir beim Schlafen zusieht.«

»Aber der Sheriff hat gesagt ...«

»Wenn ich das Hotel verlasse, melde ich mich, versprochen. Sie werden an meiner Seite sein«, sagte Darren. Briggs nickte, ihm gefiel die Vorstellung, gebraucht zu werden. »Für den Augenblick habe ich alles.«

Er griff nach der Reisetasche, die er stets in der Kabine seines Trucks hatte. Er warf sie sich über die Schulter und nickte Briggs zu. Die Rezeptionistin hatte ihn durch das Fenster gesehen und bereits »auf's Haus« eingecheckt, als er die Lobby betrat, die stark dem vergoldeten Wohnzimmer in Rosemary Kings Haus ähnelte.

Nur dass dem Cardinal Hotel sein Alter auf eine Weise anzusehen war, wie man es weder bei Rosemary noch ihrem Zuhause konnte. Aus der Nähe betrachtet waren die Fußleisten zerkratzt und die roten Samtvorhänge staubig; in seinem Zimmer war der Flurteppich zum Badezimmer abgewetzt, in dem eine Badewanne mit Füßen stand, und eins der Fenster ließ sich nicht öffnen. Trotzdem strahlte der Ort Erhabenheit aus, atmete Geschichte auf eine majestätische und zugleich traurige Weise, der vergangene Ruhm in jeder kunstvollen Verzierung sichtbar. Ähnlich verhielt es sich mit der Stadt selbst. Darren setzte sich auf die Kante des Mahagonihimmelbetts, hörte, wie die Sprungfedern unter seinem Gewicht quietschten, und bemerkte den Geruch nach Rosenwasser und Staub. Er wartete, bis er sicher war, dass Briggs verschwunden war, ging wieder hinaus, stieg in seinen Truck und fuhr zurück nach Hopetown.

Darren wusste nicht einmal, wie der Junge aussah, und er hatte auch keinerlei Beweis dafür, dass Leroy Page tatsächlich der Letzte gewesen war, der den Jungen am Freitagabend gesehen hatte. Ohne Sheriff Quinn über seine Pläne ins Bild zu setzen, gab es nur eine Möglichkeit, ein Foto von Levi King in die Hände zu bekommen. Er saß über sein Lenkrad gebeugt – wobei er einen zweiten Anruf von Mack ignorierte –, um auf die grabentiefen Fahrspuren jenseits der Landstraße 727 und jeden von Unkraut überwucherten Pfad zu achten, damit er nicht die schmale unbefestigte Straße, die nach Hopetown führte, verpasste. Als er schließlich vor Marnies und Gils blauweißem Trailer hielt, waren seine Reifen von roter Erde überzogen. Die Sonne war hinter den Zypressen auf dem Caddo Lake im Westen verschwunden, und ein honigfarbenes Licht fiel durch das Spanische Moos und sprenkelte goldene Kreise auf die Wasseroberfläche. Landeinwärts umgaben Dutzende von Weihrauchkiefern und hundertjährige

Eichen den Trailerpark und verliehen dem Ort eine angenehme, heimelige Atmosphäre, die er nicht verdiente.

Er hatte für die Leute hier draußen nichts übrig.

Zwei Trailer weiter brieten Marnies und Gils Nachbarn Fisch hinten in einem Van, der mit Aufklebern und an den Türen befestigten Muscheln übersät war, und auf dem Gepäckträger klebten riesige Kristallsteine. In einem Fenster hing eine Gadsden-Flagge mit dem Schlangensymbol und der Aufschrift »DON'T TREAD ON ME« und hinter der Windschutzscheibe ein Strandhandtuch mit dem Staat Texas, auf dem sich die Dixie-Streifen kreuzten. Darren konnte das Ploppen und Zischen von Maismehl hören, das in siedendes Fett in einem Kessel getaucht wurde. Eine Weiße um die fünfzig stand neben einer Tankstellenkühlbox voll mit Dorsch und Seewolf und wendete ein weiteres Filet auf einem Plastikteller, der mit Maisgries und Mehl bedeckt war. Zwischen ihren rot bemalten Lippen baumelte eine Zigarette, und in dem Moment, als Darren aus seinem Truck stieg, sagte sie ganz unumwunden: »Nach Niggerdorf geht's da lang.« Er ließ eine Hand in der Nähe seines 45er Colts in seinem Holster, als ein bärtiger Mann aus dem Van stieg, der sich unter dem Gewicht neigte. Er warf Darren einen Blick zu und pfiff, die Finger in die Mundwinkel gesteckt, bevor er rief: »Gil!«

Die Tür des blauweißen Trailers wurde auf einmal aufgestoßen und prallte von der Wand des Gefährts zurück, als Gil aus seinem Trailer trat. Er war noch immer barfuß, hatte jetzt jedoch eine 38er in dem Bund seiner Jeans stecken. »Was soll der Scheiß?«, sagte er. »Sofern Sie keinen Durchsuchungsbefehl haben, steigen Sie gefälligst wieder in Ihren Truck und verschwinden von hier.«

Der Typ von dem Van kam herüber, und innerhalb von Sekunden hieß es zwei gegen einen, und Darren dachte daran, dass er niemandem mitgeteilt hatte, wo er war. Er könnte seine Waffe ziehen, aber das wäre gegen jede Regel seines Deeskalationstrainings. Er ließ eine Hand neben seinem Colt und hob die andere vor sich hoch, um zu signalisieren, dass alle einen kühlen Kopf bewahren sollten. »Ich bin hier wegen Marnies Jungen«, sagte er.

»Haben Sie mit Rosemary gesprochen?«

»Wir haben ihr Haus und die Nebengebäude durchsucht«, antwortete Darren. »Er ist nicht dort.«

Ein seltsamer Ausdruck zuckte über Gils Gesicht. Darren meinte Angst aufblitzen zu sehen, gefolgt von einem langen, ungläubigen Blick. Er fuhr sich mit den Fingern durch sein offenes Haar und schüttelte den Kopf, als hätte Darren ihm gerade mitgeteilt, dass Wasser nicht nass ist. »Na ja, hier ist der kleine Mistkerl jedenfalls nicht. Vielleicht ist er ja abgehauen. Marnie will es nicht glauben, aber er ist wirklich kein Heiliger.«

»Ich brauche Ihre Hilfe, Gil«, sagte Darren. »Für den Fall, dass das kein Ausbüchsen von zu Hause ist und der Junge irgendwo da draußen in Schwierigkeiten steckt.«

»Ich muss Ihnen nichts erzählen.«

»Wer ist das, Gil?«, fragte der bärtige Nachbar.

Die Frau mit den geschminkten Lippen fragte: »Bo, willst du deine Pistole, Schätzchen?«

»Ich bin ein Texas Ranger, und wenn Sie hier mit einer Pistole rumfuchteln, verhafte ich Sie auf der Stelle. Das hier geht Sie überhaupt nichts an. Gehen Sie, sofort.«

Gil gegenüber schlug Darren einen freundlicheren Ton an, weil es schließlich um einen Neunjährigen ging, den seit drei Tagen niemand mehr zu Gesicht bekommen hatte. »Ich muss nicht reinkommen. Ich hätte nur gern ein Foto von dem Jungen, etwas, das ich Ihren Nachbarn und den Leuten dort zeigen kann.« Er zeigte zu dem Teil von Hopetown, den die Frau, die den Fisch zubereitete, *Niggerdorf* genannt hatte. »Sheriff Quinn wurde berichtet, dass ein Mann namens Leroy Page Levi vielleicht am Freitagabend gesehen hat. Es ist wichtig, dass wir das so schnell wie möglich verifizieren. Er ist im Augenblick unsere beste Spur.«

Der bärtige Nachbar nickte Gil zu. »Soll ich die anderen holen?«

Gil schüttelte den Kopf und deutete sogar ein Lächeln an, wobei er den Blick eines Wolfs hatte, der zufällig über einen verwundeten Weißwedelhirsch gestolpert war. Das wird einfach, sagte sein Gesicht. Er rief über die Schulter in den offen stehenden Trailer hinein: »Dana!« Zuerst kam Marnie heraus. Sie war unsicher auf den Beinen, und ihr Gesicht war vom Trinken gerötet. Darren würde diesen Gang überall erkennen. Dana, das Teenagermädchen, das er vorhin schon gesehen hatte, steckte als Nächste ihren Kopf heraus. Gil sagte zu ihr: »Hol dem Mann hier ein Foto von deinem Bruder. Eins aus der Schule, nicht von denen, die deine Mama gemacht hat. Jetzt gleich.« Dana verschwand in der Dunkelheit des Trailers.

Marnie wandte sich an Darren und schüttelte den Kopf. »Was sagt er, Gil?«, fragte sie mit vom Schnodder verstopfter Nase, bevor sie ein Schluchzen von sich gab und weinte. »Hat er meinen Jungen nicht gefunden?«

Darren schüttelte den Kopf. »Nein, Ma'am.«

Er hörte einen Fernseher plärren. *Jeopardy* oder *Wheel of Fortune* oder etwas Ähnliches. Der Applaus war viel zu laut für einen so winzigen Trailer. Dana kam mit einem Foto in Passbildgröße zurück, das an den Ecken umgeknickt war. Sie erwiderte Darrens Blick, als sie es ihm reichte. In ihrem Gesicht sah er die gleichen schlammgrünen Augen, die ihn von dem Foto in seiner Hand anstarrten. Levi war blond, hatte helleres Haar als seine Mutter und Schwester und eine gewisse Ähnlichkeit mit Rosemary, etwas leicht Patrizierhaftes in seiner Haltung, das nicht zu der Welt um ihn herum passte. Und da war noch etwas. Man musste genau hinschauen, um es zu erkennen, doch es war da, in seinen Augen und in den leicht gekräuselten Lippen. *Wut.*

8

Das ursprüngliche Hopetown erinnerte an eine Geisterstadt: die verrottende hölzerne Hülle einer alten Kirche und ein Gemischtwarenladen, der nur noch aus einer grauen Rahmenstruktur bestand, leere Häuser überall in der Umgebung, Unkraut und Wildblumen, die zwischen den Dielen der Veranden wucherten, Baumwurzeln, welche die Fundamente anhoben. Und trotzdem war hier wieder Leben, in diesem anderen Hopetown. Es gab Obstbäume und Maisfelder und eine üppige Vegetation in den Gärten, die sich vor den wenigen Häusern erstreckten, die noch immer aufrecht und stolz dastanden und in Gelb, dunklen Rosa- und gedeckten Blautönen gestrichen waren – außer Leroy Pages Haus, das weiß war wie weihnachtlicher Schnee, der gelegentlich auf den Caddo Lake fiel. Ein durchdringender Farbgeruch umgab das Haus, als Darren aus dem Truck stieg. Es war einstöckig mit einem großen Dachfenster, ein starres Auge auf die Welt hinter Mr. Pages ordentlicher Veranda. Er züchtete Kohl und Steckrüben, Mangold und Gurken, hatte einen Pekannussbaum, der einen Teil des Hauses beschattete. Im Augenblick sammelte er mit gebeugtem Rücken die restlichen Nüsse vom Boden unter dem Baum auf und warf sie in eine zerknitterte Papiertüte in seiner Hand. Sein Haus stand auf einem Viertel Morgen, neben Ställen und einer kegelförmigen Strohhütte, die auf einem kleinen, kompakten Erdhügel thronte. Donald Goodfellow und sein Sohn kümmerten sich um die drei Pferde.

Leroy Page richtete sich auf und nickte Darren zu. »Sie können dem Sheriff sagen, dass wir noch nichts entdeckt haben. Die Sonne geht bald unter. Wir machen morgen weiter.«

Er rief nach Donalds Sohn Ray, damit er die Pekannüsse zu seiner Großmutter brachte. »Sag ihr, ich nehme ein halbes Dutzend Eier dafür.« Ray, der gleich angerannt kam, als der ältere Mann seinen Namen rief, nahm die Papiertüte und rannte querfeldein auf ein gelbes Haus in ungefähr zwanzig Metern Entfernung zu. In diesem Teil von Hopetown gab es keine Straßen, jedenfalls keine, die nicht von wildem Gras überwuchert waren, sodass nichts die Grundstücke voneinander trennte, als wären sie eine einzige große Familie.

Tatsächlich kam Rays Großmutter, eine kleine, gedrungene Frau mit bronzefarbenem Gesicht, das mit Leberflecken gesprenkelt war, heraus auf ihre vordere Veranda, nahm die Tüte mit Pekannüssen in Empfang und rief zu Mr. Page hinüber: »Eier sind alle, Leroy, Lou und ihre Mädchen waren schneller, aber ich hab roten Maispudding im Backofen. Wir essen um halb sieben, falls du rüberkommen magst.«

Mr. Page nickte unverbindlich, eine Geste, die für die Frau auf die Distanz wahrscheinlich nicht zu deuten war. Dann blickte er zu Darren und schüttelte den Kopf. »Margaret weiß, dass ich ihren Maispudding nicht essen kann. Wir Pages, die Schwarzen in Hopetown, haben unseren süß gegessen. Das Rote in ihrem Maispudding ist Habanero, wenn ich davon auch nur einen Bissen nehme, kann ich die ganze Nacht nicht schlafen.« Er zuckte mit den Achseln. »Ich züchte sie, kann sie aber nicht mehr essen.«

Darren sagte zu Mr. Page, dass er ein paar Nachforschungen anstelle und dienstlich hier sei. Der alte Mann nickte zustimmend. »Dann kommen Sie mal rein. Wenn's dunkel wird, bleib ich nicht länger draußen, jedenfalls nicht ohne meine Pistole.«

Sie gingen durch das dämmrige Haus – vorbei an sepiafarbenen Familienfotos in Mahagonirahmen, Zeitungsstapeln, die sich im Flur türmten, einer Angelausrüstung, Malerzubehör und Stoffmustern, die in einen Eichensekretär gestopft waren – in die Küche, wo ein Radio auf einem Kühlschrank der Marke Frigidaire stand. Ein blecherner Jessie-Mae-Hemphill-Blues lief, das Gefidel einer Country-Violine. *Like a tree planted by the water, I shall not be moved.*

Darren fragte ihn: »Sind Sie sicher, Mr. Page, dass Sie diesen Jungen am Freitagabend bei dem Bootsschuppen gesehen haben?« Er hielt ihm das Schülerfoto hin.

Der alte Mann warf nur einen kurzen Blick darauf. »Ich kannte den Jungen schon als Baby«, sagte er und nahm ein Miller High Life aus dem Kühlschrank. Er benutzte einen Öffner, den er an seinem Schlüsselring trug. »Es war der King-Junge, so sicher wie ich hier stehe.«

»Und um welche Zeit?«

»Halb sieben, vielleicht viertel vor.« Er nahm einen Schluck von seinem Bier.

Darren ignorierte seinen eigenen Durst und blickte auf die Uhr. Er blickte prüfend durch das Küchenfenster zum Himmel, sah das gelbe Haus von Rays Großmutter und den See dahinter. Es war noch nicht ganz dunkel, doch lange würde es nicht mehr dauern. Es war erst viertel nach sechs. Der alte Mann erriet, worauf Darren hinauswollte. »Ich hatte meine Taschenlampe dabei«, sagte er und zeigte auf einen handgemachten Werkzeuggürtel, der an einem Nagel an der Wand hing und in dem eine silberne Taschenlampe steckte. »Ich war an dem Abend auf Patrouille.«

»Ach ja, was bedeutet das?«, fragte Darren und erinnerte sich an die Pferde und Waffen, daran, dass sie den Eindruck eines Suchtrupps gemacht hatten. »So 'ne Art Nachbarschaftswache?«

»Es ist legal, was immer es auch ist«, sagte der alte Mann und beäugte Darren misstrauisch.

Darren hob die Hände, um zu signalisieren, dass er es nicht böse meinte, dass er trotz seiner Marke noch immer ein Schwarzer war. »Bei der Nachbarschaft«, sagte er in einem Ton, der deutlich machte, dass er die Bewohner des Trailerparks meinte, durch den man hindurch musste, wenn man zu Mr. Pages Teil von Hopetown wollte. »Das kann man Ihnen nicht verübeln.«

»Das sind keine Nachbarn«, sagte Mr. Page und knallte die Bierflasche auf das lackierte Holz des Küchentischs. »Die sind widerrechtlich hier, diese Leute.«

»Was soll das heißen?«

»Sie leben auf meinem Land«, sagte er und zeigte auf das Haus, den Hof und die Gärten dahinter und die Ställe und Gebäude, und seine Entrüstung reichte bis zur Abzweigung an der FM 727, der Straße, die nach Hopetown führte. »Das alles gehört mir.«

Er sei in dem Haus geboren worden, seine Mutter und seine Großmutter ebenfalls, erzählte er. Seine Familie hatte diese Gegend als freie Schwarze nach dem Bürgerkrieg besiedelt, hatte am Ufer des großen Sees ein Utopia gebaut, hatte die Erde mit den Werten bestellt, die sie am höchsten schätzten, nicht nur Freiheit und Autarkie, sondern auch Vergebung. Es war ein Wort aus der Bibel ihres Masters, ein Wort, das sie nicht hatten lesen dürfen. Doch Gnade kam wie selbstverständlich zu Leroy Pages Vorfahren, war in ihre DNA eingeschrieben, eine angeborene Intelligenz, die ihnen sagte, dass wahre Freiheit bedeutete, von den Weißen abzulassen. Man konnte rasen vor Wut wegen dem, was sie getan hatten, oder man konnte sich davon befreien. Es war kein Angebot zwei zum Preis von einem. »Schwarze«, sagte Leroy überzeugt, »sind die versöhnlichsten Menschen auf der Welt.«

Darren konnte seinen Blick nicht deuten, ob es Stolz oder Scham war, was er da sah. Es war ein Aspekt, über den seine Onkel oft erbittert diskutiert hatten – ob die Vergebung die Schwarzen zu Heiligen oder Handlangern machte. Das Jahr, in dem Darren aufhörte, zur Kirche zu gehen – mit zwölf behauptete er, zu alt für die Sonntagsschule zu sein –, setzte William bei einem kurzen Besuch in Camilla, den sein Bruder ihm gestattete, Darren an den Küchentisch und sagte: »Diese Familie hat sich durch die Lehre Jesu erfolgreich entwickelt, unser Leben basiert auf religiöser Gemeinschaft, Gebet und Vergebung.« Sein Bruder Clayton, der an der Küchenspüle stand, wo er Steckrüben wusch, die er im Garten züchtete, begann tatsächlich zu kichern. Das sei ein gefährliches Wort, meinte er. Es bringe die Weißen auf die Idee, dass sie straffrei davonkämen, denn wie sollte in einer Welt, in der Vergebung fortwährend wie ein All-you-can-eat-Buffet im Lunch Bucket serviert wurde, ein Anreiz geschaffen werden, faire Gesetze zu erlassen, Kontrolle auf angemessene Weise auszuüben und auf der Straße nicht auf Leute zu spucken?

»Es ist nicht 1966, Pop«, sagte Darren, nur um zu zeigen, dass er auf dem Laufenden war.

»Nein, es ist 1986, und du siehst ja, welchen weißen Mistkerl aus Alabama Reagan ins Bundesbezirksgericht zu hieven versucht.«

»Sessions wird niemals bestätigt«, sagte William und zündete sich eine der Lucky Strikes an, die er bis zu seinem Tod rauchte. Zu diesem Zweck hatte er immer eine große Schachtel Streichhölzer auf dem Küchentisch, die Clayton zur Erinnerung an seinen Zwillingsbruder an ihrem Platz belassen hatte.

»Der Punkt ist, dass sie die Dreistigkeit besitzen, einen bescheuerten Klananhänger zu ernennen. Ihnen für alles zu vergeben, was vor dem Wahlrechtsgesetz geschehen ist, lässt sie in dem Glauben, dass sie recht haben. Wir haben uns mit dieser We-Shall-Overcome-Mentalität selbst in diesen Schlamassel befördert.«

»Aber du bist selbst marschiert, Pop«, sagte Darren. Diese Unterhaltung empfand er als größeren Frevel als seine Ankündigung, nicht mehr in die Kirche zu gehen. »Was willst du damit sagen?«

»Ich will damit sagen, dass du sie für alle Zeiten dafür verantwortlich machen musst. Auf eigene Gefahr wegschaust.« Er legte die nassen Steckrüben auf ein Geschirrtuch. »Vergebung hat ihre Grenzen.«

Es sei ein Luxus, den sich Schwarze nicht leisten könnten, behauptete Clayton.

William blickte seinen Neffen an. »Darren, vielleicht muss ich mal wieder in die Sonntagsschule gehen, weil ich mich nicht daran erinnere, wo das in der Bibel steht.«

Es ärgerte ihn, dass Clayton seinen christlichen Glauben für eine Schwäche hielt. »Ich weiß, wer ich bin, wer meine Leute sind. Ich kenne die Macht unserer Gnade, unseres Glaubens. Echte Vergebung kennt keine Grenzen«, sagte er, bevor er Folgendes zubilligte: »Ja, Clayton, du hast recht damit, dass das nur möglich ist, wenn der Schmerz wegen des eigentlichen Verbrechens verschwunden ist.«

»Dann viel Glück damit«, sagte Clayton bissig, während er einen Topf mit Wasser füllte. »Wie lange sind du und Naomi jetzt verheiratet?«

Es war als bitterer Scherz gemeint, über den er, Manns genug, lachen konnte. William lachte ebenfalls, doch es war gezwungen und traurig. Bald kehrte wieder Schweigen zwischen den beiden Brüdern ein, und Onkel William war in Darrens Leben nicht mehr präsent.

In seiner Küche leerte Mr. Page sein Bier und öffnete das nächste. Jahrzehntelang, sagte er, sei Hopetown eine eigenständige Gemeinde gewesen, mit einer Kirche und einer Schule, einer Kneipe mit Blues- und Zydeco-Livemusik am Wochenende, einem Lebensmittelladen und einem Gemeindesaal, wo sie Krippenspiele aufführten und Wahlen abhielten. Leroys Ururgroßvater war der erste Bürgermeister des Orts gewesen. Über Generationen hinweg war jedes Mitglied der Page-Familie irgendwann im Gemeinderat tätig, bis der Ort seinen Zusammenhalt in den späten Siebzigern verlor, als Schwarze nach und nach wegzogen, weil sie lieber in

Marshall, Longview oder Dallas leben wollten – Orte, die den Schwarzen mehr zu bieten hatten als ein Kaff in Marion County. Nicht einmal Jefferson hatte genug Anziehungskraft, ein Ort, der hauptsächlich vom Tourismus lebte, von der Vermarktung einer Vorkriegsblütezeit, die für die Schwarzen nicht so gut lief. Weit weg von Hopetown gab es die besseren Jobs und ein besseres Leben. Als schwarze Familien wegzogen, kaufte Leroy nach und nach das herrenlose Land und schwor sich, zu bleiben, sah es als sein Geburtsrecht an, bis die Zeit an diesem Plan zu nagen begann wie Motten an Walkstoff. Während er davon sprach, umwölkte sich sein Blick, wurde seine Stimme wehmütig und belegt vor Sehnsucht. »Ich wollte hier sterben«, sagte er. Er nickte, als betrachte er anerkennend ein Bild von dem idealen Ort. »Ja, Sir, das hier, dieses kleine Stück Himmel. Ich wollte den Rest der Zeit, die mir Gott geben würde, genau hier verbringen – angeln, mich um meine Pferde kümmern und meinen Kohl und meine Chilischoten züchten.«

»Ich züchte ebenfalls Chilischoten«, sagte Darren. Die Worte sprudelten mit einem Eifer aus ihm heraus, als würde er in der Fremde einen Landsmann treffen. Er blickte in die Augen des alten Mannes, die dunkel wie geröstete Zichorien waren, eingebettet in ein Gesicht, das lang und wettergegerbt war, und er glaubte, den Mann auf einmal zu verstehen, seine Verbindung zu dem Land und zu seinen Wurzeln. Mr. Page schien Darren ebenfalls anders zu betrachten, sah etwas in ihm, das seine Zustimmung fand. »Auch meine Familie besitzt Land«, sagte Darren. »Unten im San Jacinto County, zwölf Morgen, an denen die Mathews schon beinahe so lange festhalten, wie Hopetown existiert.«

»Dann verstehen Sie also, was es heißt, so etwas aufzubauen. Scheint nicht richtig zu sein, es einfach aufzugeben. Doch ich nehme mal an, außer mir ist keiner mehr übrig. Ich bin der Letzte. Meine Mädchen haben während ihrer Highschoolzeit in Jefferson noch hier gewohnt. Doch mit dem College war'n sie dann weg. Die eine ist in Dallas, und die andere verkauft Immobilien oben in Arkansas. Sie will, dass ich alles verkaufe und zu ihrer Familie nach Little Rock ziehe. Sie haben einen Pool, sagt sie. Was soll ich mit 'nem Pool, wo ich neben dem hier aufgewachsen bin?« Er zeigte auf den erhabenen Caddo Lake, der nur ein paar Meter vor dem Küchenfenster lag. Die Dämmerung war bereits hereingebrochen, und die knorrigen Zypressen waren kaum noch auszumachen. Wieder hatte Darren das Bild von Levi King vor Augen, wie er kurz vor Sonnenuntergang allein in einem Boot draußen auf dem Wasser war.

»Was ist mit den Trailern, Mr. Page?«, fragte er.

Er erinnerte sich an Gil Thomasons breites, genüssliches Grinsen, als er den Namen Leroy Page erwähnt hatte, und das Gefühl, einen Fehler gemacht zu haben, nagte an ihm. »Hatten Sie je Ärger mit der Familie des Jungen?«

»Mit dem Großvater des Jungen gab's keine Probleme. Lester Wayne. Ich hab ihm in den Achtzigern ein paar Morgen verpachtet, als klar war, dass Hopetown irgendwann verschwinden würde. Als nur noch ich und ein paar von Margarets Familie übrig waren, Donald und Ray, Margarets Schwester und ihre Kinder. Ein paar Cousins und Cousinen.«

»Verpachten Sie an die auch?«

»Ich berechne nur ein paar Dollar im Monat, damit der Vertrag bindend ist. Meine Tochter Erika hat mir das gesagt. Aber ich will nicht wirklich Geld von den Caddos, die hier leben. Das gehörte übrigens mal alles ihnen, noch vor Ihnen und mir, mein Sohn. Die Indianer waren hier vor den Franzosen, den Spaniern, den Engländern *und* den Afrikanern. Kennen Sie die Hasinai – sind wie ein Stamm innerhalb eines Stamms, verstehen Sie, sie sind die Caddos aus der Gegend hier, nördlich von Arkansas bis runter nach Nacogdoches. Wie auch immer, kennen Sie ihr Wort für

›Verbündete‹? *Tayshas*. Genau. *Tayshas. Tejas.* Texas. Meine Familie hat immer auf die Indianer um uns herum aufgepasst. So wie sie es mit uns getan haben. Verbündete. Das sind sie. Freunde. Familie. Ich verdanke ihnen mein Leben.«

»Die Trailer, Sir«, sagte Darren, der die Kontrolle über seine erste Befragung in dem Fall behalten wollte, weil er spürte, dass die Geschehnisse in dem Ort eine Rolle beim Verschwinden von Levi King spielten. »Und Ihre Beziehung zur Familie des Jungen?«

»Lesters Trailer war der erste und einzige bis zu diesem Sommer. Er zog hier raus, nachdem seine Frau unten in Marshall gestorben war, stellte den kleinen Trailer auf und blieb für sich. Er war ein alter Redneck, das ganz bestimmt. Hat sich betrunken und fast jeden Tag geangelt. Ohne seine Frau, so ganz allein tat er mir leid. Meine Mädchen und ich haben ihre Mutter früh verloren, also konnte ich irgendwie mit ihm mitfühlen. Lester konnte echt fiese Sachen sagen, über die lauten, schmutzigen Farbigen im Ort, hatte so 'ne olle Dixie-Flagge an der Antenne seines El Camino. Aber mir gegenüber war er korrekt, bezahlte seine Pacht immer rechtzeitig, und ein paarmal sind wir ins Gespräch gekommen. Wie sich rausstellte, waren wir beide zur selben Zeit in der Army. Keiner von uns hat je gekämpft, und wir haben überlegt, was wir womöglich verpasst hatten, wie Waffen und Europa uns womöglich verändert hätten. Wären wir nach Hause zurückgekommen, nachdem wir Paris oder Rom gesehen hätten? Ich war mir sicher. Lester nicht. Wir fanden raus, dass wir in derselben Basis in Louisiana stationiert waren, ich in den Kasernen mit den Farbigen und er bei den weißen Jungs. Man könnte wohl sagen, dass wir so was wie Freunde wurden. Wir saßen draußen auf meiner Veranda, tranken etwas und verfolgten die Basketballspiele der Karnack Highschool im Radio. Ich mochte ihn, wirklich. Ich war bereit, ihm den Stuss zu vergeben, den er anfangs erzählte, weil ich's für Unwissenheit hielt, weil er nie Zeit mit Schwarzen verbracht hatte. Ich war bereit, die Geschichte ruhen zu lassen, für die keiner von uns beiden etwas konnte, und ihm von Mensch zu Mensch zu begegnen. Ich habe ihm die Hand gereicht, und schauen Sie, was mir das gebracht hat.«

»Was ist mit Marnie King?«

»Damit fing der Ärger an. Sie ist eingezogen, als ihr Mann ins Gefängnis kam. Er ist so 'ne Art Skinhead, und ich vermute, nach seiner Inhaftierung wusste sie nicht, wohin, und ihr Daddy hat sie und ihre Kinder aufgenommen. Levi war noch ein Wickelkind. Dann hat sie sich mit dem eingelassen, der jetzt da draußen ist, und nach und nach kamen seine zwielichtigen weißen Freunde zu Besuch. Fingen an, mich Nigger zu nennen, auf meinem eigenen Land. Ich sagte Lester, dass ich das nicht hinnehmen würde, dass er sein Mädchen an die Kandare nehmen soll. Lester schien von den Veränderungen überfordert zu sein, wo sie auf einmal zu sechst in dem Trailer hausten und seine Tochter von einem Rassisten zum nächsten wechselte, und ich weiß nicht, aber vor drei Monaten hat sein Herz versagt. Der Mann war kaum eine Woche unter der Erde, als Gil anfing, den Grund und Boden, den ich Lester überlassen hatte, weiterzuverpachten. Und auf einmal kamen immer mehr Trailer und Leute, die in Vans leben, das wurde von Woche zu Woche mehr. Es ist wie so ein Hassgeschwür, das sich über Hopetown, meinem Zuhause, ausbreitet.«

»Können Sie sie nicht einfach verjagen, den Sheriff dazu bringen, sie gewaltsam zu vertreiben?«

»Die Pacht mit Lester läuft noch ein Jahr. Und es steht nichts im Vertrag darüber, dass ihm oder seiner Familie nicht gestattet ist, einen Teil von dem, was er von mir gepachtet hat, weiterzuverpachten. Auf so 'ne Idee bin ich überhaupt nicht gekommen, als ich die Papiere aufgesetzt hab. Der Sheriff sagt, sie hätten ebenfalls Rechte, die Leute in den Trailern. Also stecke ich fest. Es hat schon 'ne Menge Ärger gegeben.«

»Zum Beispiel?«

»Vandalismus, um uns zu vertreiben«, sagte Mr. Page.

Darren versprach ihm, zu tun, was er konnte, um ihm etwas Hilfe und Schutz vom County zu verschaffen. Wenn er direkt mit Sheriff Quinn sprach, verstand der Mann vielleicht besser, dass etwas getan werden musste. Dass es nicht richtig war, auf dem eigenen Grund und Boden diskriminiert zu werden, zumal Gil Thomason dort höchstwahrscheinlich unerlaubten Aktivitäten nachging. »Wenn wir mit der Durchsuchung des Trailers fertig sind, wird es vielleicht einfacher, ihn und die anderen zu vertreiben.«

»Spielt keine Rolle mehr«, sagte Mr. Page mit einem Seufzer. Die ausgestoßene Luft schien seine Brust zu verbrennen, sein Herz zu verletzen, zu sagen, dass es sowieso vorbei war. »Ich verkaufe.« Er stieß die Hände in die Taschen seiner Bluejeans, die hier und da Flecken von Gras und Schmierfett aufwies. Seine Schultern sanken herab, und er schmunzelte mit einem wissenden Gesichtsausdruck. »Noch ein paar Monate, und sie alle werden hier verschwunden sein, ob's ihnen gefällt oder nicht. Ein Junge hat mit Farbe *Verandaaffe* und *Nigger* an mein Haus gesprüht und gedroht, dass ich ja nichts dagegen unternehmen soll. Auch haben sie Margarets Leute und ihr Gotteshaus nicht verschont. Ich werde bei meiner Tochter in Little Rock sein, wenn sie kommen und alles plattmachen.«

»Und Margaret und ihre Familie? Was passiert mit den Caddos in Hopetown, wenn Sie verkaufen?«

Mr. Page setzte die gleiche unbestimmte Miene auf wie bei Margarets Einladung zum Abendessen. »Das ist alles geregelt. Sie sind geschützt, das verspreche ich Ihnen. Man hat mich nicht dazu erzogen, Leute im Stich zu lassen. Wir hintergehen solche Leute nicht.«

Bei der Erwähnung von Margaret und ihrer Familie schlug Mr. Pages Stimmung sichtbar um.

»Wir lassen nicht zu, dass jemand sie vertreibt, egal was sie versuchen«, sagte der alte Mann und nickte in Richtung der Landbesetzer draußen im Trailerpark.

Darren musste an all das denken, was der Sheriff gesagt hatte: *Der Junge hatte Probleme.* Vandalismus, hatte er gesagt, und dass seine Deputys mehr als einmal zum Trailer der Familie rausgefahren waren. Gil selbst hatte gesagt, dass der Junge kein Heiliger sei.

»Der Junge, die Sprühfarbe«, sagte er, »war das Levi?«

»Er und noch so ein kleines Rattengesicht, das hier wohnt. Ich habe sie auf frischer Tat ertappt, wie sie mein Haus ansprühten. Hat mich und Margarets Jungs einen halben Tag gekostet, frische Farbe drüber zu streichen. Ich hab Ihnen ja gesagt, dass ich den Jungen nicht leiden kann.«

Darren nickte, als wäre das absolut nachvollziehbar. Aber irgendetwas kitzelte ihn im Nacken. Mit ruhiger Stimme und in fast lockerem Tonfall sagte er: »Wo ich schon mal hier bin, Mr. Page, wie wär's, wenn ich mich ein wenig auf Ihrem Grundstück umschaue, würd's Ihnen was ausmachen, Sir? Wäre doch schade, in der Sache nicht gründlich zu sein.«

Alle Luft schien aus dem Raum zu entweichen.

Mr. Page verengte die Augen und musterte Darren, wobei sein Blick an der silbernen Marke hängenblieb. Dann warf er einen raschen, verstohlenen Blick zu dem Werkzeuggürtel, der hoch oben an der Küchentapete hing, die mit orangenen und roten Salz- und Pfefferstreuern bedruckt war. In dem Gürtel steckte die Taschenlampe, doch ebenfalls ein Fahrtenmesser und ein Holster mit dem 45er Revolver, den er zuvor getragen hatte.

Darren ließ seine linke Hand zu seiner Waffe gleiten und legte sie auf den Griff.

Mr. Page betrachtete eingehend die Waffe und die Marke, nachdem er schlagartig jede Unterhaltung über Chilischoten und Kohl und Geschichten schwarzer Texaner, die hundert Jahre zurückreichten, beendet hatte. Er sah aus, als wäre er auf sich selbst wütend, als hätte er die Hintertür offen gelassen und ein Kojote wäre in sein Zuhause spaziert. »Nein, Ranger, ich werde Sie weder in meinem Haus noch sonst wo auf meinem Grundstück rumschnüffeln lassen. Nicht ohne Durchsuchungsbefehl. Tut mir leid, aber ich bin ein gebranntes Kind.«

Und in Kenntnis seiner Rechte fügte er selbstzufrieden hinzu: »Falls Sie wiederkommen, will ich einen Anwalt hier haben.«

»Sie haben einen Anwalt?«

»Sie werden schon sehen.«

Mit der Hand wies er zum Flur, der zum Hauseingang führte. Darren nickte, um zu signalisieren, dass er verstand; seine Anwesenheit war nicht länger erwünscht. »Sagen Sie mir nur noch eins«, sagte er. »Haben Sie am Freitagabend noch jemand anders dort draußen gesehen, um die Zeit, als Levi den Bootsschuppen zugesperrt hat? Irgendjemand auf einem Spaziergang, mit dem Hund, irgendwas?«

»Die einzigen Hunde, die es hier gibt, sind wild. So einer beißt einem die Hand ab, wenn man ihm was zu fressen geben will«, sagte Mr. Page. »Wie gesagt, ich bin ein gebranntes Kind.« Er führte Darren zur Haustür und beförderte ihn unverzüglich hinaus.

9

Auf dem gesamten Weg aus Hopetown heraus folgte ihm ein Scheinwerferpaar in seinem Rückspiegel, wie Geisteraugen, die hinter Bäumen hervorkrochen, während er schlingernd die Straße entlangfuhr. Er konnte nicht einmal eine Silhouette hinter dem weißen Lichtschein ausmachen. Er stellte sich den bärtigen Mann aus dem Van vor, Bo, Gil Thomasons Nachbar, der angeboten hatte, *die anderen zu holen,* was an eine Bande oder die falsche Art von Sippschaft erinnerte. Aber genauso gut konnte der Fahrer in dem Wagen hinter ihm Mr. Page in seinem 76er Buick sein, den Darren neben seinem frisch gestrichenen Haus gesehen hatte, der wollte, dass Darren mit seinen Fragen verdammt noch mal aus Hopetown verschwand. Jedenfalls war es eine Nachricht, die alarmierend schnell überbracht wurde. Als er sich der FM 727 näherte, der asphaltierten Straße, die zum Highway führte, ließ der Wagen hinter ihm den Motor aufheulen, und Darren beobachtete, wie sich die Scheinwerfer näherten. Er beschleunigte und spürte den Fahrtwind, der durch das Fenster hereinwehte. Irgendwo verbrannte jemand Zedernholz, roch Darren genau in dem Moment, als der andere Wagen scharf nach rechts schwenkte und mit durchdrehenden Reifen plötzlich wendete. Er kippte ein wenig zur Seite, und da erkannte Darren den überladenen Van von Gils Nachbarn, der in Richtung Hopetown verschwand. Darren machte eine Vollbremsung, beugte sich aus dem Seitenfenster und richtete seine Dienstwaffe in Richtung Hopetown, während er darauf wartete, dass der Van eventuell zurückkam, gemeinsam mit der Bande, die auf Bo hörte. Er saß stocksteif da und wartete, während ihm das Herz bis zum Hals klopfte.

Seine Atmung hatte sich noch nicht wieder beruhigt, als er den Highway 59 erreichte und von Westen nach Jefferson hineinfuhr. Die Stadt war so klein, dass er, um zum Cardinal Hotel zu kommen, an Rosemary Kings Haus in der North Vale Street vorbeifahren musste. Das Haus war erleuchtet, und die Kronleuchter des ehemaligen Ballsaals schimmerten in den Fenstern zur Straße hin. Leute saßen um einen Esstisch, wie Darren von der Straße aus sehen konnte. Es gab einen Weihnachtsbaum, der mit weißen Lichtern und Tauben geschmückt war, und eine lange Reihe geparkter Fahrzeuge erstreckte sich vom Haus über mehrere Blocks fast bis zum Marktplatz. Ihr Enkel wurde seit Sonnenuntergang vor drei Tagen vermisst, und Rosemary King gab eine Dinnerparty. Darren konnte das nicht begreifen. Als er seinen Truck vor dem Hotel abstellte, blickte er durch die von Insekten verklebte Windschutzscheibe zu dem mit blassen Sternen übersäten Himmel hinauf und fragte sich, ob sie wohl dort, wo Levi sich befand, heller schienen und wieso sich ihre Wege überhaupt gekreuzt hatten. Es gab wahrscheinlich Zehntausende vermisste Kinder heute Abend in diesem Land; wieso bekam er ausgerechnet den Fall von einem, der Nigger an das Haus eines alten Mannes sprühte? Er redete sich ein, dass der Junge erst neun war, dachte an sich selbst in dem Alter, das Haar zwischen den Friseurterminen ein dichter Wuschel, die Hasenzähne überzogen von einer zuckerhaltigen Substanz. Er dachte daran, wie er an seiner Grundschule über die Stränge geschlagen hatte – Geld und Bonbons aus der Handtasche einer Lehrerin im Aufenthaltsraum gestohlen, Feueralarm ausgelöst und seinen Sportlehrer einen Dummkopf genannt hatte – und jedes Mal den Direktor gebeten hatte, seinen Onkel William den ganzen Weg von Huntsville herzubitten, wo er mit Naomi und seinen leiblichen Kindern lebte. Irgendwas, um die

Aufmerksamkeit seines Onkels zu erregen, den Mann zu zwingen, Verantwortung für ihn zu übernehmen, als die Vaterfigur einzuschreiten, die er sich am meisten wünschte. In der Rückschau war wohl das Schlimmste, was er als Kind je getan hatte, sich seinem allein gebliebenen Onkel Clayton gegenüber zu verschließen, jenem Menschen, der ihn nie im Stich gelassen und ihm alles vergeben hatte – sogar dass aus ihm wie aus seinem Zwillingsbruder ein Texas Ranger geworden war.

Er wusste, dass er Mack zurückrufen musste, scheute sich aber davor, weshalb er zuerst seinen Onkel Clayton zu Hause in Austin anrief. Er hatte einen Lehrstuhl an der juristischen Fakultät der University of Texas, lehrte Verfassungsrecht und führte zwanglose Kamingespräche mit kritischen Studenten in dem Haus, wo er jetzt mit Williams Witwe lebte. Clayton war der Einzige, den Darren kannte, der von den Wahlen nicht niedergeschmettert war. Er hatte den Ausgang mit einer Art wissendem Schmunzeln betrachtet, Nihilismus als Spektakel. Nichts an dem makabren Zirkus konnte ihn überraschen. In Amerika habe es irgendwann zu einem Donald Trump kommen müssen, sagte er, so oder so. Er war guter Dinge, als Darren anrief, glaubte, er habe endlich die letzte Zutat zum Ochsenschwanzeintopf seiner Großmutter gefunden, wie er seinem Neffen mitteilte. Rezepte zu rekonstruieren, die nie aufgeschrieben worden waren, war ein sporadischer Zeitvertreib von Clayton. Er hatte Tage damit zugebracht, verschiedene Varianten auszuprobieren, hatte Lorbeerblätter gegen Salbei oder Maisstärke gegen Mehl eingetauscht. Es war ein nutzloses Unterfangen, weil er nicht wusste, ob er es jemals richtig machte, ob es ein Tomatenfond oder eine Rinderbrühe sein musste. Sein Zwillingsbruder war nicht mehr da, um etwas beizutragen. Clayton war der Letzte, der dieses Stück Geschichte gekostet hatte.

»Du musst mir einen Gefallen tun, Pop«, sagte Darren.

»Lisa meinte, du bist in Jefferson.«

Wie zum Henker hatte sein Onkel vor ihm mit seiner Frau sprechen können?

»Oh ja, man hat mich auf einen Fall hier in der Gegend angesetzt, weshalb ich hier noch ein oder zwei Tage bleiben werde. Du musst etwas für mich erledigen.«

Clayton rief Naomi zu, den Fernseher leiser zu stellen, und nahm dann einen Schluck von etwas, das ihn veranlasste, die Luft einzusaugen. Darren stellte sich vor, wie er in einer schlabbrigen Strickjacke mit einem Glas Whiskey in der Hand vor dem Herd stand. Er hatte seit Freitagabend keinen Drink gehabt, aber er wünschte sich wirklich, er hätte ein paar intus, bevor er sagte: »Pop, du musst nach Camilla rauffahren und Mamas Miete bezahlen.«

»Etwas Derartiges werde ich auf keinen Fall tun.«

»Ich geb's dir wieder, ich habe ihr nur versprochen ...«

»In was für Schwierigkeiten zieht dich diese Frau da rein?«

Andersrum, Pop.

»Tu es für mich, und wenn ich hier fertig bin, erkläre ich dir alles. Es sind fünfhundert, und du brauchst Bell nicht einmal zu begegnen. Du kannst es einfach ihrem Vermieter geben, der in dem Schindelhäuschen neben ihr wohnt.«

Ihm gefiel nicht, wie verzweifelt er klang, und er mochte auch nicht den bettelnden Tonfall in seiner Stimme. Es machte Clayton misstrauisch und erhöhte die Wahrscheinlichkeit, dass er Nein sagte, was er auch mehrfach tat. »Deine Mutter ist eine falsche Schlange, eine Betrügerin und Lügnerin. Sie könnte nicht einmal auf einer geraden Linie gehen, wenn man sie mit Malkreide direkt vor ihr auf den Boden zeichnete. Je früher du die romantische Idee von mütterlicher Liebe und Hingabe aufgibst, Darren, desto eher kannst du dich auf das konzentrieren, was wichtig ist. Lisa. Den Job, falls du ihn noch immer haben willst«, sagte er. Clayton hatte Darrens Rückkehr zu den Texas Rangers nur widerstrebend akzeptiert. Welche Wahl hatte er schon, nachdem er seine wichtigste Verbündete in dem Versuch, Darren zur Rückkehr an die juristische Fakultät zu überreden, verloren hatte. Lisa hatte sich aus dem Streit herausgehalten. »Deine Mutter wird nur Kummer in dein Leben bringen, Darren.« Clayton hatte ihr nie verziehen, dass sie nach dem Tod von Darrens Vater, Duke, ihren Sohn im Stich gelassen hatte, obwohl es eigentlich Clayton gewesen war, der Darren Bells Teenagerarmen entrissen hatte, als er erst ein paar Tage alt war. Doch es brachte nichts, das jetzt anzusprechen. Clayton hatte seinen Standpunkt in dieser Sache deutlich gemacht.

Er rief Mack aus seinem Truck an, weil er nicht wollte, dass er durch die Hotelwände belauscht wurde. Der alte Mann sprudelte los, sobald er Darrens Stimme hörte. »Der Bezirksstaatsanwalt war hier, als ich nicht zu Hause war. Er hat mit Breanna gesprochen, Darren«, sagte er und klang atemlos und ängstlich. Breanna war Macks zwanzig Jahre alte Enkelin, seine einzige Verwandte, mit der er in einer Nurdachhütte am westlichen Rand von San Jacinto County lebte. Sie war an dem Abend da gewesen, als Ronnie Malvo auf Macks Grundstück gefahren war; es waren die hässlichen Dinge, die Ronnie über Breanna gesagt hatte, die zu der bewaffneten Pattsituation zwischen den beiden Männern geführt und Mack zu der Drohung veranlasst hatte, Ronnie wegen der wiederholten Belästigung seiner Enkelin über den Haufen zu schießen. »Und heute war er noch mal da«, fügte Mack mit sorgenvoller Stimme hinzu. »Ist zu mir gekommen, als ich Unkraut gejätet hab, und meinte, er wollte noch ein paar Sachen durchgehen.«

»Du hast doch nichts gesagt, oder?«

Mack verstummte augenblicklich, und Darren spürte ein Engegefühl in der Brust.

Er hörte das traurige Quietschen einer rostigen Angel und im Anschluss daran die Fliegengittertür zuschlagen. Mack war auf die vordere Veranda getreten, weil er Breanna nicht damit behelligen wollte. »Ich hab ihm gesagt, ich hätte einen Topf auf dem Herd und dass es jetzt nicht passen würde. Damit hab ich ihn wohl vergrault, aber was wollte er eigentlich hier?«

Darren sah eine Bewegung in seinem Außenspiegel: ein Mann mit einer dichten graublonden Mähne, die gegelt und zu einer großen Tolle gelegt war und wie ein Fragezeichen auf seinem Kopf saß, zerrte eine jüngere Frau am Arm hinter sich her. Sie war weder schwarz noch weiß, sondern von mittelbrauner Hautfarbe, die Darren aus der Ferne nicht gleich verorten konnte. Sie kamen aus Rosemarys Richtung, der Mann mit dem vom Alkohol beschwingten Gang eines Schürzenjägers, der eine Party mit seiner Beute verlässt. Doch sie riss sich los und wäre beinahe hingefallen, als sie versuchte, in der Nähe des Hoteleingangs auf den Gehsteig zu treten, und ihre schrille Stimme ein durchdringendes *Nein* vernehmen ließ. In der Annahme, dass sich der Mann Freiheiten herausnahm oder Schlimmeres, legte Darren die Hand auf den Türgriff, bereit, der Frau zu Hilfe zu kommen, die eindeutig zu tief ins Glas geschaut hatte – als sie plötzlich lachte und sich, beinahe wie in einer Tanzbewegung, in die Arme des Mannes fallen ließ. Der Mann half ihr, auf dem asphaltierten Gehsteig vor dem Hotel das Gleichgewicht wiederzuerlangen, und führte sie sanft zur Eingangstür. Im Vorbeigehen sah er zum Truck hinüber und begegnete Darrens Blick im Seitenspiegel des Chevy. Er nickte Darren zu. »N'Abend, Ranger.«

Später sollte sich Darren für zwei Dinge verfluchen, die ihm an dem Abend entgangen waren: Erstens, dass der Mann unmöglich seine Marke in dem kleinen Außenspiegel hatte sehen können;

und zweitens die rasche Bewegung, mit der der Mann den Körper der Frau im Vorbeigehen wegdrehte, sodass Darren ihren Gesichtsausdruck nicht sehen konnte.

In dem Moment war er von dem Schlamassel mit Mack zu abgelenkt.

»Ich dachte, sie könnten mich deswegen nicht noch einmal vor Gericht bringen«, sagte Mack. »Das wäre Doppelbestrafung oder wie das heißt. Sie können einen wegen Mordes nicht zweimal anklagen.«

»Das war nur die Grand Jury, Mack. Vaughn kann sich die nächsten zwanzig, dreißig Jahre um eine Anklage bemühen, falls ihm der Sinn danach steht.«

»Oh Mann, nein«, sagte Mack, als hätte er sich gerade hingesetzt, um eine schlechte Nachricht in Empfang zu nehmen. »Echt, das ist nicht recht, Darren. Man hat mich freigesprochen. Die Jury hat gesagt, ich hätte es nicht getan.«

»Die *Grand* Jury«, sagte Darren und fühlte sich plötzlich müde. Und durstig. Er hatte nichts bei sich, und es gab beim Marktplatz keinen Schnapsladen, auch wenn Jefferson das rothaarige Stiefkind von New Orleans gab, das auf Familienfotos mürrisch dreinblickte, den Hals wundgerieben von einem üppigen, viktorianischen Kragen.

»Hör mal, Mack, ruf den Anwalt an, den du hattest.«

»Ich kann mir so eine Hilfe nicht leisten, außer Clayton übernimmt das wieder.«

»Wenn er das nicht tut, tue ich es«, sagte Darren, bevor ihm klar wurde, dass das einen schlechten Eindruck machte. Er redete unbedacht und machte einen Fehler nach dem anderen. Wieso zum Teufel hatte er Clayton heute Abend behelligt? »Nein, nein, das kann ich nicht machen, Mack. Aber solange du bei deiner Geschichte bleibst, kann dir nichts passieren. Sie haben nichts Neues, das verstehst du doch, nicht wahr?«, sagte er, um Mack mitzuteilen, dass er die Waffe nicht abgegeben hatte. »Du leugnest einfach weiterhin jede Beteiligung.«

»Natürlich.« Dann hörte Darren Schritte, als Mack die Veranda verließ und sich noch weiter vom Haus entfernte, sodass das Geräusch des Fernsehers im Hintergrund vom Quaken der Laubfrösche in den Pinien um Macks Grundstück herum abgelöst wurde. »Hör mal, Darren, es gibt da Sachen, die du nicht weißt.«

»Ist nicht nötig.« Je weniger er wusste, desto besser. Mack hatte es nie gestanden. Es gab eine Waffe auf seinem Grundstück, das war alles, was er wirklich wusste. Und wissen wollte. Wäre es mehr, und wollte er Mack weiterhin beschützen, müsste er einen Meineid leisten.

»An dem Abend, Darren, da hatte ich ...«

»Nicht«, sagte er. »Hör auf. Hör einfach auf.«

Mack am anderen Ende verstummte. Seine Stimme klang leise und beschämt. »Ich wollte dir nicht schaden.«

»Tut mir leid, Mack«, sagte Darren, weil er nicht wollte, dass sich der alte Mann zurechtgewiesen fühlte. »Ich bin wegen eines Falls hier in Jefferson, ein vermisstes Kind ...«

»Oh nein«, sagte Mack, der die Tragödie dahinter nachempfinden konnte.

»Ich bin nur ein bisschen unruhig.«

»Verstehe.«

»Aber könntest du mir einen Gefallen tun, Mack?« *Gütiger Himmel, wollte er das wirklich tun?*

»Wär's möglich, dass du Puck fünfhundert Dollar bringst?«

»So viel Geld hab ich nicht.«

»Bring ihm so viel du kannst«, sagte Darren. »Ich leg den Rest ein andermal drauf.«

Herrgott, Darren. Er beendete das Gespräch, bevor ihm noch übler wurde. Er ließ den Truck vor dem Eingang des Cardinal stehen und brachte sein restliches Gepäck hinein.

Etwas stimmte nicht mit seinem Hotelzimmer. Er wusste es in dem Augenblick, in dem er es betrat.

Sobald die Tür über den rubinroten Teppich schabte, bemerkte er die brennende Stehlampe, die er seines Wissens nicht angelassen hatte. Bis auf den schmalen Strahl bernsteinfarbenen Lichts war der Raum völlig dunkel, einschließlich des Flurs, der zum Kingsize-Bett, zum Badezimmer und zum begehbaren Schrank führte. Er hörte, wie sich jemand im Dunkeln bewegte. Darren hatte keine Ahnung, wie er hereingekommen war und wie lange er ihn schon erwartete. Er zog seine 45er aus dem Holster und einen Lichtstift aus der Tasche. Mit entsicherter Waffe ging er den Flur entlang und brachte sie in Anschlag, als auf einmal die Badezimmertür aufging und Greg Heglund heraustrat und in den laserartigen weißen Lichtschein blinzelte.

Darren ließ die Waffe sinken und stieß fluchend seinen Namen aus.

Greg fand das Ganze im Gegensatz zu Darren ungeheuer komisch. Er lachte leise, als er den Lichtschalter im Flur betätigte. Er wollte Darren umarmen, der mit den Augen rollte und ihm auswich. »Du hast deine Hände nicht gewaschen.«

»Wusstest du, dass Urin größtenteils steril ist?«

»Größtenteils.«

»Komm schon, Mann«, sagte Greg, der die Arme in einer komischen Pose ausstreckte.

»Wie bist du hier reingekommen?«

Greg zeigte seine FBI-Marke mit dem Namen darauf. »Und wenn du weiß dazurechnest, komme ich so ziemlich überall rein, außer auf Diddy's White Party. Paradox, was?«

Darren rollte erneut mit den Augen. Greg war ein Weißer, der schon sein ganzes Leben eine Anziehung und Zuneigung zu Schwarzen verspürte, weshalb er sich häufig bestimmte Freiheiten nahm – und sein fragwürdiger Sinn für Humor machte es nicht besser. Doch er war ein verlässlicher Kumpel, der das Herz eigentlich auf dem rechten Fleck hatte. Darren freute sich, ihn zu sehen, fühlte sich aber ein wenig überrumpelt. »Als du mir die SMS geschickt hast, hast du nichts darüber verlauten lassen, dass du in Jefferson bist.«

»Ich dachte, ich überrasche dich.«

Er trug einen schwarzen Anzug und eine schwarze Krawatte, und mit seinem jungenhaft guten Aussehen und seinen hellen, erwartungsvollen Augen sah er aus wie ein Mormone oder ein besonders munterer Bestattungsunternehmer. »Ich sollte schon längst weg sein.«

Greg hatte aus der bescheidenen Rolle, die er bei der Klärung des Doppelmords im vergangenen Oktober in Lark gespielt hatte, Kapital geschlagen – vier Minuten vor laufenden Kameras, als ein Rasseverbrechen diskutiert wurde – und einen Posten in einer kleinen Sondereinheit ergattert, die die Zunahme von Hassverbrechen seit den Wahlen dokumentierte. Er hatte die gleichen Bedenken wie Lieutenant Wilson, dass nach Trumps Vereidigung niemand mehr wusste, wo die Prioritäten des Justizministeriums lagen. Und bevor die derzeitige Administration das Licht hinter sich ausmachte, wollte das FBI all das schriftlich haben. Sie wollten, dass man sich an diesen historischen Moment erinnerte. Greg hatte die Countys von Osttexas abgeklappert, von Houston bis hinauf nach Dallas, und jede Schmiererei an einer Kirche oder Moschee, jede schwarze Puppe, die zum Spaß von einem Baum hing, und jeden echten schwarzen Leichnam, der so gefunden wurde, dokumentiert. Es hatte in Texas in diesem Winter zwei gegeben – eine in der Nähe von Waco und die andere in Bowie County, wo Bill King zur Zeit einsaß. Wie sich herausstellte, war Greg sogar in Hopetown gewesen. Er hatte Mr. Page kennengelernt und mit ihm gesprochen. Und mit Margaret Goodfellow und ihrer weitläufigen Familie. Es gab Meldungen über Einschüchterungsversuche und

Drohungen seitens der neueren Bewohner dort draußen. Der Leute im Trailerpark. Und dann natürlich den nachweisbaren Vandalismus. »Das N-Wort«, sagte Darren und nickte.

»Unter anderem.«

»Page hat etwas von einer Kirche dort draußen gesagt.«

»Nicht das, was wir uns darunter vorstellen, aber ein Gotteshaus, ja«, sagte Greg. »Es ist eine Hütte, ein rundes, stallähnliches Ding, das die Familie von Margaret Goodfellow errichtet hat.«

»Sie sind Indianer, Caddos.«

Greg nickte. »Ein paar von den letzten, die noch hier im Staat leben. Der Rest hat sich in Oklahoma niedergelassen, vertrieben, wie alle anderen Stämme auch.«

Es gab Gerüchte über Caddo-Blut im Stammbaum der Mathews, aber Darren war bis jetzt keinem Caddo-Indianer begegnet und wusste genauso wenig über die Geschichte des Stammes wie sein Lehrer für texanische Geschichte in der siebten Klasse.

»Was ist mit der Kirche passiert?«, fragte er.

»Ein paar Kinder haben versucht, sie anzuzünden. Levi King war ein kleiner Rotzbengel.«

Darren seufzte unter der Last, die Sache abzuschwächen. »Er ist neun.«

»Und irgendwann ist er neunzehn«, sagte Greg. Er hatte sich in eine Ecke des Wohnzimmersofas sinken lassen. »Im Augenblick lebt er nur das aus, was er um sich herum sieht, auf einem Level, das er selbst kontrollieren kann, richtet seine Wut gegen jeden, der anders ist da draußen, wiederholt, was er zu Hause hört. Aber ich garantiere dir, dass der Junge in zehn Jahren bei der Bruderschaft einsteigt, genau wie sein Daddy, und dann würde er das Haus des alten Mannes nicht mit Farbe besprühen, sondern Leroy Page töten.«

»Klingt nach so 'nem IS-Schwachsinn«, sagte Darren. »Mische problematische Familienverhältnisse mit ein paar *legalen* Verdienstmöglichkeiten, rühre und schüttle sie und lasse sie dann gären ...«

»Und in ein paar Jahren hast du einen hausgemachten Terroristen.«

Einen Moment lang sah Darren das Ganze wie in einem Albtraum vor sich, sah, wie groß die Wahrscheinlichkeit war, dass Levi ein Rassist war, der mit der Zeit gefährlich würde, genau wie sein Vater – der einen Schwarzen hinter einer Tankstelle erwürgt und anschließend angezündet hatte –, ganz gleich, was an seiner angeblichen Läuterung dran war. Darren hatte das heimliche, fast schmerzhafte Gefühl, einen kranken Welpen seinem Schicksal zu überlassen. Er wusste, dass es falsch war. Er musste davon ausgehen, dass nichts dergleichen passierte – seine Marke verlangte das von ihm. Levi war ein neunjähriger Junge, dessen Zukunft nicht in seinen Stammbaum eingeschrieben war. Außerdem verlieh es Darren die moralische Rechtfertigung dafür, Bill King hereinzulegen. Er musste das verdammte Kind nicht gernhaben, aber »ich muss trotzdem nach ihm suchen«, sagte er.

»Oh, der Junge ist tot.« Greg sagte das ganz nüchtern und ließ ein Gähnen folgen. Er blickte auf seine Uhr und dann zu Darren, den etwas bei Gregs Worten durchzuckte – das Körnchen Wahrheit darin und der Druck der Verantwortung. Greg fragte, ob Darren schon gegessen habe, und meinte, dass er seit seiner Ankunft noch nicht einmal zu einer Schüssel Gumbo gekommen sei – und weil er noch bleiben würde, ihm der Sinn nach etwas Kreolischem stünde. Darren spannte sich an, jeder Muskel bereit, einen Schlag zu empfangen, als er Greg fragte, weshalb er blieb. Denn ein Teil von ihm wusste die Antwort bereits, wusste, was für eine miese Nummer hier abgezogen wurde. »Wir halten es für ein Hassverbrechen«, sagte Greg. »Das FBI will, dass ich bleibe.«

Dritter Teil

10

Greg wollte die ungefähr zwanzig Meilen über die Grenze fahren, weil er das authentische Zeug haben wollte. Darren fühlte sich nicht wohl dabei, den Staat zu verlassen, nicht während er an einem Fall arbeitete. Doch er wollte auch nicht seinem Ersatzaufpasser, Deputy Briggs, in dem Flussschiffrestaurant über den Weg laufen, weshalb sie schließlich in einer Kneipe namens Froggy's landeten, dem einzigen Ort im Zentrum von Jefferson, wo Darren sich in aller Ruhe einen echten Drink genehmigen konnte. Der Gumbo war eine dünne, fade Brühe mit harten Okrastückchen, die in einem öligen roten See schwammen, der völlig überpfeffert war –, doch der Schnaps war erstklassig. Darren bestellte einen Knob Creek pur, und Greg ließ sich gleich zwei Flaschen Bier auf den Tresen stellen, sodass sie sich die nächste halbe Stunde ungestört unterhalten konnten. Was für ein Anblick! Darren hatte seine Marke abgenommen und sah aus wie ein schwarzer Cowboy, der in den falschen Laden geraten war. Greg mit seinem maßgeschneiderten Anzug und seinen Budapestern stach wie ein Osterhase auf einem Weihnachtsmanntreffen hervor, ein komischer Vogel, mit dem nicht einmal Leute seiner Hautfarbe etwas anfangen konnten. Die anderen Weißen in der Kneipe trugen T-Shirt, Wrangler und Arbeitsstiefel.

Greg wollte Mr. Page für den Mord drankriegen.

Ein Mord, der, wie Darren ihm in Erinnerung bringen musste, noch nicht festgestellt worden war.

»Drei Tage, und niemand hat etwas von dem Kind gesehen oder gehört, und wie du selbst gesagt hast, weiß nicht einmal die

Großmutter, wo er ist. Allerdings wissen wir von Leroy Page selbst, dass er der Letzte war, der den Jungen am Freitagabend gesehen hat.«

»Ein seltsames Eingeständnis für jemanden, der ein Kind getötet haben soll.«

»Oder schlau«, sagte Greg. »Erweckt den Eindruck, als wäre er ehrlich und kooperationsbereit.«

Darren dachte daran, wie er vorhin von dem alten Mann kurzerhand vor die Tür gesetzt worden war, als er darum gebeten hatte, sich umschauen zu dürfen. Als *kooperativ* würde er Leroy Page nicht beschreiben. »Was wäre das Motiv?«, fragte Darren, was nicht so abwegig klang, wie er sich gewünscht hätte. Er erschauerte bei dem Gedanken daran, wie er beiläufig selbst den Tod des Jungen in Betracht gezogen hatte. Er blickte kurz in sein Gesicht in dem Spiegel hinter der Bar, der mit rotem Flitter behängt war. Entweder warf der Spiegel ein verzerrtes Bild zurück, oder der Bourbon tat seine Wirkung in Lichtgeschwindigkeit, weil ihm der Mann, den er sah, grotesk vorkam. Die Hautfarbe wie von der Rinde einer sterbenden Eiche, aschfahl und grau, und hängende Schultern, die ihm bisher noch gar nicht aufgefallen waren. Seit die Sache mit Mack seinen Blick auf die Welt verändert hatte, war er nicht mehr er selbst, wusste nicht mehr, wann er auf der Seite des Gesetzes stand und wann er sich vertat.

Du verlierst die Orientierung, mein Sohn, hörte er Onkel William sagen. *Lass dir von den anderen nicht deine Anständigkeit nehmen*. Aber wieso lastet das mit der Anständigkeit immer auf uns?, hätte er gern gefragt.

»Weißt du, dass jemand Hundescheiße auf Mr. Pages Türschwelle hinterlassen hat?«

»Der Junge?«

»Was ich dir zu sagen versuche, ist, dass das Levis Rahmen sprengt. Weißt du, dass ein Mann in Margaret Goodfellows Haus eingebrochen ist und sich mitten in der Nacht über sie gebeugt und ihr gedroht hat, sie zu vergewaltigen? Eine achtzigjährige Frau? Weißt du, dass jemand Schüsse auf die Ställe abgefeuert hat? Man kann von Glück sagen, dass sie die Pferde des alten Mannes nicht erwischt haben. Jemand ist in seinen Bootsschuppen eingebrochen und hat einen Zweihundert-Dollar-Motor gestohlen.«

»Und das alles ist erst nach den Wahlen passiert?«, fragte Darren. Es passte zu einem Muster von Rassengewalt, die in den letzten Wochen aufgekommen war, wie ein geisterhafter Verwandter in einer Daguerreotypie, der immer da gewesen war und unmöglich länger ignoriert werden konnte.

»Das ist ein Zufall und hat nichts mit diesem Fall zu tun.«

»Ich dachte, du glaubst nicht an Zufälle«, sagte Darren. Er nickte dem Barkeeper zu, damit er ihm nachschenkte, obwohl Greg noch immer beim ersten Bier war.

»Das ist alles passiert, als Page beschloss, sein Land zu verkaufen.«

»An wen verkauft er?«

»An irgendeinen Immobilienentwikler in Longview, einen Mann namens Sandler Gaines.«

»Immobilienentwickler?«, fragte Darren, während er ein Notizbuch aus seiner Hosentasche zog und den Namen notierte. »Will der vielleicht alles abreißen und Eigentumswohnungen mit Seeblick bauen?«

»Wer weiß?«

Darren dachte an Margaret Goodfellow und ihre Familie, an ihre Häuser am Seeufer. Wie kam Leroy Page darauf, dass sie nicht gemeinsam mit allem anderen zerstört würden? Er dachte an den freundschaftlichen Tauschhandel von Eiern gegen Pekannüsse und Gemüse aus dem Garten. Das Angebot einer täglichen Mahlzeit und ein wenig Gesellschaft, und er spürte intensiv den Verlust von etwas, auf das er im Grunde keinen Anspruch hatte und von dessen Existenz er vor vierundzwanzig Stunden noch nicht einmal etwas gewusst hatte. Der Verkauf von Hopetown und seine Zerstörung schienen völlig undenkbar zu sein. Konnte Texas, das Denkmäler seiner eigenen Niederlagen und beschämenden Ereignisse stehen ließ, wirklich die Geschichte von Hopetown zerstören, einer Gemeinde, die allen Widrigkeiten zum Trotz – einschließlich des Auftauchens der ABT – aufgeblüht war?

Er fragte das Mädchen hinterm Tresen, ob es je von dem Ort gehört habe.

»Sklavensiedlung, draußen am nordöstlichen Seeufer?«

Sie war um die zwanzig und hatte dichtes schwarzes Haar und ein Gesicht, so blass und leuchtend wie Mondstein. Was wahrscheinlich Make-up war. Ihre Nägel waren lackiert und für die Branche zu lang, doch sie stand in der Öffentlichkeit, es war ihre Kleinstadtbühne. »Das ist nur so 'ne Altweibergeschichte«, sagte sie mit einem schwachen Grinsen, als glaubte sie, Darren würde sie auf den Arm nehmen, und als wollte sie zeigen, dass sie kein Dummkopf war. »Großmutter hat immer von entlaufenen Sklaven und Geistern auf dem Wasser erzählt, aber ich hab nie einen Schwarzen kennengelernt, der am See gewohnt hätte. Sie können nicht schwimmen«, sagte sie, und nicht, weil ihr nicht bewusst gewesen wäre, mit wem sie sprach, sondern weil sie ihn als Beweis dafür benutzte. »*Sie* müssen es wissen.«

Greg, der von ihrer Antwort enttäuscht war, schüttelte den Kopf, als sie sich einem anderen Gast zuwandte und im Gehen den Tresen mit einem Lappen abwischte. »Das war's wohl mit meinen Plänen für die Nacht«, sagte er und verriet damit, dass er ein Auge auf das Mädchen geworfen hatte. Er warf noch einen Blick auf ihren wohlgenährten Hintern. »Vielleicht auch nicht.«

»Nicht schade drum«, sagte Darren.

»Überhaupt nicht, fürchte ich.«

»Marnies Freund, Gil Thomason, war er an irgendwelchen Schikanen in Hopetown beteiligt, den Drohungen gegen Mr. Page und die Caddo-Indianer?«

»Natürlich. Er ist das zuständige weiße Oberarschloch.«

»Himmel, Greg, sprich gefälligst leise.«

Doch niemand konnte George Straight übertönen, der aus den hochhängenden Lautsprechern dröhnte. Das änderte jedoch nichts daran, dass sie angestarrt wurden. Darren behielt zwei weiße Typen im Auge, die an dem Tisch an der Tür saßen. Einer der beiden – die Augen verschattet unter dem Schirm einer roten Baseballkappe, dessen weißen Schriftzug Darren nicht zu lesen brauchte, um zu wissen, wie er lautete – beobachtete Darren ein bisschen zu unverhohlen. Langsam zog Darren seine Marke aus der Hosentasche, hielt sie so, dass das bernsteinfarbene Licht der Neonschilder hinter der Bar darauf fiel, und legte sie auf den Eichenholztresen. Der Mann beugte sich über seinen Tisch und flüsterte seinem Saufkumpan etwas ins Ohr, und Darren drehte seinen Oberkörper so, dass er ihnen nicht den Rücken zukehrte und sein Holster besser zu sehen war. Greg sah das alles und machte Zeichen, dass er die Rechnung wollte. Darren befahl ihm, die Hand herunterzunehmen, und bestellte noch einen Bourbon, um klarzustellen, dass er nirgendwohin ging.

Greg wusste, was er da trieb. »Das ist es nicht wert, D.«

»Ich bin noch immer durstig.« Darren warf einen verächtlichen Blick zu dem anderen Tisch hinüber.

»Ich dachte, du hättest damit aufgehört«, sagte Greg und wies mit einem Nicken auf das dritte Glas Bourbon, das auf einmal vor Darren stand, der Greg mit einer Mischung aus Verärgerung und Verwirrung anblickte. Er und Greg hatten seit ihrer Begegnung in Lark nur zweimal miteinander gesprochen, und sein Trinken war beide Male kein Thema gewesen. Greg wirkte auf einmal, als hätte er einen Fehler begangen, als hätte er den Mund nicht aufmachen sollen. Er bestellte noch ein Bier, um zu zeigen, dass er ihn nicht verurteilte. Dann sagte er mit verkniffener Miene: »Lisa hat es mir gesagt.«

»Wann hast du mit Lisa gesprochen?«

So ungewöhnlich war das nicht. Es hatte eine Zeit gegeben, in der sie alle drei gleichermaßen miteinander befreundet waren. In der Highschool, wo sie sich kennengelernt hatten, waren Lisa und Greg sich genauso nah gewesen wie Greg und Darren. Sie waren alle Teil eines Verbands von Junganwälten gewesen, die in Scheinprozessen gegen junge Leute von überallher angetreten waren. Und während seiner Zeit an der juristischen Fakultät waren Lisa und Greg, die beide die University of Texas besuchten, weiterhin befreundet gewesen, während Darren aus dem Staat nach Chicago geflohen war. Doch im Laufe der Jahre hatten sie nur noch über ihre Verbindung zu Darren Kontakt. Für Greg war sie seine Frau. Für Lisa war Greg sein Freund. Sie unternahmen nichts mehr zusammen. Darren konnte sich nicht erinnern, wann das zur Gewohnheit geworden war, und er hatte sich auch nie darüber beschwert. Er war froh, die beiden jeweils für sich allein zu haben. Also wurde er bei der Vorstellung, dass die beiden ohne ihn miteinander geredet hatten, ganz unverhofft eifersüchtig.

»Wir sind uns im Bundesgericht in Houston über den Weg gelaufen.«

»Was machst du denn *dort*?«

Der Seitenhieb fiel heftiger aus, als Darren beabsichtigt hatte. Es war kein Geheimnis, dass von ihnen dreien Greg derjenige war, der beruflich hinterherhinkte. Als Prozessanwältin verdiente Lisa mehr als sie beide zusammen. Ihre Mandanten waren lokale und nationale Unternehmen, die die Dienste ihrer Kanzlei großzügig vergüteten. Doch Erfolg bemaß sich für Greg und Darren an der Zahl der Fälle, der Verbrecher, die irgendwo in einer Gefängniszelle saßen und sie verfluchten. Greg hatte mit seinen zweiundvierzig Jahren noch keinen großen Fall gelandet und noch nicht einmal die erste wacklige Sprosse auf der Karriereleiter des FBI erklommen. Die Verhaftungen in Lark im Herbst hatten ihm endlich das beschert, was er dringend wollte: Hassverbrechen untersuchen, das rassistische Erbe der Südstaaten endgültig auslöschen. Für Greg spielten diese Dinge eine wichtige Rolle; sie waren mit ein Grund, weshalb er zum FBI gegangen war. Aber Darren war nicht blind. Er wusste genauso gut wie Greg, dass man auch Karriere machen konnte, indem man einen älteren Schwarzen eines Hassverbrechens bezichtigte. Es wäre ungewöhnlich genug, um nationale Aufmerksamkeit zu garantieren, wenn er tatsächlich ausreichend Beweise dafür zusammentrug, dass der letzte Nachfahre einer Gemeinschaft freigelassener Sklaven auf Bundesebene dafür angeklagt wurde, ein Kind mit Verbindungen zur Arischen Bruderschaft von Texas getötet zu haben. Das würde *Dateline* und *20/20* und geifernde Fox News vor Gregs Haustür locken. Darren konnte schon die True-Crime-Doku bei Netflix sehen, die man daraus machen würde. Und er meinte, den Ehrgeiz an Greg förmlich zu riechen, einen üblen Zynismus, den seine Poren verströmten, so aufgestachelt war er angesichts der Chance auf einen großen Fall. Er trommelte mit seinen kurzen Fingernägeln auf den Tresen.

»Zumindest ist er ein Verdächtiger, das weißt du«, sagte Greg, als er Darrens misstrauische Miene sah. »Vielleicht hatte der alte Mann einfach genug.«

»Aber Mord? An einem Neunjährigen?«

»Wer weiß, was an dem Abend draußen beim Bootsschuppen passiert ist. Vielleicht hat ihn das Kind angegriffen, hat ihm eine Drohung an den Kopf geworfen, was der Freund seiner Mutter tun würde …«

»Selbstverteidigung«, sagte Darren. »Nur dazu haben Mr. Page und die Ureinwohner dort draußen gegriffen, um sich vor Schikanen zu schützen. Darf ich dich mal was fragen? Gibt es irgendwelche Beweise, dass Leroy Page rassistische Ansichten vertreten hat?«

Greg schenkte Darren ein betrübtes Lächeln, bevor er sagte: »HCIC, Head Cracker in Charge, weißer Obermacker, das ist ein wörtliches Zitat aus der Befragung von Mr. Page.«

Darren schüttelte den Kopf. Das war extrem unfair von Greg.

»Hör mal, ich bin genauso unglücklich über diese Sache wie du, aber ...«

»*Cracker* und *Nigger* ist nicht das Gleiche, das weißt du genau«, sagte Darren.

»Stimmt«, sagte Greg leicht verstimmt darüber, dass Darren ihn nicht besser kannte. »Aber weißt du, wer eine solche Nuance nicht erkennt? Unser neuer Präsident.« Er machte eine verdrießliche Miene. »Das ist unser Dilemma. Wenn wir Hassverbrechen gegen Weiße nicht verfolgen – falls es eins ist«, sagte er, damit Darren ihn ausreden ließ, »wenn wir Verbrechen gegen Weiße nicht im selben Maße verfolgen wie gegen Schwarze ...«

Darren lachte so laut auf, dass er sich am Bourbon verschluckte, der ihm in der Kehle brannte. Greg legte eine Hand auf Darrens Unterarm und blickte seinen Freund mit verdutzter und gleichzeitig gequälter Miene an. »Ich mein's ernst, D. Kapierst du nicht, wer da demnächst ins Weiße Haus spaziert? Woran dieses Land ist? Wir stecken in Schwierigkeiten, Mann. Es gibt einen Grund für das, was ich tue. Ein Fall wie dieser würde dem Justizministerium deutlich machen, dass Hassverbrechen nicht irgendein liberaler Hokuspokus sind. Sie sind real und verheerend und inakzeptabel im amerikanischen Leben. Sie müssen kapieren, dass das FBI wirklich *jedes* Hassverbrechen ernst nimmt. Die Hoffnung ist, dass ein solcher Fall ihre Bereitschaft erhöht, im umgekehrten Fall ebenso zu ermitteln, also wenn ein Schwarzer getötet wurde, und dadurch eine Wende herbeigeführt wird.«

»Das soll also der Jackie Robinson der Hassverbrechen auf Bundesebene sein?«

Darren war leicht beschwipst; seine Toleranz hatte sich in den letzten Monaten aufgebraucht, war wie ein atrophierter Muskel, wenn er ihn am dringendsten brauchte. Er würde sich jetzt dem Bourbon hingeben, wenn er konnte, würde alles tun, um eine Unterhaltung über Leroy Page als dem Mörder eines Kindes zu vermeiden, das Körnchen Wahrheit in dem, was Greg gesagt hatte.

»Nein«, wehrte er die Sache ab. »Page hat alles verkauft. Er zieht in ein paar Wochen weg. Es ist vorbei. Und wir reden von einem Neunjährigen. Er kannte den Großvater des Jungen, Herrgott noch mal...«

»Ja, den Mann, dem er die Schuld dafür gibt, dass sich ein einstmals idyllisches schwarzes Dorf in eine Zuflucht für weiße Suprematisten und Sympathisanten der Bruderschaft verwandelt hat.«

Darren schüttelte den Kopf. »Sie waren Freunde, die beiden alten Männer.«

Aber Greg hielt an seiner Version fest.

Er bat Darren, sich vorzustellen, ein Nachfahre von Sklaven zu sein, was Darren mit einem Augenrollen quittierte: »Ich werd's versuchen.«

»Stell dir vor«, sagte Greg, »du stammst von hart arbeitenden Leuten ab, die ihr Dorf buchstäblich auf Hoffnung gebaut haben, Hoffnung auf das, was Freiheit in Amerika für sie, die sich selbst versorgten und über hundert Jahre in gedeihlichem Frieden lebten, bedeuten könnte. Und dann kommen ein paar Weiße daher, die nichts haben und nichts sind, und gefährden, was du aufgebaut hast, indem sie sich dort breitmachen. Schlimmer noch, sie hassen dich für das, was du aus dem Nichts geschaffen hast. Sie hinterlassen Scheiße auf deiner Türschwelle. Buchstäblich. Sie bedrohen Menschen, die dir wichtig sind. Sie machen dir das Leben zur Hölle, dein Paradies zu einer Hölle auf Erden. Und dann, eines Abends, siehst du den Kleinen, wie er ganz allein ist. Nur ihr beide. Niemand sieht zu. Und vielleicht reißt er die Klappe auf, nennt dich einen *Nigger*. Und du rastest aus, kannst deinen Zorn nicht länger im Zaum halten, und es spielt keine Rolle, ob es ein neunjähriger Junge oder eine neunzigjährige Frau ist, du hast einfach die Nase voll. *Schluss damit.*«

Für Greg war das emotional nachvollziehbar, obgleich es nach einer energischen Strafverfolgung verlangte. Aber Darren – der sich an der Darstellung einer gewalttätigen Reaktion störte, mit der sich weder er noch seine Onkel, die ihn großgezogen hatten, jemals identifizieren konnten – kaufte ihm das nicht ab. Es machte ihm Spaß, eine kulturelle Trumpfkarte auszuspielen, und er sprach mit einer Bestimmtheit, gegen die sein Freund nicht ankam. »Schwarze sind nicht so«, sagte er. *Sonst wärt ihr alle schon längst tot,* hätte er am liebsten hinzugefügt. Stattdessen offerierte er die Sichtweise von Leroy Page. »Schwarze sind die versöhnlichsten Menschen der Welt.« Doch im selben Moment tippte ihm die Erinnerung an den Mann, der zugegeben hatte, Levi nicht zu mögen, auf die Schulter und verlangte seine Aufmerksamkeit. Er dachte daran, wie misstrauisch – sogar irgendwie komisch – der alte Mann geworden war, als Darren ihn bat, sein Haus durchsuchen zu dürfen, und ihn wie einen Verräter behandelte, weil er Fragen über das Verschwinden eines weißen Jungen stellte, und wieder hörte er Claytons Worte: *Vergebung hat ihre Grenzen.*

11

Das FBI hatte Greg in einem Motel am Highway 59 einquartiert, weshalb er Darren in seinem Ford Taurus die anderthalb Blocks zum Cardinal Hotel fuhr und, als Darren vor dem Gebäude die Beifahrertür öffnete, ihm die Arme entgegenstreckte. Im Lichtschein der gewölbten Innenlampe beugte er sich zu einer Umarmung vor, die in ein ungeschicktes Drücken von Unterarmen mündete, nachdem Darren es mit einem brüderlichen Händedruck versucht, Greg jedoch mehr gewollt hatte, eine Bestätigung, dass ihre Freundschaft trotz der schwierigen Unterhaltung heute Abend und der eindeutigen Richtung, in die Greg die Untersuchung lenken wollte, keinen Schaden genommen hatte. »Zwischen uns ist alles okay, ja?«, sagte er.

Darren fiel keine passende Antwort ein, doch die Frage berührte ihn. Er wusste, dass Greg das Herz auf dem rechten Fleck hatte, auch wenn er glaubte, dass sein Ehrgeiz seine Sicht auf die Ereignisse draußen in Hopetown womöglich beeinträchtigte, so wie Greg glaubte, dass Darrens zwanghaftes Pflichtgefühl gegenüber jedem Schwarzen, dem er über den Weg lief – vor allem denjenigen über fünfundsechzig –, seine Urteilsfähigkeit in Bezug auf Leroy Page trübte. Auch ohne von Mack und der Gefahr, die in San Jacinto County über Darren schwebte, zu wissen, spürte Greg, wie allein die Möglichkeit, dass Page in die Sache mit Levi King verwickelt sein könnte, seinem Freund Kummer bereitete. Die beiden Männer kannten einander wie Brüder. Würden sie sich trotz der Dinge, die möglicherweise als Nächstes in Marion County geschahen, noch lieben können? Nachdem die Umarmung schiefgegangen war, stießen Greg und Darren die Fäuste aneinander. Greg lächelte und sagte: »Ich freue mich für dich und Lisa, Alter.«

Sie waren sich also im Bundesgericht nicht einfach nur über den Weg gelaufen, sondern hatten genug Zeit miteinander verbracht, um auf Darrens Trinkerei und den Zustand ihrer Ehe einzugehen.

Vor dem Hotel lehnte Clyde, Rosemary Kings Chauffeur, wartend an der Fahrertür ihres silbernen Cadillacs. Darren sah auf seine Armbanduhr und fragte sich, ob Rosemarys Dinnerparty zu Ende war oder ob Clyde geschickt worden war, um einen ihrer Gäste abzuholen. Jedenfalls war er froh, den Mann allein anzutreffen. Er hatte sich bisher mit so wenigen Schwarzen in Jefferson richtig unterhalten, dass er keine Vorstellung davon hatte, was sie über Hopetown wussten, was ihnen die alte Sklavensiedlung bedeutete. »Ich dachte, die wär'n inzwischen alle weg«, sagte Clyde, als Darren ihn danach fragte.

Durch den offenen Fensterspalt hörte Darren einen mit rauchiger Stimme gesungenen, swingenden Blues, Musik, die Clyde im Wagen spielte, wenn sonst niemand in der Nähe war. *I believe my soul's found a happy home.* Ruthie Foster. Darren kannte die Melodie, wusste, dass sie einst mit Jessie Mae Hemphill Aufnahmen gemacht hatte. Die Musik erinnerte ihn daran, dass er am Nachmittag in Mr. Pages Küche gewesen war, rief ihm den zweiten Vers von Jessie Maes Hymne ins Gedächtnis, die dort erklungen war, Liedzeilen, die er noch nie in einer anderen Version gehört hatte. *I make heaven my home, I shall not be moved.* Schwarze Musik hob die Herzen und Köpfe so oft auf eine andere Ebene, doch Darren war gleichzeitig bewusst, dass der Glaube wichtiger war als terra firma, dass er das sein musste, weil die materielle Welt voller Prüfungen und Drangsale war, voller Vergehen gegen Körper und Seele, gegen das Recht der Schwarzen auf ein Stück von diesem

Land, auf seine Felder und Prärien, die sie einst bewirtschaftet und für die sie sich krummgemacht hatten.

»Oh nein, da draußen sind noch immer ein paar Leute«, sagte er über die alte Sklavensiedlung.

»Sie bleiben unter sich, hab noch nie einen von ihnen zu Gesicht bekommen. Die Alten haben immer erzählt, sie wären entflohene Sklaven, die sich nicht in die Stadt trauten. So wie ich die Geschichte von Jefferson verstehe, hat kein Weißer einen seiner Nigger einfach so ins Paradies entlassen, ohne ihn zu verfolgen. In dieser Stadt gibt's so viele Märchen. Davon ist die Hälfte nicht wahr. Ich weiß nicht mal, ob der Ort wirklich existiert und nicht nur irgendeine Geschichte ist, die sich irgendwann mal jemand ausgedacht hat, 'ne Fantasie darüber, den Weißen zu entkommen.«

Darren nickte wissend angesichts der südlichen Denkweise. Er bedankte sich bei Clyde für das Gespräch. Der Chauffeur blickte zweimal über die Schulter, bevor er Darren einen Rat mit auf den Weg gab. »Seien Sie vorsichtig«, sagte er beinahe flüsternd. »Rosemary spielt nicht.«

Er wollte den Mann fragen, was er damit meinte, doch sein Handy klingelte.

Es war seine Frau.

Sie hatten nicht gesprochen, seit er Houston am Morgen verlassen hatte.

»Na«, sagte sie, als sie wusste, dass er allein in seinem Hotelzimmer war, ihre Stimme heiser, wie sie es oft nach zwanzig Uhr war. Sie hätte inzwischen eins seiner alten Sweatshirts angezogen. Er stellte sich vor, wie ihr Schlüsselbein unter dem über die Schulter gerutschten Stoff hervorlugte, und er verspürte ein sanftes Verlangen. »Ich habe nachgedacht«, sagte sie. »Vielleicht könnte ich dich diesmal ja besuchen.«

»Ich arbeite, Lisa.«

»Ich weiß, aber die Anhörung im Madison-Holding-Fall wurde um eine Woche verschoben, und ich könnte ein, zwei Tage freinehmen, zu dir rauffahren und dich umarmen.«

»Du willst vier Stunden fahren, um mich zu umarmen?«

»Vielleicht auch mehr als das?« Eine Pause entstand an ihrem Ende, und dann, fast so, als schämte sie sich dafür, flüsterte sie: »Ich vermisse dich.«

Darren schaltete das Deckenlicht im Wohnzimmer der Suite ein. Sie wirkte kleiner als vorhin, und alles war mit ochsenblutrotem Samt bedeckt. Er hing vor den Fenstern, war in die Tapete eingearbeitet und das Sofa war damit bezogen, auf das sich Darren setzte, um aus seinen Stiefeln zu schlüpfen.

»Ich vermisse dich auch. Aber ich bin nur ein paar Tage hier.«

»Du hast Dr. Long gehört, wir sind gerade an einem guten Punkt, und das letzte Mal, als wir getrennt waren, hat uns das geschadet, hat es die Dinge verändert ...«

Sie sprach von seiner Zeit in Lark, natürlich, den vielen Tagen, die er in der Nähe einer anderen Frau verbracht hatte. Randies Name war während ihrer Beratungsgespräche nur einmal gefallen. Trotzdem war sie an den Rändern seines Bewusstseins noch immer da, ein schwacher Lichtschein in der Ferne, ein Fanal seines besseren Selbst, und Lisa kannte ihn gut genug, um zu wissen, dass ihn da etwas Neues beschäftigte, sich in einer dunklen Ecke seines Herzens eingenistet hatte, an einem Ort, an den sie, seine Frau, vielleicht nie hinkommen würde. Sie beschuldigte Darren nie, sich mit Randie eingelassen zu haben, sondern, was viel grausamer war, mit einer Ehefrau unzufrieden zu sein, die ihn nicht so brauchte, wie die Witwe es getan hatte. Es ärgerte ihn, zu hören, wie Randie auf *die Witwe* reduziert wurde, doch instinktiv wusste er, dass er das besser für sich behielt. Seine Aufgabe in der stickigen Praxis der Therapeutin war es, zuzuhören. Er erzählte seiner

Frau nie, dass Randie ihn eingeladen hatte, der Beisetzung ihres Mannes in Tyler beizuwohnen. Oder dass Randie erst vor ein paar Wochen eine Postkarte in sein Büro geschickt hatte, mit einem Foto des Torbogens vom Freedman's Memorial Cemetery in Dallas, wo sie trotz ihrer Abneigung gegen alles Texanische einen Auftrag eines Start-up-Modelabels angenommen hatte. Sie sei noch eine Woche im Staat, hatte sie in kunstvoller Schrift geschrieben. Auch erzählte er seiner Frau nicht, dass er überlegt hatte, nach Dallas zu fahren, um Randie zu treffen und sich zu vergewissern, dass es ihr gut ging. Er antwortete nie auf Randies Mailboxnachricht oder die Postkarte, doch Schuldgefühle nagten an ihm, weshalb er Lisa jetzt wider besseres Wissen sagte, dass es schon okay sei, wenn sie für eine Nacht nach Jefferson käme. »Zum Abendessen vielleicht. Aber mehr kann ich nicht versprechen.«

Lisa stieß ein kehliges Lachen aus und sagte: »Ich schon.«

Es war ein verspielter Flirt, und welcher Mann wollte nicht von seiner Frau begehrt werden. Doch Darren entging nicht das Bemühte daran, das beinahe Verzweifelte in der Bereitschaft seiner Frau, stundenlang zu fahren, um ihn im Arm zu halten, als wäre sie sich nicht sicher, ob ihre Ehe ein paar Tage der Trennung aushalten würde. Jetzt wollte sie, was sie so beiläufig ignoriert hatte, als sie ihn im Herbst aus ihrem gemeinsamen Zuhause geworfen hatte: das Geräusch von Darrens Atem an ihrem Rücken, wenn er seinen Körper nachts im Dunkeln an ihren schmiegte. Aber vier Sitzungen mit Dr. Long hatten den leisen Groll, den er verspürte, nicht zum Verschwinden gebracht.

Er hatte Schwierigkeiten, einzuschlafen. Er hörte Stimmen vor dem Schlafzimmerfenster, Frauen, die kicherten, und sogar ein paarmal ein mädchenhaftes Kreischen. Er durchquerte im Dunkeln das Zimmer, zog den Vorhang ein Stück zurück und sah eine Schar weißer Frauen mittleren Alters, deren Doppelkinne von

Kerzen angestrahlt wurden, die sie hielten. Sie starrten direkt zu Darrens Zimmer hinauf. Nackt bis auf seine Boxershorts, wich er rasch in die Dunkelheit seines Zimmers zurück, das anscheinend von großem Interesse für die berühmte Geisterführung der Stadt war. Die nächste Gruppe kam fünfundvierzig Minuten später. Die gleiche Situation: Kerzen vor seinem Schlafzimmerfenster, während die Frauen mit aufgerissenem Mund zum Cardinal Hotel hinaufstarrten, vor allem zu Darrens Zimmer. Gelangweilt und schlaflos nahm er eine der Hotelbroschüren vom Nachttisch, las etwas über die grässliche Geschichte des Cardinals und erschrak, als er entdeckte, dass eine ganze Seite genau dem Zimmer gewidmet war, in das man ihn einquartiert hatte – die Gartensuite – und das ebenfalls in den Geisterbroschüren auftauchte, die vom Hotelpersonal auf seinem Nachttisch ausgelegt worden waren. Angeblich hatte sich eine Penelope Deschamps, geborene Penny Deckard aus Acadia Parish, Louisiana, mit einer Deringer mit Perlmuttgriff genau in diesem Zimmer erschossen, untröstlich über den Tod ihres Ehemannes in Louisiana und den Verlust ihrer Lieblingssklaven. Wie es hieß, residierte ihr Geist in dem berüchtigten Gartenzimmer, um sich am Schlafzimmerfenster den Passanten zu zeigen. Darren begriff das Ausmaß von Rosemarys Ablehnung ihm gegenüber erst, als ihm wieder einfiel, dass sie dafür gesorgt hatte, dass er genau in diesem Zimmer untergebracht und somit kein Auge zutun würde. Jefferson, Texas, pries sich selbst als oberste Spukstätte, und es gab nichts in seiner Geschichte, das man nicht zu Geld gemacht hätte; diese Geistertouren fanden womöglich die ganze Nacht hindurch statt. Er stürzte sich auf die Minibar, um Abhilfe zu schaffen. Er aß eine ganze Dose Pringles leer, leerte nacheinander zwei Bier und betete, dass Alkohol und Speisestärke ihn ausknocken würden. Der Schlaf übermannte ihn schließlich wie eine dunkle Welle, die an seinem Körper hinaufschwappte, bis sich ein angenehmes Gefühl in seiner Brust breitmachte und er spürte, wie seine Augenlider schwer wurden. Er träumte von Sklaven und Indianern, vom Wasser des Caddo Lake, von moosbedeckten Zypressen, die von allen Seiten näher rückten. Er meinte, Levi King hinter dieser hier zu sehen, nein, hinter der da. Der Junge versteckte sich. Er musste ihn nur fangen. Musste sich schneller bewegen. Doch das Wasser war schwer. Seine Kleidung war patschnass, als er sich durch den Sumpf bewegte und mit den Spitzen seiner Stiefel über den Seegrund strich. Und dann war er wieder in dem Bayou in Lark, und Randie stand am Ufer und beobachtete ihn. Sie lehnte an einer Weiß-Eiche und trug nichts außer dem weißen Mantel. Darren mied ihren Blick; selbst im Traum schien ihm bewusst zu sein, dass er sie sich halbnackt vorstellte, und es überlief ihn heiß vor Scham.

Er wachte mit einem Ständer auf.

Es verwirrte ihn beinahe so sehr wie die Feststellung, dass ihn etwas geweckt hatte: ein Lärm, der von irgendwoher in sein Zimmer drang. Er setzte sich auf und spürte blanke Angst, und wie eine winzige Armee in Habachtstellung sträubten sich ihm die Nackenhaare. Zuerst sah er die Waffe, in der Hand einer weißen Frau in einem weißen Rüschenkleid, das bis zum Hals zugeknöpft war, ihren durchdringenden Blick auf ihn gerichtet. Er war so unausgeschlafen, dass er zuerst glaubte, es sei Rosemary King, die eine kleine Pistole auf ihn richtete. Eine Deringer. Das war es also. Die Geschichte von Penelope Deschamps schoss ihm genau in dem Moment durch den Kopf, als er die Nachttischlampe einschaltete und die Frau verschwand. Er träumte noch immer, oder? Es musste einfach so sein.

Er hörte über sich ein dumpfes Poltern, gefolgt von einer gedämpften Frauenstimme. Darren begriff, dass der Lärm, der ihn geweckt hatte, aus dem Zimmer über ihm kam. Seiner Meinung nach handelte es sich um einen Zweikampf. Er glaubte zu hören, wie Möbel gegen Wände krachten, dann war es einen Moment lang still bis auf seine eigene beschleunigte Atmung. Und dann stieß eine Frauenstimme schrill aus: »Warte.« Oder war es *Hilfe?* Er schnappte seine Waffe und rannte hinaus auf den Flur.

Er war barfuß, und der Teppich war rauer, als er aussah. Die Nadel über dem einzigen Hotelaufzug blieb beim ersten Stock stehen. Darren konnte sich nicht vorstellen, dass derjenige im Raum über ihm noch da wäre, wenn er auf den Aufzug wartete. Er öffnete die Tür zu einem schmucklosen Treppenhaus. Es stank nach verwelkten Blumen und Urin, obwohl von beidem nichts zu sehen war. Der erste Stock des Hotels hatte einen offenen Grundriss, sodass man von einer Galerie aus die Lobby im Erdgeschoss überblicken konnte und der riesige Kristall- und Messingleuchter jetzt auf Darrens Augenhöhe war. Er warf dolchförmige Farbprismen auf die Tür zu dem Zimmer über seinem. RM 107. Er pochte laut gegen die Tür, stieß mit der Schulter dagegen, um ihre Stabilität zu prüfen, und fragte sich, ob er wohl ihr Schloss aufbrechen könnte. Doch trotz der altmodischen Eleganz des Cardinal Hotels gehörte das Schloss zu einer modernen Schlüsselkartenanlage; die Tür bewegte sich nicht, und es öffnete auch niemand, als Darren rief: »Polizei!«. Er legte ein Ohr an die Tür, doch es herrschte völlige Stille. »Alles okay da drin?«

Die Tür des angrenzenden Zimmers ging auf, und heraus trat ein Mann in seinen Sechzigern. Er trug einen weißen Hotelbademantel, den er so eng um seinen Bauch gegürtet hatte wie Metzgergarn um einen Weihnachtsschinken. Er hatte das dichte Haar eines Teenagers, und ohne die Pomade hätte Darren ihn beinahe nicht erkannt. Als sich der Mann jedoch eine Locke aus dem Gesicht strich, fiel es Darren nach einem kurzen Blinzeln wieder ein: Er war der Mann, der vorhin die dunkelhaarige Frau zum Hotel gebracht hatte. Sie waren von Rosemary King gekommen. Und sie hatten beide etwas getrunken. Der Mann wirkte stocknüchtern jetzt. Mit einem amüsierten Ausdruck sah er Darren an, dem bewusst wurde, dass er lediglich seine Boxershorts trug. »Na, Sie sehen vielleicht aus«, sagte der Mann.

»Ich habe Zoff in Ihrem Nachbarzimmer gehört.«

»Das kann nicht sein. Da ist niemand.«

»Woher wissen Sie das, Sir?«

»Ich miete immer die Zimmer links und rechts von meinem, wenn ich reise. Wozu arbeite ich sonst so hart, stimmt's?« Er schenkte Darren ein schmales Lächeln. Er war rotgesichtig ... oder rot angelaufen. Seine Lippen waren prall und kirschrot, obwohl seine Haut vom Melaninmangel fleckig war. »Ich schlafe nicht besonders gut, und die Leute stellen ihren Fernseher viel zu laut.«

»Ich würde gerne das Zimmer durchsuchen«, sagte Darren und zeigte auf die 107. »Beide, wenn's geht.«

Er durchsuchte schließlich alle drei Zimmer, die der Mann gebucht hatte, ohne etwas zu finden. Keine Frau in Bedrängnis, keine Anzeichen für einen Kampf, nichts Ungewöhnliches bis auf zwei rosa Schaumstoffwickler, die auf dem Nachttisch neben dem Bett lagen, in dem der Mann geschlafen hatte, als Darrens »Klopfen und Rufen« ihn geweckt hatten. Der Mann nahm die lose Haarlocke an der Stirn – die knapp acht Zentimeter länger war als das restliche Haar –, unterteilte sie in zwei Strähnen, wickelte sie jeweils um einen der rosa Schaumstoffwickler und fixierte diese. Darren, der halbnackt war, sah verblüfft dabei zu, wie sorgfältig der Mann dabei vorging, und fragte sich, wieso er ausgerechnet jetzt sein Haar für die Nacht aufwickelte, wenn er bereits geschlafen hatte. »Sie haben also nichts gehört?«, fragte er. »Keinen Tumult in einem der beiden Zimmer?«

»Keinen Pieps. Aber ich habe am Abend ganz schön gebechert.«

»Wo waren Sie, Sir?«

»Bei 'ner Dinnerparty.«

»Bei Rosemary King?«

»Ja.«

»Und wer war die Frau, die vorhin bei Ihnen war?«

»Sagen wir's so, Ranger, auf meinen Reisen nehme ich alle möglichen Leute mit und frage selten nach dem Namen, damit ich mich dumm stellen kann, wenn die Gattin Fragen stellt.« Er saß jetzt auf der Kante des Kingsize-Bettes und war kurz davor, seine haarigen Beine unter die Bettdecke zu stecken, was eine unübersehbare Aufforderung an Darren war, zu gehen. »Ist das alles, Ranger?«

Seine ungerührte Art in Gegenwart eines Polizeibeamten störte Darren ebenfalls, aber er konnte nicht genau sagen, warum. Der Mann schien nicht das Geringste falsch gemacht zu haben, aber die Begegnung mit ihm hatte Darren verstört. Er hatte bestimmt etwas gehört. Oder nicht? Einen Moment lang zweifelte er an sich. Konnte er irgendetwas, das er heute Abend gesehen oder gehört hatte, glauben? Erschöpfung und billiger Hotelfusel hatten dazu geführt, dass er praktisch einen Geist in seinem Zimmer heraufbeschworen hatte. Vielleicht hatte er sich die Geräusche im oberen Stockwerk ebenfalls eingebildet. Vielleicht hatte er mehr getrunken, als er dachte. Vielleicht war dieser Rückfall gefährlicher, als ihm bewusst war. Es war zwei Uhr morgens, und er stand in Unterwäsche im Zimmer eines seltsamen Kerls. »Ich habe Ihren Namen nicht richtig verstanden«, sagte Darren.

Doch wie sich herausstellte, kannte er ihn bereits.

»Sandler Gaines«, sagte er.

Der Mann, der Hopetown kaufen wollte.

12

Als Erstes überprüfte Darren am Morgen die Geschichte des Mannes.

Die Frau an der Rezeption trug eine weiße Rüschenbluse, die in einem schmalen schwarzen Rock steckte, und hatte ein rotes Samtband in ihr Haar geschlungen, das aussah, als wäre es von den Vorhängen abgeschnitten worden. Sie tippte in einen ziemlich großen grauen Desktop-Computer und bestätigte Darren innerhalb von Sekunden, dass Zimmer 109 und 107, die an Mr. Gaines' Suite angrenzten, letzte Nacht beide leer waren. »Und Mr. Gaines hat alle drei Zimmer gebucht?«

Die Rezeptionistin, die in ihren Zwanzigern war, starrte auf den Bildschirm und runzelte die Stirn. »Ähm, nein«, sagte sie langsam und ließ den Blick über den Computermonitor gleiten. »Raum 107 war an einen anderen Gast vergeben.«

Und trotzdem hatte Sandler Gaines einen Schlüssel zum Zimmer.

»Und der Name des Gasts?«

Die Angestellte schüttelte den Kopf, und ihr honigfarbener Pferdeschwanz schwang hin und her. »Solche Informationen dürfen wir nicht weitergeben, Sir.«

Darren legte seine Marke auf den Tresen und lächelte. »Ist schon in Ordnung.«

Als sie die schimmernde, fünfzackige Marke sah, stieß sie ein überraschtes kleines *O* aus, und einen Augenblick lang dachte Darren, er hätte sie.

Die Angestellte schenkte Darren ein freundliches, bedauerndes

Lächeln, wie eine Kindergärtnerin, die ihren Kindern befahl, nicht von der Rutsche zu springen, weil Regeln schließlich für etwas gut seien. »Sie brauchen wahrscheinlich eine gerichtliche Anordnung oder so etwas, um Hotelunterlagen einzusehen. Im Cardinal Hotel wird großer Wert auf Diskretion gelegt«, ratterte sie wie aus dem Lehrbuch für Angestellte herunter.

»Sind Sie denn sicher, dass der Raum leer war?«

»Oh ja, Sir, sie hat gestern gegen neun Uhr abends ausgecheckt«, sagte die Rezeptionistin, ohne zu merken, was sie preisgegeben hatte. *Sie*, nahm Darren zur Kenntnis. Um die Uhrzeit war er noch immer mit Greg in der Bar gewesen. Er war sich nicht sicher, was er letzte Nacht gehört hatte, jedenfalls hatte Sandler Gaines ihn angelogen, und er wollte wissen, weshalb.

»Seit wann ist Mr. Gaines hier im Cardinal?«, fragte er.

Bei dieser Frage wurde sie ganz aufgeregt und vergaß die Diskretion, die ihr bis eben noch so wichtig gewesen war. »Oh, er ist mit der *Jeffersonian* gekommen.«

»Der was?«

»Dem Dampfschiff«, sagte sie aufgeregt.

Sie zeigte auf ein Display mit Broschüren diverser lokaler Attraktionen, vom Jefferson Historical Museum über den Jefferson General Store, Gartenrundgänge und Geisterspaziergänge bis zu Plantagen-Restaurants und einem *Vom-Winde-verweht*-Museum und mehreren Bürgerkriegs-Reenactments. Die Rezeptionistin nahm eine grünweiße Broschüre aus dem Display und reichte sie Darren. Das Foto eines Schiffs war darauf abgebildet, das wie eine Hochzeitstorte aussah, nur dass es ein großes Schaufelrad und zwei schwarze Schornsteine, die hinten am Boot angebracht waren, besaß. SCHAUEN SIE SICH JEFFERSONS NEUESTE ATTRAKTION AN. In der Broschüre gab es Fotos von Glücksspielautomaten und Blackjack-Tischen auf dem Boot. Und das Foto eines gut gekleideten und sonnengebräunten Paars, das an

Deck der *Jeffersonian* stand und mit Champagnergläsern anstieß, vor dem Sonnenuntergang auf dem hinter ihnen schimmernden Big Cypress Bayou, der Hauptverbindung von der Stadt in die Wildnis des Caddo Lake.

Darren begriff nicht, was er da vor sich hatte, oder was Gaines verkaufte. »Glücksspiel ist in Texas verboten«, sagte er.

»Oh, das ist nur Deko«, sagte die Angestellte. Auf ihrem Namensschild stand Shawna, wie Darren sah. Sie hatte große braune Augen, und ihre Fingernägel waren sowohl abgeknabbert als auch lackiert. »Es ist einfach nur ein Schiff, ein Protoyp, hat Mr. Gaines gesagt, als eine Crew es hergebracht hat. Es ist noch nicht in Betrieb. Aber Sie können es sich anschauen. Es liegt nur ein paar Meter hinter dem Amtsgericht, direkt unter der Eisenbahnbrücke. Wird Sie aber trotzdem zehn Dollar kosten«, sagte Shawna. »Ist mit Ihrem Zimmer soweit alles in Ordnung?«

In natura war es kleiner. Er war einen kleinen Grashügel hinuntergegangen, vorbei an einer Tafel, welche die Stelle unter der rostigen Eisenbrücke als Jefferson Turn Basin auswies, jenen Ort auf dem Big Cypress, wo Schiffe in Jeffersons Blütezeit als Hafenstadt wenden konnten. Das »Dampfschiff«, das vor ihm festgemacht war – ein überdimensionierter Ponton mit kunstvoller Verkleidung, Schornsteinen und einem Schaufelrad, das als Dekoration diente –, rief die Ära von Jefferson als Kronjuwel des Texashandels in Erinnerung, eine glanzvolle, von örtlichem Wohlstand geprägte Zeit, als Dampfschiffreisen als das Höchste an Lebensart und Komfort galten, als das Nonplusultra, um von New Orleans oder St. Louis oder von sonst wo am Mississippi nach Texas zu kommen. Mit von Kerzen erleuchteten Speisesälen und eleganten Ballsälen, Rauchsalons und Räumen, in denen Männer um Geld Karten spielten. Doch Dampfschiffreisen waren nicht ganz ungefährlich. Nur ein paar hundert Meter hinter Darren befand sich das verblasste Wandgemälde der *Mittie Stephens*, Hommage an ein Geisterschiff.

Es war einer der verheerendsten Dampfschiffbrände in der Geschichte. Rund sechzig Menschen starben vor beinahe hundertfünfzig Jahren in einer kalten Nacht mitten auf dem Caddo Lake, als das Schiff Feuer fing und dann im flachen Wasser auf Grund lief. Obwohl sich jeder an die *Mittie Stephens* erinnerte, hatte es davor schon Unglücke gegeben und auch viele danach, bis Dampfschifffahrten über den Caddo Lake in den 1870er Jahren endgültig eingestellt wurden. Wieso Sandler Gaines versuchte, auf einem so rostigen Stück Geschichte eine neue Unterhaltungsindustrie aufzubauen, ging über Darrens Verstand. Doch ihm blieb keine Zeit, das Projekt unter die Lupe zu nehmen oder auch nur einen Blick in das Schiff zu werfen. Er hörte, wie sich von hinten rasch Schritte näherten und anschließend Deputy Briggs Stimme. »Hier sind Sie.« Darren drehte sich um und sah, dass der junge Deputy an einem Stück Kastenweißbrot, das mit einer Würstchenkette und Scheiben heraushängender saurer Gurken belegt war, kaute. »Hab seit sechs Uhr heute Morgen vor dem Cardinal auf Sie gewartet«, sagte er. Die Sonne im Osten auf der anderen Seite des Big Cypress Bayou war noch immer im Aufgehen begriffen, und das Licht warf Goldsprenkel auf die grünliche Wasseroberfläche. Es war erst kurz nach sieben, aber Briggs war putzmunter. »Sie müssen irgendwie unbemerkt an mir vorbeigekommen sein. Die Neuigkeiten sind erst vor 'ner Viertelstunde gemeldet worden«, sagte er und nickte in Richtung des gelben Backsteingebäudes, das das Gericht beherbergte.

Darren warf einen letzten Blick auf die *Jeffersonian* und machte sich hügelaufwärts auf den Weg in die Stadt. »Der Durchsuchungsbeschluss ist da?«, fragte er.

»Und ob.«

Gil Thomason saß bereits in Handschellen auf dem Rücksitz des Streifenwagens, als Darren im Trailerpark ankam. Dort hatten sich mehrere Deputys versammelt, plus Sheriff Quinn, und sie alle versuchten Marnie King zu beruhigen, die mit gesenktem Kopf im Kreis ging, als wollte sie in dem Muster, das sie mit ihren bloßen Füßen im Sand machte, etwas lesen. Sie riss sich von einem Deputy los, der versuchte, sie zu besänftigen. Schniefend und mit zorngerötetem Gesicht erzählte sie jedem, dass das Zeug nicht ihr gehöre. »Die Kreditkarten, das Crystal, Sie sind verrückt, wenn Sie glauben, dass ich das Zeug in der Nähe meiner Kinder lasse.« Sie stieß einen Finger in Richtung des Streifenwagens, wo Gil saß, und sagte: »Sie können den Mistkerl meinetwegen lebenslang einsperren. Lassen Sie nur mich und meine Kinder da raus. Oder sperren Sie mich auch ein, ist mir egal. Ich erzähl Ihnen jedes noch so kleine Detail über das, was das Arschloch so getrieben hat, über den Scheiß, den er nicht in den Trailer meines Daddys bringen wollte. Ich mach sofort 'nen Deal. Ich will nur meinen Jungen zurück.« Sie schlug mit den Händen gegen die Seitenscheibe, als könnte sie, wenn sie nur genug Zeit und Energie aufwendete, an Gil und »seinen gottverdammten Quadratschädel« herankommen. Quinn packte sie schließlich an den Armen, hob sie praktisch vom Boden hoch und brachte sie vom Streifenwagen weg, bevor sie Schaden anrichten konnte.

Eine Menschenmenge hatte sich versammelt. Marnie und Gils Nachbarn – das weiße Paar, das in dem Van lebte, der mit der Marineflagge und dem Dixie-Strandhandtuch dekoriert war – standen dichter dran, als Darren es wahrscheinlich zugelassen hätte, wenn es sein Tatort gewesen wäre. Bo, der Typ mit dem Bart, der sich erboten hatte, Gil bei Darren zu Hilfe zu kommen, stand mit fest vor der Brust verschränkten Armen da. Seine Frau, Freundin, Schwester – Darren hatte keine Ahnung – hatte eine Zigarette im Mundwinkel hängen, ihre Lippen waren rau. Mit der Rechten hielt sie ein Handy hoch und filmte den Polizeieinsatz, den sie zwischen den Zügen an ihrer Zigarette kommentierte. »Seht euch den Scheiß bloß an, seht nur, wie das hier draußen ist, wie weit's in diesem Land schon gekommen ist, wo Weiße aus ihrem Zuhause gezerrt werden. Seht nur, wie sich diese miesen Verräter, die sich Polizisten schimpfen, in die Angelegenheiten unbescholtener Weißer einmischen.«

Darren bat die Frau, ein Stück zurückzutreten, und als sie vor ihm auf den Boden spuckte, teilte er ihr mit, dass er gern bereit sei, ihr die gleiche Behandlung angedeihen zu lassen, wie Schwarze sie von Cops erfuhren, falls sie glaubte in ihren Bürgerrechten eingeschränkt zu werden. »Und als kleiner Tipp, vielleicht sollten Sie zuerst Ihre Angelegenheiten in Ordnung bringen.«

»Ham' Sie das gehört, Sheriff? Der Nigger hat mir gedroht.«

Quinn, der Marnie noch immer scheinbar mühelos festhielt, drehte sich um, und beide entdeckten Darren im selben Augenblick. Wie ein Bulle im Pferch rannte Marnie über die rote Erde auf Darren zu und sah ihn mit flehendem Blick an. Sie packte ihn am Arm und grub ihre Fingernägel in sein Hemd, bis sie auf Knochen traf. Darren erstarrte vor Schmerz. »Haben Sie Levi gefunden? Haben Sie meinen Jungen gefunden?«

Bo kratzte sich an seinem roten Bart und nickte in Darrens Richtung. »Wieso fragst du ihn nicht, wieso er gestern Abend mit Leroy Page über den Jungen gesprochen hat?«

Sheriff Quinn warf Darren einen Blick zu, unter dem das unbefangen Kameradschaftliche zwischen ihnen vom Vortag zerbarst. Quinn war wütend. »Sie haben mit Page geredet?«

»Ich wollte mich nur vergewissern, was er Freitagnacht gesehen hat.«

Marnie blickte von Darren zum Sheriff. »Mr. Page? Hat er Levi gesehen? Weiß er, wo mein Sohn ist?«

Gil auf dem Rücksitz lachte so laut gegen die Scheibe, dass sie von seinem Atem beschlug. »Ich habe diesen Jungen nie angefasst.«

Marnie schrie zurück: »Du hast ihn erst vor zwei Wochen ausgepeitscht, er hatte Blutergüsse so dick wie Nacktschnecken. Er konnte tagelang nicht richtig sitzen.«

»Halt's Maul, Marnie!«

»Fick dich, Gil.«

»Es war Page«, sagte Gil, der hinter der beschlagenen Scheibe hinten im Streifenwagen fast nicht zu erkennen war. »Kapierst du das denn nicht? Der Alte hatte es auf Levi abgesehen, seit er versucht hat, die Kirche abzufackeln, und war stinksauer, weil er sein Haus besprüht hat.«

»Frag doch den Ranger, ob er nicht einen seiner Leute beschützt«, sagte der bärtige Mann, während seine Frau oder Freundin die ganze Zeit filmte. Darren rückte aus dem Sichtfeld der Handykamera, sich des Risikos bewusst, als ein Ranger gefilmt zu werden, der erst kürzlich seine Marke zurückerhalten hatte. Er drehte ihr den Rücken zu und fragte Quinn: »Wollen Sie ihn wegen des Jungen verhaften?«

»Nein«, sagte Quinn und nickte in Richtung der offen stehenden Trailertür. »Wir haben gestohlene Kreditkarten, einen Drogenvorrat, die dazugehörige Ausrüstung und einen Haufen gestohlenes Zeug aus dem Wal-Mart in Marshall gefunden. Das genügt, um ihn festzuhalten, während wir rauszufinden versuchen, was mit dem Jungen passiert ist.« Er blickte hinüber zu den grünen Hügeln auf der anderen Seite von Hopetown. »Bin nicht gerade optimistisch, Ranger, das sage ich Ihnen.«

Darren hob entschuldigend die Hände. »Ich hab wirklich nur versucht zu helfen. Wollte mir nur einen Eindruck von Page verschaffen, sehen, wie er auf ein Foto von Levi reagiert.«

»Zum Teufel, er kennt den Jungen seit seiner Geburt.«

Darren nickte. »Ich muss noch mal auf den See zu sprechen

kommen. Können wir ganz sicher sein, dass er nicht irgendwo da draußen ist? Vielleicht gab's irgendwelche Probleme mit dem Boot.«

Quinn blickte zu dem verwitterten Bootsschuppen ungefähr fünfzig Meter vom Ufer entfernt, dessen graues Holz spröde geworden und dessen Dach teilweise verrostet war, und schüttelte den Kopf.

»Das Boot wurde zurückgebracht, Ranger. Alles weist darauf hin, dass Levi es bis ans Ufer geschafft hat, Pages Aussage eingeschlossen. Wenn er sagt, er habe ihn gesehen, sehe ich keinen Grund, ihm nicht zu glauben. Damit war er der Letzte, der den Jungen lebend gesehen hat. Punkt.«

Schließlich wurden beide weggebracht: Gil wegen der Kreditkarten und Drogen und Marnie wegen unbotmäßigen Verhaltens wie Brüllen, Fluchen, Beschimpfen von jedem im Umkreis von zehn Metern und was sonst noch im texanischen Strafgesetzbuch stand. Nachdem ihre Stars weg waren, kehrten Bo und seine Frau, die mit Filmen aufgehört hatte, in ihren Van zurück. Darren sah, wie er sich zur Seite neigte, als sie nacheinander einstiegen. Auf dem staubigen Weg zwischen Trailern, Vans und Hausbooten wurde es jetzt ruhig. Es gab noch immer ein paar Deputys, die Befehl hatten, zu bleiben, während Darren selbst einen Blick in den Trailer werfen wollte. Die weißen Bewohner von Hopetown schienen froh zu sein, dass die beiden Streifenwagen, in denen Marnie und Gil saßen, verschwunden waren. Niemand schien daran interessiert zu sein, die Neugier der Cops auch nur in die Nähe ihrer provisorischen Behausungen zu lenken. Darren hörte, wie hinter ihm Türen zugeschlagen wurden und Schlösser klackten. Allein stieg er die Stufen zu Marnies Trailer hinauf. Drinnen roch es nach Zitrone von der Möbelpolitur, nach dem Versuch, eine dreißig Jahre alte Blechkiste in Schuss zu halten, fünfundfünfzig Quadratmeter verfilzter Teppich, teils zerrissen und ausgefranst. Es gab zwei winzige Zimmer mit Plastikwäschekörben, die als Kommoden dienten und beinahe bis zur Decke mit Kleidung gefüllt waren. Und natürlich hatten die Deputys alles durcheinander gebracht. Es gab Bücher, Videobänder, Fotokopien und Stapel mit Kassenbelegen, altes Spielzeug und Autoteile, die auf dem Boden und sämtlichen Oberflächen herumlagen. Doch diese Oberflächen glänzten vor Sauberkeit. Jemand hatte die Holzverkleidung weiß gestrichen, um dem Trailer das Flair einer Strandhütte zu geben. Und jemand hatte mit großer Sorgfalt Vorhänge aus blauer Baumwolle mit winzigen, aufgedruckten Muscheln von Hand genäht.

»Die hat Levi gemacht.« Darren drehte sich um und sah ein plumpes Teenager-Mädchen im Türrahmen eines der beiden Zimmer stehen. Hinter ihr erkannte er das Doppelbett und die beiden Decken darauf: eine aus abgenutztem Fleece mit einem Bild von Hannah Montana darauf, deren pfirsichfarbenes Gesicht sich vom Stoff abschälte; die andere war eine Decke mit Pokémon auf der Oberseite. »Er ist aus dem Sportunterricht geflogen, und sein Coach hat ihm zur Strafe eine Hauswirtschaftsstunde aufgebrummt. Aber ich finde sie hübsch.« Leise fügte sie hinzu: »Ich bin Dana.«

»Dein Bruder scheint ja ganz schön Probleme zu machen.«

»Er ist einfach nur ein Kind und langweilt sich hier draußen zu Tode.«

»Andere gelangweilte Kinder terrorisieren deswegen nicht die Nachbarschaft.« Damit wandte er sich von ihr ab und setzte seine Inspektion des Trailers fort, ohne eine andere Verbindung zur Arischen Bruderschaft von Texas zu finden als ein Exemplar von *Mein Kampf*, das noch nicht einmal einen Knick im Buchrücken hatte, Geschirrtücher mit Dixie-Flagge, ein paar Zeichnungen von SS-Runen und das ABT-Wappen auf der Rückseite eines Gutscheins für eine Füllung des Familienpropantanks. Anscheinend war Gil Thomason ein Angeber, ein Möchtegern-ABT, der keine engeren Verbindungen zum inneren Machtzirkel hatte. Die Ordner mit Fotokopien waren keine Mitgliedslisten oder Protokolle von Treffen, sondern Songtexte und Notenblätter. Jemand lernte »Cry, Cry, Cry« von Johnny Cash auf der Gitarre, die Darren nirgendwo in dem Trailer entdecken konnte. Er hatte genug gesehen. Die restliche Arbeit würde in einem Befragungsraum im Sheriffbüro in Jefferson stattfinden. Die fehlenden Beweise von Gils Verbindung zur Bruderschaft vereinfachten es womöglich, Bill King mit dem Mord an Ronnie Malvo in Verbindung zu bringen. Vielleicht gibt es doch so etwas wie ausgleichende Gerechtigkeit, sagte er sich.

»Ich war ganz allein hier, wissen Sie?«, sagte Dana hinter ihm.

Er drehte sich um und sah, wie sie auf ihre Schuhspitzen starrte, billige Stiefel aus Kunstleder, das sich aufzulösen begann. »Sie haben den Sheriff angelogen. Von wegen sie wären die ganze Nacht aufgeblieben und hätten auf ihn gewartet. Schwachsinn. Sie waren irgendwo in Jefferson oder Marshall oder sonst wo und sind erst gegen zwei Uhr morgens wieder nach Hause gekommen, haben sich volllaufen lassen, beide. Mom hat bis zum Mittag gebraucht, um wieder nüchtern zu werden und zu kapieren, dass Levi verschwunden war. Da hatte ich Rosemary schon angerufen. Und ich wusste, dass er nicht dort war.«

Und Rosemary musste Bill angerufen haben.

Daher sein Brief an den Gouverneur am Sonntag.

»Es war mein Fehler«, sagte Dana, und Tränen liefen ihr übers Gesicht, wobei ihre billige Wimperntusche schwarze Rinnsale bildete, die in ihrer Halsgrube zu einer flachen Pfütze aus Schmerz zusammenliefen. »Ich habe ihn raus aufs Wasser geschickt. Ich habe ihm den Schlüssel zum Bootsschuppen gegeben. Und als mein Begleiter gegangen ist ...« Es war ein so seltsam förmlicher Begriff aus dem Mund eines Mädchens in billigen Stiefeln und mit schwarz umrandeten Augen, dass Darren ein Mitleid verspürte, das ihm peinlich war. Sie versuchte mit allen Mitteln einen positiven Eindruck zu erwecken, den Mann mit der Marke dazu zu bringen, mehr als den engen Trailer und das chaotische Leben ihrer Mutter und ihres Freundes zu sehen, damit dieser Schwarze sie nicht anblickte und weißen Abschaum sah. Er hatte kein Recht, das Mädchen zu bemitleiden. Er hatte Respekt davor, dass sie schlau genug gewesen war, zu warten, bis Marnie und Gil weg waren, um die Wahrheit zu sagen.

»Als mein Freund ging, war ich diejenige, die gewartet hat, während es dunkel wurde«, sagte sie. Auf einmal packte sie ihn am Arm, erschreckte ihn damit, dass sie so fest und verzweifelt zupackte wie ihre Mutter, und zog ihn an ein rechteckiges Fenster über der Küchenspüle. Von dort hatte man einen freien Blick auf den Bootsschuppen, wohin nach Auskunft von Quinns Deputys das Boot zurückgebracht worden war. »Ich sage Ihnen, der alte Mann lügt. Ich hätte es gesehen.«

»Aber du räumst ein, nicht mitbekommen zu haben, wie dein Bruder das Boot zurückgebracht hat.«

»Mister ... Ranger ... ich habe gar niemanden gesehen. Keinen Levi. Keinen Leroy Page auf Patrouille.«

»Ist es möglich, dass du Mr. Page übersehen hast?«

»Einen Schwarzen auf einem Pferd mit einem Colt an der Hüfte?« Das Folgende sagte sie freundlicher, weil sie Darren anscheinend nicht kränken wollte. »Hier bleibt so etwas nicht unbemerkt. Wenn Mr. Page und die Indianer patrouillieren, kommen die Leute, sobald man das Hufgeklapper hört, aus ihren Trailern und setzen sich mit ihren eigenen Waffen auf die Eingangsstufen. Sie sind bekannt dafür, Warnschüsse abzugeben. Man kann es gar nicht überhören, wenn sie erst mal loslegen.« Sie blickte hinunter auf ihre abgekauten Fingernägel mit dem abgeplatzten schwarzen Nagellack. »Leroy lügt, ganz bestimmt.«

13

»Ich will, dass Sie Page im Auge behalten«, sagte Quinn zu zwei seiner Deputys, als Darren zum ersten Mal das winzige Sheriffbüro von Marion County in Jefferson betrat. Die gesamte Ausstattung war nicht viel umfangreicher als die seiner Suite im Cardinal Hotel. Eine Weiße um die siebzig saß hinter dem Empfangstresen, auf dem eine Schale mit Erdbeerbonbons stand, als handelte es sich um ein Immobilienbüro oder eine Kinderarztpraxis und nicht um einen Ort, an dem Kriminelle sorgfältig überprüft und erkennungsdienstlich behandelt wurden, ein Büro, das direkt an das County-Gefängnis angegliedert war. Die Rezeptionistin, deren kastanienrotes und graues Haar perfekt toupiert war, warf einen Blick auf Darren und sagte: »Die anderen sind schon da.«

Mit *die anderen* waren Greg Heglund, der denselben Anzug wie gestern Abend trug, und ein weiterer FBI-Agent gemeint, ein wenig älter als er und ebenfalls in einem förmlichen schwarzen Anzug mit schwarzer Krawatte. Die beiden hatten die Köpfe zusammengesteckt. Als Darren näherkam, nickte ihm Quinn, zu dem das Verhältnis in den letzten vierundzwanzig Stunden ziemlich abgekühlt war, kurz zu und sagte: »Thomason gehört ganz Ihnen.« Darren blickte zu Greg, den er noch nie zusammen mit einem anderen FBI-Agenten gesehen und so schmallippig und steif erlebt hatte.

Greg wandte sich an Quinn und sagte dienstbeflissen: »Wir versuchen selbst einen Durchsuchungsbefehl für Mr. Pages Grundstück zu erwirken. Wenn stimmt, was wir glauben, ist das FBI bereit, Zeit und Mittel zu bewilligen, um die Sache vor das Bundesgericht zu bringen.«

»Was geht hier vor?«, fragte Darren seinen Freund, der dem Sheriff demonstrativ das Wort erteilte und Darren dabei geflissentlich übersah.

»Mr. Thomason hat eine eidesstattliche Erklärung abgegeben, in der er die wiederholte Belästigung durch Mr. Page ihm und Marnie King gegenüber darlegt, vor allem die Gewaltandrohung gegenüber dem Jungen, Levi King. Der Junge ist seit vier Tagen spurlos verschwunden, und es ist an der Zeit, das Kind beim Namen zu nennen. Agent Heglund wird die Mordermittlung für das FBI übernehmen, und wir werden ihn dabei in jeglicher Form unterstützen.«

Endlich sah Greg Darren an, der Verlegenheit in seinem Ausdruck entdeckte. Die Leitung des Falls schien die Jahre brüderlicher Zuneigung und Nähe zwischen ihnen auf etwas so Hauchdünnes reduziert zu haben, dass Darren hindurchschauen und dabei den kalten Lufthauch in ihrer Beziehung spüren konnte. »Leroy Page ist unser Hauptverdächtiger.«

Hast du also dein Hassverbrechen gekriegt.

Er sprach die Worte nicht aus, würde seinen Freund nicht auf diese Weise bloßstellen. Doch zwischen ihnen hatte sich eine Kluft aufgetan. Hatte ihnen nach über zwanzig Jahren Freundschaft die Rassenzugehörigkeit schließlich einen Haufen Treibsand vor die Füße gekippt, der es ihnen unmöglich machte, sich am jeweils gegenüberliegenden Ufer zu treffen, ohne sich untreu zu werden? Oder machten sie einfach nur ihren Job, so gut sie konnten? »Was ist mit Thomason?«, fragte Darren. »Was ist mit den Drogen?«

»Oh, so bald wird er nicht nach Hause gehen«, sagte Quinn.

»Glauben Sie vielleicht, das weiß er nicht? Er versucht doch nur, seinen eigenen Arsch zu retten.« War es nicht das, worauf Darren gesetzt hatte? Den natürlichen Instinkt eines Kriminellen, um ihn dazu zu bringen, Bill Kings Namen im Mordfall Ronnie

Malvo zu nennen; schlechte Polizeiarbeit machte wohl selbst das zunichte. »Er erzählt Märchen über Leroy Page, nur um sich vor einer Anklage wegen Drogenbesitzes zu retten.«

»Es geht nicht nur um ihn«, sagte Greg. »Marnie King hat bestätigt, dass Leroy Page Leute in Hopetown terrorisiert, indem er mit einer bewaffneten Truppe herumreitet, und eine besondere Abneigung gegen ihren Sohn hatte. Die beiden hatten einen Streit, ein erwachsener Mann, der ein Kind verflucht.«

»Ein Kind, das *Nigger* an seine Hauswand gesprüht hat, das niederzubrennen versucht hat, was den Indianern heilig ist, ihr Gebetshaus.«

»Was alles in die Anklage mit einfließen wird«, sagte Greg. »Fällt unter Motiv.«

Darren hatte den Eindruck, in das Ende eines Horrorfilms geraten zu sein, auf die Story konnte er sich zwar keinen Reim machen, aber er war sicher, dass jeder auf der Leinwand einen schrecklichen Fehler beging. *Hört auf damit*, hätte er am liebsten gerufen. »Sprechen Sie mit der Tochter. Dana, Marnies Kind«, sagte er und diesmal direkt an Greg gewandt. »Sie behauptet, Gil und Marnie seien die ganze Nacht nicht zu Hause gewesen. Sie hat nach Levi Ausschau gehalten und behauptet, dass Leroy Page an diesem Abend nicht dort draußen war und Levi somit gar nicht gesehen haben kann.«

»Der alte Mann hat also mit der Behauptung gelogen, ihn lebend gesehen zu haben?«, fragte Quinn. »Nun, das spricht ihn ganz bestimmt nicht frei.«

»Für Sie konnte Page nur zum Verdächtigen werden, weil er den Jungen gesehen hat. Wenn er sich vertan hat, die Abende durcheinandergebracht hat ...«

»Tut mir leid, D, aber das stimmt einfach nicht«, sagte Greg. »Wir haben die Aussage des alten Manns über Levi King und jetzt auch noch die Versionen von der Mutter des Jungen und ihrem

Freund, der ebenfalls dort wohnt.« Er sah Darren an, als wollte er sich vergewissern, dass zwischen ihnen alles in Ordnung war. »Vertrau mir, wir werden sehr sorgfältig sein, jeder Stein wird umgedreht, bevor wir eine Grand Jury auch nur ins Auge fassen. Du weißt, dass wir das auf keinen Fall vermasseln dürfen.« *Vertrau mir,* sagten seine Augen. *Es ist eine Taktik. Ein langer Atem dient dem Allgemeinwohl.* Doch dann machte er es kaputt, indem er in Anwesenheit des anderen FBI-Agenten und Sheriff Quinn und zwei weiteren weißen Männern sagte: »Du weißt, dass im umgekehrten Fall, wenn ein schwarzer Junge tot aufgefunden würde und sein weißer Nachbar ihn bedroht hätte, dieser als verdächtig gelten würde.« Darrens Rassenzugehörigkeit zu benutzen – und davon auszugehen, dass er in gemischter Gesellschaft das Recht zu einer solchen Bemerkung hatte – verletzte Darren mehr als alles andere.

»*Tot* aufgefunden?«, sagte Darren. »Es gibt keine Leiche. Es gibt keinen Fall, Greg.«

»Wir werden sehen«, sagte Quinn und legte Greg unterstützend eine Hand auf die Schulter.

Darrens Zeit in dem Kabuff mit Gil Thomason war so unergiebig und unangenehm wie ein Toilettengang nach einem schweren Besäufnis, und sein Kopf tat genauso weh. Er war zugegebenermaßen abgelenkt von der Wendung, die dieser Fall genommen hatte, von Gregs großspurigem Versprechen, das Richtige zu tun, und von seinen eigenen Zweifeln an Leroy Page. Er glaubte Dana und ihren Tränen, die sie wegen ihres Bruders vergoss. Aber wieso hätte der alte Mann lügen und sagen sollen, dass er Levi am Abend seines Verschwindens gesehen hatte?

Gil war nicht gerade kooperativ. Er schwieg – Arme fest vor der Brust verschränkt, den Holzstuhl nach hinten gekippt – und schoss mehrfach hasserfüllte Blicke in Darrens Richtung. *Nigger.*

Coon. Niggercoon. Kakerlake. Affe mit einer Marke. Wussten Sie, dass Schwarze im Durchschnitt einen zwanzig Prozent niedrigeren IQ als Weiße haben? Also bin ich aller Wahrscheinlichkeit nach, Marke hin oder her, 'ne ganze Ecke schlauer als Sie, Ranger.

»Wenn Sie IQ buchstabieren können, glaube ich Ihnen«, sagte Darren.

Gil hielt tatsächlich einen Moment inne, um nachzudenken. Die Antwort war so simpel wie der Witz dahinter, weshalb Gil, der angestrengt und mit offenem Mund nach der Pointe suchte, dumm wie ein Stück Treibholz aussah. Was ihn nur noch wütender machte. *Nigger. Coon. Krauskopf. Scheiß Grützefresser.*

Auf seinen gebräunten, sehnigen Armen war kein einziges Tattoo. Auch an seinem Hals war nichts zu sehen, bis auf ein paar Aknenarben und eingewachsene Barthaare. Darren war sich nicht sicher, ob Gil Thomason wusste, wer Hitler war, oder erklären konnte, welche Bedeutung der Text *Mein Kampf* hatte, der sich im Trailer befand. Und nach fünfzehn Minuten kam er zu dem Schluss, genug von seiner Zeit an Gil verschwendet zu haben, und verlor die Lust an einem schmutzigen Deal; es war ein Feuer, das man nur aus einem Grund entfachen konnte, und wegen dem man am Ende einen ganzen Wald abbrannte. Er wollte das Polizeirevier gerade verlassen, als ihm einer der Deputys mitteilte, dass Marnie darum gebeten habe, mit *ihm* zu reden.

Marion County hatte nicht einmal zwei Befragungsräume in seinem Sheriffbüro, weshalb man Marnie während der gesamten Zeit in Quinns Büro eingesperrt hatte, einem winzigen, überhitzten Raum, wo die Farbe unter dem Fenster, dort wo sich der Heizkörper befand, von der Wand abblätterte. Abgesehen von Aktenstapeln überall hatte Quinn von seiner jüngsten Kampagne eine Menge Vorgartenschilder übrig. Sie lehnten umgedreht an der Wand, und ihre Holzstangen ragten wie Kirchtürme in die Luft. Aber es lag eine Kappe mit der Aufschrift »Make America Great Again« auf der Tischkante, neben einem Glas mit 5-Cent-Stücken, den Buffalo-Nickels, die Darrens Aufmerksamkeit erregte, rot wie eine Sirene, ein Warnsignal. Der Sheriff war bereits fertig mit Marnie, doch er hatte eindeutig nicht die Absicht, Darren und Marnie in seinem Büro allein zu lassen. Stattdessen setzte er sich hinter seinen Schreibtisch, die verschränkten Hände auf seinem kleinen Bauch, und beobachtete Darren, der stand, während Marnie, die man barfuß aufs Revier gebracht hatte, mit ihren staubigen Zehen über den flachen grauen Teppich strich. Trotz der Hitze zitterte sie auf ihrem Stuhl auf der anderen Seite von Quinns Schreibtisch, ohne dass einer der beiden Männer ihr Unbehagen sichtbar zur Kenntnis genommen hätte. Ungeachtet seiner Verärgerung über ihre möglichen Übertreibungen, was Leroy Pages Verhalten gegenüber ihrer Familie betraf, war er neugierig genug, um ein höfliches Verhalten an den Tag zu legen. Er ging in die Hocke, damit sie nicht den Kopf in den Nacken legen musste, um ihn anzusehen. Ihre Tränen waren versiegt, aber ihre Augen waren geschwollen und das Make-up verschmiert. »Tut mir leid wegen Gil«, sagte sie als Erstes. »Dieses ganze *Nigger*-Gequatsche. Er hat einfach 'ne taffe Art, sich auszudrücken, dabei hat er gar nicht so'n Hass, wie er sagt. Das würden Sie merken, wenn Sie ihn besser kennen würden.«

»Nun, Ma'am, ich beurteile die Leute normalerweise nach ihrem ersten *Nigger*«, sagte Darren. »Das spart Zeit.«

»Ich hasse Gil nicht, das tu ich nicht.«

»Gut für Sie.«

»Ich will nur nicht, dass Sie alle denken, ich würde das ganze Zeug in der Nähe meiner Kinder dulden«, sagte sie und fuhr sich mit dem Handrücken unter der Nase entlang, um sich einen Tropfen Rotz abzuwischen. »Ich hab nicht mal Bill erlaubt, Drogen und Waffen zu Hause aufzubewahren. Dafür gibt's Verstecke. Gil hat nicht mal richtig da gewohnt, und er ist ein Idiot.«

»Aber bestimmt wussten Sie, was Bill damals vorhatte«, sagte Darren.

»Ich weiß 'ne ganze Menge«, sagte Marnie. »Ich sag Ihnen alles, was Sie wissen wollen, wenn Sie nur mein Kind finden. Bitte, Ranger Mathews, ich flehe Sie an, mir zu helfen, meinen Jungen zu finden.« Sie hatte den gleichen verzweifelten Gesichtsausdruck wie ihre Tochter Dana heute im Trailer – als wäre Darren ein gnadenloser Spiegel ihrer erbärmlichen Lebensentscheidungen. Sie wollte ebenfalls unbedingt, dass er mehr als die abgekauten Fingernägel, die vom Nikotin gelben Zähne, die alters- und ernährungsbedingte pockennarbige Haut sah. Sie wollte, dass er sie als Frau wahrnahm, als untröstliche Mutter, nicht als *Abschaum* wie Rosemary King es so drastisch formuliert hatte. Ich werde mich an alles erinnern, was sie über Bill King wissen wollen, alles unterschreiben.«

Da ist es, dachte Darren. Er musste nur noch zugreifen.

Sie senkte auf einmal den Kopf und wurde ganz rot, als die Tränen wieder zu laufen begannen.

»Ich will nur meinen Sohn zurück«, sagte sie. »Ich bin eine gute Mom. Zum Teufel mit Rosemary.«

Quinn beugte sich vor, wobei sein Stuhl leise quietschte. »Ma'am, wir tun alles, um herauszufinden, was Ihrem Jungen passiert ist.«

»Sie glauben, er ist tot.«

Quinn korrigierte ihre Äußerung nicht, weshalb sie sich an Darren wandte. »Ich kann es nicht erklären, ich glaube einfach nicht, dass mein Baby tot ist.«

»Es ist wichtig, Hoffnung zu haben«, sagte Quinn. »Doch als Gesetzeshüter müssen wir pragmatisch sein, Ma'am. Wir dürfen uns keinerlei Hinweise entgehen lassen, während wir Hoffnung haben.«

Zu Darren sagte sie: »Bitte finden Sie ihn. Bitte.« Und dann fügte sie hinzu: »Ich gebe Ihnen alles über Bill, was sie wollen«, als würde sie den wahren Grund dafür kennen, weshalb er hier war, als glaubte sie nicht, dass sich eine so wichtige Institution wie die der Ranger Sorgen um ein Kind aus einem Trailerpark machte.

»Haben Sie je von einem Mann namens Ronnie Malvo gehört?«, fragte er, bevor er sich bremsen konnte. »ABT-Mitglied aus San Jacinto County?«

Marnie blickte ihn mit ihren schlammgrünen Augen an und suchte in seinen braunen nach etwas, das ihr verriet, wie viel ihr das einbrächte. »Ja, ja, Bill hat ihn mal erwähnt.«

»Dann wissen Sie, dass er nicht mehr da ist?«

»Nicht mehr da?«

Quinn lauschte von seinem Schreibtisch aus das Geplänkel mit einem Stirnrunzeln und versuchte zu kapieren, welche Wendung die Befragung da direkt vor seiner Nase nahm.

»Tot«, sagte Darren. »Ermordet, vor ein paar Monaten.«

Marnie nickte langsam, wie um zu suggerieren, dass sie mehr wusste als das.

»Und Bill?«, fragte Darren. »Hat er je einen Streit mit Malvo erwähnt, irgendeinen Grund, weshalb er dem Mann gerne was getan oder gewollt hätte, dass er von der Bildfläche verschwindet?«

»Das kann schon sein«, sagte sie vorsichtig und blickte ihn unverwandt an, damit er begriff, welchen Handel sie da einging. »Aber meine Sorge um Levi, kein Auge zuzumachen deswegen, die Angst um meinen Sohn, ich kann einfach an nichts anderes denken. Aber wenn Sie meinen Sohn finden, denk ich noch mal drüber nach, und ich wette, mir fällt noch was ein.«

Darren seufzte und stand auf.

Marnie geriet in Panik; sie hatte ihn, ihre letzte Hoffnung, verloren. »Bitte«, sagte sie und erhob sich ebenfalls. »Er lebt.« Sie blickte Quinn mit schmalen Augen an. »Er glaubt mir nicht, ich kann es auch nicht erklären, ich weiß nur ... an dem Tag, als mein

Dad starb, sein Herz blieb stehen, als er im Sessel saß und sich 'ne alte Serie im Fernsehen ansah. *Ein Käfig voller Helden.* Sie lief noch immer, als ich nach Hause kam. Aber ich wusste es. Bevor ich die Tür aufmachte, wusste ich, er war tot. Ich kann es nicht erklären. Ich war unterwegs und spürte nur, wie mich ein Blitz durchfuhr, und ich bin sofort nach Hause.« Tränen traten in ihre grünen Augen, die Darren wieder an den Caddo Lake erinnerten. »Mein Junge, Levi, er ist noch am Leben. Ich weiß es.«

14

Er machte Wilson gegenüber Andeutungen, als sie eine halbe Stunde später telefonierten. Endlich etwas für seine eigentliche Mission: Etwas, womit sie Bill King, ABT-Captain und fehlendes Puzzleteil in einer ganzen Reihe von Anklagen der Sondereinheit gegen die Arische Bruderschaft von Texas, drankriegen konnten. »Ronnie Malvo?«, sagte Wilson, gefolgt von einem *Hmmm*, als könnte er es nicht so recht glauben. Darren war vorsichtig genug, ihn lediglich neugierig zu machen und nicht mit irgendetwas vorzupreschen, das er später nicht revidieren konnte. Er war bereit gewesen, die ganze Sache fallen zu lassen, bis er in Marnie King eine Gleichgesinnte gefunden hatte: »Finden Sie meinen Sohn, und Sie können Bill King für den Rest seines Lebens im Knast behalten«, hatte sie gesagt, als er Quinns Büro verlassen hatte. »Sie weiß auf jeden Fall irgendwas«, sagte Darren zu seinem Boss. »Aber die Sache mit dem Jungen hält sie gerade in Atem, und sie ist nicht in der Verfassung, darüber zu reden, Sie verstehen, was ich meine.«

»Das ist ein wichtiger Fund, Mathews.« Wilson war irgendwie stolz, auch wenn sein Seufzen einen gewissen Argwohn verriet, was das gesamte Gespräch überschattete. »Ich meine, wenn an der Sache was dran ist, erklärt das nicht nur, was mit Ronnie Malvo passiert ist, sondern führt womöglich auch zu einer Mordanklage gegen Bill King, plus Verabredung. Sind Sie denn wirklich sicher, dass Sie gegenüber dem Bezirksstaatsanwalt von San Jacinto County nichts dergleichen erwähnt haben? Ich meine, wo die diesen Fall zu lösen versuchen und noch immer Fragen über Sie stellen, und dann fällt Ihnen das direkt in den Schoß.« Er hielt inne, um Darren die Gelegenheit zu geben, die Stille mit etwas zu füllen, das für Fred Wilson plausibel war.

»Keine Ahnung, wie das bei Ihnen war, aber mir wurde als Kind beigebracht, einem geschenkten Gaul nicht zu genau ins Maul zu schauen, vor allem dann nicht, wenn das Geschenk einen FBI-Fall zum Abschluss bringt.«

Wilson lachte leise. Darren hörte das Quietschen seines Bürostuhls und sah den älteren Mann vor sich, wie er sich zurücklehnte und mit dem Kopf beinahe gegen die gerahmten Auszeichnungen an der Wand hinter ihm stieß. »Jedenfalls liefert mir das einen Grund, Vaughn in dem Malvo-Fall erst dann zurückzurufen, wenn wir wirklich etwas in der Hand haben.«

Darren schluckte schwer. »Hat er noch mal angerufen?«

»Das spielt keine Rolle.« Darren spürte, wie von dem Lieutenant eine Last abfiel. Wilsons Stimme klang erleichtert, fast ein wenig beschwingt. »Gute Arbeit, Ranger«, sagte er zu Darren, dem ganz flau wurde angesichts der Tatsache, wie einfach das hier war, wie weit er sich von seiner Erziehung entfernt hatte. Er dachte an seine Onkel und ihre Grundehrlichkeit in allen Dingen. Konnte lügen jemals ehrenvoll sein – auch wenn es vielleicht einen älteren Schwarzen vor dem Gefängnis bewahrte, auch wenn Ronnie Malvo lediglich eine Hauruck-Justiz verdiente, eine billige Kopie? Konnte irgendetwas wirklich rechtfertigen, was er tat? Am liebsten hätte er die ganze Sache rückgängig gemacht.

Er rang Wilson das Versprechen ab, sich bedeckt zu halten, bis er ein bisschen mehr herausgefunden hätte. Und dann war da noch immer die Sache mit dem Jungen. Es sei sinnvoll, sagte er, wenn er noch eine Weile in Marion County bleiben würde. »Sicher, klar«, sagte Wilson und fügte hinzu, dass er sich noch immer dafür einsetze, Darren ins Telford-Unit-Gefängnis in Bowie County einzuschleusen. »Das ist eine ganz schöne Herausforderung.«

»Woran hapert es denn?«

»Jemand im Justizministerium verschleppt die Entscheidung. Aber keine Sorge, ich sorge dafür, dass Sie Bill King treffen können, auf die eine oder andere Art.«

Darren wollte im Augenblick nichts weniger als das. Doch er biss die Zähne zusammen angesichts des Schlamassels, in den er sich selbst hineinmanövriert hatte, und sagte: »Na klar, Sir!«

Als er das Gespräch mit Wilson beendete, war er bereits auf halbem Weg zurück nach Hopetown.

Der alte Mann ging nicht an die Tür. Die Pferde waren im Stall, und der Buick stand draußen vor dem Eingang, doch nirgendwo ein Lebenszeichen von Leroy Page, weder ein geöffnetes Fenster noch das Dudeln seines alten Radios im Haus. Allerdings war andere Musik zu hören. Mundharmonika, Trommeln und irgendeine Flöte mit hohem, fröhlichem Klang, aber auch warm, die Trommeln beinahe einladend und ihm so vertraut wie der Rhythmus seines eigenen Herzschlags. Es war nicht sein geliebter Blues, aber etwas Sakrales lag in der Luft, und er dachte als Erstes an die Kirche, die kegelförmige Hütte auf dem aufgeschütteten Erdhügel – der einzige Bereich der ursprünglichen Siedlung, der nicht mit frisch gemähtem Rasen bedeckt war. Solch eine Musik musste aus einem Gotteshaus kommen. Er ging auf die Hütte zu, bewegte sich in einem Halbkreis darum herum auf der Suche nach einem Eingang, als er hinter sich die warnende Stimme eines Mannes vernahm, tief und unerwartet: »Für Sie ist da drin kein Platz, weder für Sie noch für einen von den anderen Deputys.«

Darren drehte sich um und sah Donald Goodfellow auf der Veranda des gelben Hauses seiner Mutter stehen. Er hatte lässig ein Gewehr auf die Trommel zwischen seinen Beinen gelegt. Neben ihm saß sein Sohn Ray, der eine hölzerne Flöte hielt. Ein dritter Caddo-Mann, den Darren nicht kannte, steckte eine

Mundharmonika in die Brusttasche seines Jeanshemds und zog ebenfalls eine Waffe hervor, ein Klappmesser mit einer gut fünfzehn Zentimeter langen Klinge und einem Hickory-Griff, der so glänzte, dass sich die Sonne darin spiegelte und Darren blendete. Er blinzelte und trat auf die Männer zu. Er musste umgehend ein paar Dinge klarstellen. »Kein Deputy, Sir, ich bin nicht dem Sheriff unterstellt. Sie sprechen mit einem Texas Ranger, der Sie nur einmal freundlich bittet, vorsichtig mit diesen Waffen zu sein. Für die gibt's keinen Anlass.« Das Messer verschwand in einem Lederschaft, und Darren hörte lang genug auf zu blinzeln, um zu sehen, dass Donald Goodfellow sein Gewehr noch nicht weggeräumt hatte.

»Ich suche nach Mr. Page.«

»Sie und die anderen Cops, die schon hier waren.«

Darren begriff, dass sie Wache hielten und auf Mr. Pages Grundstück aufpassten. »Damit habe ich nichts zu tun, Mr. Goodfellow«, sagte er.

Sein Sohn Ray starrte Darren wütend an. »Sie haben kein Recht, hier zu sein.«

»Ich habe ein Recht, überall zu sein, wo texanisches Recht gilt ...«

»Ticktack«, sagte Ray und reckte prahlerisch sein Kinn. »Warten Sie's ab.« Sein Vater warf ihm einen mahnenden Blick zu, und Rays Kinn verschwand wie das einer Schildkröte.

»Was geht hier vor?« Es war Margaret Goodfellow, die den Kopf durch die Fliegengittertür steckte. Sie ließ den Blick über die Szenerie gleiten: der angespannte Ranger, ihr Sohn mit dem Gewehr. »Tu augenblicklich das Ding weg, Donald.« Mutters Worte hatten mehr Gewicht als die eines Rangers, denn Donald nahm die Waffe von seiner Trommel und legte sie neben sich auf den Boden. »Es gibt *dush'-cut* und *dah-bus* zum Abendessen«, sagte sie zu Darren, eine Einladung, die den jungen Ray Goodfellow sichtbar ärgerte.

»Er ist hinter Leroy her, *E'-kah*«, sagte er.

»Der ist angeln«, erwiderte sie. »Aber Sie können uns gern Gesellschaft leisten, während Sie warten.«

Sie sah die anderen an und stellte in Bezug auf Darren nüchtern fest: »Ich mag ihn. Er hat freundliche Augen. Musik wird später gemacht. Wir essen jetzt.«

Also verbrachte er, die langen Beine angezogen, die nächste Stunde in Margaret Goodfellows Esszimmer an dem niedrigen Tisch, um den herum die Familie auf dem Boden saß. Einschließlich Virginia, Donalds Frau, und seiner Schwester, Saku oder Sadie – Darren hörte, wie beide Namen gebraucht wurden –, die viel jünger als Donald und gerade erst Mutter geworden war. Sie hielt ein kräftiges Kleinkind während des Essens im Schoß, das noch nicht richtig laufen konnte, und fütterte es mit Bohnen, indem sie ein paar aus einem hübschen Tontopf auf dem Tisch auf ein Stück goldgelbes Frybread lud und anschließend pustete, bevor sie ihm das Bohnenbrot in den Mund steckte. Es war leicht süßlich und von einer Textur, die einer kulinarischen Meisterleistung glich: außen knusprig in Öl gebacken und innen von weicher, dichter Konsistenz wie ein Donut. Zusammen mit den rauchigen Bohnen war dieses schlichte Mahl perfekt und konnte mit jedem kreolischen Essen mithalten, das man in Jefferson bekam. Die Männer ignorierten ihn die meiste Zeit, aber Margaret stellte Fragen über seine Familie und darüber, woher er kam, und im Gegenzug erzählte sie ihm, dass sie wie alle anderen am Tisch in Hopetown geboren war, bis auf den kleinen Benji in Sadies oder Sakus Schoß. Er war im Krankenhaus in Marshall zur Welt gekommen, der Erste ihrer Familie. »Wir haben vorletztes Jahr unsere Hebamme verloren«, sagte Virginia mit einem Anflug von Trauer, während sie Darren von dem süßen Tee mit Apfelschnitzen nachschenkte. »Ray war also der Letzte, der in Hopetown geboren wurde. Nun, Ray und Leroys Tochter Erika.«

»Ist sie es, die ihn ermutigt hat, zu verkaufen?«

Es wurde so still im Raum, dass Darren den See hinter dem Haus, das Summen der Grasmücken und das Klappern von Buntstörchen, die irgendwo hoch oben in einer Zypresse nisteten, hören konnte. Schließlich sprach Margaret mit der gleichen klugen Gewissheit, mit der sie ihren Leuten befohlen hatte, Darren zu vertrauen. »Leroy wird uns beschützen«, sagte sie. Und als Darren fragte, wie dieser Schutz aussehe, vergingen nach seiner Zählung mindestens zwanzig Sekunden, bevor sie antwortete: »Es ist alles geregelt.«

»Darf ich fragen, wie Ihre Leute hierhergekommen sind?«, fragte Darren.

»Leroys Vorfahren luden unsere Vorfahren gegen Ende des letzten Jahrhunderts nach Hopetown ein«, sagte sie und verzog bei der Erinnerung erfreut die Fältchen um ihre Augen. Caddos und Schwarze, die Seite an Seite lebten. »Wir sind eine Familie.«

»Ich meine, wie ist Ihr Volk nach Texas gekommen?«, fragte Darren.

Margaret schenkte Darren einen durchtriebenen Blick, als sie in die Tasche ihres Kleids nach einer Pfeife und einem Päckchen Tabak griff. Sadie oder Saku brachte lieber das Baby hinaus, als ihrer Mutter zu sagen, dass sie in ihrem eigenen Haus nicht rauchen dürfe. Margaret sah Darren an, während sie ihre Pfeife stopfte. »Man hat Ihnen also diese Marke ohne Unterricht in Geschichte gegeben, was?« Sie zündete die Pfeife mit einem Streichholz an, und der Tabak verströmte einen leichten Kirschgeruch. »Texas ist die Heimat unserer Vorfahren«, sagte sie mit einer geduldigen Nachsicht, die Darren beschämte. Er klang genauso dumm wie die Weißen, die die Mathews-Familie fragten, wo sie ursprünglich herkamen. Ich kenne Texas, aber die Zeit davor ... Woraufhin Darrens Onkel Clayton in bissigem Ton sagen würde: »Wir gehören hierher, haben einen Satz Rippen auf einem Baumwollfeld herumgereicht, bis wir einen Stamm von schwarzen Texanern namens Mathews geschaffen hatten. Vor Texas waren wir Staub.«

Darren hatte nicht ignorant klingen wollen, was die Geschichte des Staates und erzwungene Umsiedlung anging, er hatte die Goodfellows nur dem Großteil texanischer Indianer zugeordnet, die Mitte des neunzehnten Jahrhunderts aus dem Staat vertrieben worden waren. »Ich dachte, die meisten Caddos hätten sich in Oklahoma niedergelassen. In einem Reservat, nicht?« Er sah Margaret an, die ein Lächeln andeutete, während sie paffte.

»Meine Familie hat Oklahoma nie gesehen«, sagte sie.

Donald Goodfellow warf eine bestickte Serviette auf den Tisch seiner Mutter und ergriff selbst das Wort. »Es gab viele Zusammenschlüsse von Caddos in diesem Teil des Landes. *Kadohadacho* in der Gegend vom Red River in Nordtexas und Arkansas, ein paar im südöstlichen Oklahoma und die *Natchitoches* in Louisiana. Wir sind *Hasinai*, und Osttexas ist unsere ursprüngliche Heimat. Die Legende dieser Familie besagt, dass ein kleiner Verbund von *Hasinai*, angeführt von einem sturen Caddi oder Boss, Texas einfach nie verlassen hat. Kein Abkommen, keine Pläne anderer Caddos, Land herzugeben, keine mordlustigen Weißen konnten sie vertreiben. Wir sind die Letzten dieser Gruppe von Hasinai-Caddo-Indianern.«

»Ich möchte Ihnen eine Sache über diese Marke erzählen«, sagte Darren und spürte, wie ihr Gewicht den dünnen Stoff seines Hemds herabzog. »Die Ranger wurden von Landbesitzern und Regierungsbeamten eingesetzt, um die Indianer von ›weißem Land‹ zu vertreiben«, sagte er, bereit die Wahrheit über die rassistische Vergangenheit der Texas Ranger auf eine Weise zu erzählen, wie er es nur bei diesen Leuten hier, die beinahe so dunkel waren wie er selbst, tun würde. »Wie hat Ihre Familie, haben Ihre Vorfahren es vermieden, gefangen genommen und in den Norden verbracht zu werden?«

Donald blickte seine Mutter an. Sie zog an ihrer Pfeife und sagte: »Oh, es gibt Möglichkeiten, sich unsichtbar zu machen.« Die Fältchen um ihre Augen schienen Darren zuzuzwinkern, als sie lächelte. Er wartete darauf, dass sie weitersprach, doch dann hörte er das Quietschen von etwas, das wie ein Scheunentor klang, tatsächlich aber die Tür des Bootsschuppens hinter Margarets Haus war. Sie legte abrupt die Pfeife auf den Tisch und stand auf, wobei der Saum ihres Kleids wie ein Wasserfall herabströmte. Es war blau mit eingewebten roten Stoffstreifen und besetzt mit gelben Perlen. »Leroy ist wieder da.«

Darren stand auf, bedankte sich bei Margaret für das Essen und nickte den größtenteils stummen Männern um den Tisch herum, mit denen er nicht gerade warm geworden war, zum Abschied höflich zu. In dem Moment, als er seinen Stetson aufsetzte, teilte Margaret ihm etwas mit, das er wissen sollte. »Ihnen ist klar, dass er dem Jungen nichts getan hat, nicht wahr? Ich bin seit sechzig Jahren mit Leroy befreundet. Ich *kenne* ihn. Er würde so etwas nie tun.«

Darren wartete auf der vorderen Veranda von Mr. Pages Haus, als der Alte mit seinem Angelzeug vom Bootsschuppen kam, jedoch weder ein Kühlbehälter noch ein einziger Wels zu sehen war. Darren fragte den Mann rundheraus, weshalb er fälschlicherweise behauptet hatte, Levi am Freitag gesehen zu haben. »Man wird das gegen Sie verwenden«, warnte er ihn. »Ich weiß nicht, was Sie getan haben, aber falls Sie sich tatsächlich einen Anwalt nehmen wollen, dann ist das der richtige Moment.«

»Ach, das hab ich nur gesagt, damit Sie aus meinem Haus verschwinden.«

Darren hob verärgert die Hände. *Sagen Sie nicht, ich hätte Sie nicht gewarnt.* »Man wird einen Durchsuchungsbeschluss erwirken.«

»Gut«, sagte Leroy und drängte sich an Darren vorbei ins Haus, wo er die Angelausrüstung kurzerhand im Wohnzimmer ablud. »Sie brauchten einen Durchsuchungsbeschluss, um in die Trailer der Weißen zu kommen, dann gilt das Gleiche auch für mich. Ich wollte nur nicht zulassen, dass ein Schwarzer mit Marke einen auf vertrauenswürdig macht, um mich dazu zu verleiten, mein Haus durchsuchen zu lassen. Ich will die gleichen Regeln, die auch für den weißen Mann gelten.«

»Darum geht es also?«, fragte Darren. »Deshalb haben Sie mich rausgeworfen?«

»Genügt das nicht?« Er ging den Flur entlang in die Küche. Im nächsten Moment hatte er das Radio eingeschaltet und den Kühlschrank geöffnet. Er nahm ein bereits offenes Miller High Life heraus sowie ein fertiges Fleischwurstsandwich von einem Stapel mit mindestens zwei Dutzend solcher Sandwiches, die alle lose in Wachspapier gewickelt waren, Mittagessen für ungefähr einen Monat. Der Anblick machte Darren irgendwie traurig. Im Radio lief ein bluesiger Zydeco, Beau Jocque auf dem Akkordeon, der davon sang, zu seinem Zuhause zurückzukehren, noch ein Lied, das versuchte, diesen schwer zu fassenden Begriff mit einem bestimmten Ort und einer bestimmten Zeit zu verbinden. Darren meinte, noch nie einen Blues gehört zu haben, der den aktuellen Aufenthaltsort als *Zuhause* betrachtete. Nein, es war immer ein langer Marsch auf einer staubigen Straße, eine Fahrt als blinder Passagier auf einem Güterwagen oder ein langsamer Zug nach Jordan. *All you need is faith to hear diesels humming.* Für Beau Jocque war Zuhause dort, wo seine Mutter war. *'Cause that's where I belong*, sang er vor dem Hintergrund eines der miesesten Gitarrensolos in der Geschichte des Zydeco, der mehr Osttexas als Westlouisiana war und bei dem das Französische einen schwarzen Einschlag hatte. Die Sehnsucht in seinem kehligen Tenor war Darren vertraut, der mit dieser Musik aufgewachsen war und jedes Mal, wenn er das Haus in Camilla betrat, eine der Bluesplatten auf die HiFi-Anlage seiner Onkel legte, denn selbst dort bedeutete Zuhause immer etwas aus der Vergangenheit. Es war ein Begriff, den er nicht so richtig zu fassen bekam. Essen schaffte das, ein Topf Bohnen mit Schinkenkeulen auf dem Herd. Geschichten ebenfalls. Aber vor allem Musik. Texas Blues.

Darren fragte: »Haben Sie Levi King am Freitagabend gesehen, ja oder nein?«

»Ich lasse mich in meinen eigenen vier Wänden nicht als Lügner bezeichnen.«

»Dana, Marnie Kings Tochter, sagt, Sie waren nicht mal auf Patrouille an dem Abend.«

»Sehen Sie nicht, zu was für 'nem Abschaum sie gehört?«

»Stempeln Sie sie nicht zur Lügnerin.«

»Aber Sie glauben ihr mehr als mir, einem Hausbesitzer und Menschen, der nie jemandem etwas zuleide getan hat, einem Veteranen, der seinem Land gedient hat?«

»Sie sagt, sie hätte Sie zu keinem Zeitpunkt gesehen.«

»Sie irrt sich«, sagte Leroy und leerte mit einem Zug die halbe Flasche.

»Dann erzählen Sie's mir noch mal. Was haben Sie gemacht, als Sie den Jungen gesehen haben?«, fragte Darren. Leroy Page hielt so lange inne, dass Darren ein leises Tröpfeln hören konnte, das von irgendwoher aus der Küche kam. Er blickte hinunter und sah, dass die aufgerollten Hosenbeine von Mr. Pages Jeans von den Knien abwärts klatschnass waren. Wie angelte der Mann nur da draußen, um so nass zu werden? Feine Rinnsale tröpfelten auf den Linoleumboden. Der alte Mann leerte sein Bier und rülpste leise. »Ich war zu Fuß unterwegs«, sagte er schließlich.

»Zu Fuß?«, fragte Darren. »Kein Pferd, keine Begleiter?«

»Ich habe, glaube ich, nicht gesagt, dass ich auf Patrouille war.«

Aber Darren war sich sicher. Fünf Sekunden später war er sich allerdings ebenfalls sicher, dass er sich nicht daran erinnern konnte, ob Quinn oder Page das Wort Patrouille benutzt hatte. Er fluchte, weil er sich nicht ab der ersten Begegnung mit Page und Donald und Ray Goodfellow Notizen gemacht hatte. Er war so fixiert darauf gewesen, Informationen für die Sondereinheit zu ergattern – und auf seinen eigenen Plan, sich Bill Kings Verhaftung und chaotische Familienverhältnisse zunutze zu machen –, dass das Kind fast zur Nebensache geraten war. Aber jetzt fühlte sich Levi King für ihn real an. Er hatte noch immer das Bild des Jungen in der Brusttasche seines Hemds.

»Dann haben Sie also nur einen Spaziergang gemacht ... an den Trailern vorbei?«

»Ist noch immer mein Grundstück«, sagte Leroy entrüstet.

»Unbewaffnet?«

»Ich bin doch nicht blöd.«

»Und dabei haben Sie den Jungen gesehen.«

»Ganz genau«, sagte Leroy. »Er hat das Boot seines Großvaters in dessen alten Schuppen gesperrt.«

»Haben Sie mit ihm gesprochen?«

»Nö, ich schätze, er hatte Angst vor mir, seit ich mit ihm wegen der Sache mit Margarets Gebetshütte und dem Besprühen meiner Tür geschimpft hab. Nö, Levi hat nichts gesagt, und ich auch nicht.«

»Haben Sie Dana am Fenster des Trailers gesehen?«

»Hab nicht zum Trailer rübergeschaut, sondern bin einfach weitergelaufen.«

Darren seufzte, nahm den Hut ab und kratzte eine juckende Stelle am Hinterkopf. Ihm gefiel nicht, dass die Geschichte etwas anders klang als beim letzten Mal, und auch nicht, dass er den Mann eindeutig zu schützen versuchte. Er dachte daran, wie Greg und er in der Bar gesessen hatten und sein langjähriger bester Freund versucht hatte, ihn dazu zu bringen, sich zu seinen eigenen blinden Flecken zu bekennen, wenn es um Schwarze ging, zu dem Gefühl von Rücksichtnahme, das ihn durchdrang, und zu dem Instinkt, schützen und dienen zu wollen, der in ihm vor allem bei älteren Schwarzen erwachte, Männern und Frauen, deren Kämpfe und Stärke Darrens Leben erst möglich gemacht hatten.

»Wieso erzählen Sie dem Sheriff und dem FBI nicht einfach, dass Sie verkaufen wollen?«, sagte Darren, der seine juristische Ausbildung stets im Hinterkopf behielt. »Wenn Sie vorhaben, zu verkaufen und fortzugehen, den Ärger mit den Weißen in den Trailern hinter sich zu lassen, gäbe es kein Motiv dafür, Levi King etwas anzutun.«

»FBI?«

»Das ist ernst, Leroy. Man will an Ihnen ein Exempel statuieren. Mit der Sache ist nicht nur das Sheriffbüro befasst. Erzählen Sie denen einfach, Sie hätten vor, das Land an Sandler Gaines zu verkaufen, und es gibt den Ermittlungen vielleicht eine andere Richtung.«

Der alte Mann öffnete den Kühlschrank und nahm noch eine Flasche Miller High Life heraus. Eine der beschlagenen goldenen Flaschen bot er Darren an, der zögerte und dann ablehnte. »Hab nie von ihm gehört«, sagte Leroy und öffnete sein Bier. Seine Hände waren trocken und grau, seit er hereingekommen war, und Darren bemerkte Kratzer, die ihm zuvor nicht aufgefallen waren. Sie waren mindestens zwei, drei Tage alt.

»Sandler Gaines, der Immobilienentwickler. Der Mann, der Hopetown kaufen will.«

»Ich habe mein Land an eine Stiftung verkauft, etwas, das Rosemary King zusammen mit einer historischen Gesellschaft, in deren Vorstand sie ist, organisiert hat. Die Marion County Texas Historical Society oder so ähnlich. Das ist geweihter Boden für die Caddo-Indianer, und das wird er auch bleiben. Rosemary hat mir das versprochen.«

Angesichts so vieler widersprüchlicher Informationen schüttelte Darren den Kopf, als wäre er in einen Schwarm Bremsen geraten. Er musste sich erst einmal Klarheit verschaffen. »Dann bedeutet diese Vereinbarung mit Rosemary und ihrer Stiftung, dass sie ihren Enkel, seine Mutter und seine Schwester von hier vertreiben wird?«

»Oh, die sind ja nicht mit ihr verwandt«, erwiderte Leroy. »Das Einzige, was Rosemary interessiert, ist der Junge.«

»Levi?«

Leroy schüttelte den Kopf. »Bill, ihr Sohn.«

Darren bat Leroy, weiterzureden und ihm ein Bier zu geben. Er beobachtete den Alten dabei, wie er nach dem Flaschenöffner an seiner Schnur am Kühlschrank griff, und bemerkte eine geknickte, cremefarbene Visitenkarte, die daneben an der Wand hing. Darren konnte lediglich entziffern, dass es sich um die Karte einer Anwaltskanzlei handelte. Der Alte hatte also doch einen Anwalt kontaktiert. Er überlegte, ob er es kommentieren sollte, doch ihm gefiel die Vorstellung, dass Leroy seinen Blick dorthin vielleicht gar nicht bemerkt hatte.

Leroy Page hatte mit einer Sache recht. Rosemary King schien sehr viel mehr um ihren Sohn Bill als um den Verbleib ihres neunjährigen Enkels besorgt zu sein. Woher Leroy das allerdings wusste, war ihm ein Rätsel. »Woher kennen Sie Mrs. King?«, fragte Darren. Der moosverhangene, am Sumpf gelegene Weiler Hopetown schien weit entfernt von Rosemarys Welt im Kolonialstil zu sein. »Ich meine, wie haben Sie sie überhaupt so gut kennengelernt, um sie in dieser Verkaufssache um Hilfe zu bitten?«

»Oh, es war Rosemary, die bei *mir* angefragt hat«, sagte Leroy, erpicht darauf, das ein für alle Mal klarzustellen. Er stellte die Bierflasche hin und machte sich über das Fleischwurstsandwich her, wobei er mit vollem Mund redete. »Wie gesagt, Schwarze sind die versöhnlichsten Menschen, die es gibt.«

Diesmal lag so viel Bitterkeit darin, dass Darren eine ratlose Miene aufsetzte. Er verstand nicht ganz, worauf der Mann hinauswollte, und zum ersten Mal wurde ihm bewusst, dass er Leroy vielleicht überhaupt nicht verstand. Seit er nach Hopetown gekommen war, hatte er in dem Alten immer seine Onkel, Großeltern und Urgroßeltern gesehen, hatte Geneva Sweet und die schwarzen Bewohner von Lark gesehen, und Mack, den langjährigen Freund der Familie, den er noch immer vor dem Gefängnis zu bewahren versuchte. Aber er kannte Leroy Page nicht, nicht gut genug, und er glaubte auch nicht, dass er ehrlich zu ihm war, von Anfang an nicht. Er wies mit dem Kinn auf die Kratzer auf seinen Händen. »Wie ist das passiert?«, fragte er.

Leroy blickte auf seine Hände, dann hoch zu Darren in seinen gebügelten Hosen und seinem gebügelten Hemd, die schimmernde Marke an seiner Brust, und sagte mit leicht spöttischem Unterton, den er auch nicht zu verbergen versuchte: »Ich arbeite mit den Händen, mein Sohn.«

Darren verspürte zum ersten Mal eine Abneigung gegen den Mann. »Es heißt Ranger.«

Vielleicht war das Bier schuld daran, dass er so gereizt reagierte. Dabei war gerade mal so viel Alkohol darin, dass Darren Lust auf etwas Stärkeres bekam. Er verfluchte sich dafür, dass er keinen Flachmann mehr in seinem Wagen hatte. Er wiederholte seinen Rat an Leroy Page, sich einen Anwalt zu nehmen, und machte, dass er von dort wegkam, wobei er den Besuch in dem Moment bereute, als er auf die vordere Veranda hinaustrat. Vor Leroys Haus standen zwei Streifenwagen, und zwei Deputys des Sheriffs von Marion County sahen ihm dabei zu, wie er das Haus des Verdächtigen verließ. Hinter der Polizei saßen weiße Männer und Frauen aus dem Trailerpark in ihren Fahrzeugen, die in einer Reihe aufgestellt waren und auf Leroys Haus zeigten. In den Pickups waren Gewehrhalterungen, und auf den Armaturenbrettern glänzten Handfeuerwaffen. Sie waren bewaffnet und kampfbereit, und ein paar von ihnen beschuldigten lautstark das Sheriffbüro, einen Nigger zu decken, der sich an einem von ihnen vergriffen hätte. Die Deputys taten nichts, um ihnen Einhalt zu gebieten, ließen aber auch nicht zu, dass sich einer der Männer oder Frauen dem Haus von Leroy näherte. Inzwischen war Margarets Familie auf die vordere Veranda gekommen. Sie hatten ihre Waffen bei sich, und diesmal hatte sogar Margaret eine Pistole mit Perlmuttgriff in einer Schürze stecken, die um ihre Taille gebunden war. Die gesamte Geschichte von Osttexas wie aus einem der Reenactments der Bürgerkriegszeit, die auf Rosemary Kings Rasen veranstaltet wurden, wobei Gewalt in der Luft lag; man konnte sie dem Brummen der Motoren entnehmen, dem Geräusch der Patronen, mit denen Donald seine Waffe lud. Darren dachte, dass möglicherweise jemand in Hopetown starb, noch bevor Levi King gefunden wurde.

15

Leroy Page log.

Zumindest glaubte Darren ihm nicht, dass er den Namen Sandler Gaines noch nie gehört hatte. Sein Plan war, zum Cardinal Hotel in der Stadt zurückzukehren, um den Immobilienentwickler ausfindig zu machen und eine klarere Vorstellung vom Verkauf von Hopetown zu bekommen. Vielleicht würde er so mehr über Mr. Page herausfinden, was für ein Mensch er wirklich war. Nüchtern und zuversichtlich, was den möglichen Verkauf seines Besitzes anging? Oder wütender darüber, als er zugeben wollte? Hatten Levis Schikanen gemeinsam mit denen von Gil und seinen barfüßigen, rotgesichtigen Schlägern Mr. Page dazu veranlasst, gegen seinen Wunsch zu verkaufen? Und hatte das bei ihm einen Wutanfall ausgelöst? Darren dachte an den blonden Jungen auf dem Foto, versuchte sich die Moral eines Kindes vorzustellen, das die Erwachsenen um sich herum lediglich imitierte. Das war es doch, oder? Er verabscheute die Vorstellung, in einem Land zu leben, das Rassisten heranzüchtete, voller Bosheit und Hass und, noch bevor sie erwachsen waren, hart wie die Erde ihrer Heimat. Gewiss verdiente Levi einen Vertrauensbonus. *Oder etwa nicht?* Wollte Darren wirklich in einer Welt leben, in der er einen Neunjährigen bereits abgeschrieben hatte?

Er musste Sandler Gaines im Hotel aufsuchen.

Sich vorher vielleicht ein bisschen frischmachen und das Hemd wechseln.

Doch als Darren die Tür zu seinem Hotelzimmer öffnete, saß seine Frau Lisa auf dem Kingsize-Bett und hatte mehrere Fallakten auf der blutroten Bettdecke ausgebreitet. Sie trug zwar keine Reizwäsche, doch sie hatte das Haar geöffnet, und der Slip, den sie anhatte, war schwarz und mit Spitze und kleinen weißen Schleifen besetzt, als wäre sie ein Geschenk, das jemand auf das Bett gelegt hatte. Er war anfangs verwirrt. Erstens hatte er zugegebenermaßen vergessen, dass Lisa davon gesprochen hatte, nach Jefferson zu kommen. Und zweitens hatte er den flüchtigen Gedanken, aus Sicherheitsgründen das Hotel zu wechseln, weil es inzwischen zwei Personen waren, die ohne Schlüssel sein Zimmer betreten hatten. Und drittens, wieso war seine Frau so verführerisch angezogen, obwohl sie eine Lesebrille trug und einen Aktenordner durchblätterte, einen Bic-Kugelschreiber zwischen die Zähne geklemmt? Sie blickte auf und lächelte ihn verlegen an, wobei sie alles zusammenraffte und auf den Nachttisch legte. »Ich wusste nicht, wann du zurückkommen würdest.«

Sie erhob sich vom Bett und stellte sich auf die Zehenspitzen, um ihren Ehemann zu küssen. Seine Hutkrempe war im Weg, und mit einem Lächeln nahm sie ihm den Hut ab und warf ihn beiseite, etwas, das Darren, wie sie wusste, nie tun würde. Er flog an der Kommode vorbei und fiel zu Boden. Darren musste sich schwer zusammenreißen, um ihre Hände nicht festzuhalten, die bereits nach seinem Gürtel griffen, und den Stetson ordentlich mit der Krempe nach unten auf die Kommode zu legen. Doch er wusste, dass das leidenschaftliche Verhalten seiner Frau eine Geste war, und dass es unhöflich und verletzend gewesen wäre, sie jetzt auszubremsen, nicht bei etwas mitzuspielen, das sie sich auf ihrer fast vierstündigen Fahrt nach Jefferson ausgedacht hatte. Er hatte kaum Zeit, Luft zu holen, so fiel sie über ihn her. Er wollte es langsamer angehen lassen, sie schmecken, nicht nur ihren Mund, sondern auch die Haut an ihrem Hals, wo sich zwischen den Friseurterminen kleine Locken bildeten, die Stelle, wo sie am empfindlichsten und zartesten war – für all das, wollte er sich Zeit nehmen. Doch wieder fürchtete er, sie zu kränken. Also ließ er sie ihre Vorstellung davon, wie perfekte Leidenschaft auszusehen hatte, ausleben, was nicht hieß, dass Darren nicht ebenfalls auf seine Kosten kam. Er war in seinem Leben nicht mit vielen Frauen im Bett gewesen, aber mit Lisa war es stets vertraut. Sie war das erste Mädchen gewesen, das diejenigen, die folgten, in den Schatten stellte: Mädchen in den ersten Semestern an der juristischen Fakultät in den Jahren, als er und Lisa aufgrund ihres jeweiligen Studiums getrennt waren, als sie einen wortlosen Pakt geschlossen hatten, keine Fragen zu stellen. Er erinnerte sich kaum noch an die Mädchen oder flüchtigen Begegnungen auf Schlafsofas, einmal sogar auf einem Trockner in der Wäschekammer. Während er seine Jahre in Princeton und Chicago verbrachte, wollte er immer nur zu Lisa zurück.

Danach lagen sie verschwitzt auf dem zerknitterten Samt. Er hinterließ Abdrücke auf Lisas Rücken, die Darren streichelte. Der Raum war erfüllt vom Geruch der Anstrengung, die sie unternommen hatten, und er küsste den salzigen Film auf Lisas Schulter und dankte ihr. Sie hatte ihn noch nie besucht, wenn er irgendwo im Einsatz war.

»Ich bin froh, dass du gekommen bist«, sagte er.

Er war tief berührt.

Er zog sie an sich und küsste sie und sagte ihr, dass er sie dafür liebe, dass sie über zweihundert Meilen gefahren sei, um bei ihm zu sein. Sie genoss es einen Moment lang, ein triumphierendes Glitzern in den Augen, was die Situation für Darren ein wenig ruinierte. Er kannte Lisa gut genug, um zu wissen, wann sie Punkte zählte und einen Sieg auskostete. Diesmal hatte sie sich aufopferungsvoll gezeigt und irgendwie die Oberhand gewonnen. Und mit diesem Druckmittel stellte sie eine Frage, die den dringenden Wunsch nach einer Erklärung barg. Die Fahrt, die Dessous, ihre Beine noch vor Minuten um seine Taille geschlungen, das alles wirkte auf einmal wie eine Honigfalle, bevor die bittere Medizin verabreicht wurde. »Wir haben keine Geheimnisse mehr voreinander, stimmt's?«, fragte sie und blickte ihm in die Augen. Vor Angst krampften sich seine Eingeweide zusammen. Sein erster Gedanke war Randie. Glaubte sie etwa, zwischen ihnen wäre etwas gewesen? Sie hatten das doch geklärt, oder? Oder hatte Lisa ihm ein Geständnis zu machen? Darren stützte sich zuerst auf die Ellbogen und richtete sich dann ganz auf, den Rücken gegen das Kopfteil gelehnt. Die Temperatur im Raum hatte sich abgekühlt, und es fühlte sich jetzt klamm an. In der feuchten Luft setzte der Teppichbelag einen süßlichen Geruch frei, wie von verfaulenden Früchten.

»Was läuft da eigentlich zwischen dir und Bell?«, fragte Lisa schließlich.

Darren war zuerst erleichtert. Doch das dauerte gerade mal so lange, wie Lisa brauchte, um sich ebenfalls im Bett aufzusetzen und zu fragen: »Clayton sagt, du gibst ihr Geld.«

»Wieso redest du mit Clayton über mein Verhältnis zu meiner Mutter?« Er hatte das Gefühl, dass sich die Punktezahl zu seinen Gunsten veränderte. Denn er konnte das mit der verschwundenen Waffe und der Erpressung durch seine Mutter verschweigen, wenn er sich auf ihr Fehlverhalten konzentrierte: mit seinem Onkel Clayton hinter Darrens Rücken über ihn zu reden, war bestimmt fünfzehn Mal in nur vier Sitzungen bei Dr. Long Thema gewesen, und Lisa hatte verstanden, wie Darren sich fühlte, wenn sie und Clayton sich verbündeten und über seine Entscheidungen urteilten – die juristische Fakultät, die Ranger und vor allem Claytons Wunsch, Darren möge seine Mutter aus seinem Leben ausschließen. Sie verletzte damit eine Regel, die sie im geschützten Umfeld der therapeutischen Praxis aufgestellt hatten.

»Das ist nicht der springende Punkt«, sagte Lisa kühl.

»Da bin ich mir nicht so sicher.«

»Es geht hier nicht um Clayton.« Darren sah sie eindringlich an, und sie sagte: »Ja, er hat mich angerufen, besorgt darüber, dass deine Mutter dich abzockt, weil du ihn gebeten hättest, Bell Geld für ihre Miete zu bringen. Und ich konnte irgendwie nicht glauben, dass du gedacht hast, du könntest es mir verschweigen. Und dann ist Frank Vaughn in mein Büro gekommen und ...«

»Was?«

»Der Bezirksstaatsanwalt von San Jacinto County.«

»Ich weiß, wer er ist«, sagte Darren wütend und panisch zugleich. »Was hatte er in Houston in deinem Büro zu suchen? Du hast nichts gesagt, oder? Nichts von dem Abend, als ich zu Mack rausgefahren bin.«

»Zwei Tage, bevor Ronnie Malvo getötet wurde? Nein, Darren, ich habe keinem Bezirksstaatsanwalt davon erzählt, wie du mitten in der Nacht wie ein Cowboy und ohne Verstärkung zu rufen zu Mack gefahren bist, um ihn davon abzubringen, jemanden zu töten.« Sie schwang ihre Beine aus dem Bett und stellte sich vor ihn hin, die Arme wie Schwerter verschränkt. »Damit habe ich gelogen, Darren. Einen Staatsanwalt angelogen.«

»Hat er dich danach gefragt? Ganz direkt?« Darren stand ebenfalls auf.

Wusste Vaughn bereits Bescheid?

»Nein.«

»Dann ist es auch keine Lüge.«

»Hör auf, so zu tun, als hättest du nicht die juristische Fakultät besucht, Darren. Unterschlagung von Informationen in einem Mordfall gilt als Justizbehinderung. Ich könnte meine Anwaltslizenz verlieren.«

»Das wird nicht passieren. Mack wird kein Wort sagen. Ich lasse nicht zu, dass dir oder ihm irgendetwas passiert, das verspreche ich dir, Lisa.«

»Hat er es getan?«

»Was hat dich Vaughn gefragt?«

»Beantworte die Frage, Darren. Hat Mack Ronnie Malvo erschossen?«

»Ich weiß es nicht.«

»Ich glaube dir nicht«, sagte seine Frau. Sie ließ die Arme sinken, entblößte sich und stellte damit ihre Schutzlosigkeit zur Schau. »Und wenn ich dir in dieser Sache nicht glaube, dann vertraue ich dir nicht, und wenn ich dir nicht vertraue, Darren, was sollen wir dann tun?«

»Ich habe versucht, dich zu beschützen«, sagte er. »Und Mack.«

»Ich liebe Mack auch«, sagte sie, aber Darren wusste, es war gelogen. Sie kannte Mack gar nicht, war nicht mit ihm aufgewachsen. Ein Mädchen aus Houston wusste nichts von der engen Verbundenheit Schwarzer auf dem Land, der Art und Weise, wie Erde und Jahreszeiten aus Fremden eine Familie machten, wie die Menschen sich gegenseitig unterstützten, indem sie Nahrung und Unterkunft teilten, welche Geschichten sich schwarze Osttexaner erzählten, vor welchen Ortschaften und Landstraßen sie einander warnten. Ihre vorgebliche Liebe für Mack sollte abmildern, was als Nächstes kam: »Und wenn er doch jemanden getötet hat?«, sagte sie und schlang erneut die Arme wie einen Panzer um sich. »Es ist mir egal, wer es war, aber komm nicht auf die Idee, dich da mit reinziehen zu lassen und deine Karriere zu gefährden.«

»Zu spät«, sagte Darren.

Er spürte den Impuls von Flucht, von Kapitulation, sich von der Klippe zu stürzen und zu beichten. Er bat sie, sich auf das Sofa zu setzen, und ließ sich ihr gegenüber auf dem Bett nieder, um ihr von Mack und der verschwundenen Waffe zu erzählen. Von seinem Verdacht, dass Mack sie auf dem Hof der Mathews-Familie in Camilla versteckt hatte, was Darren wochenlang für sich behalten hatte. Dass er durch sein Schweigen beinahe einen Meineid vor der Grand Jury geleistet hatte. Und das Sahnehäubchen war:

Bell Callis hatte die Waffe. Lisa saß fassungslos da und sagte eine gefühlte Ewigkeit nichts, obwohl es wahrscheinlich nur zwei Minuten waren, zwei Minuten, in denen sie schnaubend atmete und nicht bereit war, ihm in die Augen zu schauen. Auf einmal stand sie auf und begann sich anzuziehen, ließ die Dessous, die jetzt zu einer anderen Ehe zu gehören schienen, unter einem dunkelgrauen Hemdblusenkleid aus Seide verschwinden. Sie blickte auf, während sie es zuknöpfte, und sagte: »Okay.«

»Okay was?«

»Okay, du bringst das in Ordnung«, sagte sie mit ruhigem Pragmatismus. »Vaughn wird das nicht auf sich beruhen lassen. Er hat gefragt, ob wir Waffen im Haus hätten, ob ich eine gefunden hätte, die da nicht hingehört. Er könnte einen Durchsuchungsbefehl erwirken, Darren.«

»Er wird nichts finden.«

»Du weißt, dass sie alles Mögliche finden können, wenn sie erst einmal drin sind.«

Sie drehte ihm den Rücken zu und schlüpfte in ein Paar gelbe Tory-Burch-Ballerinas.

»Du gehst?«

»Ich habe Greg gesagt, dass wir mit ihm zu Abend essen«, sagte sie.

»Hä?« Es war ein Überraschungslaut.

Auf die Idee war er gar nicht gekommen. Und er hatte auch keine Ahnung, wann Lisa und Greg miteinander gesprochen hatten oder woher sie wusste, dass er in Jefferson war. Das Telefon neben dem Bett klingelte. Darren nahm den Anruf entgegen und hörte eine leise Frauenstimme mit einem leicht fragenden Unterton in jeder Silbe, als entschuldigte sie sich für die Störung. »Ich bin auf der Suche nach Monica Maldonado«, sagte sie. Darren teilte ihr mit, dass sie sich im Zimmer getäuscht habe, und legte in dem Moment auf, als Lisa zur Tür ging. Sie blickte über die

Schulter zu Darren, der noch immer nackt auf der Bettkante saß. »Ich warte unten auf dich«, sagte sie, ohne ihn richtig anzusehen, und ließ ihn mit seiner Scham allein. »Du könntest ins Gefängnis gehen«, sagte sie. »Bring das in Ordnung.«

Sobald sie draußen war, stand Darren auf, nackt und sowohl körperlich als auch mental zusammengeschrumpelt. Ihm war mulmig zumute. Der Streit mit seiner Frau, ihre bittere Enttäuschung über ihn und die Angst, eine Entscheidung getroffen zu haben, die ihr gemeinsames Leben in Gefahr brachte. Die Aussicht auf ein Abendessen mit Greg, der in diesem Moment das Verschwinden von Levi King in eine Richtung lenkte, die Darren nicht behagte, auch wenn er Leroy Page nicht vertraute.

Und da war noch etwas. Er hatte aufgelegt, bevor es ihm bewusst geworden war. Der Name der Frau, der Hotelgast, nach dem die Anruferin gefragt hatte, war ihm irgendwie bekannt vorgekommen. Er wartete eine Weile, bevor er sich anzog, und hoffte, dass es ihm wieder einfallen würde. Doch er konnte sich nicht daran erinnern, wo er ihn schon einmal gehört hatte; es war wie ein Jucken an einer Stelle, an die er nicht herankam.

Greg hatte das Restaurant ausgewählt: Ein Steakhaus in einem renovierten Bankgebäude vom Anfang des zwanzigsten Jahrhunderts nur ein paar Blocks vom Cardinal Hotel entfernt. Sie hatten einen Tisch auf dem Balkon im Obergeschoss – weißes, gestärktes Leinen gegen einen dunkler werdenden Himmel und ein geschwungenes, schmiedeeisernes Balkongeländer. Es war das Gegenteil des Froggy's, wo Greg und Darren gestern Abend waren, und er fragte sich, ob die noble Kulisse für ihn – als Geste der Wiedergutmachung – oder für Lisa gedacht war. Seine Frau sah in der Umgebung wunderschön aus, ihre braune Haut war wie dunkler Honig im Licht der Kerzen und winzigen weißen Glühbirnen, mit denen die Girlanden aus Plastikstechpalmen geschmückt waren. Das

Restaurant hatte Weihnachtsliedersänger angeheuert. Sie standen auf der Straße und reckten die Hälse zum oberen Balkon, während sie bei zweiundzwanzig Grad Celsius *The First Noel* sangen. Darren hatte einen Blick über das Stadtzentrum von Jefferson, und aus dieser Höhe konnte er sehen, wo die gezähmte Stadt dem urwüchsigen Pinienwald wich, der sie umgab. Der Cypress Bayou – der in den Caddo Lake mündete – befand sich hinter dem Restaurant, nicht weit von Sandler Gaines' falschem Dampfschiff entfernt. Kaum vorstellbar, dass Jefferson mit seinem Vorkriegscharme und der gefährliche, ungezähmte Caddo Lake nur ein paar Meilen voneinander entfernt lagen, geschweige denn, dass Frauen in Reifröcken und mit Sonnenschirmen auf einem Schiff durch einen zugewucherten Sumpf fuhren.

Was ebenfalls nicht ins Stadtzentrum von Jefferson passte: der rostige gelbe Van aus dem Trailerpark von Hopetown. Darren sah, dass er gegenüber vom Steakhaus parkte, sah das hinter der Frontscheibe ausgebreitete Dixiehandtuch, und durch die Scheibe an der Fahrerseite erkannte er Bo, dessen roter Bart ins Licht der untergehenden Sonne getaucht war. Seine Augen, die auf diese Distanz schwarz waren, waren auf Darren gerichtet und beobachteten ihn und seine Begleiter auf dem Balkon. Darren griff instinktiv nach seiner Waffe, zog sie ostentativ aus ihrem Holster und legte sie sichtbar auf das Tischtuch. Bo zuckte leicht mit den Achseln und zwinkerte vielleicht sogar angesichts des Versuchs, ihn einzuschüchtern, doch aus der Distanz konnte Darren das nicht feststellen. Nur eins war klar: Er wurde beobachtet. Lisa wich zurück, als sie die Waffe sah. Greg schnitt eine Grimasse, ignorierte sie jedoch.

Er hatte andere, gewichtigere Dinge im Kopf.

Noch bevor Wasser in die Gläser gefüllt wurde, machte Darren Greg klar, dass er seine Ermittlungen weder behindern noch sich sonst irgendwie einmischen würde, und dass er sich hinsichtlich

Leroy Page auch nicht mehr ganz sicher sei. Doch er habe noch immer Hoffnung, dass er nicht der Mörder und der Junge womöglich noch am Leben sei. »Ich weiß, dass du mit dem Fall etwas beweisen willst, um das Justizministerium in Sachen Hassverbrechen aufzurütteln, aber wenn dieser Junge noch am Leben ist, wird deine Untersuchung dafür sorgen, dass niemand nach ihm sucht«, sagte Darren. »Ich denke noch immer, dass seine Großmutter nicht alles gesagt hat, was sie in der Sache weiß. Weißt du, Dana, Levis Schwester, sagte, sie hätte nicht gesehen, wie das Boot zurückgebracht wurde, was bedeutet, Leroy kann es nicht gesehen haben.«

»Ich weiß, du hast mir davon erzählt«, erwiderte Greg.

»Ich wollte noch mal auf den See zurückkommen«, sagte Darren. »Vielleicht liegt die Antwort irgendwo da draußen, vielleicht war es ja nur ein Unfall.«

»Das Wasser ist zu flach. Von Sheriff Quinn bis zum Jagdaufseher hält keiner das für wahrscheinlich.«

»Das heißt nicht, er könnte nicht von einem Alligator gebissen worden sein. Wer weiß? Vielleicht ist was mit dem Boot passiert, und der Junge klammert sich irgendwo da draußen an eine Zypresse und wartet darauf, dass ihn jemand rettet.«

Greg schüttelte den Kopf und ging sogar so weit, sich über die Speisekarte zu beugen, um zu zeigen, dass er nicht länger an Darrens Überlegungen interessiert war. »Wenn etwas mit dem Boot passiert ist, wenn Dana nicht gesehen hat, wie es zurückgebracht wurde, wieso steht es dann im Bootsschuppen? Wahrscheinlicher ist, dass Page die Wahrheit gesagt und den Jungen dabei beobachtet hat, wie er das Boot zurückbrachte ... womit er der Letzte ist, der Levi King lebend gesehen hat.«

Lisa seufzte. Seit sie angekommen waren, hatte sie weder das Wort an ihren Mann gerichtet, noch ihn berührt. Selbst die gehauchten Küsschen, die sie Greg gegeben hatte, waren herzlicher gewesen als das, was Darren bekam. Falls Greg die frostige Atmosphäre zwischen ihnen bemerkt hatte, war er so gnädig, kein Wort darüber zu verlieren. Lisa wedelte mit der Speisekarte aus Papier in ihren Händen, um anzuregen, sich nicht länger mit potenziellen Morden und FBI-Fällen zu beschäftigen. Nach wenigen Minuten stand ein Kellner an ihrem Tisch, um herauszufinden, wer hier wessen Gast war, doch er schien von der Dynamik am Tisch verwirrt zu sein. *Da bist du nicht der Einzige,* dachte Darren. Lisa bestellte das Ètouffée und Greg den gegrillten Seewolf. Darren entschied sich für ein Kansas-City-Rippensteak, was seltsamerweise das beste Stück Fleisch in diesem texanischen Steakhaus war. Allerdings war Jefferson eine Kleinstadt, und trotz ihrer Rokoko-Architektur und der prächtigen viktorianischen Häuser im Kolonialstil konnte ihre glamouröse und kultivierte Erscheinung nicht darüber hinwegtäuschen, dass sie ein kleines, hartes und provinzielles Herz hatte.

Darren blickte über die Brüstung hinunter zur Straße und sah, wie Clyde die Fondtür des silbernen Cadillac öffnete und Rosemary King in einem gestärkten marineblauen Kleid mit einem silbernen Gürtel ausstieg. Als sie auf die Eingangstür des Restaurants zuging, verließ ihr Begleiter ebenfalls den Wagen. Darren erkannte zuerst das Haar: die geckenhafte Tolle auf seinem Kopf. Sandler Gaines betrat das Restaurant direkt hinter Rosemary. Darren warf seine Serviette auf den Tisch und entschuldigte sich, während Lisa und Greg sich Geschichten aus ihrer gemeinsamen Zeit als Studenten an der Southern Methodist in Dallas zu erzählen begannen. Er konnte sich nicht daran erinnern, wann sie das letzte Mal zu dritt in einem Raum gewesen waren oder zusammen an einem Tisch gesessen hatten. Darren, Lisa und Greg. Jetzt wäre vielleicht der richtige Zeitpunkt gewesen, zu fragen, woher Lisa wusste, dass Greg in Jefferson war, wann die beiden darüber gesprochen hatten und wie und warum dieses Dinner arrangiert worden war. Doch diese Fragen fühlten sich bedeutsam an, und etwas nistete sich in seinem Kopf ein, das gerade noch da draußen herumgeschwebt war, harmlos und ohne Ziel.

Er war froh über die Ablenkung durch Rosemary und Sandler Gaines.

Sie saßen an einem privaten Tisch hinter einem dunklen Vorhang, wo ein schwarzer Kellner an der Wand lehnte, um ihnen sämtliche Wünsche zu erfüllen. Darren bat ihn, ihm einen Bourbon ohne alles zu bringen und sie ansonsten allein zu lassen. Rosemary erhob sich angesichts der Störung halb von ihrem Stuhl, aber Darren zeigte dem schwarzen Kellner seine Marke, das genügte. Er schlüpfte hinter den Vorhang.

Darren setzte sich auf den leeren Platz Rosemary gegenüber und sagte: »Sie beide kaufen also das Land draußen in Hopetown, ist das richtig?« Rosemary glitt wieder auf ihren Stuhl. Darren bemerkte, wie ihre Haut sich plötzlich rötete. Die weißen Perlen hoben sich deutlich davon ab, sodass sie wie ein Gebiss aussahen, das sie um den Hals trug. Sie kniff die Lippen zusammen und griff nach ihrem Handy in der Ledermappe auf dem Stuhl neben Darren. Ohne ein Wort zu sagen, wählte sie eine Nummer und ignorierte Darren dabei demonstrativ.

Gaines wandte sich mit einem dünnen Lächeln an ihn und sagte: »Ich habe mir das Gelände angesehen, das stimmt, aber ich fürchte, ich wurde am Ende überboten.« Er zuckte leicht mit den Achseln, was wegen des wulstigen Fleischs um Schultern und Kinn fast unbemerkt blieb. »Meine Niederlage.«

»Und die Tatsache, dass Sie mit der tatsächlichen Käuferin einträchtig zusammensitzen, ist nur ein Zufall?«

Gaines hob sein Glas Rotwein. »Ich glaube, Sie sind nicht richtig informiert, Ranger. Dieses Land wurde in eine Stiftung überführt.«

»Was Sie arrangiert haben«, sagte er an Rosemary gewandt.

Sie flüsterte so leise in ihr Handy, dass Darren sich nicht vorstellen konnte, wie jemand am anderen Ende auch nur ein Wort verstehen sollte.

Gaines sprach an ihrer Stelle. »Rosemary und ich kennen uns schon seit Jahren.«

»Sag nichts«, sagte sie schließlich. »Bis Roger hier ist.«

»Sie haben Ihren Anwalt angerufen?«, fragte Darren fast beeindruckt von dem Zug.

»Sheriff Quinn ist der Nächste, falls Sie meinen Tisch nicht verlassen.« Sie wählte eine weitere Nummer auf ihrem Telefon und blickte Darren schließlich direkt an, ihre blauen Augen fast so dunkel wie das Schwarzblau ihres Kleids im schummrigen Licht des Separees. »Ich kenne meine Rechte. Laut Sheriff Quinn besteht wegen des Verschwindens meines Enkels kein Anlass, mich zu überprüfen, und ich bin nicht verpflichtet, auch nur ›Buh‹ in Ihre Richtung zu sagen, Ranger.« Jemand musste drangegangen sein, denn sie redete erneut so leise wie möglich. Jedenfalls hatte sie recht.

Für den Fall Levi King war Quinn beziehungsweise das FBI zuständig. Aber es war ganz und gar nicht Darrens Angelegenheit.

Er hob die Hände, um zu signalisieren, dass er sich zurückziehen würde, und blickte über die Schulter in Erwartung des Bourbons, nach dem er bereits lechzte. Dann wandte er sich so lässig wie möglich an Gaines und sagte rundheraus: »Wieso haben Sie mich angelogen, was das Zimmer neben Ihrem im Cardinal betrifft?«

Rosemary hob augenblicklich den Kopf, und ihr Hals wurde noch röter.

»Zimmer 107 war von einem anderen Gast besetzt, einer Frau, um genau zu sein«, sagte Darren. »Und nicht, wie Sie mir erzählt haben, von Ihnen. Und trotzdem hatten Sie einen Schlüssel.«

»Ich glaube, wir haben das alles in den frühen Morgenstunden besprochen, als sie wirr und halbnackt auf meiner Etage aufgetaucht sind, um Geister und eingebildete Geräusche zu jagen. Die Geschichte ist völlig simpel und harmlos. Ich habe eine Dame kennengelernt, wir hatten ein Techtelmechtel. Sie ist abgereist, nachdem die Sache vorbei war. Das ist alles. Dass ich ihren Zimmerschlüssel behalten durfte, ist womöglich ein Beweis für meine Großzügigkeit.«

Hatte Darren etwas nicht mitbekommen, oder deutete Gaines etwa an, dass die Frau eine Prostituierte war? Er dachte daran, wie er gestern Abend an Rosemarys Haus vorbeigefahren und die glitzernden Kronleuchter gesehen hatte, ein Eindruck von Pracht und altem Geld. »Was hat eine Nutte oder gar ein Callgirl in Ihrem Haus zu suchen, Ms. King?«, fragte er sie, bevor er wieder zu Gaines blickte. »Ich habe gesehen, wie Sie zusammen weggegangen sind.« Rosemary legte ihr Telefon auf den Tisch.

»Wenn das nichts mit Levi zu tun hat, möchte ich Sie bitten, zu gehen«, sagte sie.

Der Sheriff traf vor dem Bourbon ein.

Er trug noch immer Uniform und war außer Atem, als wäre er vom Büro direkt hierher gerannt. Er stemmte die Hände in die Hüften und blickte in die Runde am Tisch wie eine gehetzte Mutter, die Chaos vorfindet und nicht weiß, wen sie zuerst schelten soll. Darren erhob sich demonstrativ. Er würde gehen, bevor er dem hiesigen Sheriff dabei zusehen müsste, wie er sich blamierte, indem er einen Texas Ranger öffentlich herunterputzte. Doch er nutzte dessen Anwesenheit, um seiner nächsten Frage an Sandler Gaines ein wenig Brisanz zu verleihen. »Und der Aufruhr, den ich letzte Nacht in Zimmer 107 gehört habe?«

Gaines blickte zuerst den Sheriff und dann Darren mit künstlich verwirrter Miene an. »Welcher Aufruhr?«, sagte er. »Sie haben das Zimmer gesehen. Wenn es so zugegangen wäre, wie Sie behaupten, hätte es Anzeichen eines Kampfs geben müssen, nicht wahr?«

Darren stellte fest, dass es Gaines war, der das Wort Kampf benutzt hatte, nicht er.

Doch er hatte sonst nichts in der Hand, hatte nur das Gefühl, dass jeder in diesem kleinen County den anderen in Verschleierung und Irreführung übertraf. Marnie King und Gil Thomason, Rosemary King und Sandler Gaines, Leroy Page, zum Teufel, sogar Margaret Goodfellow. *Keiner von ihnen wird dir eine Geschichte so erzählen, wie sie sich zugetragen hat*, dachte er. Dieser Ort hatte etwas Verschleierndes, wie das gräuliche Moos, das im Caddo Lake von den Zypressen hing. Es war unmöglich, die Wahrheit herauszufinden, eine direkte Antwort eines Ortsansässigen auf eine simple Frage zu bekommen. Aber er nahm Marnie King ihre Verzweiflung ab. Auch Dana ihre Tränen wegen ihres Bruders. Sogar Bill Kings Hilferufe wirkten genauso glaubwürdig wie seine gewalttätige Vergangenheit. Darren respektierte keinen von ihnen, würde noch nicht einmal die Straße überqueren, um auf Bill King zu spucken, aber er wusste, dass Bill und Marnie und Dana Levi King liebten und zurückhaben wollten.

Als er zu seinem Tisch zurückkam, war er leer, die Vorspeisen kaum angerührt. Die Kräuterbutter auf seinem billigen Steak war geschmolzen und rann in einem trüben Rinnsal zum Tellerrand hin. Auf dem weißen Reis von Lisas Etouffée hatten sich orangene Fettpfützen gebildet. Darren wollte schon den Kellner rufen, um zu erfahren, wo seine Begleiter geblieben waren, wieso sie so plötzlich verschwunden waren, als die Stimme seiner Frau von der Straße zum Balkon heraufhallte. »Nein«, sagte sie mit tiefem, angestrengtem Tonfall. »Das tun wir jetzt nicht. Es ist so schon schwierig genug.« Mit einem Blick über das Geländer sah er, wie Greg nach Lisas Arm griff und auf eine Weise ihren Namen sagte, die nicht besitzergreifend, sondern vielmehr gereizt klang, so als schuldete sie ihm etwas. »Wir waren Kinder damals«, sagte sie.

Als Darren die Eingangstreppe des Restaurants erreichte, berührten sich Lisa und Greg nicht länger. Sie standen nicht einmal mehr zusammen. Greg klopfte ihm lustlos auf die Schulter, sagte, dass sie sich bald sprechen würden, und ging dann ohne eine Erklärung in Richtung des blauen Ford Taurus davon. Lisa wandte sich zu Darren um, und Weihnachtsbeleuchtung spiegelte sich in ihren feuchten Augen. Ihr ursprünglicher Zorn war von Tränen erstickt worden, was immer sie bedeuten mochten. »Hass mich nicht«, sagte sie. Er streckte die Arme nach ihr aus, bereit, sich anzuhören, was auch immer sie zu sagen hätte.

Lisa stand steif da, während er sie umarmte, und log ihn an.

»Ich muss morgen zum Gericht. Wir haben endlich eine Anhörung bei Richter Caselli, und ich muss mein Team vorbereiten.«

»Du reist also ab?«, fragte er. »Jetzt?«

»Ich muss.«

»Lisa ...«

Er betrachtete sie eingehend. *Keine Geheimnisse, richtig?* Doch sie hatte bereits ihr Handy gezückt, weil sie anscheinend – in diesem Moment – einen Anruf tätigen musste, und blieb dann am Telefon, während sie in Darrens Hotelzimmer ihre Sachen packte und er sie zu ihrem Wagen auf dem Parkplatz hinter dem Hotel brachte. Sie legte gerade noch rechtzeitig auf, damit er sagen konnte: »Fahr vorsichtig, Lis. Und ruf an, wenn du zu Hause bist.« Sie nickte und gab ihm einen flüchtigen, trockenen Kuss auf die Wange.

Ohne etwas darüber zu sagen, folgte er ihr bis zum Highway 59 und an Marshall vorbei, als sie Richtung Süden fuhr. Irgendwann an diesem Abend hatte er Bo und seinen verrosteten Van aus den Augen verloren, und er wollte sicher sein, dass seine Frau nicht verfolgt wurde. Etwas Schmerzhaftes kam auf ihn zu, das wusste er, das Rumpeln eines Gewitters, das sich zusammengebraut hatte, als er nicht hingeschaut hatte, als er Lisa und Greg mit ihren Geheimnissen allein am Tisch zurückgelassen hatte. Er spürte eine seltsame Dankbarkeit für den drohenden Schmerz am Horizont, für das, was er bedeutete. Es erlaubte ihm, heute Nacht das zu tun, was er seit Monaten hatte tun wollen, seit er das Büro des Gerichtsmediziners in Dallas verlassen hatte.

16

Er hatte schon seit Wochen ihre Telefonnummer.

Sie waren seit Lark in Kontakt geblieben, seit ihrem Abschied in Dallas, als er sie zum ersten Mal berührt hatte, vor dem Saal der Gerichtsmedizin, wo ihr toter Ehemann, von dem sie getrennt gelebt hatte, lag und sie die Freigabe seiner Leiche beantragen musste. Aber es war stets *sie* gewesen, die sich bei ihm gemeldet, ihm eine Nachricht hinterlassen hatte, um ihm mitzuteilen, dass sie Michael, nachdem alles vorüber war, in seinem Heimatort Tyler begraben ließ, dass sie den Jungen aus Osttexas nach Hause brachte und Darren bei der Zeremonie gern dabeihaben wollte. Es wären nur sie beide, hatte sie gesagt. Seine Eltern waren tot, sein Onkel Booker ebenfalls, und der Gedenkgottesdienst mit Freunden aus seiner Zeit an der juristischen Fakultät und Anwaltskollegen hatte in North Shore im Haus seines Teilhabers stattgefunden, einem freundlichen Mann, der eine dunkle Strickjacke statt eines Anzugs trug und so wenig über Michael wusste, dass das Wort Texas in seiner Trauerrede gar nicht vorkam. Das hatte Randie überzeugt, war der Moment, in dem sie dachte, dass an Darrens Vorschlag, Michael in Osttexas zur Ruhe zu betten, etwas dran war. Und dann war vor ein paar Wochen die Postkarte gekommen, auf der sie ihm mitgeteilt hatte, dass sie bei einem Designer in Dallas einen Auftrag hatte. Was nur zwei Stunden von dort entfernt war, wo Darren gerade saß, allein auf der Kante seines Hotelbetts, das noch immer nach dem letzten ehelichen Akt roch, abgestanden und leicht säuerlich. Vergoren, kam ihm in den Sinn, etwas Angenehmes, das umgekippt war. Er blickte hinunter auf sein Handy, das er seit zehn Minuten in der Hand hielt.

Und dann rief er sie an.

Er erkannte die Stimme nicht gleich und dachte, dass er nach so langer Zeit womöglich die falsche Nummer gewählt hatte. Doch er hatte sie geweckt. Sie war gar nicht mehr in Dallas, sondern weit weg, in Florenz, Italien, wo es in diesem Moment vier Uhr morgens war. Was Darren peinlich war. Er entschuldigte sich wortreich – und spürte eine leise Enttäuschung wegen der räumlichen Distanz zwischen ihnen –, als Randie ihn unterbrach und sagte: »Schon okay. Ich freue mich, von Ihnen zu hören.« Ihre Stimme klang rau vom Schlaf, aber sie versetzte ihn zurück in der Zeit. Junge, und wie sie ihn zurückversetzte. In die Spelunke in Garrison, direkt hinter der Grenze von Shelby County. Zu dem Abend, an dem sie sich betrunken und über ihr Leben und ihre geliebten Menschen gesprochen hatten. Er konnte noch immer die bunten Kneipenlichter vor sich sehen, wie sie auf ihre Haut fielen, als sie die Geschichte von Joe und Geneva Sweet erzählte, eine Liebesgeschichte, die Schicksal oder Zufall war, je nachdem, welche Einstellung man zu solchen Dingen hatte. Jedenfalls war es die Geschichte zweier Leute, deren Wege sich unerwartet in dem Städtchen Lark, Texas, gekreuzt hatten, und von der Liebe, die ihn dazu gebracht hatte, sein rastloses Leben als Musiker aufzugeben und sich gemeinsam mit ihr dort niederzulassen, und die ihnen beiden zuflüsterte *Das hier.* Haltet an dem hier fest. Durch das Telefon konnte er hören, wie sie sich in ihrem Bett umdrehte, und er stellte sich vor, wie sie sich hinüberbeugte, um die Nachttischlampe einzuschalten, etwas aus handbemaltem Porzellan, sich dann aufrichtete und gegen das gepolsterte Kopfende lehnte: »Sie rufen an«, sagte sie. Und ohne auch nur im Ansatz scherzhaft zu klingen, fügte sie hinzu: »Endlich.«

»Kann ich Sie etwas fragen?«, warf er rasch ein, bevor er einen

Rückzieher machen konnte. »Und Sie antworten mir einfach nur und stellen keine Gegenfrage?«

»Ja«, sagte sie auf eine Weise, als hätte sie nur darauf gewartet. Auf diese Frage, diesen Anruf, diesen Augenblick.

Schweigend senkte Darren den Kopf, bis er die richtigen Worte fand.

»Woher haben Sie gewusst, dass Michael Sie betrügt?«

»Oh nein.« Es war ein Flüstern, gefolgt von einer langen Stille ohne jedes Atemgeräusch, sodass Darren meinte, die frühmorgendlichen Geräusche von Lieferfahrzeugen auf irgendeiner florentinischen Straße zu hören. »Oh nein.«

»Greg«, flüsterte er.

»Ihr Freund?«

Weil es ihm peinlich war – nicht nur die Möglichkeit, ein gehörnter Ehemann zu sein, sondern auch die Tatsache, dass er das als Vorwand genommen hatte, um eine andere Frau anzurufen –, sagte er: »Ich weiß nicht.« Was wusste er denn wirklich? Nur dass er allein dieses Hotelzimmer betreten hatte und mit Randie reden wollte.

»Ich glaube, ich kann das nicht, Darren.«

Darren schüttelte den Kopf und entschuldigte sich. »Ich habe nicht nachgedacht«, sagte er. »Es ist bestimmt schmerzhaft, darüber zu sprechen, über all das.« Die Untersuchung in Lark, während der sie hatte offenlegen müssen, dass Michael untreu gewesen war, und gleichzeitig mit der grausamen Realität seines plötzlichen Tods fertigzuwerden versuchte, lag erst wenige Monate zurück.

»Nein, ich meine, ich glaube nicht, dass ich über Ihre Frau reden kann«, sagte sie.

Dann schwieg sie eine Zeit lang. Darren sah das Flackern von Kerzenlicht zwischen den Vorhangspalten und hörte ein Kichern von draußen. Die Geistertouren hatten wieder angefangen. Also erzählte er ihr stattdessen von dem Geschäft mit der Vergangenheit, das einen guten Teil des Wirtschaftslebens von Jefferson, Texas, ausmachte. Er schob sogar den Vorhang ein Stück zurück und beschrieb die aktuelle Tourgruppe, einschließlich einer Frau, die gekleidet war wie vor dem Bürgerkrieg, in ein goldgelbes, eng geschnürtes Kleid, das bei näherem Hinsehen auch ein Halloween-Kostüm für Disneys *Die Schöne und das Biest* hätte sein können. Das brachte Randie zum Lachen. Also redete er weiter. Er erzählte ihr von dem Geist, der angeblich in seinem Zimmer spukte, erzählte ihr, wie er aufgewacht war und geglaubt hatte, Penelope Deschamps stünde mit einer Pistole am Fuß seines Bettes – irgendwas, um die Spannung, die zwischen ihnen entstanden war, zu lösen, die er genauso wenig ertragen konnte wie sie. Sie erzählte von dem Hotel, in dem sie übernachtete, ein kleines Luxushotel in der Nähe der Ponte Vecchio, erzählte von den Lederwaren, die sie für eine Strecke in der französischen Vogue fotografierte, und davon, dass sie an den ersten Tagen Unmengen von Gelato gegessen hatte, sich einsam gefühlt und versucht hatte, nicht wieder mit dem Rauchen anzufangen, was schwierig war, weil so viele Leute um sie herum unglaublich schön und glamourös aussahen, während sie überall auf den Plätzen und in den Straßen rauchten. Sie erinnerte sich daran, wie er Zigaretten in Lark benutzt hatte, um eine Rolle zu spielen, um harmlos und unbedeutend auszusehen, um sich Zutritt zu Orten wie dem Parkplatz des Eishauses zu verschaffen, wo man auf sie geschossen hatte, »zum Teufel noch mal«. Darren stöhnte auf, doch es lag etwas Scherzhaftes darin, die Freude darüber, an etwas zurückzudenken, das sie knapp überlebt hatten. Er brachte Randie in Erinnerung, wie ulkig es ausgesehen hatte, als sie seinen Truck fuhr, und sie lachten, bis erneut eine Stille zwischen ihnen eintrat, die Atmosphäre sich mit unausgesprochenen Dingen auflud.

»Haben Sie wirklich nie geraucht?«, fragte sie. »Nicht einmal im College?«

»Nein. Meine Mutter raucht. Das hat dem Ganzen den Glamour sofort genommen.«

Sie fragte ihn nach seiner Mutter, eine Frau, die er zuvor nie erwähnt hatte. Er erzählte ihr von seiner Kindheit, den beiden Onkeln, die ihn großgezogen hatten, und dem Grund dafür. Er brauchte ihr nicht zu erzählen, dass Bell eine potenzielle Mordwaffe versteckte, um zu verstehen, wie kompliziert das Verhältnis zu seiner Mutter war, um sich Bells Launenhaftigkeit vorzustellen, die Gefährlichkeit einer erwachsenen Frau, die spürte, dass niemand ihr etwas schuldete, und die tief in ihrem Innern wusste, dass sie daran auch nichts ändern konnte. Randies Eltern lebten noch, waren geschieden, aber beide in D.C., und sie alle hatten ein distanziertes Verhältnis zueinander. »Sie müssen trotzdem stolz auf Sie sein«, sagte Darren. Randie verstummte erneut, und als sie diesmal das Thema wechselte, lag ein melancholischer Klang in ihrer Stimme. Sie fragte, weshalb er in Jefferson war, und er erzählte ihr von dem vermissten Kind und den komplizierten Umständen des Falls. »Sein Vater ist ein Mörder, ein bekanntes Mitglied der Arischen Bruderschaft von Texas.« Er erzählte ihr von Hopetown und dessen Geschichte, soweit er sie mitbekommen hatte, dem Zusammenschluss aus Schwarzen und Caddo-Indianern, die seit Generationen zusammenlebten. Randie sagte, dass sie das gerne filmen würde – »bevor es verschwunden ist«. Das wiederum stimmte Darren so traurig, dass er die Mini-Bar öffnete in der Hoffnung, dass sie irgendwann heute im Laufe seiner Abwesenheit aufgefüllt worden war. Aber inzwischen redeten sie schon eine ganze Weile, und Randie sagte, dass die Sonne in Florenz aufgehe. Irgendwie fühlte sich sein Körper mehr mit ihrem Zimmer in Italien verbunden, wo er sie sich in den vergangenen anderthalb Stunden vorgestellt hatte und wo bereits der Tag anbrach, und er verlor seine Lust auf Alkohol. Als sie die goldene Farbe beschrieb, in die in diesem Moment der Fluss Arno getaucht war, versuchte der Junge vom Land in Darren Europa mit der Beschreibung des Sonnaufgangs auf der hinteren Veranda seines Familiensitzes in Camilla zu überbieten. Wie in den umliegenden Pinienwäldern die Morgendämmerung hereinbrach und mit der Farbe von frisch gestampfter Butter schließlich das Dickicht von Osttexas erhellte. Wie die aufgehende Sonne die Tautropfen auf dem üppigen grünen Rasen der acht Morgen Land in Diamanten verwandelte, wo man an jedem beliebigen Wochentag ein Rehkitz sehen konnte, das seinen weiß gefleckten Kopf zwischen den Bäumen hervorstreckte, die Augen glänzend grün, und mit seiner schwarzen Stupsnase den gleichen honigsüßen Geruch des nassen Grases und der Pinien schnupperte, oder die Rostscheitel-Waldsänger in den Bäumen hörte oder mit etwas Glück einen Hüttensänger auf dem Verandageländer entdeckte.

»Ich würde es gern irgendwann kennenlernen.«

»Ja, gern«, sagte er langsam, als würde Luft aus einem Ballon entweichen, die Fantasie fast im selben Moment wieder verschwinden, in dem sie ausgesprochen worden war. Sie beide wussten, dass das nie passieren würde. Er war ein Texas Ranger, der den Mord an ihrem Mann aufgeklärt hatte. Wozu machte sie das? Zu Freunden? Wohl kaum zu mehr als das. »Ich dachte, Sie hassen Texas«, sagte er und verwarf sogar den Gedanken, sie je wiederzusehen. Er hatte seine Arbeit gemacht, und das war's.

Das Zimmertelefon begann zu klingeln. Er versuchte es zuerst zu ignorieren, aber es wollte nicht aufhören, und schließlich sagte Randie: »Darren ... müssen Sie da rangehen?«

»Ja, einen Moment.«

»Ich bin langsam spät dran. Ich muss um sieben Uhr anfangen.«

»Richtig«, sagte Darren und spürte, wie sich etwas in seiner Brust zusammenzog. Er wollte gern weiterreden, doch der Moment war vorbei, und das Zimmertelefon würde nicht aufhören zu klingeln.

»Es war schön, mit Ihnen zu sprechen, Darren«, sagte Randie. »Wirklich.«

Er nickte und lächelte, auch wenn sie ihn nicht sehen konnte. »Für mich auch.«

Dann sagte sie leise: »Darren.«

Seinen Namen aus ihrem Mund zu hören, machte deutlich, dass dieses Gespräch nicht so harmlos war, wie sie beide vorgaben. Es war ihm schier unerklärlich, wie unglaublich geborgen er sich fühlte, wenn er mit ihr sprach. Und er konnte nicht länger das Verlangen ignorieren, das mit dieser Tatsache einherging.

»Sie sollten ihr vergeben, was auch immer es ist«, sagte Randie. »Ich wünschte, ich hätte die Chance gehabt, das Gleiche mit Michael zu tun. Ich wünschte, ich hätte ihm nicht so viele Vorhaltungen gemacht.«

Er beendete das Gespräch und ging an das andere Telefon.

Die Frau am Apparat begann zu sprechen, bevor er Hallo sagen konnte. »Ich weiß, das ist nicht Zimmer 107. Aber ich kann von niemandem an der Rezeption irgendetwas in Erfahrung bringen, obwohl ich schon seit zwei Tagen anrufe.«

Bei der Erwähnung von Zimmer 107 erhob sich Darren augenblicklich vom Bett.

107 war das Zimmer direkt über ihm, aus dem er die vorletzte Nacht die beunruhigenden Geräusche gehört hatte, das Zimmer, über das ihm Sandler Gaines eine dreiste Lüge erzählt hatte.

»Langsam«, sagte er. »Haben Sie nicht schon mal angerufen? Heute Nachmittag?«

»Das stimmt, ich habe mich gefragt, ob ich vielleicht die falsche Zimmernummer habe oder so etwas, oder ob es eine andere Erklärung dafür gibt, dass ich sie nicht erreichen kann.«

»Wen?«

»Monica Maldonado.«

»Was heißt, Sie können sie nicht erreichen?«

»Wir waren verabredet, aber sie ist nicht erschienen. Und sie geht auch nicht an ihr Telefon.«

»Wie heißen Sie?«, fragte Darren und griff nach einem Stift und dem Hotelblock auf dem Nachttisch. Er hatte am oberen Rand eine geprägte Rosenranke.

Die Frau zögerte. »Ich will keine Probleme machen, ich bin nur ...«

»Ma'am, mein Name ist Darren Mathews, und ich bin ein Texas Ranger, und Sie sind nicht die Einzige, die denkt, dass etwas nicht stimmt.«

»Gail Combs«, sagte sie daraufhin seufzend vor Erleichterung. »Ich habe ein Notarbüro hier in Jefferson. Ms. Maldonado hat mich vor ein paar Wochen wegen ein paar Dokumenten kontaktiert, die sie unterzeichnen lassen musste. Ich bat um Vorauskasse und habe für meine Dienste eine Rechnung geschrieben. Ich habe sie an ihr Büro geschickt ...« An dieser Stelle schien sie den Namen abzulesen: »Chafee, Humboldt und Greene in Alexandria, das ist in Virginia. Ich habe nie eine Zahlung erhalten oder eine Bestätigung, dass sie die Rechnung bekommen hat, und wie ich gesagt habe, ist sie nicht zur verabredeten Zeit aufgetaucht. Vielleicht bin ich zu neugierig und sollte mich lieber um meine eigenen Angelegenheiten kümmern, aber ich finde es seltsam, dass sie nicht ans Telefon geht und die Rezeption des Hotels, wo sie absteigen wollte, behauptet, dass sie nie einen Gast mit diesem Namen hatten, selbst dann, als ich ihnen die Zimmernummer nannte, die sie mir bei unserem ersten Telefonat gegeben hatte.«

Als Darren sich nach Zimmer 107 erkundigt hatte, war ihm mitgeteilt worden, dass der Gast noch an dem Abend, an dem er die seltsamen Geräusche gehört hatte, aus dem Zimmer ausgecheckt hatte, derselbe Abend, an dem Darren gesehen hatte, wie Gaines eine möglicherweise betrunkene Frau ins Cardinal hineinbegleitet hatte, eine Frau, die er jetzt für Monica Maldonado hielt.

»Ich hoffe nur, es ist alles in Ordnung mit ihr«, sagte Gail. »Mein Mann sagt mir zwar, ich schaue zu viel *Dateline*, aber eine allein reisende Frau, und jetzt auch noch verschwunden …«

Verschwunden.

Darren ließ das Wort einsickern. Statistisch gesehen war es ziemlich unwahrscheinlich, dass es gleich zwei Vermisstenfälle in Marion County gab. Die Faktenlage war folgende: Da waren die zugegebenermaßen alarmierenden Ängste der Notarin, genährt von der Tatsache, dass sie nicht bezahlt worden war; und es gab eine Frau, die er nur flüchtig zu Gesicht bekommen hatte und die verschwunden war. Angenommen, die betrunkene Frau in Begleitung von Sandler Gaines und Monica Maldonado waren ein und dieselbe Person, könnte Darren zu ihrem Phantombild lediglich das dunkle Haar beisteuern. Er war beinahe versucht zu glauben, dass er sich die ganze Sache einbildete – dass Monica Maldonado entweder nie in Marion County gewesen war, nie im Cardinal Hotel eingecheckt hatte oder vielleicht nicht einmal existierte. Doch es gab zwei Dinge, die sich ihm in dem Moment aufdrängten, als er das Telefonat mit Gail Combs beendete. Erstens, er erinnerte sich an ihren ersten Anruf, als Lisa das Zimmer verlassen und er eine Zeit lang dagesessen und – erfolglos – versucht hatte, den Namen Monica Maldonado einzuordnen. Und zweitens fiel ihm wieder ein, wo er den Namen des Anwaltsbüros schon einmal gesehen hatte. Schließlich fügten sich die Puzzleteile zusammen. Die Namen Chafee, Humboldt und Greene hatten sich in sein Gedächtnis eingebrannt, weil er sie vor ein paar Stunden bereits gesehen hatte, in schwarzen Lettern auf der geknickten Visitenkarte, die an Leroy Pages Küchenwand hing. Darren hatte nur die Adresse in Virginia nicht entziffern können. Aber er hatte den Namen gesehen. Er lautete Monica Maldonado.

Vierter Teil

17

Er konnte erst am nächsten Morgen in das Zimmer, nachdem er die halbe Nacht damit verbracht hatte, mithilfe verschiedener Suchmaschinen Informationen über Chafee, Humboldt und Greene zu beschaffen, was nicht sehr ergiebig gewesen war, bis auf ihre Adresse in Alexandria, Virginia, und einen Eintrag bei martindale.com, dem Anwaltsverzeichnis, das besagte, dass es sich um eine Zivilrechtskanzlei handelte, was bedeutete, dass Leroy Page kein Klient in Strafsachen von Monica Maldonado war. Als Darren nach wenigen Stunden Schlaf wieder erwachte, wusste er noch immer nicht, weshalb die Frau überhaupt in Jefferson gewesen war, ganz zu schweigen von ihrem aktuellen Verbleib. Weder die Empfangsdame der Kanzlei noch der Partner, mit dem er gesprochen hatte (um Punkt neun Uhr morgens Ostküstenzeit), wollte Darren bestätigen, dass Monica Maldonado in Jefferson, Texas, gewesen war, und schon gar nicht den Grund dafür nennen.

»Ich fürchte, das ist vertraulich«, sagte der Partner, dessen Name Dale Goodall war und der nicht im Mindesten beunruhigt darüber zu sein schien, dass ein Texas Ranger nach einer seiner Mitarbeiterinnen fragte. Darren wusste, dass Mr. Goodall so wie viele von außerhalb des Staates womöglich nicht verstand, welche Rolle Ranger bei der Strafverfolgung in Texas spielten; vielleicht glaubte er ja, er spräche trotz der Dringlichkeit in Darrens Stimme mit einem Park-Ranger. Zumindest bestätigte er, dass Monica für Chafee, Humboldt und Greene arbeitete, und versicherte Darren, dass sie ein *großes Mädchen* sei – seine Worte –, das auf sich selbst aufpassen könne.

»Nun, sie ist seit zwei Tagen nicht mehr in ihrem Hotel gewesen und zu einem Termin mit einer Notarin von hier, Gail Combs, nicht aufgetaucht, für den Sie bestimmt eine Rechnung in Ihren Unterlagen haben«, sagte Darren und ließ das erst einmal sacken, bevor er hinzufügte: »Aber ich bin sicher, Ihre Kanzlei stand in den letzten achtundvierzig Stunden in Kontakt mit Ms. Maldonado, nicht wahr, Mr. Goodall?«

Der Anwalt stieß schnaubend die Luft aus, was wie ein Trommelwirbel klang und Darren verriet, dass sich am Horizont etwas zusammenbraute. »Ich rede mit ihrer Sekretärin«, sagte Goodall. »Dann rufe ich Sie zurück.«

Doch es verging über eine Stunde, ohne dass Darren einen Rückruf erhielt.

Als Frühstück im Speisesaal neben der Lobby serviert wurde, ging er hinauf in den ersten Stock, vorbei an der Rezeption, und knöpfte sich stattdessen eins der Zimmermädchen vor, eine spindeldürre Schwarze mit geglättetem Haar mit losen, widerspenstigen Strähnen. Als sie im ersten Stock mit dem Saubermachen begann, sah er, wie sie an Sandler Gaines' Tür klopfte und in freundlichem, jedoch routinemäßigem Ton »Zimmerservice« rief. Als sie keine Antwort bekam und die Tür mit ihrem Generalschlüssel öffnete, hielt ihr Darren in der Gewissheit, dass Gaines nicht in der Nähe war, seine Marke hin und sagte, er müsse ins Zimmer 107.

»Es ist leer, Sir«, sagte sie.

»Spielt keine Rolle«, erwiderte Darren mit autoritärer Miene, die keinen Raum für Fragen ließ. »Ich muss da rein, das ist eine Bundesangelegenheit und sehr ernst. Ich habe Anweisung, das Zimmer zu durchsuchen.«

Das Zimmermädchen, Barbara, wie auf ihrem Namensschild stand, warf Darren einen Blick zu, der verriet, dass sie das womöglich für Quatsch hielt, aber Darren war schwarz und trug eine Marke, weshalb sie ihm Glauben schenkte, sich aber, während sie die Tür öffnete, gleichermaßen dazu berechtigt fühlte, leise zu murmeln: »Wehe, ich werde deswegen gefeuert.« Dann ließ sie ihn allein.

Die Samtvorhänge waren offen und gaben den Blick frei auf denselben Hofgarten wie vor Darrens Fenster. Von hier oben konnte Darren sehen, wie ein paar Hotelgäste ihren Kaffee draußen tranken, Sandler Gaines eingeschlossen, wobei sein pomadisiertes Haar im goldenen Morgenlicht glänzte. Darren trat rasch vom Fenster zurück und spürte, wie etwas unter seinem Stiefel knackte. Er blickte hinunter und bemerkte einen Kamm, der unter seinem Stiefelabsatz zerbrochen war. Er hatte neben dem Bett gelegen, und als Darren sich hinkniete, um ihn näher zu betrachten, stellte er fest, dass der Kamm, der Perlmuttintarsien trug, bereits zerbrochen war. Neben dem Teil, auf das Darren getreten war, lag die andere Hälfte des Kamms ein paar Zentimeter unter dem Bett. Selbst im Halbdunkel konnte Darren die Umrisse von Haaren erkennen, die in Büscheln zwischen den Kammzähnen hingen. Er hob die Zipfel seines weißen Button-down-Hemds, packte die beiden Kammhälften mit dem Stoff und steckte sie in einen Wäschesack aus dem Schrank, aber erst, nachdem er das Büschel Haare in Augenschein genommen hatte. Es war das gleiche schimmernde Schwarz wie das Haar der Frau, die er gemeinsam mit Sandler Gaines gesehen hatte.

Er ging die paar Blocks bis zum Sheriff-Büro in der Austin Street zu Fuß. Er musste nachdenken: Der Haarkamm, das Handgemenge, das er in Zimmer 107 gehört hatte, die Frau, die er mit Sandler Gaines gesehen hatte, die Notarin, die auf der Suche nach Monica Maldonado gewesen war, und die Tatsache, dass er die halbe Nacht erfolglos damit zugebracht hatte, Autovermietungen am DFW *und* in Love Field, dem nächsten größeren Flughafen, anzurufen, schließlich jedoch bei Avis am Flughafen von Shreveport direkt hinter der Grenze in Louisiana fündig geworden war ... Es war nicht so schwer gewesen, die junge Frau der Nachtschicht davon zu überzeugen, einem Texas Ranger am Telefon Informationen zu geben. Monica Maldonado, wohnhaft in 3016 Russell Road, Alexandria, Virginia, hatte einen weißen Pontiac Sunfire gemietet, der gestern bei der Niederlassung am Flughafen hätte abgegeben werden müssen. Sobald er in Sheriff Quinns Büro mit der *Make-America-Great-Again*-Kappe und dem mit Buffalo-Nickeln gefüllten Logenbecher war, zählte er noch die Tatsache hinzu, dass er die Visitenkarte der Frau in Leroy Pages Küche in Hopetown gesehen hatte, was ein Beweis dafür war, dass Ms. Maldonado existierte und irgendwann in Marion County gewesen war.

Quinn, der anscheinend noch immer die Klamotten vom Vorabend trug, lehnte sich auf seinem Stuhl zurück, verschränkte die Arme hinterm Kopf und zeigte zwei große Achselschweißflecken. »Was wollen Sie damit sagen, Ranger?«

»Es könnte sein, dass diese Frau verschwunden ist«, sagte Darren. »Und ich glaube, dass Sandler Gaines sie als Letzter gesehen hat. Ich habe die beiden selbst zusammen gesehen.«

»Sie können die Frau identifizieren?«

Darren zögerte kurz und log dann. »Ja.«

»Und was hat Page mit alldem zu tun?«

»Ich weiß es nicht, aber er hatte eindeutig Kontakt mit der Frau.«

»Wollen Sie etwa behaupten, wir hätten einen Serienmörder in diesem County?« Etwas an der Vorstellung amüsierte den Sheriff mehr, als es ihn erschreckte. »Sie wissen wirklich, wie man draußen in Hopetown Unruhe stiftet.«

»Wie bitte?«

»Mr. Page.«

»Es war Sandler Gaines, der sie als Letzter gesehen hat, habe ich gesagt.«

Sheriff Quinn ließ die Arme auf den Schreibtisch sinken, während er eine ernste Miene aufsetzte. Er redete weiter, als hätte er Darren nicht gehört.

»Vor der Sache hier hatte ich noch nie Probleme mit Leroy Page«, sagte Quinn. »Und ehrlich gesagt, wollte ich nicht glauben, dass er dem Jungen etwas getan hat, doch das Gerede dort draußen, die Gerüchte und Verdächtigungen kann man nicht ungeschehen machen. Sie hätten gut daran getan, sich das vorher zu überlegen, bevor sie seinen Namen in Gegenwart von Gil Thomason und seiner Trailerpark-Bande erwähnen. Beinahe hätten Sie das Todesurteil des Mannes unterzeichnet, bevor die Feds überhaupt die Gelegenheit hatten, ihn zu verhaften.«

Darren wurde ganz flau.

Er vernahm ein durchdringendes Fiepen im Ohr, sodass Quinns Worte, als er weitersprach, wie weit entfernt klangen. Darrens Beine fühlten sich so wacklig an wie Paprikagelee, als Sheriff Quinn nüchtern bemerkte: »Gestern Abend wurde auf Leroy Page geschossen.«

Darren schüttelte den Kopf, zuerst ungläubig, dann wütend.

»Was ist mit den Männern, die Sie vor seinem Grundstück postiert haben?«

»Sie sind irgendwie an ihnen vorbeigekommen«, sagte Quinn für Darrens Geschmack ein wenig zu geschäftsmäßig, als räumte er ein, die Deputys vor Pages Haus nur zum Schein postiert zu haben.

»Und wen meinen Sie mit ›sie‹?«

»Ich hatte Deputys dort draußen, die wie ein Läusekamm durch den Trailerpark gegangen sind. Ich bin nicht blöd, Ranger. Ich hänge das dem Abschaum dort draußen an.«

»Und Mr. Page, ist er ...?«

»Am Leben, ja«, sagte Quinn und stand plötzlich auf. »Man hat ihn rechtzeitig ins Marion County Hospital gebracht. Wegen seines Alters steht es allerdings auf der Kippe. Die Caddos sind bei ihm und beten. Vielleicht kommt er durch.«

Er zuckte mit den Achseln, um klarzumachen, dass er die Mittel und Wege einer kleinen Gruppe von Caddo-Indianern, die seit über hundert Jahren unter Schwarzen lebten, zwar nicht verstand, aber ihre göttliche Autorität nicht infrage stellte aus Furcht, nicht in den Himmel zu kommen, falls er Indianern neues Unrecht angedeihen ließ.

»Reden Sie mit Sandler Gaines«, sagte Darren auf dem Weg hinaus. »Er weiß, was mit Monica Maldonado passiert ist. Darauf verwette ich meine Marke.«

Quinn notierte sich den Namen, auch wenn er betonte, Wichtigeres zu tun zu haben und nicht einfach alles stehen und liegen lassen zu können, um nach einer Frau zu suchen, die niemand vermisste, bis auf eine Teilzeitnotarin, die ihr Geld nicht bekommen hatte. »Mich übergehen Sie nicht so, wie Sie es mit dem Sheriff in Shelby County getan haben.« Das mit den Verhaftungen in Lark hatte sich also bis nach Marion County herumgesprochen – dass der Sheriff dort wegen geheimer Absprachen beinahe verhaftet worden wäre. Sheriff Quinn blickte Darren mit einer Gereiztheit an, die durchsetzt war mit widerstrebendem Respekt und noch etwas anderem, wogegen er ankämpfte: Angst. Darren spürte erneut diese besondere Macht, die die Marke an seiner Brust hatte, und er fragte sich besorgt, ob Quinn recht hatte. Hatten seine Fragen über Leroy Page das Leben des Mannes in Gefahr gebracht?

Falls er sich eine Kugel in Marion County einfangen sollte, hoffte Darren, dass jemand klug genug wäre, ihn über die Grenze nach Shreveport oder Jesus zu bringen, nur ein paar Meilen südlich in Richtung Marshall. Beide Städte waren größer und vermutlich besser ausgestattet, um Schusswunden zu versorgen. Aber Leroy

Page war im Zweibettzimmer eines Krankenhauses, das hauptsächlich damit beschäftigt war, Diabetiker bei überlebensnotwendigen Änderungen ihres Lebensstils zu beraten, und das in höchstens fünf Metern Entfernung vom nächsten Verkaufsautomaten mit Dr. Pepper und Twix.

Er war nach oben geschickt worden, wo die Patienten, die länger blieben, untergebracht waren. Nachdem er an billig gerahmten Bildern von Blauen Lupinen und Hartriegel vorbeigegangen war, wobei die Absätze seiner Straußenlederstiefel auf dem leicht klebrigen Fliesenboden seltsam klackten – ein Geräusch wie von Verbandsmaterial, das man von der Haut riss –, fand Darren Mr. Pages Zimmer hinter der dritten Schwesternstation vom Aufzug aus. Er teilte das Zimmer mit einem Weißen um die vierzig, der etwas aus einer Whataburger-Tüte aß und mit seinem Handy telefonierte. Er guckte zweimal hin, als er Darren und seine Marke sah, ließ sich aber ansonsten weder von seinem Essen noch seinem Handy ablenken. Hinter einem dünnen Vorhang auf der anderen Seite des Zimmers lag Mr. Page und schlief, zumindest waren seine Augen geschlossen. Sein Körper schien zu zucken, und eine Schwarze, die auf einem Stuhl neben seinem Bett saß, hielt mit einer Hand seine Arme fest. Sie drehte sich um, als Darren den in diesem kleinen Krankenhaus als Privatzimmer deklarierten Raum betrat. Die Ähnlichkeit war unübersehbar. Der gleiche dunkle Hickoryhautton, stellenweise rötlich, das schwarze Haar leicht gekräuselt und dicke, bogenförmige Lippen. Die von Mr. Page waren trocken und in den Mundwinkeln weiß verklebt; ihre waren in einem Dunkelrosa geschminkt, das stellenweise verwischt war und ihre Lippen aussehen ließ, als wären sie aufgeplatzt und bluteten. Sie blickte Darren an, registrierte den Hut und die Marke, und wandte sich wieder ihrem Vater zu, als könnte sie durch sein Fleisch und seine Knochen hindurch bis zu der Stelle sehen, wo er verwundet worden war, so als würde der

Schmerz allein durch ihre Fürsorge verschwinden. »Erika«, sagte Darren, denn so hatte Margaret sie genannt, als er bei ihr zum Essen eingeladen war. Sie war Leroys jüngste Tochter. Außer dem intensiven Geruch von feuchter Haut, wo Leroy seinen blauen Krankenhauskittel durchgeschwitzt hatte, roch Darren Pfeifentabak.

Als er sich umdrehte, stellte er fest, dass er Margaret in einer hinteren Ecke des Raums übersehen hatte. Der Tabak schien ihre rötlich-braune Haut so imprägniert zu haben, dass der Geruch ein Teil von ihr war; bei ihr zu Hause war ihm das nicht aufgefallen, doch jetzt stieg er ihm deutlich in die Nase. Er war süßlich, dieser Geruch, wie von gebackenen Kirschen und feuchter Baumrinde, und Darren fand ihn irgendwie angenehm, wobei er gleichzeitig feststellte, dass Erika Margarets Spektakel ignorierte: rotblaues Tuch über den Schultern, Kopf gesenkt, während sie Worte gegen ihre eigene Brust murmelte. Sie betete inbrünstig, doch für sich allein.

»Ich glaube nicht, dass Daddy Sie hier haben wollte.« Erika blickte Margaret an, sprach jedoch mit Darren. »Sie halten ihn für einen Mörder.«

»Wieso zuckt er so?«

»Fieber«, sagte sie. »Ich habe alle zwanzig Minuten darum gebeten, dass man etwas unternimmt. Aber sie sagen, wenn es auf vierzig Komma fünf steigt, holen sie die Kühldecke.«

»Ich habe versucht, Ihrem Vater zu helfen. Ich habe ihm gesagt, dass er sich einen Anwalt nehmen soll.«

Erika trug ein schmales goldenes Kreuz um den Hals, das die Sonne reflektierte, die schräg durch das Fenster auf der gegenüberliegenden Seite des Krankenhausbettes fiel, als sie sich zu Darren umdrehte. »Mein Vater hat nichts Falsches getan. Das ist lächerlich. Mein Vater würde Lesters Enkel nie etwas tun. Er hat den Mann geliebt.«

»Darf ich Sie etwas fragen?«, sagte Darren, der sich im Stehen komisch fühlte, weil er mit seiner Größe seltsam entrückt von den anderen war. Er ging neben ihrem Stuhl in die Hocke. »Wer ist Monica Maldonado, und wieso war sie für Ihren Vater tätig?«

»Wer?«

»Hat das etwas mit dem Verkauf von Hopetown zu tun?«

»Es gibt keinen Verkauf.«

»Wirklich?«, fragte Darren. »Ihr Vater sagte mir, das Ganze wäre Ihre Idee gewesen.«

Er meinte hinter sich ein Räuspern zu hören, das Margaret in ihrem Gebet unterbrach.

»Ich meine, er hat die Papiere nicht unterschrieben. Ich habe sie oben im Haus auf seiner und Mutters Kommode gefunden. Ich weiß nicht, was los ist, aber entweder zögert er, oder er hat seine Meinung geändert ...« Ihre Stimme wurde leise, als sie sich erneut ihrem Vater zuwandte. Leroys Augenlider flatterten, und das Zucken seines Körpers schien nachzulassen. »Ach, Daddy«, sagte sie.

Sie nahm ein Handtuch, das auf dem Schränkchen neben dem Bett lag, und tauchte es in einen Plastikbecher mit Wasser, um damit den trockenen Mund ihres Vaters zu befeuchten. »Jedenfalls wird er nach dem hier nicht bleiben. Mir ist egal, was da draußen passiert. Ich riskiere nicht sein Leben wegen eines Orts, der seit fünfzig, sechzig Jahren nicht einmal mehr eine richtige Gemeinde ist. Hopetown ist eine Erinnerung, eine Fantasie von etwas, das längst verschwunden ist.«

Jetzt war von Margaret, die jedes Wort mitbekam, ein Zungenschnalzen zu hören. Erika, die genug hatte, stand auf und wandte sich mit ausgestrecktem Zeigefinger an die ältere Frau. »Er wäre schon vor Jahren dort weggezogen, wenn du nicht wärst. Als Lesters schreckliche Familie sich dort breitgemacht hat, hätte er Hopetown verlassen, wenn er nicht geglaubt hätte, euch beschützen zu müssen.«

Margaret öffnete die Augen. »Dein Vater ist ein ehrenwerter Mann.«

»Mein Vater ist ein alter Dummkopf, der die Kontrolle über das Land unserer Vorfahren verloren hat.«

»Eure Vorfahren?«, sagte Margaret mit einem amüsierten Glitzern in den Augen. »Du weisst so wenig von eurer Geschichte, mein Mädchen. Deine und meine Vorfahren schulden sich gegenseitig so viel. Dein Vater versteht das.«

In diesem Moment schlug Leroy die Augen auf und setzte sich kerzengerade auf, sein Gesicht verzerrt vor Schmerz oder Schreck wegen etwas, das er vor seinem geistigen Auge gesehen hatte. Er warf die Decke zurück und riss sich den Infusionszugang aus dem Arm, und Erika schrie: »Daddy!«, als er aufzustehen versuchte. Seine Beine knickten augenblicklich ein. Darren packte ihn, damit er nicht auf den kalten Boden stürzte. Er konnte die Hitze spüren, die der alte Mann verströmte, seine Haut war so gespannt und heiß wie eine von Goodfellows Trommeln, die er draußen in der Sonne hatte stehenlassen. Leroy Page packte Darren an den Oberarmen, ob er sich abstützen oder den Ranger wegschieben wollte, war schwer zu sagen. Seine Augen waren aufgerissen und gerötet, und er blickte verzweifelt über Darrens Schulter hinweg zur Tür.

»Ich muss gehen, Junge«, sagte Mr. Page. »Ich kann hier nicht bleiben. Ich hab Dinge zu erledigen. Sie müssen mir helfen, hier wegzukommen, Junge, bevor es zu spät ist.«

Mr. Pages Bettnachbar musste geklingelt haben, denn plötzlich wurde die Tür aufgerissen, und zwei Schwestern kamen hereingestürzt, gefolgt von einem Krankenwärter, der Mr. Page vorsichtig, aber bestimmt wieder ins Bett verfrachtete und ihn so lange festhielt, bis die Krankenschwester den Zugang neu gelegt hatte. Erika sagte weinend: »Ich habe Ihnen gesagt, dass es ihm nicht gut geht. Er ist nicht bei Verstand. Das ist schon das zweite Mal, dass er abzuhauen versucht.«

Leroy hatte erneut zu zittern begonnen.

Erika legte einen Arm um seinen Körper.

Erst als das Krankenhauspersonal den Raum verlassen hatte, kam Leroy zur Ruhe. Er blickte zuerst seine Tochter und dann Margaret an, und ein friedvoller Ausdruck trat in seine Augen, sodass er fast klarsichtig zu sein schien. Darren trat vor und legte sanft eine Hand auf sein Bein. »Haben Sie gesehen, wer auf Sie geschossen hat, Sir?«

»Rosemary«, sagte er. Doch er sah dabei Darren nicht an, schien seine Frage gar nicht gehört zu haben. »Sie könnte das jederzeit beenden.«

»Was beenden, Daddy?«

Jetzt sah er Darren an. »Sie dürfen ihnen nicht trauen.«

»Wem?«, fragte Darren.

»Keinem von ihnen«, bellte der alte Mann, wobei ihm Spucke aus den Mundwinkeln quoll und wieder verschwand. »Es gibt keine Erlösung, keine Zukunft, die sie von ihren vergangenen Sünden befreit. Gib ihnen einen Quadratzentimeter, und sie reißen sich den gesamten Ort unter den Nagel.«

Darren wusste nicht, ob der abgewandelte Aphorismus ein Ergebnis von Leroys fieberndem Gehirn war oder ob er Darren etwas mitzuteilen versuchte. »Mr. Page, wer ist die Rechtsanwältin Monica Maldonado? Sie hatten ihre Visitenkarte.«

Bevor er antworten konnte, ging die Tür des Krankenzimmers erneut auf, diesmal mit solcher Wucht, dass Margaret Goodfellow nach Luft japste und ihr Gebetbuch fallenließ, das Darren nicht bemerkt hatte. Er sah, wie Erika aufstand und etwas wie ein Stromschlag ihren gesamten Körper durchzuckte und sie die Hände zu Fäusten ballte, bevor er sich umdrehte und zwei Männer in dunklen Anzügen, gefolgt von mehreren Deputys des Sheriffs, den Raum betraten. Greg wartete an der Tür und versuchte, Augenkontakt mit Darren zu vermeiden, während er dabei zusah, wie einer der Männer im Anzug – ein FBI-Agent, wie Darren begriff – Mr. Leroy Edwin Page darüber belehrte, dass er wegen Mordes an Levi King verhaftet sei. Als man ihn mit Handschellen an das Krankenbett fesselte, brach Erika über ihm zusammen. »Was ist, Kiki?«, fragte Leroy benommen. »Was ist los?« Die Agenten und Deputys umstellten das Bett des Angeklagten und drängten Darren dabei weg. Er stand schließlich an der Wand neben Margaret, das Murmeln ihres wiederaufgenommenen Gebets war eine Zuflucht inmitten des Klackens von Handschellen, Erikas Weinen, Leroys verwirrtem Stöhnen und dem wilden Piepsen des Herzmonitors.

18

Draußen hätte Darren Greg beinahe am Kragen gepackt, um ihn zur am weitesten entfernten Schwesternstation zu zerren, außer Hörweite der anderen Agenten. Sie hatten die Deputys angewiesen, Leroy in wechselnden Schichten zu bewachen. Die beiden Agenten standen direkt vor dem Krankenzimmer und telefonierten. Leroys Zimmernachbar stand auf dem Flur und bat jeden, der ihm Gehör schenkte, um ein anderes Zimmer. Darren war sich nicht sicher, wie er das nennen sollte, was er empfand. Verrat? Aber von wem? Von Greg, weil er Mr. Page verhaftet hatte? Oder von dem alten Mann, weil er vielleicht doch schuldig war?

»Wir haben die Sachen bei der Durchsuchung gefunden«, sagte Greg. »Mehrere Kleidungsstücke des Jungen, seine Unterwäsche eingeschlossen.«

Darren erschauerte bei der Vorstellung.

»Habt ihr auch Blut oder Haare oder Ähnliches von dem Jungen gefunden oder irgendwelche Tests gemacht, um zu belegen, dass es seine sind?«, fragte er in dem Wissen, dass nicht einmal das FBI so schnell einen DNA-Test liefern konnte. Diese Verhaftung fühlte sich überstürzt an, und Darren fragte sich, ob Greg von ein paar Schlagzeilen genauso viel hatte wie von einer Verurteilung. Vielleicht war das von Anfang an sein Plan gewesen. Dem sich etablierenden Trump-Justizministerium zu zeigen, dass das FBI es ernst meinte, wenn es um Verbrechen gegen das weiße Herz Amerikas ging, und dann zu hoffen, dass sie es wieder vergaßen, wenn sie die Lichtschalter in ihren neuen Büros zu finden versuchten.

»Ihr habt nicht einmal eine Leiche.«

»Wir arbeiten daran«, sagte Greg. »Doch im Augenblick haben wir Pages Aussage, dass er der Letzte gewesen ist, der den Jungen lebend gesehen hat, und wir haben die Mutter und Schwester des Jungen, die bestätigt haben, dass die Kleidung ihm gehörte.« Er schob die Hände in die Taschen seiner Anzughose und zog dabei die Schultern bis auf Höhe seiner Ohren, was ihn Darren gegenüber gehemmt und unsicher wirken ließ. »Wir haben nicht darauf hingearbeitet, dass es so ausgeht, wirklich nicht, D.«

»Ach, komm schon«, sagte Darren. »Ich kenne dich besser.«

Greg sagte einen Moment lang nichts. »Hör mal, das gestern Abend ...«

Darren brachte ihn zum Schweigen, bevor er den Namen seiner Frau aus Gregs Mund hören musste. Doch der Gedanke an Lisa brachte ihn auf eine Idee.

»Chafee, Humboldt und Greene.«

»Nie gehört«, sagte Lisa.

»Sie sitzen in Alexandria, Virginia, andere Niederlassungen habe ich nicht gefunden.«

Seine Frau seufzte. Er hatte sie in der Eingangshalle des Zivilgerichts von Houston erwischt, und um sie herum hallte es. Das Klacken von Absätzen, das Ping eines ankommenden Aufzugs, die Stimmen von Gerichtspersonal und Anwälten und Lisas Verdruss wegen seines Anrufs. Doch er musste zugeben, dass sie genau dort war, wo sie heute Morgen hatte sein wollen, dass ihr plötzlicher Aufbruch gestern Abend vielleicht doch nicht unter einem Vorwand geschehen war.

»Worum geht's, Darren?«

»Es hat mit dem Fall hier zu tun«, sagte er. »In gewisser Weise.«

»Ich muss in zehn Minuten wieder im Gerichtssaal sein.«

»Ich will nur wissen, in welchem Bereich sie tätig sind, das Alltagsgeschäft der Kanzlei. Online konnte ich kaum etwas finden. Und ohne meinen Lexis-Account komme ich da nicht weiter.«

»Bin ich jetzt etwa deine Sekretärin?« In ihrem Ton lag etwas Scherzhaftes, ein Versuch, das zu kitten, was gestern Abend zwischen ihnen zerbrochen und so merkwürdig gewesen war. »Einen Moment«, sagte sie, und er stellte sich vor, wie sie sich auf eine Bank in der Eingangshalle setzte.

»Lass mich am besten nachschauen, ich rufe dich gleich zurück.«

Darren stand gegen seinen Truck gelehnt draußen auf dem Parkplatz des Marion County Hospital. Die Luft war genauso kühl wie bei seiner Ankunft in Jefferson, doch seltsam feucht, ein Widerspruch zu den riesigen Glocken und rotgrünen Schleifen, die das Krankenhaus an den Laternen auf dem Parkplatz angebracht hatte. Es waren nur noch wenige Wochen bis Weihnachten, wo er normalerweise in Camilla sein würde. Marion County hatte für ihn nichts Heimatliches. Es war nicht *sein* Osttexas. Es gab Zydeco, obwohl er Blues wollte. Blutwurst, obwohl er Hot Links wollte. Es gab Sumpfzypressen, obwohl er Pinien wollte, die ihn stets an die Ferien zu Hause erinnerten, selbst am Ende des Sommers. Er hätte das County gern verlassen, aber etwas hielt ihn dort, irgendetwas an dieser Geschichte, das nicht ins Bild passte, das an Matrjoschkapuppen erinnerte – lüfte ein Geheimnis, und du stößt auf das nächste und übernächste und überübernächste.

Er dachte daran, dass er Lisa ein Weihnachtsgeschenk kaufen musste, was ihn auf den gestrigen Abend brachte, auf Gefühle, denen er aus dem Weg gegangen war, indem er Randie Winston im fernen Europa angerufen hatte. Was war da zwischen Lisa und Greg? Sie waren seine ältesten Freunde, kannten sich seit der Highschool. Unmöglich, dass er das nicht mitbekommen hätte, wenn etwas zwischen ihnen gewesen wäre, oder? Der Hinweis war vage und den Umständen geschuldet, aber er hatte auch etwas

Zwingendes. Gregs Blick, als er Lisa am Arm gepackt hatte. Das Verlangen darin. Nicht so sehr nach Sex, sondern vielmehr nach Vergebung. Wovon, wusste Darren nicht.

Als sie zurückrief, ging er beim ersten Klingeln dran.

Er unterdrückte das Bedürfnis, sie danach zu fragen, worüber sie und Greg gesprochen hatten, als er gestern Abend aus dem Steakhaus gekommen war. Stattdessen lauschte er dem Flüstern seiner Frau von dort, wo sie im Zivilgericht von Harris County saß, als würde allein die Erwähnung des Geschäftsfelds einer anderen Kanzlei gegen das Anwaltsgeheimnis verstoßen. »Chafee, Humboldt und Green ist, wie du sagst, auf allgemeines Zivilrecht spezialisiert, fast so wie meine Kanzlei. Vertragsrecht, Schadensersatzklagen, ein paar Fälle wegen geistigen Eigentums. Aber Brendan Chafee war Lobbyist in Washington, bevor er Gründungspartner wurde, weshalb ich mir höchstens vorstellen kann, dass ein Teil der Fälle der aktuellen Kanzlei noch aus dieser Tätigkeit herrührt, auch wenn es nicht aufgeführt ist.«

»Wie zum Beispiel?«

»Leute, die irgendwas von der Regierung brauchen«, sagte sie etwas atemlos, während er sich vorstellte, wie sie aufstand und ihre Sachen zusammenraffte. »Hör mal, Darren, ich muss jetzt wirklich in Casellis Gerichtssaal.«

»Was ist mit Gemeinnützigkeit? Zum Beispiel um einen historischen Ort unter Denkmalschutz zu stellen?«

»Solche Sachen finden normalerweise auf Staatsebene statt. Chafee war nur auf Bundesebene tätig, wobei er mit dem Finanzministerium, dem Ministerium für Wohnen und Städteplanung und dem Innenministerium zu tun hatte.« Sie hielt inne und machte ein nachdenkliches Geräusch. »An die würde man sich wenden, um einen Ort in Bundesbesitz schützen zu lassen. Aber ich kenne keine Kanzlei wie Chafee, Humboldt und Greene, die für eine gemeinnützige Organisation arbeitet. Sprichst du von Texas?«

»Ja.«

»Ich weiß nicht, Darren, aber ich muss jetzt wirklich los.«

»Danke, Lisa«, sagte er.

Sie hielt lang genug inne, dass er das, was sie anschließend sagte, für aufrichtig hielt: »Gern geschehen«, und leicht verunsichert fügte sie hinzu: »Wir reden später, ja?«

»Lisa«, begann er, um sie oder sich selbst zu beschwichtigen. Doch sie hatte das Gespräch bereits beendet.

Weil er nichts anderes hatte, versuchte er die Telefonnummer oder Adresse der Marion County Texas Historical Society zu finden, doch gab es weder bei Google noch bei Bing einen Treffer, was ihn bei einer gemeinnützigen Einrichtung in einer Kleinstadt nicht wunderte. Er ließ sein Handy in seine Hosentasche gleiten und ging durch die Schiebetüren wieder ins Krankenhaus hinein. Er spürte den nach Desinfektionsmitteln riechenden Luftzug aus der Klimaanlage, während er sich auf die Suche nach einem County-Telefonbuch machte. Für Geschäftsleute in Kleinstädten war es noch immer eine Frage des Stolzes, den eigenen Namen gedruckt zu sehen, weil es einen auf eine Weise legitimierte, wie das ein Computer – zu dem auch nicht jeder Zugang hatte – einfach nicht konnte.

Hinter der Rezeption befand sich eine Reihe von Münzfernsprechern, die durch Trennscheiben voller Fingerabdrücke voneinander abgegrenzt waren, mit kleinen Ablagefächern darunter, die mit Kaugummipapier, zerknüllten Pappbechern und einer kleinen Plastikpuppe in der Größe von Darrens kleinem Finger zugemüllt waren. Nur die letzte »Kabine« hatte ein Telefonbuch vom Marion County. Darren schlug das Firmenverzeichnis bei M auf. Er ließ seine langen Finger zweimal an den Namen entlanggleiten, die mit Ma- anfingen, doch da war nichts. Keine historische Gesellschaft war verzeichnet. Er hielt inne an der Stelle, wo Marion

County Texas Historical Society hätte verzeichnet sein müssen. Er musste tatsächlich lächeln, als er einen vertrauten Namen und die kecke Geschäftsbezeichnung las: MARCUS ALDRICH'S TRUTH AND TREASURES. Der alte College-Freund seines Onkels mit einem Doktor in Geschichte verplemperte noch immer, wie Clayton sagen würde, seine Zeit in einer alten, toten Stadt.

Vielleicht aber auch nicht, dachte Darren.

Der Laden befand sich in der East Austin, hinter dem Jefferson General Store, wo es alles zu kaufen gab, von Moonshine Jelly bis zu hausgemachtem Ahornsirup, von Cowboystiefelgaloschen bis zu Bikinis mit Dixie-Flagge. Er lag auf der anderen Seite der Gleise, eingeklemmt zwischen Antiquitätenläden mit Lonestar-Flaggen und Stapeln verrosteter Sodaschilder vor den Türen, an denen Weihnachtsbeleuchtung hing, die im Rhythmus von *Because of Him* von den Oak Ridge Boys, das aus den Lautsprechern in jedem Laden drang, blinkten.

Marcus' Laden war nicht so festlich geschmückt.

Er war zu früh dran mit dem Kinara im Schaufenster, dessen rote, schwarze und grüne Kerzen trocken und verstaubt waren, weil sie bestimmt schon seit letztem Dezember draufsteckten. An den Fenstern waren ein paar vergilbte Fotos befestigt, außerdem gemalte Bilder vom See, Zeichnungen von Caddo-Indianern und frühe Fotografien von Sklaven, eine Gruppe, die vor einer kleinen Hütte stand, ihre Haut vernarbt und an den Gelenken knotig, doch abgesehen davon wirkten die Ladenfront und der Laden selbst fast leer. Darren nahm seinen Hut ab, um sein Gesicht an die Scheibe zu pressen. Drinnen sah er einen Pappkarton mit Büchern, einen Tisch mit einem Taschenrechner, Block und Bleistift, aber keine Kasse, keinen Inhaber, kein Lebenszeichen.

Aber die Tür war unverschlossen.

Es roch nach Mottenkugeln und Weihrauch, als Darren eintrat. Eine Klimaanlage ratterte in einem der hinteren Fenster des Geschäfts – ein Wort, das in Bezug auf Marcus Aldrich's Truth and Treasures einer Übertreibung glich. Drinnen waren noch mehr Fotos ohne erkennbare Ordnung auf dem langen Tisch ausgebreitet. Sie steckten in Plastikhüllen mit einem winzigen Aufkleber in der Ecke. Grüne, orangefarbene und blaue Punkte. Darren fächerte den Stapel Fotos wie Spielkarten auf. Sein Blick blieb an einer Dame hängen, und es verschlug ihm den Atem, und seine Kehle war auf einmal wie zugeschnürt. Die Frau auf der Daguerreotypie trug ein vertrautes, rüschenbesetztes Kleid, das um die Taille so eng geschnürt war, dass sie schlank wirkte wie ihr Hals. Er sah dunkle Augen, spürte, als er ihr zurückhaltendes Lächeln betrachtete, die gleiche Panikattacke wie in dem Moment, als sie sich über sein Bett gebeugt hatte. Bis auf die Deringer in ihrer Hand war es dieselbe Frau. Ein Geist oder Traum, wer wusste das schon, obwohl er Ersteres einfach nicht glauben wollte.

»Die Gelben kosten fünfzig«, sagte jemand.

Darren blickte auf und erkannte Marcus sofort. Sein Haar war um Einiges grauer geworden, doch er bevorzugte noch immer zerknitterte Hawaiihemden zu Wranglers und Stiefeln, die so abgetragen waren, dass Darren seine Zehen durch das honigfarbene Leder hindurch erkennen konnte. Er trug bunte Kente-Bändchen wie Armreifen an beiden Handgelenken, und er hatte einen Bleistift in die dichten Locken seines Afros gesteckt, um ihn griffbereit zu haben. Er nickte in Richtung des Fotos in Darrens Hand, das tatsächlich einen gelben Aufkleber trug, und sagte: »Die da kosten fünfzig.«

»Dollar?«, stieß Darren ungläubig hervor.

»Cent«, stellte Marcus richtig. »Die meisten Leute kommen wegen des Buchs hier rein.«

Er verwies Darren auf einen selbst veröffentlichten Band mit rotem Umschlag. Die Buchstaben des Titels waren schwarz und grün. TRUTH AND TREASURES: DAS WAHRE JEFFERSON, TEXAS, VON DR. MARCUS L. ALDRICH. Abgesehen von den zahlreichen Exemplaren in der Kiste lagen ein paar auf dem Tisch neben der Fotosammlung. Darren nahm eins, reichte es Marcus über den Tisch hinweg und fügte hinzu: »Das hier nehme ich auch.« Er nahm das Foto des Geists. »Fünfzig Cent sind unschlagbar«, sagte er, um den Kauf eines Fotos von einer Weißen aus der Zeit vor dem Bürgerkrieg herunterzuspielen. Marcus nickte und betrachtete Darrens Marke und Hut, bevor er ihm eine Quittung ausstellte. Hier konnte man nur bar bezahlen, und als er nach seiner Brieftasche griff, betrachtete Marcus Darren etwas eingehender.

»Vielleicht können Sie ja eine Widmung für meinen Onkel Clayton reinschreiben.«

Marcus' Gesicht verzog sich zu einem breiten Grinsen, sodass Darren seine tabakfleckigen Zähne sehen konnte. »Dacht ich's doch, dass du das bist, Darren.«

Er kam um den Tisch herum und umarmte Darren, wobei er über den unwahrscheinlichen Zufall, ihn hier zu treffen, schmunzeln musste. »Als ich dich das letzte Mal gesehen habe, bist du mit Clayton gekommen, der mir geholfen hat, meine Sachen aus der Wohnung meiner Exfrau zu holen.«

»Stimmt.« Darren lächelte bei der Erinnerung; es war eines der wenigen Male gewesen, als er allein mit Clayton auf Abenteuertour gegangen war.

»Er hat mir die ganze Zeit damit in den Ohren gelegen, dass ich meine tolle Ausbildung an der Prairie View an das hier verschwende ...«

»Clayton hat ziemlich genaue Vorstellungen davon, was die Leute seiner Meinung nach mit ihrem Leben anstellen sollen.« Hatte er sich nicht ständig in Darrens eingemischt? In seine Ehe auf jeden Fall.

»Erzähl mir nichts, was ich nicht schon weiß.« Marcus sah sich in seinem winzigen Laden um, sah ihn vielleicht mit Darrens Augen – was hieß, mit Claytons. »Ich bin zufrieden hier, Mann. Ist schön ruhig hier. Mit dem Erlös aus der Scheidung konnte ich den Laden hier kaufen. Ich verkaufe meine Bücher, schreibe ein bisschen nebenbei, gehe am See angeln, wenn mir der Sinn danach steht.«

Darren hob die Hände, um zu signalisieren, dass er ihn nicht verurteilte.

Er hielt noch immer die Daguerreotypie in der Hand.

»Penelope Deschamps«, sagte Marcus. »Eine der wenigen Überlebenden eines der schlimmsten Dampfschiffunfälle in der Geschichte dieses Countys. Der *Magnolia*. Wir reden über die Zeit vor dem Krieg, Jahre vor der *Mittie Stephens*, das Unglück, an das sich jeder erinnert, bei dem 1872 einundsechzig Personen ums Leben gekommen sind. Wenn du mich fragst, ist das hier aber das interessantere in puncto Geschichte und Auswirkungen auf das County.« Er bot Darren ein Glas Tee an. Er hatte einen Krug davon in seinem Minikühlschrank hinten in seinem Büro stehen, und auch eine Flasche Chivas, der, wie er fand, einem Glas süßen Tee erst die richtige Note verlieh. Trotz des Morgens, den Darren gehabt hatte, nahm er nur Tee. Marcus kehrte mit einem beschlagenen Glas, das von Zucker trüb war, und einem Stuhl für Darren zurück.

Dann begann er zu erzählen.

Die wichtigsten Fakten kannte Darren bereits: Jefferson als der goldene Apfel in Texas' Vorbürgerkriegszeit. Eine blühende Wirtschaft, ermöglicht durch Sklavenarbeit und Nutzholz – das in Osttexas schon immer eine große Rolle spielte –, aber auch durch etwas, das keine andere texanische Stadt außer Galveston an der Küste bis Mitte des neunzehnten Jahrhunderts geschafft hatte: nämlich eine erstklassige Hafenstadt zu sein, durch Dampfschifffahrten über den Caddo Lake und den Cypress Bayou hinauf bis ins Stadtzentrum. Baumwolle und andere Plantagenfrüchte aus Shreveport und New Orleans und Städten weiter nördlich am Mississippi strömten – neben Fabrikwaren wie feinem Leinen und Möbeln für die Neureichen – über das trübe Wasser des Caddo Lake nach Jefferson hinein, was nach der relativ neuen Technologie von Dampfschiffen verlangte, um der unberechenbaren Sumpflandschaft Herr zu werden, um die sich viele Jahre kein Gesetzeshüter gekümmert hatte, egal was sich in den dichten Wäldern auf den zahlreichen Inseln zutrug, die zwischen den Zypressenwäldern und blaugrünen Seerosenblättern wie kleine Städte auf dem Wasser schwammen. Die Inseln waren einst berühmt dafür, ein Refugium für Verbrecher zu sein, ein paar davon entflohene Sträflinge aus New York City, und für andere Personen, die nicht gefunden werden wollten und in diesen ursprünglichen Wäldern mitten auf dem größten See diesseits des Mississippis Zuflucht fanden. Es gab Gerüchte über Indianer auf einer dieser Inseln, Caddos, die völlig friedlich dort lebten, jedoch dafür bekannt waren, jeden zu erstechen, der sich ihrer Insel in einem Kanu zu nähern versuchte. Darren erinnerte sich an Margaret Goodfellows Worte: *Es gibt Möglichkeiten, sich unsichtbar zu machen.*

Dampfschiffe transportierten Waren, aber auch wohlhabende Passagiere, einschließlich Hunderter Bewohner von New Orleans, die irgendwo anders einen Neuanfang wagen wollten, aber mit dem kulturellen Hintergrund ihrer Heimatstadt. Dies geschah vor allem in der Zeit nach dem Krieg – als die *Mittie Stephens* verunglückte –, hatte aber davor schon stattgefunden. Als die Geschichte von Penelope Deschamps begann und *beinahe* geendet wäre. Sie war ein armes Ding, erzählte Marcus, geboren unter dem Namen Penny Deckard in Acadia Parish als Kind weißer Baumwollpflücker. Ihr Vater war ein frustrierter Mann, weil er die

Arbeit von Niggern machte und jede Weihnachten stärker in Rückstand geriet. Er war ein Trinker, und mit nur einem Sohn, um die Felder zu bestellen, sah er in Penny nur jemanden, den es durchzufüttern galt, weshalb er nach einer Möglichkeit suchte, sie zu verheiraten. Er gab sogar Geld für Exemplare des *Ladies Magazine* aus, die er bestellte, befahl Penny, sie aufmerksam zu lesen, um aus sich eine Dame zu machen. »Bei Gott, von deiner Mutter hast du in der Hinsicht nichts mitbekommen. Sie könnte dir vielleicht zeigen, wie man ein Schwein schlachtet, aber damit kommst du auch nicht unter die Haube.«

Penny war eine gelehrige Schülerin, fand Gefallen daran, sich öfter als alle zwei Wochen zu baden, steckte ihr Haar zu einem Chignon auf, ein Wort, das sie weder buchstabieren, noch aussprechen konnte – sie war praktisch eine Analphabetin und orientierte sich größtenteils an den hübschen Zeichnungen in den Magazinen –, und schon bald befahl sie ihrer Familie und den wenigen Kirchenfreunden, sie Penelope zu nennen. Weil sie keine Feldarbeit machen musste und in der Küche nicht zu gebrauchen war, begann sie, Gesundheitsspaziergänge entlang der Grenze der alten Plantage zu machen, wo ihre Familie in einer Hütte weit weg von den Sklaven lebte, die allerdings kaum größer war und den gleichen Lehmboden hatte. Sie ging vom Schulhaus der Plantage, das auch als Kirche diente, bis zu der Königseiche neben dem großen Haus und wieder zurück, wobei sie häufig Bücher entweder als Requisite oder zur Verbesserung ihrer Haltung bei sich trug. Ihr Vater peitschte sie aus, wenn er sie mit Büchern auf dem Kopf herumlaufen sah, als würde sie wie diese verdammten Nigger das Wasser vom Brunnen forttragen. »Du hörst auf der Stelle mit diesem Unsinn auf.« Keiner wusste, bis zu welchem Grad Penelope bewusst war, was sie tat, oder wie sehr das Glück eine Rolle spielte, aber als Louis Deschamps, der Sohn des Grundbesitzers, im Winter 1857 nach nur einem Semester an der Louisiana State

University zurückkehrte, warf er einen Blick auf Penelope und war augenblicklich von ihr verzaubert. Er hielt es nicht für nötig, um ihre Hand anzuhalten, und sprach vor der Hochzeit nicht mit ihrem Vater. Er teilte lediglich seinem eigenen Vater seine Absichten mit, um dessen Segen zu bekommen, und befahl Penelope anschließend, sich für den Ehestand zu rüsten.

Sie wurden im März 1858 getraut, und Penelope zog mit ihrem Ehemann in das große Haus und gebar ihm eine Tochter und einen Sohn, als Marion County geschlossen dafür stimmte, aus der Union auszutreten, und der Krieg kurz bevorstand. Der Master starb, noch bevor der erste Schuss fiel, und machte Penelope zur neuen Herrin der Plantage, auf der ihr Vater sein Leben lang geschuftet hatte. Weder Vater noch Tochter hatten Zeit, sich über die Ironie des Schicksals zu freuen, denn im Handumdrehen wurden ihr Daddy und ihr Bruder auf dem Schlachtfeld getötet, und Louis, Ehemann und Vater ihrer beiden Kinder, starb an Scharlach und ließ die junge Penny Deckard allein als Plantagenbesitzerin zurück, die zu führen sie weder die Erfahrung hatte noch über ausreichend Intelligenz oder Geduld verfügte, um welche zu sammeln. Zudem verwüsteten konföderierte Soldaten das Anwesen und beschlagnahmten das große Haus, stahlen Silber und verfeuerten Garderobenschränke und Bettpfosten. Weil sie keine Möglichkeit sah, aus dieser Sache auch nur zwei Pennies für sich herauszuschlagen, wenn sie zu lange wartete, kontaktierte sie einen Rechtsanwalt in New Orleans, verkaufte die Plantage zum Viertel des eigentlichen Werts und buchte dann eine Passage auf der *Magnolia* für sich, ihre Mutter, ihre beiden Kinder und sechs ihrer bevorzugten Sklaven – einen Bruder und eine Schwester sowie deren Ehemann und Kinder, die als Küchenhelfer und Spielkameraden für Penelopes Kinder dienten –, nachdem die anderen mit der Plantage zusammen verkauft worden waren.

Der erste Tag ihrer Fahrt verlief ereignislos, und Penelope versuchte die meiste Zeit, einen Ausweg aus ihrem Unglück zu finden. Von dem Geld konnten sie eine Weile leben, doch sie war noch immer eine recht junge Frau und wusste, dass sie sich eine neue Einkommensquelle beschaffen musste. Es war die Rede davon, einen Saloon zu kaufen, vielleicht mit ein paar Zimmern zum Vermieten. Sie und ihre Mutter gingen gerade diverse Modelle durch, die sie für realisierbar hielten, als es in der Nähe der Dampfkessel zu einer Explosion kam. Innerhalb von Minuten stand die *Magnolia* in Flammen. Penelope rannte zu ihren Kindern und sah, wie brennende Männer und Frauen in das Wasser des Caddo Lake sprangen. Sie verlor ihre Mutter in den Flammen aus den Augen und konnte ihren Sohn nicht finden. Sie und ihre Tochter waren gezwungen, von Bord zu springen, und strampelten inmitten von Rauch und Flammen im Wasser, bis sie von einem Fischer gerettet wurden, der das Feuer von dem nahe gelegenen Städtchen Uncertain aus gesehen hatte. Es war der passende Name für das Land, auf dem sie jetzt standen, eine platschnasse Penelope, die eine Reisetasche mit ihrem Geld an sich drückte und ihre fünfjährigen Tochter an der Hand hielt. Ihre Mutter, ihr Sohn, die meisten Besatzungsmitglieder und anderen Passagiere waren tot, ertrunken oder in den Flammen ums Leben gekommen.

»Die Sklaven wurden ebenfalls nie gefunden«, fuhr Marcus fort. »Sie wurden für tot gehalten, aber eine Menge Leute hier in der Gegend glauben, sie sind entlaufen. Geschwommen, sollte ich wohl sagen ...«

Er hielt inne, weil Darrens Telefon klingelte.

Bei den ersten beiden Malen hatte er die Nummer nicht zuordnen können, doch diesmal war es sein Lieutenant. Darren signalisierte Marcus, dass er drangehen müsste. Marcus, der spürte, dass er einen interessierten Zuhörer verlor, beugte sich über den Tisch, auf dem sein Lebenswerk lag, und teilte Darren mit: »Ich versuche nur, einen anderen Blickwinkel auf die ganze vergoldete lilienweiße Amnesie einzunehmen, die das Tourismusgewerbe in dieser Stadt hat. Das Leben in Jefferson war für Leute wie uns immer schwer, keine ›Belles‹ und Bälle und das ganze andere Zeug. Jefferson hat sich mit den Konföderierten arrangiert und alles, was daraus folgte, wirklich verdient. Die Eisenbahn, die Marshall den Vorzug vor Jefferson gab. Die Verbreiterung des Red River, was schließlich das Grundwasser des Caddo Lake absinken ließ, sodass ihn die Dampfschiffe nicht länger befahren konnten. Das war der Todesstoß für die Stadt«, sagte er mit einer gewissen Schadenfreude. Inzwischen redete er mehr mit sich selbst, und Darren stand auf und trat ein paar Schritte beiseite.

Er nahm den Anruf entgegen.

»Das Justizministerium hat Sie gerade zu erreichen versucht«, sagte Wilson. »Sie haben die Erlaubnis, Bill King zu besuchen, aber es muss noch heute sein. Keine Ahnung, warum sie es so eilig haben, aber immerhin das konnten wir erreichen. Sie müssen um drei Uhr im Telford-Unit in Bowie County sein.«

»Das ist in einer Stunde.«

»Vermasseln Sie das nicht, Mathews. Diese Gelegenheit bekommen wir vielleicht nicht wieder.«

19

Er verabschiedete sich eilig von Marcus, schnappte sich sein Buchexemplar und das Foto von Penelope Deschamps, doch sobald er in seinem Truck saß, wusste er nicht, was er damit anfangen sollte. Er warf beides hinter den Vordersitz und entschied sich für eine Route zum Telford-Unit-Gefängnis in New Boston, die sich ziemlich nah an der Grenze zu Arkansas verlief. Er hatte noch nichts gegessen, machte einen Schlenker vorbei an einem Catfish-Drive-in und aß auf dem Weg nach Norden.

Er war erschrocken über seine Nervosität. Auch über das Zittern seiner Hände, wenn er sie vom Lenkrad nahm. Über den säuerlichen Geruch, der von seinem Hemdkragen aufstieg. Und über den frittierten Fisch, der ihm zu schaffen machte, noch bevor er zwanzig Meilen außerhalb von Jefferson war. Er hatte schon Mördern gegenüber gesessen, doch das hier fühlte sich anders an. Bill Kings Verbrechen waren etwas Persönliches. Er stieß einen übelriechenden Rülpser aus, als das Telefon klingelte.

Es war seine Mutter. Sie grollte vor Zorn, und Darren konnte das wütende Beben durch das Telefon spüren, als er den Highway 59 verließ und quer durch die Außenbezirke von Texarkana fuhr, um den Weg zur Gefängnisstadt von New Boston abzukürzen.

»Du schickst mir also deinen Onkel auf den Hals?«, fragte Bell. »Verdammt, Darren, wieso musst du deine Mutter dazu bringen, dir wehzutun? Ich dachte, wir hätten eine Vereinbarung.«

Darren war verwirrt.

»Mama«, sagte er, um sie an die neu entdeckte Ergebenheit ihres Sohns zu erinnern.

»Dafür ist es jetzt zu spät. Ich weiß nicht, ob ich dir noch vertrauen kann, was bedeutet, dass ich nicht weiß, was ich jetzt tun soll. Ich dachte, wir hätten einen Deal.«

»Wovon redest du, Mama? Hat Clayton dich angerufen?«

»Mich angerufen? Dieser hochnäsige Nigger ist bei mir zu Hause aufgetaucht. Als ich aus Lake Charles zurückkomme, wer steht da in meinem Garten und warnt mich davor, Geld von dir zu nehmen? Er wusste von der Waffe, Darren. Er wusste über alles Bescheid und hat gedroht, es so aussehen zu lassen, als wäre ich irgendwie in den Mord verwickelt. Ich schwöre dir, Darren …«

»Nein«, sagte er, und sein Truck schlingerte ein wenig zu dicht an den Wagen in der anderen Fahrspur heran. Er spürte, wie ihm vom Brustbein bis hinauf zum Hals heiß wurde. »Ich habe Clayton nicht zu dir geschickt.«

Auch von der Waffe habe ich ihm nichts erzählt, dachte er.

Dann fiel es ihm ein. Lisa. *Herrgott*.

Er war so wütend, dass an den Rändern seines Sichtfelds weiße Lichter zuckten, und obwohl er am Steuer saß, kniff er kurz die Augen zu. Lisa hatte es also wieder getan. Sie hatte mit Clayton über ihn geredet, und Clayton, alarmiert von der Situation, hatte versucht, seinen Neffen zu beschützen, indem er sich direkt an Bell gewandt und ihr befohlen hatte, sich zurückzuhalten. Schlimmer noch, er hatte ihr sogar gedroht, sie zu verleumden, falls sie Darren nicht in Ruhe ließ und die Waffe nicht herausrückte. Bells Stimme brach jetzt. Sie schien ehrlich verletzt zu sein, weil ihr Sohn sie verraten hatte, auch wenn sie ihn seit Wochen sanft erpresste. »Als das eine Sache zwischen dir und mir war, war es etwas Besonderes, etwas, wovor nur ich dich bewahren konnte«, sagte sie und drehte die ganze Sache damit so, als wäre es ein Akt mütterlicher Fürsorge gewesen. »Aber Clayton hat alles ruiniert.«

»Nein, Mama, nein.«

»Falls mich dieser Bezirksstaatsanwalt jetzt was fragt, muss ich mich schützen, mein Sohn.«

»Du wirst gar nichts tun«, sagte Darren und hob vor Verzweiflung die Stimme. »Lass alles so, wie es ist, bis ich wieder in San Jacinto County bin, und ich verspreche dir, ich kann das wieder in Ordnung bringen. Hast du genug Geld für 'ne Weile?« Sein Magen krampfte sich zusammen, und er glaubte, sich womöglich übergeben zu müssen. Er hatte genug von seiner Mutter und der gesamten Situation. Und er war wütend auf Clayton und vor allem auf Lisa, so sehr, dass ihm beinahe der Kopf platzte. Er drehte die Klimaanlage auf. »Hat Mack was von der Miete zu Puck gebracht?«

»Ich will den Mann nicht in meiner Nähe haben«, bellte sie.

»Weiß er Bescheid?«

»Dass du die Waffe gefunden hast?«

»Ja.«

»Nein, Ma'am«, sagte Darren. »Ich versuche ihn vor alldem zu beschützen.«

»Du solltest dir Sorgen um dich selbst machen, denn ich sage dir, ich weiß nicht, was ich tun werde. Falls dieser Mr. Vaughn anrufen sollte ...«

»Du tust überhaupt nichts, Mama«, sagte er bestimmt. »Ich bringe das in Ordnung.«

Er beendete das Gespräch und betete dafür, dass seine Mutter stillhielt, bis er ihr mehr Geld geben konnte, irgendwas, damit sie nichts Unbedachtes tat.

Als er es schließlich auf den Gefängnisparkplatz vorbei an Zäunen, die oben mit Stacheldraht versehen waren, geschafft hatte, hatte er Lisa eine Nachricht hinterlassen und sie des Verrats bezichtigt und Clayton angerufen, um ihm zu befehlen, Bell in Ruhe zu lassen und sich aus der ganzen verdammten Sache rauszuhalten. *Du hast keine Ahnung, was du da angerichtet hast.* Als er den Motor abgestellt und die Fenster heruntergelassen hatte, um durchzuatmen, rief er Mack zu Hause an. »Dir ist vielleicht was zu Ohren gekommen«, begann Darren. »Aber ich möchte dir versichern, dass sich nichts geändert hat. Solange du bei deiner Version bleibst, kommen wir beide unbeschadet aus der Sache heraus.«

»›Wir?‹ Wovon redest du, Darren?«

»Nichts, was ich am Telefon näher erläutern möchte«, sagte er und blickte hinüber zu den verstärkten Stahlstangen an der Eingangstür des Gefängnisses und den bewaffneten Männern in den Wachtürmen. Er hatte das Gefühl, sie könnten hören, was er sagte, und wie Adler spüren, wenn ein potenzieller neuer Insasse in der Nähe war. »Wie wir schon festgestellt haben, nichts Neues von Bezirksstaatsanwalt Vaughn. Egal was er fragt, erzähl ihm genau die gleiche Geschichte wie zuvor, kein Wort über die Auseinandersetzung mit Ronnie Malvo bei dir vor dem Haus.«

Mack knurrte wütend. »Sie ist mein Enkelkind, und ich wollte nicht zulassen, dass er sie belästigt.«

»Sag ihr das Gleiche, was ich dir gesagt habe«, sagte Darren. »Ich bin bald wieder in San Jacinto County, dann regeln wir das, ich schwör's dir.« Obwohl er sich nicht mehr sicher war, was das heißen sollte. Er hatte die Kontrolle über die Sache verloren.

Er ging in das Befragungszimmer in Kings Zellenblock und hasste sich selbst. Und so war er richtig froh über seinen Hass gegen Bill King, der ihn erwartete, darüber, dass er seinen ganzen schändlichen Zorn über seinen gestörten moralischen Kompass auf den Weißen richten konnte. Wie konnte Darren in Gegenwart eines Mannes an sich zweifeln, der aus Spaß Schwarze gejagt hatte? Oh ja, er hasste Bill King in diesem Augenblick mit jeder Faser seines Körpers. Er hasste die Verbindung zur Bruderschaft, hasste die Verwüstung, die er angerichtet hatte, die Leben, die er zerstört hatte. Und wofür? Er hatte einen Mann getötet, der ihm nichts getan hatte, dessen Namen er nicht einmal gekannt hatte, nur um anderen Weißen zu beweisen, dass er einer perfiden Ideologie anhing, dass es sicher war, mit ihm Drogen herzustellen und zu verkaufen. Keith Washington, der Mann, den er getötet hatte, hatte eine Frau und Kinder, eins davon gerade mal in Levi Kings Alter, die jetzt ohne Vater in Longview aufwuchsen. Darren genoss die Gelegenheit, Bill King gegenüberzusitzen und sich in seiner eigenen Menschlichkeit bestätigt zu sehen. Bill King war für ihn kein Mensch mehr.

Als er in den kleinen, quadratischen Raum geführt wurde – mit Wänden aus Betonquadern, die in einem glatten Grau gestrichen und im Laufe der Jahre vielleicht hundert Mal übertüncht worden waren, wodurch alles, von vulgären Zeichnungen bis zu Pisse und Kot, nicht mehr zu sehen war –, hielt Bill King den Kopf gesenkt. Er wurde von zwei Gefängniswärtern flankiert, sodass sich kurzfristig sechs Männer in dem kleinen Raum aufhielten und Darren ihren Atem nach Kaffee oder Juicy-Fruit-Kaugummi riechen konnte, den einer von ihnen zwischen seinen langen Zähnen zerplatzen ließ. Dieser zog einen Stuhl von dem runden Tisch in der Mitte des Raums zurück und stieß Bill King darauf. Seine gefesselten Hände schlugen auf dem Holzlaminat des Tisches auf, wobei ein leises Ping wie von einer Glocke zu hören war. Seine Haare waren nachgewachsen und bedeckten die Tattoos, die seinen Schädel ringförmig umgaben und die Darren vertraut waren. Und er trug eine Brille. Er hob den Kopf und blickte Darren an, nannte ihn Sir und fragte, ob er wolle, dass die Officer blieben. »Wie es Ihnen beliebt«, sagte er.

Seine Augen waren wie die von Rosemary blau. Levi kam nach seiner Mutter. So wie Darren körperlich mehr Gemeinsamkeiten mit seiner Mutter hatte als mit den Mathews-Männern in der Familie. Bill King sprach leise, mit einem leichten Flackern in den

Augen, das auf ein chronisches Leiden hinwies. Es war Scham. Sie hatte graue Ringe unter seinen Augen eingegraben, die ihn leicht kränklich aussehen ließen. »Na schön, Ranger, ich würde gern mit Ihnen allein sprechen. Vertraulich, wenn das geht.« Die noch anwesenden beiden Wärter zuckten mit den Achseln und gingen zur Tür, ohne sich zu vergewissern, ob Darren überhaupt damit einverstanden war. In der Stahltür befand sich ein Fenster. Bill King würden die Handschellen nicht abgenommen werden. Darren entließ sie.

Als sich die Tür hinter ihnen schloss, schob Bill seinen Stuhl zurück, dessen Beine über den Boden schrappten, und stand auf, womit er Darren erschreckte. Seine Hand war augenblicklich an seiner Seite. Doch er hatte seinen 45er Colt abgeben müssen, bevor er das Gefängnis betreten durfte. Er wich zurück und hörte die Ketten klirren, die an Bills Handschellen befestigt waren. Als Bill klar wurde, dass er Darren Angst machte, setzte er sich verlegen wieder hin und sagte mit leiser Stimme: »Ich habe es in meinem Leben nicht weit gebracht, war ein zorniger Junge und dann ein zorniger Mann, ohne die Gründe dafür richtig zu verstehen, habe meiner Mutter Kummer gemacht und weiß Gott einige Leben zerstört.«

»Keith Washington.«

»Ja«, sagte Bill. »Und Danielle, Keisha und Jarrod.«

Er sprach von Keiths Frau und Kindern.

Er kannte ihre Namen.

»Ich habe ihnen die vergangenen sechs Jahre jede Woche geschrieben, habe mich auf jede erdenkliche Weise entschuldigt. Zuerst kamen die Briefe zurück, doch vor ein paar Jahren dann nicht mehr, also ... vielleicht«, sagte er und seine Stimme wurde schwermütig. »Aber ich würde es auch verstehen, wenn sie die Briefe einfach nur wegschmeißen würden. Aber meine Hoffnung ist, dass sie was von dem mitbekommen haben, was ich ihnen mitteilen wollte, meinen Gesinnungswandel.«

»Ich bin allerdings nicht hier, um Ihnen bei Ihrer angeblichen Seelenrettung beizustehen, und ehrlich gesagt interessiert es mich einen Scheiß, dass Sie angeblich geläutert sind.«

»*Gott* weiß es.«

»Nun, es ist Ihnen unbenommen, das später mit ihm abzumachen. Ich bin hier ...«

»Sie müssen mir helfen, meinen Sohn zu finden«, sagte Bill. »Bitte.«

»Auch deswegen bin ich nicht hier.«

»Ich weiß, ich weiß, ich hab mit Marnie gesprochen.«

Darrens Ohren glühten, sein Blutdruck schoss nach oben und sein Körper dünstete erneut diesen säuerlichen Geruch aus. »Haben Sie?« *Würde es wirklich so einfach sein?* Er hörte die Worte beinahe schon, bevor Bill King sie aussprach.

»Ich werde aussagen, dass ich Ronnie Malvo getötet habe. Im Gegenzug möchte ich, dass Sie meinen Sohn suchen.« Er blickte Darren an, dem klar wurde, dass Bill King aus diesem Grund die Wärter nicht im Raum haben wollte, weil Darren und er das Gleiche wollten. Mit einem resignierten Achselzucken sagte er: »Ich hätte lebenslänglich oder vielleicht sogar den elektrischen Stuhl bekommen, wenn diese erste Jury mich des Mordes schuldig befunden hätte. Ich kannte Ronnie Malvo, wusste, wofür er eintrat. Ich nehme das gern auf mich.«

»Ich dachte, sie wollten so schnell wie möglich hier rauskommen«, sagte Darren, als er sich an Bill Kings Brief an den Gouverneur erinnerte.

»Ich habe meiner Mutter bereits gesagt, dass sie nächste Woche abblasen soll.«

»Was ist nächste Woche?«

»Ich bin bereit, meine Zeit bis zum Schluss abzusitzen.«

»Was ist nächste Woche, Bill?«

»Ich will niemanden in Schwierigkeiten bringen, ich will nur, dass Sie meinen Sohn finden. Levi ist das einzig Gute, das ich in dieser Welt zustande gebracht habe, und ich hatte gehofft, eines Tages nach Hause zu kommen und dem Jungen ein richtiger Vater zu sein, dafür zu sorgen, dass er nicht so wird wie ich. Doch in Wahrheit war ich ein schlechter Mensch, und ich bin bereit, meine Freiheit meinem Kind zu opfern. Zum Teufel, vielleicht kann ich am besten dafür sorgen, dass er nicht so wird wie ich, indem ich einfach hier drin bleibe.«

»Wie kommen Sie darauf, dass ich Ihren Sohn finde?«

Bill stieß einen resignierten Seufzer aus, der eine gewisse Hoffnungslosigkeit verriet. »Ich sag's Ihnen, Sir, ich nehm den Tod von Ronnie Malvo auf mich, wenn Sie's nur versuchen. Können Sie wenigstens versuchen, meinen Sohn zu finden, bitte, Sir?« Er klang wie die bettelnde Marnie King. Und Darren musste an ihre und Danas Tränen denken. Die Liebe hier war echt. Bill King war bereit, für Levi eine Mordanklage auf sich zu nehmen. Doch Darren zögerte.

»Wieso glauben Sie, dass er noch am Leben ist?«

»Hab ich eine Wahl?«, sagte Bill, und seine Augen füllten sich mit Tränen. »Dieses Kind ist meine einzige Hoffnung, dass meine Zeit auf diesem Planeten, der Mist, den ich angestellt habe, noch mal 'ne Wendung zum Guten nimmt.«

»Das geht aber nicht, Bill«, sagte Darren in einem Ton, der keinen Widerspruch duldete. »Ich helfe Ihnen, Ihren Sohn zu finden, und wer gibt Keisha und Jarrod ihren Daddy zurück? Wie soll das funktionieren? Wollen Sie mir erzählen, Ihre Erlösung zählt mehr als die von denen, dass die Rettung Ihres weißen Sohns, der wahrscheinlich das gleiche rassistische Arschloch ist wie sein Dad – diese Fantasie können Sie sich also schon mal abschminken –, für Keiths Kinder alles wieder in Ordnung bringt?«

Bill strich sich mit seinen schmutzigen Fingern durch sein kurzes Haar, wobei die Ketten an seinen Handgelenken gegen den

Tisch klirrten. Das schien ihn getroffen zu haben, Darrens fehlende Anerkennung seiner Läuterung. Er wollte so dringend, dass ihm dieser Schwarze für etwas auf den Rücken klopfte, das Millionen anderen problemlos gelang: Einen Schwarzen nicht kaltblütig zu ermorden. Bill bettelte um Gnade. »Ich tu alles, um für meine Sünden zu büßen, Mann. Jeden einzelnen Tag.«

Darren blickte direkt in Bills feuchte Augen. »Das genügt leider nicht.«

Er liess sich zu nichts breitschlagen, aber das musste er auch nicht. Darren wusste bereits, was er tun würde. Es würde nur ein paar Drinks brauchen, um ihm die nötige Courage zu verleihen. Er hielt vor der ersten Kneipe außerhalb des Gefängnisses. Eine primitiv aussehende Spelunke am Straßenrand, die wie eine Scheune aufgemacht war. Sie hieß Bucky's und war voll mit Gefängniswärtern, die gerade ihren Dienst beendet hatten, Männern und Frauen, Schwarzen, Weißen und Latinos und Verwaltungspersonal des Gefängnisses. Darren hatte Hut und Marke im Wagen gelassen, um kein Aufsehen zu erregen, und an der Bar bestellte er zwei Gläser Bourbon, jeweils drei Fingerbreit. Er wollte sie nebeneinander auf dem Tresen haben, sodass es kein langsames Nippen gäbe, keine Chance, es sich anders zu überlegen. Das Licht in der Kneipe war so schummrig und warm wie das Gefühl in seinen Gliedern, als der Alkohol seine Wirkung entfaltete und seine Großhirnrinde vernebelte. Er wollte nichts denken oder fühlen, nur die Worte abspulen, als er zwanzig Minuten später in seinen Truck stieg und Lieutenant Wilson die Neuigkeiten mitteilte. »Er behauptet, er hätte den Mord an Ronnie Malvo befohlen.«

»Ist nicht wahr«, sagte Wilson völlig verwundert.

»Sie brauchen natürlich eine eidesstattliche Erklärung.«

»Das ist mehr, als wir erwartet haben, Mathews.« Und dann, so als könnte er sein Glück nicht fassen, könnte es einfach nicht glauben, sagte er erneut: »Ist nicht wahr. Verabredung zu Mord, Manipulation eines Zeugen, das ist es.«

Darren spürte daraufhin ein seltsames Ziehen in der Brust, so als schuldete er Bill King etwas dafür, dass er Mack entlastete. »Er glaubt, dass sein Sohn noch lebt.«

»Da ist er wohl der Einzige«, sagte Wilson und versuchte ruhig zu atmen, bevor er fortfuhr. Er meinte, dass sie umgehend die eidesstattliche Erklärung besorgen müssten, entweder indem sie Darren zurückschickten oder einen Ranger, der in der Gegend von Texarkana stationiert war, damit beauftragten. »Und wir müssen uns genau ansehen, was das für die Sondereinheit bedeutet – falls Bill King wusste, dass Ronnie Malvo ein Informant war, wer weiß dann noch Bescheid? Da wir gerade davon sprechen …« Er rief seiner Sekretärin zu: »Holen Sie mir Frank Vaughn unten in San Jacinto County ans Telefon. Wir müssen ihm mitteilen, dass die Sondereinheit die Untersuchung von hier aus leitet.«

Die Erwähnung von Vaughn erinnerte Darren an den Deal, den er mit Bill gemacht hatte, und an das Pflichtgefühl gegenüber dem ABT-Captain, das er nicht empfinden wollte. »Bill sorgt sich wegen der Suche nach seinem Sohn.«

»Nun, das ist nicht mehr Ihre Angelegenheit, Ranger. Sie haben da einen Wahnsinnsjob gemacht, haben ein Wunder vollbracht, mein Sohn. Sie sollten sich einen Drink gönnen und nach Hause fahren.«

Darren lächelte bitter angesichts der Tatsache, dass er bereits einen doppelten intus hatte und zu Letzterem noch nicht bereit war. »Da steckt noch mehr dahinter«, sagte er.

Er berichtete Wilson von Rosemarys seltsamen Verhalten, von dem Anwalt, der stets in ihrer Nähe war und sämtliche Fragen abgeblockt hatte, einschließlich der über Marion Countys jüngstes Rätsel. Er berichtete von Monica Maldonado, dem Lärm in dem Zimmer, der Begegnung mit Gaines, den Lügen und der

Notarin, die sie nicht finden konnte, und der Tatsache, dass sie anscheinend verschwunden war. Wilson lachte zum Schluss leise, als glaubte er, dass Darren nach einem Vorwand suchte, die Stadt nicht verlassen zu müssen. »Ich dachte, zu Hause läuft es gut.«

»Eine Frau, die bei Rosemary King war, wurde mit dem Mann gesehen, der irgendwie in den Verkauf von Hopetown verwickelt ist, wo Leroy Page lebt und Levi King verschwunden ist. Jetzt ist sie ebenfalls verschwunden«, sagte Darren mit übertriebener Bestimmtheit. Konnte er denn sicher sein, dass die Frau bei Sandler Gaines vor dem Cardinal Hotel Monica Maldonado gewesen war? *Nein, konnte er nicht.* Aber er war sich sicher, dass mehr an der Geschichte dran war. »Ich finde, dem sollte man nachgehen.«

»Sie haben getan, was Sie konnten, Ranger. Sie haben den Sheriff davon in Kenntnis gesetzt, außerdem kann ich nicht behaupten, dass das eine Sache für Texas Ranger ist. Verschwenden Sie nicht länger Ihre Zeit, verlassen Sie Jefferson und kehren Sie dorthin zurück, wo sie hingehören.«

20

Er betrank sich ordentlich mit einer Dreiviertelliterflasche Jim Beam, die er in einem Schnapsladen auf dem Weg ins Cardinal Hotel besorgte, wo er sich auf die blutrote Samtdecke legte und ein Dutzend Anrufe ignorierte. Von Lisa, Clayton, Greg und sogar Mack, für den Darren im Prinzip gute Nachrichten hatte. Die einzige Person, von der er nichts hörte, war seine Mutter, aber die Neuigkeiten über Bill Kings »Geständnis« neutralisierten die Bedrohung scheinbar, und Darren hatte das Gefühl, wieder atmen zu können, und er konnte fünf Minuten lang still dasitzen, ohne von der Angst vor der 38er im Besitz seiner Mutter umgetrieben zu werden, womit sie sowohl sein als auch Macks Leben ruinieren konnte.

Er dachte daran, Randie anzurufen, doch er verkniff es sich, unsicher und beschämt angesichts der Möglichkeit, in dem gestrigen Telefonat zu weit gegangen zu sein. Bestimmt wusste sie jetzt, dass er etwas für sie empfand, auch wenn er es nicht ausgesprochen hatte. Aber was, wenn sie nicht die gleichen Gefühle hegte? Die ganze Sache hatte in ihm ein Verlangen ausgelöst, das vorher nicht da gewesen war. Er hätte das Ganze auf sich beruhen lassen sollen; dann wären sie einfach nur zwei Menschen, die sich irgendwann einmal begegnet waren.

Und noch etwas rumorte in seinem Unterbewusstsein.

Als die Sonne unterging und Jefferson in Koralle und Purpur tauchte und ein bläuliches Licht sich in seinem Hotelzimmer ausbreitete, schaltete Darren kein Licht an, sondern trank in der heraufziehenden Dunkelheit. Der Bourbon ließ seine größten Sorgen wie Butter schmelzen, hielt jedoch eine gelbe Flamme an alles andere, was ihm im Kopf herumgeisterte und heftig zu brodeln begann. Er dachte an Bills und Marnies Überzeugung, ihren flehentlichen Wunsch, dass ihr Sohn noch am Leben war. Er dachte an seine hartherzigen Gefühle für Levi und rief sich das Gesicht auf dem Schulfoto ins Gedächtnis, rief sich in Erinnerung, dass er schließlich nur ein Kind war. Er dachte an Leroy Pages Verhaftung, die Kälte seiner Tochter gegenüber Margaret Goodfellow. Er dachte an Rosemary und ihren Anwalt, an Sandler Gaines schmieriges Lächeln und verdächtiges Benehmen, und er fragte sich erneut, ob er mit Monica Maldonado richtig lag. War sie verschwunden, und warum? Er dachte an ihre Visitenkarte in Leroy Pages Küche. An dessen seltsame Worte heute Morgen im Krankenhaus, als er ihn fragen wollte, wie und wann er die Frau getroffen hatte. Er hatte Leroys Gestammel pauschal abgetan. Rosemary könne das jederzeit beenden, hatte er gesagt. So wie Bill King ihm mitgeteilt hatte: *Ich habe meiner Mutter bereits gesagt, dass sie nächste Woche abblasen soll.*

Wieso glaubten beide Männer, dass Rosemary eine Art Generalschlüssel in der Hand hielt, mit dem man sämtliche Türen, hinter denen sich dieses Geheimnis verbarg, öffnen konnte?

Nächste Woche, nächste Woche.

Er murmelte die Worte vor sich hin und wunderte sich über den undeutlichen Klang. Seine Zunge war schwer, doch selbst im Bourbondusel funktionierte sein Verstand. Sie hatten über Bill Kings feste Überzeugung gesprochen, dass er bald aus dem Gefängnis käme. »Bald«, hatte er in seinem Brief an den Gouverneur geschrieben und das Wort sogar unterstrichen, wie sich Darren erinnerte. Aus einer Ahnung heraus nahm er sein Smartphone und sah sich Bill Kings Gefängnisakte an. Er saß seit zweitausendzehn ein, wegen Drogenhandels und schwerem Raub – er hatte das Geheimversteck eines rivalisierenden Drogendealers ausgeraubt, dabei war der andere erschossen worden. Zwischen zweitausendzwölf und zweitausendvierzehn hatte er einen Antrag auf vorzeitige Haftentlassung gestellt, was beide Male abgelehnt wurde. Seinen Aussagen bei den Anhörungen zufolge hatte Bills Läuterung damals bereits begonnen. Es gab vom Gefängnisgeistlichen unterzeichnete Protokolle, die seine Veränderung attestierten. Bill King hatte sich von anderen Mitgliedern der ABT abgesondert, hatte sogar zahlreiche kleine Verstöße begangen, damit man ihn in Einzelhaft steckte, was ihn davor bewahrte, sich mit seinen neuen Feinden zu verbrüdern. Er las die Bibel und versuchte sogar, seinen GED, einen Collegeabschluss, nachzuholen, und er las Bücher von Nelson Mandela und Dr. King. *Brief aus dem Gefängnis von Birmingham* habe sein Leben verändert, behauptete er, als er in seiner eigenen Gefängniszelle saß, weil es ihm klargemacht habe, dass das, was er jahrelang an Schwarzen gehasst hatte, ihre Bedürftigkeit war, ihr ständiges Jammern darüber, nichts zu haben und nichts zu sein; das habe einen in den Wahnsinn getrieben, hatte er dem Bewährungsausschuss geschrieben. *Es gibt auch Weiße in Not. Wieso vergessen das alle? Wo sind unsere Protestmärsche? Nicht für mich natürlich, ich meine, als Sohn von Rosemary King hat es mir an nichts gefehlt. Aber es gab Freunde in meinem County, die kaum was zu fressen hatten und irgendwie über die Runden zu kommen versuchten, und dann kommen die Schwarzen daher und verlangen, wir zuerst, und ihr schuldet uns dieses und schuldet uns jenes. Ich habe diese Wut sehr lange Zeit mit mir herumgetragen, denn ich hatte überhaupt keine Bücher und niemanden zu Hause, der das anders gesehen hätte, und ich hab's nicht verstanden, bis ich Mr. Kings Buch gelesen und noch in ein paar andere Sachen reingeschaut habe. Ich habe nicht verstanden, dass wir ihnen tatsächlich was schulden dafür, dass wir sie seit einer Ewigkeit so mies behandeln. Und die, die protestiert und gerufen haben, wir wollen hier essen und wir wollen wählen und wir brauchen gute Jobs, sie haben wirklich nur wie jeder andere versucht, ihre Familien zu ernähren. Ich meine, es ging um Kinder bei dieser Birmingham-Sache. Wussten Sie das? Das ist schon was, Kinder im Alter von meinem Sohn zu haben, die um das kämpfen müssen, was für uns völlig selbstverständlich ist. Kinder, Mann.*

Was für ein Schwachsinn.

Oder auch nicht.

Das war das Problem mit der zweiten Chance: Es war unmöglich, zu wissen, was echt war und was nicht; jede Vergebung war ein Vertrauensvorschuss. Leroy Page sagte, er sei ein gebranntes Kind wie jeder andere Schwarze im Land. Aber Darren brauchte Bill King jetzt, brauchte sein falsches Geständnis in dem Malvo-Mordfall.

Er hörte die Worte erneut: *nächste Woche, nächste Woche.*

Darren ließ nicht locker, suchte weiter.

Laut einer Website, die über die Beschlüsse des Haftentlassungsausschusses berichtete, gab es am kommenden Donnerstag, dem fünfzehnten Dezember, eine Anhörung in Telford-Unit, und Bill Avery King sollte vor dem Ausschuss aussagen. War das der Grund dafür, dass *bald* in seinem Brief an den Gouverneur unterstrichen war? Was machte ihn so sicher, dass er an Weihnachten wieder zu Hause wäre? Und was genau sollte Rosemary abblasen?

Als von seinem fünften Bourbon nur noch ein paar Schlucke übrig waren, stellte er ihn auf den Nachttisch und griff nach dem blumenverzierten Hotelblock. Er riss fünf Blätter ab und schrieb auf jedes Blatt einen der Namen der Mitglieder des Berufungsausschusses, der sich am fünfzehnten Dezember treffen und über Schicksale entscheiden sollte. Mary Sadler, Rita Montes, Arturo Valle, Austin Collins und J.P. Graham. Dann notierte er unter jedem Namen, was er online finden konnte, und suchte nach einer Verbindung zu Rosemary King. Erst als ihm klar wurde, dass Austin Collins ein Banker aus Dallas war, der mit diversen texanischen

Immobilienentwicklern zusammenarbeitete, eine Firma namens Gaines Properties in Longview eingeschlossen, kapierte Darren, dass er völlig falschgelegen hatte. Es war nicht Rosemary, die zu mindestens drei Mitgliedern des Ausschusses (einer klaren Mehrheit) eine Verbindung hatte. Sie konnte das Ergebnis der Anhörung nicht beeinflussen. Es war anscheinend Sandler Gaines, der bereit war, für Rosemarys Sohn eine schwere Straftat zu begehen.

21

Erst als er am nächsten Morgen noch immer in den Klamotten vom Vortag aufstand, wurde ihm klar, dass er einen Fehler begangen hatte. Der Bourbon, die Tatsache, dass er nichts mehr gegessen hatte, der Anruf bei Wilson, der Deal, den er mit Bill King eingegangen war. Er bereute all das.

Er konnte sich auch nicht erinnern, ob er Randie angerufen oder ob er das geträumt hatte, jedenfalls hatte er ihr alles erzählt, hatte ihr gestanden, die Marke wegen all dem vielleicht zurückgeben zu wollen, nicht mehr genau zu wissen, für wen oder was er kämpfte, oder wie man das tat, ohne gegen jene Gesetze zu verstoßen, für deren Einhaltung zu sorgen seine Pflicht war. Und er hatte ihr gesagt, dass er sie gern wiedersehen würde. Ein Traum. Gott, er hoffte, es war nur ein Traum, dass er sich nicht einer Frau offenbart hatte, die er kaum kannte. Er fühlte sich vom Alkohol wie eingemauert, konnte nur die wenigen Zentimeter vor sich sehen und sich nur daran erinnern, wie er aufgewacht war. Alles, was davor passiert war, war nicht greifbar.

Aber die Notizblätter waren da.

Die Namen der Mitglieder des Bewährungsausschusses und seine Notizen über Sandler Gaines, ausgebreitet auf der Samtdecke, auf der er geschlafen hatte, zusammengerollt und noch immer mit den Stiefeln an den Füßen. Er las sie erneut bei Tageslicht und kippte den Rest des Jim Beam ins Waschbecken, um nicht in Versuchung zu geraten. Es war so einfach, bei Tagesanbruch brav zu sein, zu schwören, dass man keinen Tropfen mehr anrühren würde. Dann duschte er und wartete, bis er glaubte, dass die Cafés der Stadt geöffnet hätten und er irgendwo ein warmes Brötchen und einen Kaffee bekommen und anschließend zu Marcus Aldrich fahren könnte.

»Du hast also hier, wie lange, zwanzig, fünfundzwanzig Jahre gelebt?«, sagte Darren, als er Marcus einen Becher mit schwarzem Kaffee reichte und wettete, dass der sich nichts aus dem morgendlichen Aufhebens um Sahne und Sirup machte, dann aber zusehen musste, wie er sechs Päckchen Zucker aus einem Versteck in seinem schrankgroßen Büro in seine Tasse kippte und den Kaffee mit dem Radiergummiende eines Bleistifts umrührte.

»Dreißig«, sagte er mit ungläubigem Kopfschütteln. »Ich bin hergezogen, um an meiner Dissertation zu arbeiten, was nur ein paar Monate dauern sollte, hab ein Mädchen kennengelernt und mich verliebt und bin geblieben. Bin nur noch mal für einen Tag an die Uni, um meine Dissertation zu verteidigen, und dann nach Jefferson zurückgekommen und bei Betty eingezogen.« Er trug wieder ein Hawaiihemd, bananengelb mit roten Hibiskusblüten darauf. Und er war unrasiert.

»Betty?«

»Meine Ex. Sie betreibt das Dogwood Inn auf der Bonham, eins von Dutzenden Bed & Breakfasts im Marion County. Will sagen, wir haben es gemeinsam betrieben, während ich an dem Buch gearbeitet habe. Uns war die Liebe zu Jefferson gemeinsam, aber aus unterschiedlichen Gründen, wie bald deutlich wurde … Was soll ich sagen, unsere Ehe überstand die unterschiedliche Sicht der Dinge nicht.«

»Welche war deine?«

»Dass diese ganze Stadt eine Lüge ist«, sagte Marcus, der aufstoßen musste. »Die ein Klischee aufrechterhält und Gewinne aus einem Betrug zieht, aus der Fiktion einer unblutigen Blütezeit, eines zivilisierten Vorbürgerkriegslebens, während sie die Leben vergisst, die diese Stadt erst ermöglicht haben. Ich frage dich, mein Sohn, gibt es auf einer dieser Geistertouren durch die Stadt eine Station für die Sklaven, die auf den Plantagen getötet wurden, die Männer, die gelyncht wurden? Teufel, nein«, sagte Marcus. »Es dreht sich alles um weiße Damen in Bedrängnis, die wegen verschmähter Liebhaber oder entlaufener Sklaven die Hände ringen.«

»Penelope Deschamps.«

»Dein Mädchen«, sagte Marcus scherzhaft, als wäre Darren ein Fan, der sich eine hochgehandelte Baseballkarte gekauft hatte, anstatt das Foto einer Sklavenhalterin. Er wusste nicht, warum er das getan hatte, außer dass er sich einen Reim auf das machen wollte, was in seinem Zimmer passiert war, indem er etwas Konkretes in Händen hielt.

»Was ist das für ein Deal zwischen Rosemary King und Sandler Gaines?«, fragte Darren, womit er auf den eigentlichen Grund seines Besuchs zu sprechen kam.

»Du redest von dem Kerl, der das Ausflugsschiff in die Stadt gebracht hat?«

»Die *Jeffersonian*, ja.«

»Geldgeiler Sack«, sagte Marcus und pustete in seinen Kaffee, bevor er noch einen Schluck nahm.

»Er hat eine Immobilienfirma in Longview. Scheint sauber zu sein.«

»Hast du eine Vorstellung davon, wie viele Leute hierherkommen in dem Glauben, sie könnten Jefferson seinen alten Glanz verleihen oder zumindest mit einem todsicheren Verkaufsschlager in die Tourismusindustrie einsteigen? Outlet-Center, Rennparks, Bingohallen, Casinos, Vergnügungsparks, alles wurde schon ausprobiert.«

»Rosemary King scheint Gaines in der Tasche zu haben, oder umgekehrt«, sagte Darren. »Vielleicht ist sie jemand, der etwas auf die Beine stellt.«

»Sie gibt hier den Ton an.«

»Was hat es mit dieser Marion County Texas Historical Society auf sich, die sie ins Leben gerufen hat.«

Marcus legte den Kopf schräg und verzog das Gesicht. »Nie davon gehört.«

»Sicher nicht?«

»Wir haben die Jefferson Historical Society, die Historic Jefferson Foundation und die Marion County Historical Commission, meinst du vielleicht eine von denen?«

»Nein«, sagte Darren und lehnte sich auf dem Stuhl zurück, auf dem er saß. Er spürte, wie ihm der Kaffee im Magen brannte, und fühlte sich erhitzt.

Hatte er da etwas missverstanden?

»Ist das Rosemarys Deal?«

»Die Marion County Texas Historical Society soll angeblich Hopetown aufkaufen, draußen am See ...«

»Ich weiß, wo das ist«, sagte Marcus mit ernster Miene. »Ich habe meine Dissertation über Gemeinden befreiter Sklaven in Texas geschrieben. Hopetown ist Teil eines größeren historischen Kapitels darüber, wie schwarze Freiheit aussieht.«

»Rosemary will das Land in eine Art Stiftung einbringen, zumindest ist das die Vereinbarung, die Leroy Page unterschreiben wollte.« Dokumente, die er laut Auskunft seiner Tochter nicht unterzeichnet hatte – nicht einmal, als er behauptete, nicht mehr viel Zeit zu haben. *Wofür, Leroy?* »Aber ich bin mir ziemlich sicher, dass die ganze Sache eine List ist, dass sie das Land Sandler Gaines geben wird.« Vielleicht im Tausch gegen eine Entlassung ihres Sohns aus dem Gefängnis. »Was ich nicht verstehe, ist, warum Leroy das tun sollte, warum jemand, der fast sein ganzes Leben getrennt von Weißen gelebt hat, ein Geschäft mit Rosemary King abschließen sollte, wo ist da die Verbindung?«

»Nun, du hast sie in deinen Händen gehalten«, sagte Marcus.

Darren blickte auf seine Hände, die, seit er hereingekommen war, nichts anderes als seinen Kaffeebecher gehalten hatten. Was Marcus zum Lachen brachte, ein kurzes, bellendes Geräusch, gefolgt von einem breiten Grinsen aus Vorfreude auf die Geschichte, die er gleich erzählen würde.

»Penelope Deschamps«, sagte er, »ist Rosemarys Ururgroßmutter. Sie kaufte das Cardinal Hotel gleich nach dem Krieg und verbrachte Jahre damit, es auszubauen, es half, als ihre Tochter einen Holzmagnaten namens William Thaddeus King heiratete. Sobald ihre Tochter unter der Haube war und ein anständiges Zuhause hatte, steckte sich Penny Deckard den Lauf einer Pistole in den Mund.«

Darren saß gefühlt minutenlang regungslos da und spürte, wie sich Tropfen auf seiner Stirn bildeten. Er erinnerte sich an Marcus' Bericht darüber, wie Penelope von Louisiana nach Texas gekommen war, an die Tragödie, die sich auf dem See ereignet hatte, den Tod der meisten Crewmitglieder und Passagiere an Bord der *Magnolia*, ihre Mutter und ihren Sohn eingeschlossen, und den Verlust ihrer Plantage. Ihre sechs verbliebenen Sklaven waren angeblich mit den anderen gestorben. Und er erinnerte sich daran, wie Marcus von den Gerüchten gesprochen hatte, die Sklaven seien geflohen. *Geschwommen*. Denn es gab Land überall auf dem Caddo Lake, wenn man es nur erreichen konnte. Margaret Goodfellows Worte über das Unsichtbarmachen fielen ihm wieder ein, wie auch Leroy Pages Worte, Margaret und ihren Leuten alles zu verdanken.

»Das glaube ich jetzt nicht«, sagte Darren.

Marcus grinste breit. »Geschichte ist schon eine witzige Sache, was? Vor allem die, die nicht in den offiziellen Geschichtsbüchern steht. Das ist es, was dein Onkel Clayton entweder nicht verstehen will oder nicht verstehen kann. Er verbringt sein Berufsleben in einem Vorlesungssaal, in einer Welt brillanter, gutgemeinter Ideen, die in der realen Welt niemals erprobt wurden.«

Darren glaubte nicht, dass seit Onkel Williams Tod irgendjemand Claytons behütetes Dasein in der akademischen Welt kritisiert hatte. Trotz des seltsamen Gefühls von Stolz in der Brust hätte er Marcus eigentlich tadeln müssen. Man konnte über Darrens Ringen mit dem, was ihm die Marke bedeutete, sagen, was man wollte, doch zumindest stellte er sich dieser Frage tagtäglich.

»Dann gab es also Caddos auf einer der Inseln auf dem See?«, fragte er.

»Gogo Island«, sagte Marcus und nickte. »Benannt nach dem, was die Leute von den dort lebenden Indianern zu hören bekamen, wenn sie auf die Insel zu gelangen versuchten. Go-go-Rufe, sie sollten verschwinden. Gefolgt manchmal von einem Pfeil oder einem Schuss aus einer Pistole, die sie sich irgendwann besorgt hatten. Sie handelten sogar mit Weißen, die dort draußen auf dem Wasser lebten und ihr Geheimnis hüteten, Bewohner mit einer Leben-und-leben-lassen-Mentalität. Erst ein Führungswechsel in Austin verursachte den Ärger. Ja, die Indianer nahmen Penelopes kleine Sklavenfamilie auf. Die Alten in Hopetown, die ich zum Teil selbst befragt habe, äußersten sich offener darüber, wie die Caddos eine den Umständen geschuldete Versippung mit den Schwarzen beurteilten, es war ein ähnliches Verständnis wie ihr Verständnis von Freiheit, nämlich nicht aus ihrer Heimat auf Indianerterritorium in Oklahoma verfrachtet zu werden, während es für die Schwarzen bedeutete, nicht wieder in der Sklaverei zu landen.«

Die Sklaven blieben jahrelang, vermittelten ihre Kenntnisse in Ackerbau und lernten, mit einfachsten Mitteln Unterkünfte zu errichten. Sie teilten viel, und natürlich gab es auch eine Vermischung, neue Stammbäume entstanden und führten zu einer Liebe und einem Vertrauen, das über fünf Generationen hinweg bestand. »Sie verdanken sich gegenseitig alles.« Weshalb Leroy Page alles für Margaret und ihre Familie tun würde.

»Doch im Spätsommer 1865, als die Nachricht die Insel erreichte, dass der Krieg zu Ende sei, wollten viele der ehemaligen Sklaven die Insel verlassen, was für die Caddos damals keine Option war. Neu entstandene Familien wurden auseinandergerissen, als die Schwarzen dorthin zogen, wo sich heute Hopetown befindet, nachdem sie schließlich vom Homestead Act Gebrauch gemacht hatten, um das Seegrundstück zu erwerben. Doch sie lieferten weiterhin Vorräte nach Gogo Island, beschützten die Indianer weiterhin vor der Außenwelt. Das waren Leroy Pages Vorfahren. Und mit der Zeit entstand eine blühende Gemeinschaft, die vollkommen unabhängig von der weißen Welt existierte. Es gab eine Schule, eine Kirche, eine kleine Bank, einen Gemeinschaftsgarten und kleine Geschäfte. Jahrelang gingen sie nur dann nach Jefferson, wenn es absolut notwendig war, um Papiere einzureichen oder Waren zu erwerben, die sie weder anbauen noch allein in Hopetown herstellen konnten. Die Alten erzählten mir, dass es eine tiefsitzende, vielleicht gar nicht so irrationale Angst gab, dass man ihnen ihr Leben erneut wegnehmen könnte. Auch wenn der Krieg zu Ende war, hatten sie ein Verbrechen begangen, und sie waren sich nicht sicher, ob Penelope Deschamps und ihre Leute das so leicht vergessen würden. Keiner gibt gerne zu, welche Angst bereits von Anfang an in Hopetown eingepflanzt war, das Gefühl, dass ihre Freiheit so zerbrechlich war wie eine Eierschale, etwas, das kaputtgehen würde, wenn man zu fest drückte, wenn es nicht mit größtmöglicher Sorgfalt behandelt wurde.«

»Aber wie sind die Caddos ebenfalls dorthin gekommen?«, fragte Darren.

»Der Caddo Lake war damals vollkommen verwildert, ein Tummelplatz für alle möglichen Kriminellen, Rumschmuggler, Diebe und Mörder, aber das texanische Gesetz konnte nicht viel dagegen ausrichten, oder hat es nicht getan. Doch als der Staat

Ende des neunzehnten Jahrhunderts die sogenannte Fischerei- und Jagdkommission berief, versuchte man, das Überfischen von Seewolf und Barsch sowie auch jene Menschen zu stoppen, die damit begonnen hatten, ein Vermögen mit Austernperlen zu verdienen, bis kaum noch welche übrig waren. Auf einmal gab es Gesetzeshüter auf Booten, die sämtliche Bayous, Inseln und Zypressen auf dem See unter die Lupe nahmen. Es war Pages Familie, die die Caddos von Gogo Island wegbrachte und ihnen anbot, sich in Hopetown niederzulassen. Das ist eine einmalige Geschichte. Ich glaube ihnen, wenn sie sagen, sie stammen von dem Zweig der Hasinai-Caddo-Indianer ab, die trotz der Gesetze des weißen Mannes den texanischen Staat nie verlassen haben.« Marcus schlug sich, mit dem Ende seiner Geschichte zufrieden, aufs Knie.

»Also ist der Verkauf an die Stiftung ...«, sagte Darren, »sofern es stimmt ...«

»Großes Fragezeichen.«

»Auf diese Weise hätte Leroy also seine Vorfahren gewürdigt, diejenigen, die von Margaret Goodfellows Familie gerettet worden waren. Indem er dafür gesorgt hätte, dass die Caddos dort ein Zuhause bekämen, wo sie schon immer hingehörten, in diesen Teil von Osttexas. Er hätte Rosemary das Versprechen abgenommen, dass das ein Teil des Deals wäre.«

»Aber du glaubst, dass Gaines sich das Land unter den Nagel reißen will?«

»Ja«, sagte Darren. »Er hat zugegeben, dass er es kaufen wollte und überboten wurde.«

Marcus saugte an seinen Zähnen und stand plötzlich auf. Er ging zu den Fenstern der Ladenfront und blickte hinaus zu den Gleisen.

»Es ist eine Schande, so viel Geschichte an eine Uferbebauung zu verlieren.«

Darren schüttelte den Kopf. Für ihn klang das nicht länger glaubhaft. »Er baut also Ferienwohnungen, und die Leute geben sechzig-, siebzigtausend Dollar dafür aus, um am Wasser zu wohnen und in der Stadt Geister zu jagen? Da muss eine größere Attraktion dahinterstecken.« Er dachte an den Dampfschiffnachbau, der am Cypress Bayou lag. Was hatte in der Broschüre gestanden? *Sehen Sie sich Jeffersons neueste Attraktion an* oder so ähnlich. Er sah die Broschüre vor sich, das schlechtgemachte Foto. Ein lächelndes Paar, das sich vor dem Sonnenuntergang auf dem Cypress Bayou zuprostete. Doch es hatte auch Bilder von Black-Jack-Tischen und Rouletterädern gegeben. Darren erhob sich ebenfalls.

»Du hast zuvor Casinos erwähnt«, sagte er.

»Das sind nur Gerüchte«, sagte Marcus. »Wie gesagt, die Leute haben alles Mögliche ausprobiert, um Besucher aus Dallas oder Shreveport mit etwas anderem als historischem Tourismus nach Jefferson zu locken. Aber daran habe ich nie geglaubt. Glücksspiel ist in Texas verboten, seit ich denken kann.«

»Stimmt«, sagte Darren. *Bislang.*

22

Er wusste, dass man so etwas schon einmal in Louisiana versucht hatte, als er auf Margaret Goodfellows Veranda trat in der Hoffnung, sie zu Hause anzutreffen. Er hatte Greg eine Nachricht geschickt und sich nach Mr. Pages Zustand erkundigt und nur ein kurzes *Stabil* als Antwort bekommen. Auf seiner Fahrt nach Hopetown hatte Darren versucht, sich an die Einzelheiten jenes Skandals zu erinnern, als die winzige Gruppe der Jena vom Stamm der Choctaw-Indianer versuchte, ein Reservat in Louisiana zu errichten, mit der Absicht, von der National Indian Gaming Commission eine Glückspiellizenz zu erwerben, was eine Genehmigung das Bureau of India Affairs in Washington erforderlich machte. Es war der berüchtigte Lobbyist Jack Abramoff gewesen, der Senatoren und Kongressabgeordnete, die von ihm großzügige Wahlkampfspenden erhalten hatten, dazu drängte, Briefe an das Innenministerium zu schreiben und diese kleine Gruppe von Indianern des »Reservatsshoppings« zu bezichtigen, weil sie versuchten, weit weg von ihrer ursprünglichen Heimat ein Unternehmen zu starten. Der eigentliche Grund für Abramoffs Vorstoß, ihren Antrag auf eine Glücksspiellizenz abzuwehren, war jedoch, dass sein Lobbyunternehmen bereits rivalisierende indianische Casinos in der Gegend vertrat. Das einzige indianische Casino mit Spielautomaten und Spieltischen in Texas war das Kickapoo Lucky Eagle Casino in der Grenzstadt Eagle Pass, wo, wenn man ausspuckte, die DNA auf der mexikanischen Seite landete. Aber falls Sandler Gaines eins in Jefferson eröffnete, hätte er ein Monopol auf Casinoglücksspiel im gesamten Ostteil des Staates.

Darren klopfte erneut an die Fliegengittertür mit der abgeplatzten gelben Farbe und horchte auf Schritte. Wenigstens das Baby war zu Hause. Darren hörte es kreischen und den fröhlichen Singsang eines Kinderfernsehprogramms. Er hoffte, Margaret würde ihm aufmachen, und nicht Donald oder sein Sohn. Doch es war Virginia, Donalds Frau. Sie trug das Baby ihrer Schwägerin Sadie auf der Hüfte. Sie schenkte Darren ein frostiges Lächeln und sagte: »*E'-nah* ist drin.« Sie trat beiseite, um ihn vorbeizulassen, und beobachtete Darren dabei, wie er seinen Hut abnahm. Sowohl auf dem Esstisch als auch auf den Möbeln im Wohnzimmer waren Stoffe in verschiedenen Stadien der Verarbeitung ausgebreitet. Fast fertige Kleider, ausgebesserte Fransentücher, Mokassins für das Baby, die von seiner Mutter Sadie oder Saku an den Spitzen zusammengenäht wurden. Sogar Ray, Donalds Sohn, hatte eine Nähmaschine vor sich, auf der er sorgfältig einen Stoffstreifen auf ein türkisfarbenes Herrenhemd nähte. Er sah Darren an, sagte jedoch nichts. Die Farben – meerblau und butterblumengelb, pink und rot – und das geschäftige Treiben wirkten auf den ersten Blick festlich. Doch es war das langsame, schwermütige Stimmen von Donalds Gitarre, das die Energie im Haus dämpfte. Margarets Sohn saß mit ein paar Cousins und Freunden in einer Ecke, wo sie ihre Instrumente vorbereiteten. Margaret trat aus einem Nachbarzimmer und trug ein ziegelrotes Kleid und einen weißen mit roten Blumen und blauen und grünen Schnörkeln bestickten und gesäumten Schal. Ihr graumeliertes Haar war zu einem Zopf geflochten, der mit einem runden silbernen Kamm geschmückt war, der sich an ihren Hinterkopf schmiegte. Der Zopf selbst war mit Schleifen, Lederbändern und Perlen durchsetzt. Sie blickte Darren an und legte sich die Hand auf die Brust. »Geht es Leroy gut?«

»Nach dem, was ich zuletzt gehört habe, ja.«

»Wenn er durchhält, werden die Geister kommen. Wir beginnen

bei Sonnenuntergang mit dem Vine Dance, den wir uns von unseren Cherokee-Brüdern und Schwestern geborgt haben und der Leroy, dem Letzten seines Stammes, Gesundheit und Unversehrtheit bringen soll. Wir werden mehrere Tage beten und singen.«

»Mrs. Goodfellow.«

»Margaret, bitte. Oder *tayshas* ... für Freunde«, sagte sie mit einem Lächeln.

»Tayshas«, wiederholte er und hörte seine gesamte Welt in diesem einen Wort.

Texas. Freund.

»Was genau hat Leroy Ihnen über den Verkauf des Landes hier erzählt?«

»Das wir geschützt wären.«

»Indem das Land zu einem Caddo-Reservat gemacht würde?«

Margaret drehte sich zu ihrem Sohn Donald um und sagte: »Hol die Papiere, die auf meinem Bett liegen, mein Sohn.« Als er aufstand, verklangen die Gitarrentöne wie Nebel in der Morgendämmerung.

Darren hörte das Rattern von Rays Nähmaschine und das Klappern von Töpfen und Pfannen in der Küche. Er roch Rostbraten und wieder den rauchigen Geruch der schwarzen, geschmorten Bohnen, die Zwiebeln und das Chilipulver.

Als Donald zurückkam, zog er sich nicht wieder in seine Ecke zurück, sondern blieb in der Nähe seiner Mutter, als hätte das, worüber sich Darren und seine Mutter unterhielten, etwas mit ihm zu tun. Seine Mutter nahm ihm einen Stapel Papiere aus der Hand. »Die Frau hat alles erklärt. Sie war in Leroys Namen hier, der ihren Namen wahrscheinlich von Rosemary hatte.«

»Monica Maldonado.«

Der Name sagte Margaret nicht gleich etwas. Aber ihr Sohn nickte.

»Eine Latina«, sagte Darren, »ungefähr eins siebzig groß, langes schwarzes Haar.«

»Das ist sie«, sagte Donald. »Sie ist mit uns den Papierkram durchgegangen.«

Darren nahm Margaret die Papiere ab und sah einen Antrag an das Bureau of Indian Affairs wegen der bundesstaatlichen Anerkennung der Hasinai vom Stamm der Caddo-Indianer von Marion County, Texas. Beigefügt war ein historischer Bericht über Margaret Goodfellows Familie und ihre Verbindung zu dem Land. Das Wort *angestammt* wurde mehr als einmal verwendet. Darren blätterte ihn durch und überflog die Worte, die eine Geschichte erzählten, die der ähnelte, die Marcus Aldrich ihm erzählt hatte, doch ohne viel Aufhebens darum zu machen, dass sie das Gesetz von Texas umgangen hatten, laut dem sie hätten nach Oklahoma übersiedeln müssen. Die ganze Sache schien aussichtslos zu sein, und trotzdem hatte jemand Chafee, Humboldt und Greene angeheuert, eine Kanzlei, die, wie ihm Lisa versichert hatte, noch immer genügend Verbindungen nach Washington hatte, um so etwas durchzuboxen.

Doch keine der Seiten war unterschrieben.

Darren fragte nach dem Grund.

»Sie sagte, sie würde wiederkommen«, bemerkte Ray.

»Wir haben hier in dem Zimmer gesessen und Hibiskustee getrunken«, sagte Margaret. »Ein nettes Ding, aber von der nervösen Sorte, hat an ihrer Uhr rumgefummelt und immer wieder den Vertrag durchgeblättert, so als wüsste sie, dass sie etwas vergessen hatte.«

»Es war auf der letzten Seite«, sagte Donald. »Sie hat uns mehrmals gefragt, ob wir sicher wären, und meinte, sie würde sich nicht wohl dabei fühlen, wenn sie ging und später feststellte, dass wir gar nicht richtig verstanden hätten, was wir da unterzeichnen. Deshalb wollte sie zuerst mit uns reden, wie sie meinte, und in ein paar Tagen mit einem Notar zurückkommen. Vielleicht, sagte sie, könnte man ein paar Dinge in dem Vertrag noch ändern.«

»Sie hat immer wieder in dem Vertrag gelesen und den Kopf geschüttelt. Sie hat darum gebeten, die Toilette benutzen zu dürfen, und sah aus, als wäre ihr nicht wohl, als sie zurückkam.«

»Oder als hätte sie geweint«, warf Virginia ein, die im Zimmer umhergegangen war.

Darren fragte, ob er sich setzen dürfe. Er wollte die Vorbereitungen für den, wie sie es nannten, Vine Dance, nicht durcheinanderbringen. Virginia packte einen Stapel Stoffe und Kleider weg, und Darren setzte sich in einen braunen Ledersessel, dessen Armlehnen so bleich waren wie der Bauch eines Hausschweins. Er schlug den Vertrag auf der letzten Seite auf, und sein Blick fiel auf einen der letzten Abschnitte. ... DASS SÄMTLICHE MITGLIEDER DER HASINAI VOM STAMM DER CADDO-INDIANER VON MARION COUNTY, TEXAS, AUF DEN ANSPRUCH AUF ZUKÜNFTIGE EINNAHMEN ALS RESULTALT VON INDIANER-GLÜCKSSPIEL DIESEN STAMM BETREFFEND VERZICHTEN. ANTRÄGE, DIE IN UNSEREM NAMEN AN DIE INDIAN GAMING COMMISSION GERICHTET WERDEN, BERÜHREN § 11.2 NICHT. Darren blickte von dem Antrag zur Goodfellow-Familie auf. »Ist Ihnen klar, was das bedeutet?«

»Selbstverständlich«, sagte Margaret, »aber wir sagten ihr, dass wir auf das Glücksspiel gern verzichten, wenn das hilft, unseren Antrag durchzubringen. Wir wollen nur das Land. Das haben wir der Anwältin gesagt, aber sie wollte nicht, dass wir das hier unterzeichnen.«

»Es ging nie um Geld«, fügte Donald hinzu.

Für jemand anders schon, dachte Darren.

Und Monica Maldonado wusste es, wusste, dass sie dabei half, sie zu betrügen.

»Und wie lauten die Verkaufsbedingungen?«, fragte Darren. Sie standen jetzt alle über ihn gebeugt und spürten, dass irgendetwas nicht stimmte: Sogar Sadie war aus der Küche gekommen. Sie hielt jetzt den Jungen auf dem Arm und hatte ein Geschirrhandtuch über der Schulter. Margaret ließ sich auf einen Stapel Kleider sinken, die Virginia beiseite geräumt hatte. »In Bezug auf den Teil des Grundstücks, der Ihnen gehören würde, und den, der für anderweitige Nutzung vorgesehen wäre?«

»Anderweitige Nutzung?«, sagte Donald.

Das Baby quengelte und würde gleich schreien. Sadie setzte es auf den Boden.

»Leroy kümmert sich um all das«, sagte Margaret, bevor sie Virginia bat, ihr ihre Pfeife und einen Flachmann mit Whiskey zu holen, den sie in einer Küchenschublade verwahrte. »Er arbeitet mit Rosemary King die Details des Verkaufs aus. Die historische Gesellschaft, sie überführen das Land in eine Stiftung, um es zu erhalten, zusammen mit unserem Zuhause hier.«

»Sie drängt sie hinaus«, sagte Darren, der es inzwischen kapiert hatte. »Rosemary.«

»Aber das hier«, sagte Donald und nahm Darren den Antrag aus der Hand. »Das hier würde uns zu einer souveränen Nation machen.«

»Auf Land, das Ihnen nicht gehört.«

Schweigen breitete sich aus, bis Margaret Ray befahl, mit dem Lärm aufzuhören. Er nahm den Fuß vom Pedal der Nähmaschine, und im ganzen Haus wurde es still, bis auf die Geräusche des Babys, das mit einer Feder, die es gefunden hatte, über den Boden robbte und die Virginia ihm aus der Hand nahm, bevor es sie sich in den Mund stecken konnte.

»Und sobald diese ›Stiftung‹, wenn es überhaupt eine ist, Hopetown besitzt, kann sie einen Teil des Landes verkaufen?«, fragte Virginia.

»Dann ist es also ein Trick«, sagte Donald.

Gib ihnen einen Quadratzentimeter, und sie reißen sich den gesamten Ort unter den Nagel.

Margaret schüttelte ungläubig den Kopf. »Weiß Leroy das?«

»Wahrscheinlich hat er deshalb die Papiere noch nicht unterzeichnet«, sagte Darren, der sich an Erikas Zorn am Vortag erinnerte, und an die wirre Bemerkung ihres Vaters, die auf einmal viel mehr Sinn ergab. *Rosemary könnte das jederzeit beenden.*

Mary, Mrs. Kings Dienstmädchen, versuchte Darren an der Haustür abzuweisen.

»Aber Sie haben keinen Termin, Sir«, sagte sie in gespielter Pflichterfüllung in Richtung der Rückseite des Hauses. Leise sagte sie zu Darren: »Gehen Sie, solange Sie noch können.« Später sollte ihm klarwerden, dass es mehr als Rosemarys Zorn war, wovor sie ihn warnte. Doch in diesem Augenblick schob er die dünne schwarze Frau – die ihre strahlend weiße Uniform schmutzig machte, als sie sich gegen die schwere Tür stemmte, um ihn am Hereinkommen zu hindern – so sanft wie möglich beiseite. Er habe eine Marke, sagte er, mehr brauche er nicht für einen Termin, und rief Rosemarys Namen, während er durch das Haus marschierte. Er traf sie in ihrem großen Arbeitszimmer an, das bis zur Decke mit Büchern vollgestellt war und wo mehrere samtbezogene Sessel und Polsterbänke in U-Form um einen imposanten Mahagonischreibtisch arrangiert waren, an dem Rosemary King saß und einen silbernen Brieföffner hielt, vor sich einen Stapel Post – sämtliche Briefe aus schwerem Papier und mit geprägten Umschlägen in cremeweiß und weiß. Sie blickte auf, sah Darren ohne eine Spur von Überraschung an – wobei sie eine Miene machte, als wollte sie sagen, dass man in Texas eben überall mit Ungeziefer rechnen musste, egal wie sehr man sich bemühte, es aus dem Haus fernzuhalten – und zeigte dann mit dem Brieföffner auf Mary, die sich auf der Türschwelle an den Türpfosten klammerte, wie sie es bei einem heftigen Gewitter vielleicht mit einem Baum getan hätte, um nicht zu Boden zu sinken.

»Holen Sie Roger ans Telefon.«

»Ich habe ihn daran zu hindern versucht, hereinzukommen ...«

»Sofort!«

Aus irgendwelchen Gründen erwartete Darren, dass sie aufstand, sich gegen etwas verteidigte, was sie bereits erwartet hatte. Aber Rosemary wandte sich erneut ihrem Stapel Post zu und nahm Darren über den Rand ihrer Lesebrille hinweg kaum zur Kenntnis. Sie trug Reithosen und einen hellblauen Pullover mit Zopfmuster, der die Kälte in ihren Augen betonte, auch wenn sich das Feuer, das im Kamin rechts von ihr brannte, darin spiegelte.

»Sie haben also einen Handel mit Sandler Gaines gemacht – ein Casino für die Freiheit Ihres Sohnes?«

Sie schlitzte den nächsten Umschlag mit der Spitze des Brieföffners auf.

Mit einer gewissen Gleichgültigkeit sagte sie: »Sie wissen nicht, wovon Sie reden. Und wenn Sie mein Haus nicht augenblicklich verlassen, werden Sie nicht nur mit Sheriff Quinn fertigwerden müssen. Mir scheint, dass seinesgleichen Sie nicht aus der Ruhe bringt.«

»Es gibt gar keine Stiftung, nicht wahr?«, sagte Darren. »Das ist eine Scheingesellschaft, eine Lüge, die Sie sich ausgedacht haben, damit Leroy an Sie verkauft.«

»Das ist ein Annäherungsversuch«, sagte sie, bevor sie einen Umschlag mit ihrer rosa Zungenspitze ableckte und mit sorgfältiger Schrift ihren Namen quer auf die Vorderseite schrieb. »Seine Familie hat mich bestohlen, und ich habe ihm vergeben und ihm versprochen, dass seine Indianer geschützt wären.« Es war so viel falsch an dem, was sie da sagte, dass Darren einen Schritt zurücktrat und den Kopf schräg legte, als wollte er sie aus einem anderen Winkel betrachten. War diese Frau irre oder so verblendet, dass sie eine Gefahr darstellte wie früher ihr gewalttätiger Sohn? Nur dass sich bei ihr alles innerhalb der Vornehmheit dieses viktorianischen

Herrenhauses abspielte. »Seine Familie hat Sie nicht bestohlen«, sagte Darren. »Sie haben nur ihr Leben gerettet.«

»Und sich dabei das Eigentum angeeignet, das meinen Verwandten gehörte.«

»Sich angeeignet?«

»Wer weiß, was aus meiner Ururgroßmutter geworden wäre, wenn sie die Gelegenheit gehabt hätte, ihre Sklaven zu verkaufen, bevor der Krieg zu Ende war.«

»Margaret Goodfellow und ihre Familie gehören genauso wenig Leroy Page, wie seine Familie je Ihnen gehört hat. Sie sind wie Verwandte. Und Sie wollten das dazu benutzen, um ihnen ihr Land zu stehlen.«

»Sie bekommen ihren eigenen, unabhängigen Bereich, ich weiß nicht, wieso sie das nicht begreifen wollen. Die ganze Gemeinschaft, der Stamm oder wie sie es sonst nennen wollen, besteht aus weniger als einem Dutzend Personen. Wie viel Platz brauchen sie denn? Ein Casino am Seeufer mit Flussfahrten auf einem alten Dampfschiff von Jefferson aus könnte für alle ein Segen sein. Wohlstand und all das. Es gibt Jobs für sie im Casino, wenn sie wollen. Ich sorge persönlich dafür.«

»Aber das wird nicht passieren, nicht wahr?«

»Wir haben noch Zeit«, sagte sie.

»Ihr Sohn, Rosemary, hat darum gebeten, es abzublasen. Er will das mit der Bewährung nicht durchziehen. Erst gestern hat er zugegeben, einen Mord an einem ABT-Kumpel in Auftrag gegeben zu haben.«

Jetzt stand Rosemary auf, wobei sie ihren Stuhl so kräftig zurückstieß, dass sich die beiden Vorderbeine kurz vom Boden hoben. Geräuschvoll trafen sie wieder auf dem Steinfußboden auf.

»Was haben Sie getan?«

»Nichts«, sagte Darren. »Es war seine Idee ... und Marnies.« Er wusste, dass sie das auf hundertachtzig bringen würde, und genau da wollte er sie haben, weil sie in ihrem Zorn ihre Zunge nicht mehr hüten würde. »Er kommt nicht raus, Rosemary.«

Sie schüttelte den Kopf. »Sie hassen einander. Unmöglich, dass sich die beiden das ausgedacht haben. Das würde er niemals tun. Bill weiß, wie sehr ich mir wünsche, ihn wieder zu Hause zu haben.«

Es war, als hätte ihr Liebhaber sie wegen einer anderen sitzen lassen.

»Den beiden ist wohl wichtiger, dass Levi wieder nach Hause kommt.«

Sie stieß ein gemeines, dreckiges Lachen aus. »Mein Enkel ist tot.«

Rosemary kehrte an ihren Platz am Schreibtisch zurück und ließ sich mit gespielter Trauer auf ihren Stuhl sinken, aber Darren wusste nicht, ob sie wirklich glaubte, was sie sagte.

»Was ist mit Monica Maldonado?«, fragte er. »Haben Sie ihre Kanzlei beauftragt oder Sandler Gaines, oder macht das überhaupt einen Unterschied?«

»Ich bin mir nicht sicher, ob Sie das etwas angeht.«

»Wenn sie verschwunden ist, schon.«

»Du meine Güte, haben Sie durch Ihren Aufenthalt in Jefferson Geschmack an Lügenmärchen gefunden? Wohl zu viele unserer Geisterngeschichten gelesen, Mr. Mathews?«

»Es heißt Ranger.«

Sie zuckte leicht mit den Achseln, als wäre ihr das egal.

»Wollen Sie etwa behaupten, Sie wären ihr nie begegnet?«, fragte er.

»Ganz und gar nicht, Ranger. Sie haben selbst gesagt, dass man sie beim Verlassen meiner Dinnerparty gesehen hätte, auf der sie, wenn ich mich recht erinnere, mehreren Gästen erzählt hat, dass sie sich den See anschauen wollte, dass sie vorhatte, in Uncertain ein kleines Boot zu mieten, bevor sie Texas wieder verließ.«

»Ein Boot?«

»Ich glaube, ein paar meiner Gäste können bestätigen, dass sie ihr gegenüber genau diese Empfindung zum Ausdruck gebracht haben.«

»Wissen Sie, was ich denke? Ich denke, Monica hat kalte Füße bekommen wegen dem, worum man sie gebeten hatte, und hat mit Ihnen und Sandler darüber gesprochen, und als Ihnen klar wurde, dass sie Margarets Familie womöglich erzählen würde, was wirklich los war, und diese nicht unterzeichnen würde …«

»Was dann? Soll ich das arme Mädchen etwa umgebracht haben?«

»Ich habe nichts von Mord gesagt.«

Er dachte wieder an die Geräusche, die dumpfen, wiederholten Schläge. Hatte jemand ihren Kopf gegen die Wand geschlagen, bis sie bewusstlos war oder Schlimmeres? War dabei ihr Haarkamm zerbrochen? Als Darren an dem Abend sein Zimmer verlassen hatte, war der Aufzug bereits im ersten Stock gewesen, weshalb er die Treppe genommen hatte. War Rosemary gerade dabei gewesen, sie verschwinden zu lassen? Schwer vorstellbar, außer sie hatte Hilfe gehabt. Plötzlich sah er Clyde vor sich, wie er vor dem Cardinal Hotel gewartet hatte, stets zu Rosemarys Diensten.

»Ranger, mein lieber Junge, haben Sie eine Ahnung, wie viele Menschen auf dem See verschwinden? Vielleicht hatte sie einen Unfall. Oder sie hat ein paar schlechte Austern gegessen. Es wird nichts an dem ändern, was in Hopetown passiert.«

»Und wenn Leroy den Kaufvertrag nicht unterschreibt?«

»Das wird er«, sagte sie. »Oder er wandert ins Gefängnis.«

Darren stand vor ihrem Schreibtisch und spürte, wie die Wärme des Kaminfeuers von seinen Fußspitzen bis zu seinen Oberschenkeln hinaufkroch. Er versuchte sich einen Reim auf das zu machen, was sie gesagt hatte, als er Schritte hinter sich hörte und English-Leather-Aftershave roch.

»Roger, Gott sei Dank«, sagte sie und kam um den Schreibtisch herum. Sie ging zu Roger hinüber und ergriff seine Hände. »Er ist einfach hier hereingeplatzt.«

»Ranger Mathews, ich fürchte, wenn Sie keinen Durchsuchungsbeschluss haben, der von einem Richter vom Marion County unterzeichnet ist, muss ich Sie bitten, das Anwesen zu verlassen.«

Aber Darren ging nicht. Er rührte sich nicht vom Fleck.

Er dachte über ihre Worte nach. *Oder er wandert ins Gefängnis.*

Dass Leroy Page ins Gefängnis ging, war nur möglich, wenn die Vorwürfe wahr waren, wenn niemand ihren Enkel je lebend finden würde.

»Herrgott noch mal«, sagte Rosemary und kehrte zu ihrem Schreibtisch zurück, wo sie den Knopf einer Sprechanlage drückte und das Wort »Sofort« bellte.

Darren dachte, sie würde Mary Bescheid sagen, dass Roger angekommen sei, doch sein Instinkt verriet ihm, dass das keinen Sinn ergab. Einen Moment später füllte eine massige Gestalt den Türrahmen aus, und Roger machte ein quiekendes Geräusch und rief: »Ich darf nicht hier sein. Himmel noch mal, Rosemary, ich darf dabei einfach nicht anwesend sein.« Er huschte in dem Moment zur Tür hinaus, in dem Bo, Gil Thomasons rotbärtiger Nachbar, hereingestürmt kam. Er hob Darren hoch und knallte ihn mit solcher Wucht auf den Tisch, dass Briefe herumflogen und sich der silberne Brieföffner in Darrens Rücken bohrte. Einen Moment lang stand er unter Schock. Nie zuvor hatte er erlebt, dass jemand seine Marke mit solcher Verve und ohne jede Angst missachtete. Der Kerl verpasste Darren ein paar Schläge ins Gesicht, bevor dieser seinen Colt zücken und dem Mann in den Bauch rammen konnte. Als der Mann sich daraufhin aufrichtete und sein enormes Gewicht von Darren nahm, konnte er endlich wieder atmen.

»Sie erschießen diesen Jungen nicht«, sagte Rosemary. »Nicht in diesem County, nicht in meinem Haus und kommen damit davon. Ich habe Steve Quinns Kampagne bezahlt. Beide. Und Bo hier hat Sie auf Band, wie Sie draußen in Hopetown weiße Bürger bedrohen. Ihr Ruf, gern die Grenzen des Gesetzes zu überschreiten, eilt Ihnen voraus und gewährt mir einen gewissen Gestaltungsspielraum, wenn ich erklären soll, was heute Abend hier passiert ist. Das sollte Sie davon abhalten, hier in meiner Stadt Ihre Nase in Dinge zu stecken, die Sie nichts angehen, verstanden? Wenn Sie Bo erschießen, werde ich sagen, dass es keinen Anlass dafür gegeben hätte. Ich werde sagen, dass Sie ›weißer Abschaum‹ oder ›Dreckskerl‹ oder irgendwas anderes gebrüllt hätten. Es wird Zeit, dass Sie gehen, Ranger Mathews. Ich will, dass Sie mein Haus und meine Stadt verlassen.«

Darren schmeckte Blut im Mundwinkel.

Er leckte es ab und hatte einen kupfrigen Geschmack auf der Zunge.

Resigniert warf er die Hände in die Luft, doch im Geiste war er bereits auf halbem Weg zum Krankenhaus, wo er Leroy Page einen Besuch abstatten musste. »Sie sagten, wenn Leroy die Papiere nicht unterschreibt, geht er ins Gefängnis. Verraten Sie mir bloß, wieso; helfen Sie mir dabei, das zu begreifen, und ich werde gehen. Wieso haben Sie das gesagt?«

»Weil wir eine Abmachung haben.«

23

Rosemary und Leroy hatten eine Abmachung getroffen, doch keiner bekam, was er wollte. Sie wollte ihr Casino und dass ihr Sohn Bill aus dem Gefängnis kam; er wollte, dass Margaret Goodfellow und die Mitglieder ihrer Familie einen gesicherten Anspruch auf das Land hatten.

Und jemand, so glaubte Darren, war zwischen die Fronten geraten.

Als er das Krankenzimmer von Mr. Page im Marion County Hospital erreichte, war Greg vor der Tür postiert, wo er auf einem Stuhl saß und ein Tablett auf Rädern aus einem anderen Zimmer als provisorischen Schreibtisch nutzte. Es waren noch mehr Agenten anwesend, außerdem die Deputys, die schon während der Verhaftung da gewesen waren. Einer von ihnen aß eine Packung Chuckles aus einem der Verkaufsautomaten. Der andere spielte Candy Crush auf seinem Handy. Es war Greg, der aufstand und sich vor die Tür stellte, als Darren hineingehen wollte. Durch das kleine Fenster in der Tür konnte er sehen, dass der alte Mann noch immer mit Handschellen ans Bett gefesselt war und Erika bei ihm saß, die noch gequälter aussah als zuvor und sich mit einem Taschentuch die Augen wischte.

»Du darfst da nicht rein«, sagte Greg. Er sah Darren mit der typisch selbstsicheren Pose eines FBIlers an, doch im Grunde waren sie nur zwei Freunde, die sich anstarrten und von denen der eine den anderen verdächtigte, mit seiner Frau geschlafen zu haben. Greg spürte die Anschuldigung. Sie lag bleiern in der Luft, doch beide weigerten sich, sie zur Kenntnis zu nehmen.

»Ich muss mit ihm reden. Wir haben vielleicht nicht viel Zeit.«

»Er liegt im Koma.«

Greg stieß Darren sanft zurück. »Nur Familienmitglieder sind zugelassen. Ich darf dich da nicht reinlassen«, sagte er. Als er Darrens verzweifelten Gesichtsausdruck sah, fügte er hinzu: »Was ist los, Darren? Quinn sagt, du hättest irgendwas von einer verschwundenen Frau erzählt, jemand, den du zusammen mit Sandler Gaines gesehen hast.«

»Es hat etwas mit dem Verkauf zu tun. Die ganze Sache hat damit zu tun.«

»Was meinst du?«

»Der Junge ist noch immer am Leben.«

Erst als er es laut aussprach, wusste er, dass es stimmte.

Greg blickte zu den anderen Agenten und Gesetzeshütern und flüsterte dann, als schämte er sich irgendwie für Darren: »Bist du high?«

»Der alte Mann hat ihn als Druckmittel bei den Verhandlungen benutzt. Idiotisch, ja, aber er ist irgendwo da draußen, und wir müssen ihn finden. Wieder wollte er nach dem Türdrücker des Krankenzimmers greifen. Aber Greg packte ihn am Arm und zerrte ihn diesmal ein paar Meter den Flur entlang, außer Hörweite der Agenten in ihren schwarzen Anzügen, die jetzt zerknittert und verschwitzt waren.

»Darren, ich habe den Mann gerade wegen Mordes vor einem Bundesgericht angeklagt.«

Aber wenn Levi am Leben wäre und zurückkäme, dachte Darren, ginge Leroy nicht ins Gefängnis. Genau das war es, worauf Rosemary wartete, darauf, dass Mr. Page zur Vernunft kam, was den Verkauf betraf, wobei sie gar nicht wusste, dass er in kritischem Zustand war.

Er schlug mit der Handfläche an die Krankenhauswand. »Greg, dieses Kind lebt, und wir müssen es finden.«

»Ich mache mir Sorgen um dich, Darren«, sagte Greg und beugte sich weit genug vor, um seinen Atem zu riechen. Darren wusste, dass er einen seltsamen Eindruck erweckte. Noch immer klebte getrocknetes Blut an seinem Mund. »Wir haben die Sachen des Jungen in seinem Haus gefunden. Was ist nur los mit dir? Was ist mit deinem Gesicht passiert?«

»Ihr könnt die DNA-Analyse gar nicht so schnell zurückbekommen haben.«

»Aber wir vertrauen darauf, dass die Mutter und die Schwester die Kleidungsstücke identifizieren. Die Sachen, Hemd und Shorts ... Unterwäsche, sind gewaschen worden. Der Mann hat sie tatsächlich zusammengefaltet auf seine Waschmaschine gelegt. Der Mistkerl hat geglaubt, er kann Spuren verwischen.«

Darren hatte auf einmal das Bild der Dutzenden von fertig zubereiteten Sandwiches in Leroys Kühlschrank vor Augen, das war an dem Tag, als er von einem Angelausflug ohne Fisch zurückgekommen war, Hosenbeine durchnässt bis zu den Knien, als wäre er irgendwohin gewatet. Und Greg hatte gerade gesagt, dass sie die Sachen des Jungen gewaschen und zusammengelegt vorgefunden hatten. Margaret hatte recht gehabt, er hatte dem Jungen nichts getan. Er kümmerte sich um ihn.

Darren glaubte zu wissen, wo. Er ließ Greg mit offenem Mund stehen. Dann rannte er so schnell er konnte zu seinem Truck und brauste in Richtung Eisenbahngleise und dem Truth and Treasures Shop davon.

»Ich brauche eine Karte«, sagte er zu Marcus. »Gogo Island. Wo ist das genau?«

Marcus, der mit den Füßen auf dem Tisch dagesessen und einem Podcast auf seinem Handy gelauscht hatte, während er neue Fotos in Plastikhüllen steckte, griff in die Kiste auf dem Boden und holte ein Exemplar seines Buchs heraus. Er blätterte die Seiten durch, bis er auf eine grobe, von Hand gezeichnete Karte des Caddo Lake stieß, die bei weitem nicht so beeindruckend war wie diejenige, die ihm Sheriff Quinn bei ihrer ersten Begegnung gezeigt hatte. Er riss sie aus dem Buch heraus, als wäre es eine heroische Tat.

Es war unmöglich, den Maßstab zu ermitteln; es war nicht einmal der gesamte See abgebildet, nur das Ufer auf der Seite von Harrison County, die Docks in der Nähe des Örtchens Karnack und ein Teil von Goat Island, der größten Insel auf dem See, und Horse Island. Zwischen diesen beiden befand sich der sogenannte Back Lake, und Darren erinnerte sich daran, dass das Gewässer dort draußen so weitläufig und urwüchsig war, dass die Leute es gedanklich unterteilten, um es überhaupt fassbar zu machen. Der Back Lake strömte schließlich in den Clinton Lake, an dessen Ufer Hopetown im nordöstlichsten Bereich des Sees lag, der noch zu Texas gehörte.

Marcus legte irgendwo in dem vielen Blau seinen Finger auf eine Stelle, die laut der Karte die Form und Größe einer Wachsbohne hatte.

»Das ist sie«, sagte er mit leiser, fast ehrfurchtsvoller Stimme. »Von allen Seiten von hohen Pinien und Hickorys umgeben, sodass man kaum mitbekam, was dort vor sich ging. Aber das ist sie. Gogo.«

»Hast du eine andere?«, fragte Darren und schüttelte den Kopf, als Marcus nach einem weiteren Buchexemplar griff. »Keine größere Karte, etwas, das man Touristen und Anglern mitgibt. Mit den beiden Karten kann ich sie wahrscheinlich finden.«

»Wie willst du da hinkommen?«

Das musste noch geklärt werden. Unterwegs hatte Darren dreimal Sheriff Quinn angerufen – und dreimal die gleiche Nachricht hinterlassen, dass er nämlich mit dem Wildhüter in Kontakt treten müsse. Der Sheriff hatte noch nicht zurückgerufen, und Darren musste wohl langsam akzeptieren, dass das verbrannte Erde war. Also rief er seinen Lieutenant in Houston an. »Mathews«, bellte dieser, sobald er den Hörer abgenommen hatte. »Wieso bekomme ich Anrufe von Frank Vaughn? Sie haben den Bill-King-Fang nicht erwähnt, oder?«

»Nein.« Hatte er nicht.

Und seine Mutter hatte auch nicht zurückgerufen.

»Gut, denn ehe das nicht schriftlich fixiert ist und ein Notar sein Geständnis bezeugt hat, gehen unsere Fälle niemanden was an. Frank und sein Team in und um Coldspring arbeiten inzwischen fast zwei Monate daran, und ich will das in Sack und Tüten haben, bevor ich ihm mitteile, dass wir den Mörder gefasst haben und den Fall von hier aus bearbeiten.«

»Ich will das Gleiche.«

»Vielleicht finde ich ja noch heraus, was *er* will«, sagte Wilson. Er stöhnte leicht auf und nahm dann einen Schluck von etwas auf seinem Schreibtisch. Darren stellte sich eins der Gebräue seiner Frau vor. Buttermilch mit pürierten Bohnen vielleicht. »Sind Sie auf dem Weg nach Houston? Ich vermute, Sie haben die Gastfreundschaft in Marion County überstrapaziert.«

»Wir suchen noch immer ein vermisstes Kind.«

Wilson rülpste Darren ins Ohr. »Ich kann Ihnen nicht folgen. Steve Quinn sagte mir, sie hätten jemanden verhaftet, einen von den langjährigen Bewohnern Hopetowns.«

»Ich glaube, der Junge ist noch am Leben, und ich brauche den Wildhüter, damit jemand mit mir auf den See hinausfährt.«

»See?«

»Er ist irgendwo dort draußen, Sir. Auf einer der Inseln, ich bin mir ziemlich sicher. Eine Insel, die mit der Geschichte von Hopetown zu tun hat. Ich glaube, der alte Mann hat ihn als Druckmittel benutzt, damit Rosemary King die Vertragsbedingungen ändert.«

»Mathews, sind Sie sicher ...«

»Ich bin hier draußen auf ein Schlangennest gestoßen. Auf Diebe und Lügner. Und ich glaube, dass Leroy Page eine fehlgeleitete Vorstellung davon hat, wie die Dinge zu korrigieren sind, also hat er sich den Jungen geschnappt. Eine Frau ist ebenfalls involviert, eine Frau, die verschwunden ist, eine Anwältin, die mit dem Verkauf befasst war, und ich glaube, dass Rosemary King etwas damit zu tun hat.«

»Mein Sohn«, sagte Wilson. Es passierte nur selten, dass er ihn nicht mit Ranger ansprach, obwohl ihm ab und zu auch ein Darren entschlüpfte, weil Fred Wilson und William Mathews enge Freunde gewesen waren, als sie gemeinsam im Department gedient hatten. Doch das *Mein Sohn* hier war sanft wie eine Liebkosung, von der Sorte, die in dieser Gegend häufig von einem *Du liebe Güte* gefolgt wurde. Aber Wilson versuchte etwas zu vermitteln, womit Darren nicht gerechnet hatte. Vertrauen. »Ich bin nicht vor Ort und kann das Ganze nicht beurteilen, doch wenn Sie mir sagen, Sie glauben, dass irgendwo da draußen ein Kind ist, werde ich Sie bestimmt nicht daran hindern, das zu überprüfen. Nur werde ich vom Marion County bestimmt keine Unterstützung bekommen. Geben Sie mir ein, zwei Stunden, um ein paar Anrufe zu tätigen; ich finde heraus, welches unserer Regionalbüros Zugang zu einem Boot hat, das wir Ihnen zur Verfügung stellen können.«

»Wir haben keine Zeit. Es sind fast sechs Tage.«

»Glauben Sie, er ist in Gefahr?«

»Auch wenn es seltsam klingt, aber ich glaube, dass Leroy ihn versorgt hat, obwohl er offen gesagt hat, ihn nicht leiden zu können.« Leroy war ebenfalls in Gefahr, denn er würde ins Gefängnis wandern, wenn niemand den Jungen fand, bevor er da draußen starb, jetzt, wo der frühere Angelkumpel seines Großvaters nicht mehr da war, um ihm Essen und Wasser zu bringen.

Darren sagte: »Es wird Zeit, dass er wieder nach Hause kommt«, und beließ es dabei.

»Tun Sie, was Sie für richtig halten. Sie haben meine volle Unterstützung.«

Solche Worte hatte er von Wilson noch nie gehört – und natürlich war ihm in den Sinn gekommen, dass er, um ein weißes Kind zu retten, bei den Leuten vor Ort uneingeschränkte Vollmacht bekam und damit Wilson in der Tasche hatte. Wut flammte kurz in seiner Brust auf. Glaubte er, dass der vermisste blonde Junge Wilson Feuer unterm Hintern gemacht hatte? *Ja.* Bedeutete das, der Junge brauchte seine Hilfe nicht mehr? *Nein.* Konnte er dafür sorgen, dass Leroy nicht ins Gefängnis kam? *Ja.*

Er nahm die herausgerissene Karte und eine für Touristen, die Marcus im Laden hatte, steckte beide in seine Hosentasche und ging zur Tür. Er bemerkte gar nicht, dass Marcus hinter ihm war, bis er draußen auf dem Gehsteig stand und hörte, wie dieser die Ladentür abschloss. Er drehte sich um.

»Ich komme mit«, sagte der ehemalige Zimmergenosse seines Onkels.

»Was?«

»Ohne mich findest du die niemals«, sagte Marcus und schlüpfte in die Ärmel einer kunstledernen roten Bomberjacke. Er legte Darren eine Hand auf die Schulter, als wären sie Partner in einem großen Abenteuer, als würde er sich gleich wunderbar amüsieren.

Marcus erzählte ihm, dass sie am Kai von Karnack in der Nähe des Big Pines Lodge Restaurants einen Haufen Boote finden würden – was er nicht erwähnte, war, dass sie bis zum letzten vollbesetzt mit Touristen waren, die für viel Geld bei einer der fünf Ausflugsfirmen Tickets erworben hatten. Sie betrieben ihr Geschäft von kleinen Hütten aus, die wie gammelige Zähne in einem

Halbkreis hinter dem Restaurantparkplatz standen. In der Luft lag der Geruch von Bootsdiesel von den tuckernden Motoren und fettiger Abluft aus der Restaurantküche – wo alles, vom Alligator über den Wels bis hin zum Maismehlbällchen, in einem Bottich mit erhitztem Öl um sein Leben schwamm.

Die Boote waren hauptsächlich Pontons, von denen jeder zwischen zehn und achtzehn Personen befördern konnte. Darren setzte einen Fuß auf den Rand des nächsten Boots. Er ließ eine Hand an seiner Pistole, zog sie jedoch nicht aus dem Holster, weil das genügen würde. »Alle runter vom Boot.« Der Bootsführer war ein wettergegerbter Weißer, der nur aus Haut und Knochen zu bestehen schien und wie aus Stein gemeißelt wirkte, was ihn gleichzeitig verwundbar und furchterregend aussehen ließ. Er trug die Haare an den Seiten rasiert, sein Vokuhila war von der Sonne gebleicht. Er drängte sich zwischen den zahlenden Kunden hindurch zum Heck, um herauszufinden, was zum Teufel los war. »Draußen auf dem See ist ein vermisstes Kind, und uns bleibt nicht viel Zeit.« Der Bootsführer sah Darrens Hand auf seinem 45er Colt. Er sah auch die Marke. In seinen Augen blitzte es – Seemannspflicht, hoffte Darren. »Das ist ein Notfall. Sie müssen von Bord gehen.«

Ein Kleinkind begann zu schreien, als der Kapitän die Leute vom Boot scheuchte, wobei er die Erstattung des Tickets und eine Freifahrt versprach. »Auf uns.« Marcus war am Steg geblieben und reichte den Passagieren die Hand, als sie nörgelnd das Boot verließen, wobei die Frauen die Kinder fest an sich drückten. Sobald das Boot, die *Blue Heron*, leer war, kletterte Marcus zu Darren hinüber. Er legte zwei Rettungswesten übereinander an, während Darren die Karten aus seinen Taschen zog und dem Kapitän befahl, nördlich den schmalen Cypress Bayou entlangzufahren, der die Verbindung zum Carter Lake war, der wiederum zum Back Lake und nach Goat Island und dann zum Punkt auf der Karte führte, auf den Darren zeigte. »Gogo Island«, sagte er.

Der Kapitän ging zum Bedienfeld des Motors. Es befand sich in der Mitte des Boots, mit Sitzplätzen darum herum, damit die Touristen freie Sicht hatten. Darren ließ die Karte beim Kapitän – Jim, hatte er gesagt, sei sein Name – und stellte sich in den Bug des Boots, wo ihm die Metallreling gegen den Hüftknochen drückte. Marcus hatte kein Wort gesagt, seit sie losgefahren waren. Er hatte sich auf die Bank im Heck gesetzt und rührte sich nicht.

»Nie davon gehört«, sagte Jim. »Aber man kann selbst nach fünfzig, sechzig Jahren hier nicht jede Insel, jeden Bayou, jeden Unterstand und jede Schmugglertruppe kennen, die sich früher mal in den Wäldern versteckt haben. Ich wette, es gibt Zeug hier, das würde nicht einmal Gott mit einer Karte finden.«

»Wie wär's mit ein bisschen mehr Optimismus?«, sagte Darren, dem die zynische Grundhaltung des Mannes nicht gefiel. Schließlich sollte er ihm helfen, ein Kind zu finden. Er fragte Jim, ob sie nicht einen Zahn zulegen könnten, und beugte sich dann nach hinten, um Marcus zu fragen, ob das so in Ordnung war. Ob sie in die richtige Richtung fuhren. Marcus hatte ihn entweder nicht gehört, oder war ängstlicher, als Darren anfangs bewusst gewesen war. Seit sie in Karnack abgelegt hatten, hatte er noch kein Wort gesagt. »Ich mein's ernst«, sagte er zum Kapitän. »Ich will Sie nicht nerven, aber könnten wir ein bisschen schneller machen?«

»Wir fahren durch einen Zypressenwald«, erwiderte Jim. »Wenn wir da durchrasen und gegen eine der Kniewurzeln donnern, die aus dem Wasser ragen, werden wir ziemlich wahrscheinlich das Boot beschädigen. Glauben Sie mir, Sie möchten hier nicht festhängen, wenn die Sonne untergeht. Man nennt es ›eine Nacht im Caddo Motel verbringen‹. Sie haben die direkteste Route rausgesucht, aber auf dem Weg könnte Einiges schiefgehen.«

Marcus hinter ihm gab ein Geräusch von sich, das wie ein panischer Schluckauf klang.

Der Himmel hatte sich noch nicht einmal zu dem aschigen Violett verfärbt, wie er es in der Dämmerung tat. Sie hatten noch mindestens zwei Stunden Tageslicht, schätzte Darren. Er konnte das seltsame Gebaren des Kapitäns nicht verstehen, die kaum verhohlene Freude, die er aus einer angespannten Situation zu ziehen schien, die er nicht unter Kontrolle hatte. Darren hatte sogar den Eindruck, dass er hinter seinem zotteligen Schnurrbart grinste. Er wollte dem Kerl gerade sagen, dass er gefälligst Vollgas geben sollte, als sie in den Zypressenwald hineinfuhren. Jim drosselte den Motor auf Schritttempo und lächelte tatsächlich, wie Darren jetzt sehen konnte, strahlte sogar. »Da ist sie.«

»Mein Gott«, flüsterte Marcus. In dem Wald, durch den sie glitten, gab es bis auf das Schwappen des Bayouwassers gegen die Bootswand kein Geräusch, keine Welt mehr jenseits des Caddo Lake. Darren hatte so etwas noch nie gesehen. Zypressen, deren Stämme Röcke trugen wie schüchterne Tänzerinnen auf einem Kirchenfest, jedoch genug Platz für Gott ließen, genug Platz für Jim, damit er sich zwischen ihnen hindurchschlängeln konnte, und die zu einem Himmel aufragten, der nun doch langsam dunkel wurde. Das, zusammen mit dem Spanischen Moos, das von den Bäumen hing, bildete über dieser heiligen Zufluchtsstätte auf dem Wasser eine Art Baldachin.

Die drei Männer fuhren schweigend eine gefühlte Ewigkeit dahin.

Es war pure Anmut, durch einen Wald mit Bäumen zu fahren, die älter als die Zeit waren, Bäumen, die gegen Eindringlinge von außen Schutz boten, gegen jeden Mann und jede Frau, die die Geschichte des Sees nicht respektierten, die nicht respektierten oder verstanden, dass dieser schon hier gewesen war, bevor Amerika überhaupt existierte, bevor Mexiko und Spanien sich einen Teil davon nahmen, bevor es Frankreich ebenfalls versuchte, bevor Texas mehr als ein freundliches Wort auf den Lippen eines Caddo war. *Tayshas*.

Als sie aus dem Wald heraus auf das offene Gewässer des Carter Lake fuhren, war Darren froh, ein paar Sonnenstrahlen hinter Wolken zu erhaschen, die von Osten heranzogen. Wenn sie hier nicht schnell genug durchkämen, würde entweder die Nacht hereinbrechen, oder sie würden in einen Sturm geraten. Auf der Wasserstraße nahm Jim wieder Fahrt auf, wie Darren ihn gebeten hatte. Sie fuhren in den Back Lake ein, an Horse Island und dann am südlichen Ufer von Goat Island entlang, das sich über mehrere Meilen erstreckte, und dann näherte sich die *Blue Heron* dem Gebiet, das auf Marcus' Karte als Gogo Island verzeichnet war. Darren suchte das Wasser vor sich ab und blickte hinüber zu der Gruppe von Pinien, die aus dem Wasser aufzuragen schienen, jedoch mehr einem Schutzwall um ein Stück Land glichen, das immer größer wurde, je näher das Boot kam. Darren wandte sich zu Marcus um, der hinten noch immer reglos auf seinem Platz verharrte.

»Ist sie das?«, fragte Darren.

Marcus sagte nichts. Darren winkte ihn zu sich. »Ist das die Insel.« Als Marcus unsicher den Kopf schüttelte, schrie ihn Darren an, er solle aufstehen und vorne rausschauen. Jim hatte bereits den Motor gedrosselt, während sie sich einer Stelle näherten, wo das Land knapp einen halben Meter aus dem Wasser aufragte. Darren stieß Marcus gegen die Reling.

»Ich weiß nicht, Mann«, sagte Marcus.

»Was soll das heißen, ich weiß nicht?«

»Ich habe sie noch nie gesehen.«

»Hast du mich etwa angelogen?«

Mit einem verlegenen Schulterzucken sagte Marcus: »Ich kann nicht schwimmen.«

Trotz der beiden Rettungswesten klammerte sich Marcus so fest an die Reling, dass Darren jeden Kratzer und jede Falte auf seinen Fingerknöcheln sehen konnte. Er sah im Augenwinkel einen Blitz, gefolgt von einem kanonenartigen Donner. Ein Sturm zog auf. »Wenn Sie das wirklich machen woll'n«, sagte Jim, »dann ist jetzt der Moment.«

Marcus riss dem Kapitän seine Karte aus den Händen. Er betrachtete sie eine Weile und blickte dann zu dem offenen Kanal hinter ihnen, durch den sie gekommen waren. Er nickte weniger entschieden, als Darren lieb war, und sagte: »Das ist sie.« Sekunden später gefolgt von einem: »Müsste sie sein.«

»Ich kann mit diesem Ding nicht ans Ufer ranfahren«, sagte Jim zu Darren. »Bis hierher und nicht weiter.«

Darren nickte und schickte sich an, über die Reling zu klettern. Er würde schwimmen oder waten und eine Baumwurzel finden müssen, an der er sich hochziehen könnte. Doch gerade als er hinüberklettern wollte, hörte er Marcus seinen Namen rufen und spürte plötzlich einen Arm um den Hals. Es war Jim, dessen steinharte Knochen Darrens Luftröhre zudrückten. Schlimmer noch, er spürte, wie seine linke Körperseite leichter wurde, und wusste, dass sich der Mann seine Pistole geschnappt hatte. Er begriff nicht, was los war, bis seine Augen, die beim Versuch zu atmen hervortraten, das Tattoo auf dem Handgelenk des Kapitäns entdeckten.

Eine winzige Dixie-Flagge.

Jim flüsterte ihm ins Ohr: »Sie denken wohl, dass Rosemary nichts hat verlautbaren lassen. Bill Kings Mutter kann stets auf unsere Hilfe zählen.«

»Er hat sich von der Bruderschaft abgewandt.«

»Was heißt das?«, fragte Jim und schlang seinen Arm fester um Darrens Hals.

»Lassen Sie ihn los«, sagte Marcus schwach.

Darren hörte Jim an seinem Ohr lachen. »Die Bruderschaft gilt auf Lebenszeit.«

»Der Junge«, krächzte Darren.

»Wenn das nicht irgendso'n Niggerzauber ist, irgend so 'ne Schwachsinnsgeschichte über Indianerinseln, und wenn Bill Kings Junge wirklich in dieser schwimmenden Wildnis ist, schnapp *ich* ihn mir.«

Plötzlich hörte Darren einen leisen metallischen Schlag.

Er spürte, wie sich der Druck um seinen Hals löste.

Als er sich umdrehte, sah er Marcus mit dem Feuerlöscher des Bootes in der Hand, mit dem er den Kapitän außer Gefecht gesetzt hatte. *Oh Scheiße, nein.* Darren nahm ihn in Augenschein und stellte fest, dass er noch immer atmete. Er nahm Jim die Waffe aus der Hand und reichte sie Marcus, der Angst davor hatte, sie zu berühren. »Was hast du noch mal über meinen Onkel gesagt, dass er die akademische Welt der realen vorziehen würde? Nun, realer wird's nicht.«

Marcus nahm die Waffe, und Darren sagte ihm, dass er ihr Leben in Händen halte, bevor er über den Bootsrand sprang. Das Wasser war viel tiefer, als Sheriff Quinn behauptet hatte, jedenfalls hier draußen auf dem offenen Wasser. Er bewegte sich Wasser tretend am Ufer entlang, während er nach etwas Ausschau hielt, woran er sich an Land ziehen konnte. Schließlich trat er auf eine Zypressenwurzel, die hoch genug war, um den Stamm einer Eiche zu erreichen, die zwischen zwei Pinien stand. Sie war schmal genug, um seine Arme um den gesamten Stamm zu schlingen. Er zog sich hoch auf Gogo Island.

Zuerst war es, als würde man durch einen Park gehen, oder als wäre man bei einer Wanderung vom Weg abgekommen, auch wenn man das leise Murmeln des Wassers hören konnte. Er fand Spuren ehemaliger Bewohner, die hier und da verstreut waren. Scherben zerbrochener Tonwaren, Kreise im Boden, wo Dutzende, vielleicht hunderte Feuerstellen gebrannt hatten, die die Umgebung nachhaltig verändert hatten. Er sah Vogelnester, Eichhörnchen und Biberratten. Es war zu kalt für Wassermokassinottern, aber zu einer anderen Jahreszeit hätte er sie zur Liste der Wildtiere hinzugerechnet. Nach ungefähr zwölf Minuten blieb er wie angewurzelt stehen und verharrte so reglos, dass er das Wasser von seinen Hosen auf die feste Erde tropfen hörte. Er starrte auf eine kegelförmige Hütte, die fast identisch war mit der in Hopetown, nur dass diese an verschiedenen Stellen durchgefault war und das Dach stellenweise durchhing. Durch die Löcher im Holz und Stroh der Hütte sah Darren eine flüchtige Bewegung. Er rief Levis Namen und rannte darauf zu. Als er sie fast erreicht hatte, flog ein Stein an seinem Kopf vorbei. Ein weiterer kam aus der Hütte geflogen und traf ihn an der linken Schulter. Ein dritter traf Darren am Hüftknochen. »Gehen Sie weg«, hörte er jemanden mit verstopfter Nase und voller Zorn sagen. »Ich töte Sie. Ich schwör's.«

Darren musste sich tief bücken, um in die Hütte zu gelangen. Was einst ein heiliger Ort für Caddo-Indianer war, roch jetzt nach Pisse und Fleischwurst und der ungewaschenen Furcht eines Kindes, das seit beinahe einer Woche verschwunden war. Er war noch dünner, als Darren es sich vorgestellt hatte, doch beinahe eine Woche hier draußen ohne vernünftige Nahrung hatte das Seine dazu beigetragen: Seine Schlüsselbeine standen unter einem übergroßen Flanellhemd hervor, wahrscheinlich von Leroy Page. Er trug auch eine Latzhose des alten Mannes, die an den Hosenbeinen mehrmals umgekrempelt war. Er war von Sandflohbissen übersät, die er zu roten Pusteln aufgekratzt hatte. Darren sah auch ältere Wunden an seinen Beinen, erinnerte sich daran, dass Marnie gesagt hatte, Gil hätte den Jungen geschlagen, und dachte an all die unsichtbaren Narben, die er trug.

»Lass uns hier verschwinden, Levi.«

»Ich lass mir von einem Nigger nichts mehr befehlen.«

»Ich bin hier, um dich nach Hause zu bringen«, sagte Darren und ging vor dem Jungen in die Hocke.

Levi wischte mit dem Handrücken den Rotz weg. »Das hat Mr.

Page auch gesagt, und dann hat er mich hierher gebracht. Er ist ein Lügner, und Sie sind auch ein Lügner, und Sie hau'n besser ab, bevor ich Ihr Niggerleben auslösche.« Er nahm einen ziemlich großen Stein, den er sich bestimmt für einen Nahkampf aufbewahrt hatte. Er hob ihn über den Kopf, während sich Schweißperlen auf seiner Stirn bildeten, als er sich mit seinen dünnen Armen bereit machte, Darren anzugreifen, der nicht einmal mit der Wimper zuckte. »Und dann was, Levi?«, sagte er. »Ob's dir gefällt oder nicht, außer Mr. Page bin ich die einzige Person, die weiß, dass du hier bist. Und er liegt im Koma.« Er sah, wie Levi die Augen aufriss, bevor er sich auf die Lippe biss und herauszufinden versuchte, was das zu bedeuten hatte. »Also keine Sandwiches, frischen Sachen und Trinkwasser mehr. Niemand kommt, um nach dir zu sehen, Levi. Aber Leroy wollte von hier weg. Ich glaube, er hat das geplant, bevor ihm etwas zugestoßen ist.«

»Was ist passiert?«

»Jemand hat auf ihn geschossen. Unmöglich, dass die ganzen Hasstiraden nicht irgendwann in Gewalt umschlagen. Es ist einfach menschlich. Die Leute reden sich die Köpfe heiß, und etwas bahnt sich einen Weg in ihre Herzen, bis die verrücktesten Sachen auf einmal normal sind.«

»Ich wollte nicht, dass jemandem was passiert«, sagte Levi. »War das der blöde Gil?« Er klang auf einmal wie der älteste, lebensmüdeste Neunjährige auf dem Planeten. Die dunklen, geschwollenen Ringe unter seinen Augen sahen aus wie Fetzen grauer Zuckerwatte.

»Oh nein, der ist im Gefängnis.«

Und auf einmal gab es kein Halten mehr, und Tränen und Schnodder rannen über sein Gesicht. »Gil ist weg?« Darren nickte, und Levi warf sich ihm entgegen und landete in Darrens Armen, wobei er ihn beinahe umwarf. Sein warmer Körper war beinahe fiebrig. Er schluchzte hemmungslos, und Darren konnte spüren, wie die Knochen seines Brustkorbs zitterten. »Ich will zu Mom und Dana. Ich will nach Hause.«

Etwas an Gil Thomasons Verschwinden hatte Schmerz, Wut und Angst in dem Kind ausgelöst, die es wer weiß wie lange unterdrückt hatte. Er wischte sich die Nase an Darrens Hemd ab, blickte dann hinab auf Darrens fünffach gezackte Rangermarke und zurück zu der dunklen Haut in Darrens Gesicht und wieder hinab auf die silberne Marke.

»Heilige Scheiße, ist das Ding echt?«

Darren konnte sich ein leises Lachen nicht verkneifen. Der Junge glaubte nicht einmal einem Retter, wenn er direkt vor ihm stand. Oder vielleicht war es einfach nur das erste Mal, dass er die Marke eines Texas Rangers sah.

»Ja«, sagte er. »Sie ist echt«.

24

Marcus musste das Boot durch den Regen nach Hopetown steuern, während Darren dem Kapitän Handschellen anlegte und ihn anschließend mit dem Revolver in Schach hielt. Marcus wusste überhaupt nicht, was zu tun war, und Levi musste mehrfach eingreifen und ihm zeigen, welche Knöpfe er drücken und welche Hebel er wie bedienen musste. Er sei noch nie auf einem Boot dieser Größe gewesen, meinte er, aber es ähnele einem Videospiel. Wenn er nicht gerade am Bedienpult stand, blieb er dicht bei Darren, als hätte er Angst, dem Ranger von der Seite zu weichen, als könnte das Ganze nur ein Traum sein, und er würde vielleicht dort in dieser Hütte wieder aufwachen. *Niemand kommt, um nach dir zu sehen.* Darren roch sein blondes Haar, konnte spüren, wie ihm immer wärmer wurde, je näher sie dem Ufer kamen. Auf dem Weg hatte er mehrere Anrufe getätigt, und als sie ankamen und nicht weit vom Bootsschuppen von Levis Großvater entfernt anlegten, warteten dort sowohl Sheriff Quinn als auch Marnie King und ihre Tochter Dana. Marnie, das Haar vom Regen in Strähnen um den Kopf, lief in das flache Wasser am Ufer und griff nach Levi, bevor dieser über die Reling klettern konnte. Sie küsste seine Wange und seine schmutzigen Arme und weinte, als sie über seinen Kopf hinweg zu Darren blickte und sagte: »Danke.« Sobald er an Land war, rannte Levi zu seiner Schwester, und sie umarmte ihn ganz fest und wirbelte ihn herum. Darren überließ die Familie sich selbst. Marcus nahm die Rettungswesten erst ab, als er sicher an Land war, und versicherte Quinn, dass er den Kapitän aus Notwehr geschlagen habe. Der Sheriff nahm Jim in Augenschein, der ausgestreckt auf dem Boden lag, und stieß einen Pfiff aus: »Was für ein Schlamassel.«

Darren kletterte ebenfalls vom Boot.

Unter keinen Umständen würde er mit dem Ding noch einmal über den See fahren. Er würde eine andere Möglichkeit finden, um in die Stadt zu kommen. Er ging bereits ein Stück die Straße entlang, die aus Hopetown hinausführte, als er Trappelschritte auf der roten Erde hörte, aus der die Straßen hier draußen bestanden. Er drehte sich um und sah Levi mit strahlender Miene auf ihn zukommen, so als wäre er ein Gänseblümchen, erfrischt vom Tau, und Darren wäre die Sonne, die das alles erst möglich machte. Er musste während der gesamten Fahrt nach Hopetown darüber nachgedacht haben. Gil war weg. Damit war ein Gebet erhört worden. Er selbst war wieder zu Hause bei seiner Mutter und seiner Schwester; das war das andere. »Was ist mit Daddy?«, fragte er. »Kommt er bald nach Hause, wie er gesagt hat?«

Darren blickte den Jungen an und war einen Moment lang sprachlos.

Wegen ihm würde Bill King wahrscheinlich nie mehr aus dem Gefängnis kommen. Was er verdient hatte, wenn man den Mord bedachte, für den er keinen einzigen Tag gesessen hatte. Und trotzdem spürte Darren die Lüge dahinter, die Freiheiten, die er sich genommen hatte, was bedeutete, dass er Levi direkt anschauen und sagen musste: »Nein, mein Junge, er kommt nicht nach Hause.«

Levi biss sich auf die Lippe und stieß, verwirrt und enttäuscht, eine Schuhspitze in die Erde.

»So wie der Vater von Keisha und Jarrod Washington nicht nach Hause kommt.«

»Wer?«

»Bitte deine Mama, es für dich herauszufinden«, sagte Darren betont sachlich, um nicht grausam zu sein. Levis Leben war prekär, es glich einem Ball auf einem Drahtseil, der sowohl auf der einen als auch auf der anderen Seite herunterfallen konnte. Sie mussten auf ihn aufpassen, seine Familie. »Oder noch besser, schreib deinem Daddy einen Brief und frag ihn danach. Wenn er sich geändert hat, wie er behauptet, wird er dir die Wahrheit erzählen.« Als er seinen Weg fortsetzte, hörte er in der Ferne Trommeln und Donalds jaulende Gitarre und stellte sich vor, wie Margaret und ihre Familie im Regen tanzten.

Am Ende war der einzige Bundesfall im Marion County in diesem Dezember der wegen Verschwörung zum Betrug durch Rosemary King und Sandler Gaines, der aus der Stadt verschwunden war, kurz nachdem man den Jungen gefunden hatte. Rosemary, mit Roger an ihrer Seite, hielt eine Pressekonferenz auf dem gepflegten Rasen ihrer Villa ab und bezeichnete die ganze Sache als »Unsinn«.

Der Leihwagen von Monica Maldonado wurde verlassen auf einem Feldweg auf halber Strecke Richtung Longview gefunden, doch nichts wies darauf hin, dass sie ihn nicht selbst dort abgestellt und sich davongemacht hatte. Wie von Rosemary vorausgesagt, war sie einfach verschwunden, auch wenn Sheriff Quinn langsam dämmerte, dass etwas faul an der Sache sein musste, er ohne Leiche jedoch nicht mehr tun konnte, als eine Vermisstenakte anzulegen und abzuwarten, dass was passierte.

Darren blieb noch so lange in der Stadt, bis zwei ihrer Schwestern eintrafen, die von Washington D.C. und Pennsylvania einflogen. Sie bedankten sich bei ihm, dass er die Behörden über ihr Verschwinden informiert hatte, und trotzdem schämte er sich, dass er nicht mehr hatte tun können. Es war kein Fall für die Texas Ranger. Es war Quinns Angelegenheit. Er sagte den Schwestern, dass Monica etwas zu verhindern versucht hatte, das falsch gewesen war, dass sie Menschen davor bewahrt hatte, um ihr Geburtsrecht gebracht zu werden, und sie das womöglich ihr Leben gekostet hatte. Sie sagten, sie wollten eine Weile bleiben, ein Zimmer in dem Hotel nehmen, wo ihre Schwester zuletzt gesehen worden war, und versprachen, vor Rosemary Kings Haus zu parken. Sie wollten, dass sie den Geist ihrer Schwester spürte.

Als Leroy Page eine Woche später aus dem Koma erwachte, wurde er erneut verhaftet, diesmal wegen Kindesentführung, doch es waren nur die Männer von Sheriff Quinn anwesend. Greg hatte die Stadt inzwischen verlassen und Darren ebenfalls. Aber erst, nachdem er den alten Mann einen Satz Verträge hatte unterschreiben lassen, die Lisa großzügigerweise von einem Kollegen aus ihrer Kanzlei für Mr. Page hatte aufsetzen lassen, Verträge, die die Eigentumsrechte auf Margaret und Donald Goodfellow übertrugen, mit einer Klausel, die Unterverpachtung verbot und somit das Schlupfloch beseitigte, das die weißen Nationalisten im Trailerpark benutzt hatten, um einen Teil von Hopetown zu besetzen und Mr. Page und Margarets Familie zu terrorisieren.

Lisa gefiel es anscheinend, dass sie helfen konnte.

Wie sie beide wussten, war es das Mindeste, was sie hatte tun können.

Greg und Darren hatten sich am Rande von Hopetown getroffen, um dabei zuzusehen, wie die Deputys vom Marion County jeden einzelnen Bewohner in jedem Trailer, Van, Auto, Hausboot oder Zelt vom Grundstück vertrieben, indem sie ihnen mitteilten, dass alles, was nicht innerhalb von fünfzehn Minuten verschwunden sei, von einem Bulldozer plattgemacht würde. Sie machten sich barfuß und mit Fotoalben und Fernsehgeräten unterm Arm davon, einer sogar mit einem Minikühlschrank. Sie packten Autos, Trucks und den gelben Van, der neben dem Trailer stand, wo Gil Thomason mit Marnie und den Kindern gewohnt hatte. Alle machten sich davon, bis auf Bo, den die Deputys zwei Tage zuvor verhaftet hatten, weil er auf Leroy Pages Haus Schüsse abgegeben und den alten Mann dabei fast getötet hätte. Versuchter Mord, ein weiteres Kapitalverbrechen. Greg, der seine Arbeit in Sachen Hassverbrechen erledigt hatte, hatte ein paar Bier zu dem Spektakel mitgebracht, und sie lehnten beide an Darrens Truck und hatten den harmonischsten Moment seit Tagen, wobei sie das Schauspiel genossen, wie Weiße von einem Stück Land verjagt wurden, das ihnen nie gehört hatte und das zu betreten sie kein Recht hatten.

Irgendwann setzte Greg eine nachdenkliche Miene auf: »Wir müssen reden, Alter.«

Darren schüttelte den Kopf. »Nicht jetzt, Greg. Bald. Aber nicht jetzt.«

Er hatte keine Gelegenheit, sich von ihnen gebührend zu verabschieden.

Von Leroy, Margaret, Ray und Donald, Virginia, Sadie und dem Baby. Er sprach nie wieder mit Marnie, Dana oder Gil Thomason, der eine lange Zeit im Texas Department of Criminal Justice vor sich hatte. Weil ihr Trailer bald plattgemacht würde, zog Marnie mit ihren Kindern in ein Motel am Highway 59 südlich von Jefferson. Auf dem Weg aus der Stadt fuhr er daran vorbei und hielt Ausschau nach einem flachsblonden Jungen mit angespannten, zerbrechlichen Schultern. Er sah, wie Dana am Pool auf Levi aufpasste. Marnie hatte einen Fuß ins Wasser getaucht, doch keiner von ihnen trug Schwimmsachen. Sie lachten über etwas, das Levi gesagt hatte. Darren warf einen letzten langen Blick auf den Jungen und hoffte inständig, dass er recht und Greg unrecht behalten würde, was den Jungen betraf – dass er nach all dem nicht eines Tages einem neunzehnjährigen Levi King mit SS-Runen auf dem Handgelenk begegnen würde.

Camilla

Er wohnte wieder in dem Haus, in dem er aufgewachsen war, dem Farmhaus im San Jacinto County, seinem geliebten Camilla. Er hatte kein festes Datum mit Lisa vereinbart, hatte ihr lediglich mitgeteilt, dass er eine Zeit lang dort bleiben wollte. Zu Hause. Sie hatte ihn nicht gedrängt, war optimistisch gestimmt, weil sie Darren ausnahmsweise einmal hatte helfen können, indem sie die Eindringlinge vom Grund und Boden des Hasinai-Zweigs, der den Caddo-Indianern in Marion County, Texas, angehörte, vertreiben konnte und ihr Antrag an das Bureau of Indian Affairs genehmigt wurde, ohne dass die Unterlagen etwas von dem Geldgestank von Sandler Gaines gehabt hätten. Sie war an Darrens Arbeit beteiligt gewesen, und das genügte vorerst. Wenn er eine Pause brauchte – und sie dadurch ein paar Tage länger hatte, ohne Fragen beantworten zu müssen –, nahm sie die gerne in Anspruch. Es war seltsam, zum Ranger-Büro in Houston zu pendeln, und noch viel seltsamer, am ersten Tag, nachdem er zurückgekommen war, das Büro seines Lieutenants zu betreten und dort etwas aus San Jacinto County vorzufinden.

Bezirksstaatsanwalt Frank Vaughn saß Wilson gegenüber, der mit fest verschränkten Armen, die ihm wie zwei Pythons die Luft abzuschnüren schienen, hinter seinem Schreibtisch stand. Er starrte auf etwas, das auf den Papieren und Aktenmappen auf seinem Schreibtisch lag. Licht spiegelte sich auf der Plastiktüte, in der sich ein Gegenstand befand, und Darren wusste erst, was es war, als er den roten Klebestreifen mit dem Wort BEWEISMITTEL oben auf der Tüte entdeckte. Er rührte sich nicht von der Stelle, machte keinen Schritt weiter, als sich Vaughn auf seinem Stuhl umdrehte und feststellte, dass Darren den Raum betreten hatte. Er warf ihm ein Lächeln zu, mit dem man hätte Glas schneiden können. »Da ist ja unser alter Junge.«

Die Waffe, ein kurzläufiger 38er Revolver, lag auf Wilsons Schreibtisch.

Wilson sah seinen Ranger schließlich an, einen Ausdruck zwischen Verwirrung, Verrat und Enttäuschung im Gesicht. »Mathews.«

»Wollen Sie Ihrem Lieutenant nicht erzählen, warum die Pistole, mit der Ronnie Malvo getötet wurde, in meinem Besitz ist, während Sie gleichzeitig ein Geständnis von Bill King bekommen haben?«, sagte Vaughn. »Und niemand in meiner Abteilung Bill King in Verbindung mit der Waffe oder irgendjemandem bringen kann, den er womöglich angeheuert hat, um die Sache auszuführen.«

»Das wissen Sie nicht«, sagte Darren. Was anderes fiel ihm nicht ein.

»Ach nein?«

»Darren?« Wilsons Ton war hoffnungsvoll, er wollte eine einfache Erklärung.

»Woher haben Sie die?«, fragte Darren Vaughn.

Er konnte sein Herz schlagen hören, ein Pochen bis in den Hals.

»Nicht dass ich Ihnen eine Erklärung schulden würde ...«, begann Vaughn.

»Es war ein anonymer Hinweis«, sagte Wilson, verärgert über Vaughn, dem die Situation Spaß zu machen schien. »Aber die Ballistiker vom County sagen, dass kein Zweifel besteht. Es ist die Waffe.«

Vaughn hob seine Krawatte und betrachtete sie, als hoffte er, etwas in ihrem Paisleymuster zu entdecken, bevor er sie wieder auf die kleine Rundung seines Bauchs fallen ließ. »Wir haben also ein Problem«, sagte er und besah sich den Klassenring der Texas A&M an seiner rechten Hand. »Mit dem Versuch ...«

»Die Waffe mit Bill King in Verbindung zu bringen?«

Wilson warf Darren einen Blick voller unterdrückter Wut zu und kam ihm dann trotzdem zu Hilfe. »Wir würden den Fall gerne übernehmen, Frank, und die Morduntersuchung der Sonderkommission übergeben, um Bill King wegen Verschwörung dranzukriegen.«

»Bill King hat mit Ronnie Malvo nichts zu tun, und das wissen Sie.«

Er zeigte auf Darren.

»Der Hinweis, den ich bekommen habe«, fuhr Vaughn fort, legt nahe, dass Sie von dem Mord an Ronnie Malvo wussten, dass Sie das den Behörden oder meinem Büro aber nicht mitgeteilt haben, dass Sie vielleicht wussten, wo sich die Waffe seit dem Mord befand. Und soweit ich weiß, sogar einen Meineid vor der Grand Jury geleistet haben.«

»Es reicht«, sagte Wilson. »Ist irgendetwas davon wahr, Darren?«

Er war klug genug, zu schweigen.

Vaughn fingerte wieder an seiner Krawatte herum. »Wir ermitteln gegen Sie wegen Justizbehinderung. Ich bin hier, um Ihre Leute darüber zu informieren.« Und zu Wilson: »Sie sollten sich gut überlegen, ob Sie den hier im Dienst lassen wollen.«

»Ich entscheide, was in meinem Department passiert, Mr. Vaughn.«

»Tun Sie, was Sie für richtig halten, und ich kümmere mich um San Jacinto County, was die Untersuchung des Mordes an Ronnie Malvo einschließt. Mein Büro kümmert sich weiterhin um den Fall und die daraus resultierenden Klagen.«

Er sah Darren direkt an, als er den Satz beendete.

»Sind Sie fertig?«, fragte Darren.

»Ich hab noch nicht einmal richtig angefangen.«

»Bin ich verhaftet?«

Vaughn ließ sich lange genug Zeit, um Darren ein klein wenig Hoffnung zu machen. Er wusste weniger, als er zugab. Darren wusste, woher der anonyme Hinweis gekommen war, jetzt musste er nur noch herausfinden, was genau seine Mutter gesagt hatte. Vaughn versuchte den drohenden Unterton in seiner Stimme beizubehalten, damit Darren die Gefahr spürte.

Er lächelte und entblößte dabei seine Zähne. »Noch nicht.«

Sie war nicht in ihrem Trailer.

Ihre Sachen waren ebenfalls verschwunden.

Das Ding war komplett leergeräumt. Die Küchenregale waren leer; in den Küchenschubladen lagen nur noch eine Plastikgabel und ein Päckchen scharfe Soße. Der Fernseher, den Darren mit Schweigegeld bezahlt hatte, war verschwunden, einschließlich der Kabelbox, deren Installation er ebenfalls bezahlt hatte. Sie hatte das Bettgestell und die Matratze dagelassen, doch sämtliche Klamotten und Schuhe waren weg. Sogar die kleinen klebrigen Flaschen mit Hotelshampoo, die sie bei der Arbeit gestohlen hatte, waren nicht mehr am Rand ihrer Plastikbadewanne aufgereiht.

Bell Callis hatte das Geld genommen und sich aus dem Staub gemacht.

Sie hatte ihn ein zweites Mal verlassen. Mit wackligen Beinen stieg er die Eingangsstufen des Trailers hinunter, während ihm die Mittagssonne auf den Kopf knallte. Vor dem Trailer seiner Mutter sank er auf die Knie, auf Erde und Hirsegras, nahm seinen Hut ab und vergrub sein Gesicht darin, dem einzigen Schatten, den er finden konnte. Er versteckte seine Scham darin, schrie seinen ganzen Zorn hinein, flehte Gott an und weinte. Wegen dem, was sie ihm angetan hatte, und wegen dem Mist, den er gebaut hatte und mit dem er sie erst in die Situation gebracht hatte, ihm erneut wehzutun. Er hatte gelogen und die Macht seiner Marke missbraucht, aus ehrenwerten Gründen, sicher, aber Gründen, die ihn jetzt vielleicht ins Gefängnis brachten. Er dachte an seinen Onkel William, daran, wie er mit seinem Hut und seiner Marke hoch oben in der Kabine seines alten Ford-Trucks gesessen hatte, wie er, als Darren eigentlich schon ein bisschen zu alt dafür war, den Jungen in der Kabine direkt neben sich sitzen ließ, nah genug, damit Darren den Kopf an seine Schulter legen konnte, sich sicher an der undurchdringlichen Mauer seiner Güte fühlen konnte. Mack war ebenfalls ein Freund von William gewesen. Vielleicht hätte sein Onkel verstanden, was Darren zu tun versucht hatte. Oder vielleicht hätte er ihn auch einen Vollidioten genannt.

Er würde es Mack sagen müssen, aber ohne ihm Angst zu machen. Auf dem Weg zu der Hütte von McMillan an der nordwestlichen Grenze vom San Jacinto County war Darren zu der Überzeugung gelangt, dass es keinen Grund zur Panik gab. Das Beste, was sie jetzt tun konnten, war, sich an ihre Geschichte zu halten, die Nacht vor Macks Haus weiterhin geheim zu halten, als der alte Mann eine Waffe auf Ronnie »Redrum« Malvos Kopf gerichtet hatte, wütend auf ihn, weil er sein Grundstück betreten, seiner Enkelin Breanna Angst eingejagt und sie wochenlang auf jede erdenkliche Weise belästigt hatte. In dem Nurdachhaus brannte der Kamin. Darren konnte sehen, wie ein Rauchkringel aus dem Schornstein aufstieg, konnte eine Mischung aus Kastanien- und Pinienholz im Kamin riechen. Er parkte seinen Silverado hinter Macks altem Ford-Truck. Es stand noch ein Auto in der Auffahrt, ein kleiner Chevy Spark, rot wie ein Apfel.

Auf dem Weg zur Veranda warf Darren einen Blick in den Kleinwagen. Er sah ein paar Collegebücher und einen Traumfänger, der am Rückspiegel hing. Vermutlich hatte Mack ein wenig Geld zusammengekratzt, um Breanna ein Auto zu kaufen, damit sie nicht länger in die Stadt laufen oder einen Bus nach Polk

County nehmen musste, wo sie aufs College ging, und so nicht mehr mit Typen wie Ronnie Malvo konfrontiert würde.

Mack öffnete, bevor Darren klopfen konnte.

Im Fernsehen lief eine Gameshow, und Mack hatte ein Bier und ein Schinkensandwich auf seinem Fernsehtablett. Er bot Darren kein Bier an, nicht einmal ein Glas Wasser, und Darren spürte, dass irgendetwas im Busch war. Er nahm das Unterhemd näher in Augenschein, das Mack trug, und sah, dass es Flecken in verschiedenen Farben hatte, die die Vermutung nahelegten, dass er es schon seit Tagen anhatte. Sein Haar war stellenweise verfilzt, als hätte er es schon länger nicht mehr gekämmt. Er setzte sich wieder vor den Fernseher und starrte mit trübem Blick auf den Bildschirm.

»War Vaughn noch mal hier?«, fragte Darren und überlegte, ob Mack eine Art psychische Krise hatte. So aufgelöst hatte Darren ihn nicht gesehen, seit die Sache begonnen hatte, einschließlich des Abends, als er in Darrens Anwesenheit geweint hatte, nachdem ihm klar geworden war, dass er beinahe jemanden getötet hätte. Vielleicht verlor er langsam den Verstand, weil er es tatsächlich getan hatte.

»Hör mal, Darren, wir müssen reden.«

»Ich weiß von der Waffe. Ich weiß, dass sie sie haben.«

»Was?« Mack erhob sich ruckartig und stieß dabei die Bierflasche um, woraufhin Bier sein Sandwich tränkte und über den Rand auf den Teppich tropfte, der, wie Darren feststellte, abgewetzt und grau war.

»Das ändert nicht gleich was«, sagte Darren. »Ich bin an einer Sache dran, die dich beschützen wird, das verspreche ich dir.«

Mack ließ sich wieder auf die Couch sinken, deren Ringelblumengelb mit den Jahren braun geworden war. Er gab ein Grunzen von sich, das wie ein makabres Lachen klang, so als amüsierte er sich über einen schlechten Witz. »Bre, mein Schatz, komm mal her. Es ist Darren.«

In schwarzen Leggings und einem Sweatshirt in Übergröße, das ihr bis zu den Knien reichte, kam sie aus dem anderen Zimmer. Sie war gerade dabei, sich das Haar zu flechten, denn die eine Hälfte stand fluffig wie Daunenfüllung vom Kopf ab, schwarz und glänzend von Kokosnussöl. »Ja, Grandpa?«

Ihr Großvater sah sie ernst an und sagte: »Setz dich.«

Sie gehorchte und setzte sich ans andere Ende der Couch, so weit weg wie möglich von ihrem Großvater und Darren. Sie sah Darren nicht an, sondern blickte auf den Kamm in ihrer Hand. Sie zupfte Haare heraus und sah dabei zu, wie sie auf den Teppich fielen.

»Es ist soweit, Kind«, sagte Mack. »Erzähl dem Mann, was du mir erzählt hast.«

Darren sah zwischen den beiden hin und her und spürte, dass diese Situation einstudiert war, dass sie sie schon seit längerem aufführen wollten. Die Glocke aus der Gameshow erklang, und Mack griff nach der Fernbedienung auf dem Beistelltisch und schaltete den Fernseher aus, sodass es auf einmal ganz still war in der Hütte und ebenfalls spürbar dunkler. Erst da bemerkte Darren, dass die Vorhänge zugezogen waren, der Rest der Welt ausgeschlossen.

Breanna sah Darren an und sagte: »Ich habe Ronnie Malvo erschossen.«

Mack ließ das minutenlang in der Luft hängen, ließ Darren die Worte erst einmal verdauen, bis er das Gefühl hatte, dass Darren endlich begriff, dass da noch mehr dahintersteckte, als ihm bewusst gewesen war. »Wie du siehst«, sagte er, »bin nicht ich derjenige, der hier Schutz braucht.«

Ganz offensichtlich steckte eine Menge mehr dahinter. Ronnie und das Mädchen hatten einander gekannt, wenn auch nur als Geschäftspartner. Unabhängig von persönlichen und politischen Überzeugungen verkaufte Ronnie Malvo Drogen an jedermann, und neben dem kommerziell organisierten Meth-Geschäft der Arischen Bruderschaft – von dem Darren durch seine Arbeit bei der Sondereinheit wusste, bei der auch mexikanische Gangs in Südtexas eine Rolle spielten – vertickte er Gras und Pillen an College-Kids. Breanna hatte ihm ein paarmal etwas abgekauft und es an ein paar Mädchen aus der Tanzgruppe, die sie kannte, verkauft. »Es war nur Gras«, sagte sie, den Blick auf den Boden gerichtet.

»Aber wieso?«, sagte Darren, der die Worte fast wie eine Hymne sang, ein klagendes Flehen um Verständnis einer Situation, die er seit Monaten falsch interpretiert hatte. »Wieso hast du ihn getötet, Breanna? Wieso hast du den Mann kaltblütig erschossen?«

Ronnie gefiel es nicht, dass sie durch ihn Profit machte, und er drohte ihr, sie nicht mehr zu beliefern, und vielleicht hatte sie ja ein bisschen mit ihm rumgemacht, weil sie so nebenbei etwas Geld verdienen konnte, indem sie das Zeug an ihre Freundinnen verkaufte. Ronnie wurde es müde, sich darum zu sorgen, dass sie das mit seinen »Fehltritten« herausfinden könnten, das mit den schwarzen Mädchen – Plural –, die er bumste. Er wollte sein gesamtes Geld zurück und nannte eine Summe, die ihm Breanna angeblich für seine Drogen schuldete. Er gab ihr achtundvierzig Stunden, um ihm einen Geldbetrag zu zahlen, den sie in ihrem ganzen Leben noch nicht gesehen hatte. Das war der wahre Grund, weshalb Ronnie an den ganzen Abenden zu Macks Haus gefahren war. Sicher, er drangsalierte Breanna – aber die eigentliche Ursache dafür war das Geld. »Er sagte, er würde Grandpa was antun, wenn ich ihm nicht das ganze Geld gebe. Aber ich hatte es nicht, Mr. Mathews.«

Darren hörte schon nicht mehr zu. Er hatte das Gefühl, sein Kopf säße nicht fest, als wäre er zu schwer für seinen Hals und sein Hut das Einzige, das ihn stabilisierte. Dass sein Schädel womöglich herunterfiel, wenn er den Stetson abnahm, Mack vor die Füße. »Ich sollte nicht hier sein«, sagte er und stand auf.

Er wollte nichts mit der Sache zu tun haben.

Die ganze Zeit hatte er geglaubt, er würde einen älteren Schwarzen retten, der siebzig Jahre Leben als Rechtfertigung dafür vorweisen konnte, einen weißen Suprematisten zu erschießen, welcher seine Enkelin auf seinem Grundstück bedrohte – und nicht, dass er ein schwarzes Millenialmädchen schützte, das einem Mann, der sie Niggerin nannte, sexuelle Gefälligkeiten erwies, um Gras zu bekommen.

Ja, Pop, ich bin ein Vollidiot.

Er hatte geglaubt, Mack etwas zu schulden, etwas, das die Welt ihm fast sein ganzes Leben nicht geben konnte und wollte: Schutz. Aber was schuldete er Breanna McMillan, die die Geschichte ignoriert hatte und mit dem Feind ins Bett gestiegen war. »Sie reden nur so daher, nicht alle hassen Schwarze. Es ist wie bei jeder anderen Gang. Sie klopfen Sprüche.«

»Sie bringen Leute um, Breanna«, sagte Darren.

»Nicht Ronnie.« Sie sagte das mit einem zärtlichen Unterton, bei dem Darren sich am liebsten übergeben hätte. Ihm reichte es. Er wollte verdammt noch mal raus aus dem Schlamassel, den er angerichtet hatte, wollte verdammt noch mal von hier verschwinden. Er hörte, wie Mack seinen Namen von der Veranda aus rief, als er zu seinem Truck ging. Doch er sah sich nicht um; würde sich vielleicht nie *wieder* umsehen.

Blind vor Zorn fuhr er zurück nach Camilla.

Er sah, dass Clayton zweimal angerufen hatte, seit er Macks Haus verlassen hatte, wahrscheinlich sprach es sich bereits herum – zumindest innerhalb der Familie –, dass Macks Kleine in Schwierigkeiten war. Aber er kümmerte sich nicht weiter darum, spürte einen Hohlraum in der Brust, wo sein Herz hätte sein sollen, wenn es darum ging, Breanna vor einer schwierigen Situation zu retten, die so völlig anders war als diejenige, in der er Mack gewähnt hatte. Mack war ein Opfer gewesen; Breanna war ein

Kind, das keinen Bezug mehr zur Geschichte hatte und deshalb verloren war. Aber gut, sie war neunzehn, weshalb es keine Ausreden gab für die Entscheidungen, die sie traf. Er war zu wütend, um Mitleid mit ihr zu haben.

Und wenn die Entdeckung, dass Breanna die Mörderin war, sein Gerechtigkeitsempfinden in Bezug auf dieses Verbrechen blitzartig geändert hatte, hatte er dann überhaupt irgendetwas richtig gemacht? War es richtig, von Bill King ein falsches Geständnis anzunehmen, um eine Neunzehnjährige vor einer kaputten Beziehung zu retten, für die *sie* sich entschieden hatte?

Er betrat das Haus in Camilla mit einer Flasche Jim Beam, die er in Frank's Liquor an der Route 150 in Coldspring besorgt hatte, machte die Schallplatte an, die auf der Musikanlage seiner Onkel lag, und spürte etwas Schicksalhaftes, als Sekunden später Little Miltons »I Can't Quit You, Baby« aus den Lautsprechern drang.

I can't quit you, baby ... so I'm gon' have to put you down for a while, Worte die mit den Gitarrenklängen verschmolzen und vor Selbstekel trieften. Er drehte die Anlage auf, damit er die Musik auf der hinteren Veranda hören konnte, wo er sich hinsetzte, Stiefel auf dem Holzgeländer, einen Bourbon in der Hand und die Aussicht auf die Pinien um das Grundstück herum, auf den alten Teich, der im Laufe der Jahre ausgetrocknet, aber immer noch feucht genug war, um Hüttensänger anzulocken. Zwei von ihnen – Zwillinge, dachte Darren – kamen aus dem Wald hinter dem Haus geflogen und ließen sich im ungemähten Gras am Rand des Teichs nieder. Sie steckten die Schnäbel in das Wasser und blickten alle paar Sekunden auf, um zu sehen, was der andere machte, und nach einer stummen Zwiesprache, die nur sie beide verstanden, flogen sie gleichzeitig davon, einer unterhalb des anderen, während sie über den Himmel glitten, dann die Formation änderten, sodass der andere die Führung übernahm, und bevor es ihm recht bewusst war, dachte Darren an seine Onkel, William und Clayton.

Clayton hatte William zu Lebzeiten nie verziehen, dass er ihm Naomi weggenommen hatte und ein Gesetzeshüter auf der falschen Seite des Gesetzes geworden war. Und der Keil zwischen den beiden hatte auch in Darren etwas zerbrochen, hatte seine Seele gespalten, machte ihn unsicher angesichts der Frage, wer er war oder woran er glaubte. Er trank und sah den Bäumen dabei zu, wie sie sich im Wind wiegten, beobachtete Hüttensänger und Waldsänger dabei, wie sie umherflogen, sah, wie ein rotschwänziger Habicht scheinbar die Pinienkronen mit den Flügeln streifte, und wartete auf den angenehm betäubten Zustand, in dem man aufhörte, sich zu sorgen, wohlwissend, dass der Kipppunkt fast erreicht war.

Er wusste nicht, wie lange er dort gesessen hatte, als er hörte, wie ein Wagen vor dem Haus vorfuhr, doch die A-Seite von Little Miltons Album *Grits Ain't Groceries* war bereits zu Ende, weshalb er den Wagen überhaupt gehört hatte. Er setzte sich ruckartig auf, stellte die Stiefel klackend auf die Holzdielen der Veranda, als ihm der Gedanke durch den Kopf schoss, dass Frank Vaughn kam, um ihn zu verhaften. Er stellte den Bourbon auf das Geländer und durchquerte Wohnzimmer und Empfangsraum, wobei er einen leichten Schweißausbruch unter seinem Hemd spürte. Er blieb einen Moment lang stehen, lang genug, um herauszufinden, ob er noch den Text eines seiner Lieblingssongs von Freddy King kannte, eine Methode, genug Mut zu fassen, um die Tür zu öffnen. *Let me down easy, baby, tell it to me slow.* Er war ausreichend angesäuselt, um die Melodie vor sich hin zu summen, als er die Haustür öffnete.

Randie Winston stand auf der Veranda.

Und in dem Moment war er sicher, dass er betrunken war.

Sie trug eine gestärkte weiße Bluse und schwarze Jeans und zuckte leicht mit den Schultern, um ihm zu signalisieren, dass sie genauso gut wie er wusste, wie unmöglich diese Situation war, wie verrückt es war, dass sie auf der Schwelle des Hauses stand, in dem er aufgewachsen war. Sie schenkte ihm ein kleines Lächeln. »Sie meinten, ich sollte es kennenlernen.«

Er bat sie nicht herein, weil er immer noch nicht glaubte, was er sah. Trotz seiner Erziehung lehnte er sich einfach an den Türrahmen und staunte über die Frau, die vor ihm stand. Sie sah genauso aus wie zuvor. Nur besser. Weil sie hier war. Weil sie den ganzen weiten Weg gekommen war, um ihn wiederzusehen.

»Woher wissen Sie überhaupt ...«

»Sagen Sie den Namen Mathews hier in der Gegend, und fünf Leute tauchen aus dem Nichts auf und weisen einem den Weg. Es war überraschend einfach, Sie zu finden, Darren.«

Das Lächeln verschwand aus ihrem Gesicht. »Hören Sie, wenn das irgendwie merkwürdig ist ...«

Seine Antwort war ein Kuss, eine Hand auf ihrem Rücken.

Sie öffnete sich ihm, teilte die Lippen, damit er sie schmecken konnte, ein bittersüßes Aroma, das ihn an Anis und Honig erinnerte. Sie legte eine Hand in seinen Nacken und küsste ihn fester, lehnte sich nur zurück, um ihm in die Augen zu schauen, um leise zu seufzen. Dann bettete sie ihren Kopf an seine Schulter, und er stützte sein Kinn auf ihr Haar, die Arme noch immer um sie geschlungen. So standen sie da, aneinander gelehnt, wohlig warm trotz der Dezemberbrise, die durch die geöffneten Türen seines Familiensitzes drang und den Geruch von texanischen Pinien mit sich trug.

Danksagung

Zuallererst möchte ich mich bei meiner Verlagsfamilie bedanken: Reagan Arthur und Joshua Kendall, die nicht nur einen Verlag geschaffen haben, bei dem zu veröffentlichen mich wirklich stolz macht, sondern mich und meine Arbeit mit dem größten Respekt und Begeisterung (und Geduld) behandelt haben. Ich bin euch beiden zutiefst dankbar. Großer Dank geht an Sabrina Callahan, Lena Little und Pamela Brown, weil sie der Welt Darren Mathews präsentiert und diese Reihe mit einem großen Knall gestartet haben. Und schließlich Richard Abate, dem ich alles verdanke. Danke für deinen Glauben an mich, deine klugen Einsichten und unsere Freundschaft.

Dank gebührt auch meiner osttexanischen Familie: Meinem Vater, Gene Locke, der bei mir in einer Hütte auf dem Caddo Lake blieb, als ich zu ängstlich war, um allein dort zu bleiben. Und meiner Großmutter, Jean Birmingham, dafür, dass du uns deine Pistole geliehen hast. Meiner Mutter, Sherra, dafür, dass du mich dort verankert hast, wo ich herkomme, und für deinen bluesigen Sinn für Humor. Dank auch an dich, Tembi, meine Schwester, die meine frühesten Erinnerungen an Coldspring und Lufkin und Marshall teilt. Du wirst bis zum Schluss meine Gefährtin bleiben. Dank gebührt auch meiner Stiefmutter, Aubrey, die mich jedes Mal, wenn ich zum Landhaus rausgefahren bin, um ein bisschen osttexanische Erde unter meinen Füßen zu spüren, willkommen geheißen hat. Und meiner ganzen texanischen Familie für ihre Geschichte und ihre Liebe und Unterstützung.

Den Menschen in Jefferson und am Caddo Lake, die mir geholfen haben, dieses Buch zu schreiben: Dank an Randie und Sam Canup, Besitzer des Hoot N' Holler Inn in Uncertain, Texas, für einen großartigen Aufenthalt am See (und falls ihr das wart, die anonym mein Mittagessen in der Big Pines Lodge an meinem letzten Tag in der Stadt bezahlt haben, bedanke ich mich auch dafür). Dank an Captain Ron und seine reizende Gefährtin Jean aus Manchester, England, die die Captain Ron's Swamp Tours in Karnach, Texas, organisieren. Ihr habt mir ermöglicht, das Innere eines der majestätischsten Orte der Erde kennenzulernen, und ich danke euch dafür. An Tammy und David Griot, Eigentümer des White Manor Oak B&B in Jefferson, danke für eure Gastfreundschaft. Die beeindruckende Gitarrensammlung in eurem Hotel war die Reise wert.

An Dr. Cheryl Arutt, danke für die psychologische Hilfe, für die ich ewig dankbar sein werde. Ohne unsere Donnerstagmorgen gäbe es keine Bücher.

Und schließlich meinen beiden größten Lieben: Clara, deine Augen erinnern mich daran, weshalb das Erzählen von Geschichten so wichtig ist. Ich habe miterlebt, wie unser beider Herz und Verstand durch Bücher gereift sind, und es ist mein größtes Privileg, die Liebe zu Büchern mit dir zu teilen. Und an Karl, meinen besten Freund, geduldigen Partner, ich bin so dankbar, einen Ehemann zu haben, der mein kreatives Leben unterstützt. Danke für den Raum zum Schreiben, den du mir gibst. Ich liebe dich von Herzen.

Das Ende der Versöhnung
von Sonja Hartl

Am 2. Oktober 2019 wurde die Polizistin Amber Guyer in Dallas zu zehn Jahren Haft verurteilt, weil sie im Jahr zuvor den Buchhalter Botham Jean erschossen hat, als er in seiner Wohnung vor dem Fernseher saß und Eiscreme gegessen hat. Botham Jean war ihr Nachbar – Amber Guyer hatte die Wohnungen verwechselt und dachte, er sei ein Einbrecher. Nach der Verkündung des Urteils hat Botham Jeans jüngerer Bruder Brandt um das Wort gebeten und in einer kurzen Ansprache Amber Guyer vergeben. Dann bat er, die Verurteilte umarmen zu dürfen. Dieses Bild ihrer Umarmung, diese Geste der Versöhnung, wurde weithin gefeiert, gepriesen – und scharf kritisiert. Denn Amber Guyer ist *weiß*, Botham und Brandt Jean sind Schwarz.

»Schwarze sind die versöhnlichsten Menschen auf der Welt«, sagt der alte Leroy Page mehrmals in Attica Lockes »Heaven, My Home« – und Lockes Hauptfigur, der Schwarze Texas Ranger Darren Mathews, erkennt zunächst nicht, ob Page es stolz oder beschämt sagt. Erst beim zweiten Mal bemerkt er die Bitterkeit in Pages Stimme. Als Attica Locke »Heaven, My Home« schrieb, lagen die Schüsse auf Botham Jean noch in der Zukunft. Aber es gibt unzählige Beispiele, bei denen Schwarze weißen Tätern vergeben haben. Das Konzept der Vergebung, der *forgiveness*, reicht zu-

---

1 Schwarz ist in diesem Text bewusst großgeschrieben, weil es keine biologische Eigenschaft, Beschreibung einer Hautfarbe oder gar einer »Rasse« ist, sondern ein konstruiertes Zuordnungsmuster, das eine gesellschaftliche und soziale Positionierungs sowie Realitäts- und Rassismuserfahrungen mit einschließt. Auch *weiß* bzw. *Weißsein* ist ein Konstrukt, deshalb wird es klein und kursiv geschrieben.

rück in die Zeit der Sklaverei, es hatte Bestand durch die Jim-Crow-Ära und wurde in der Bürgerrechtsbewegung von Martin Luther King jr. noch einmal bestärkt: »Forgiveness is not an occasional act, it is a constant attitude«. Mit Vergebung sei Fortschritt zu erreichen, Vergebung sei der Weg in die Zukunft.

Unumstritten war dieses Konzept niemals, am berühmtesten ist wohl Malcolm Xs »We will fight back«. Und auch an den jüngsten medialen Vergebungen entzündete sich breite Kritik. Das kulturelle Ritual der Vergebung funktioniert in eine Richtung: Schwarze vergeben Weißen. Sie vergeben, weil sie – wie es Roxane Gay in der *New York Times* formulierte – überleben müssen. Vergebung soll ermöglichen, in einer rassistischen Gesellschaft zu leben und sowohl historische wie auch gegenwärtige Schmerzen anzuerkennen. Doch wohin, fragt sich nun Darren Mathews bei Attica Locke, hat die Vergebung geführt?

Vergebung als kollektives Bedürfnis verlangt, den Zorn über die Abwertung und Verletzung zu unterdrücken; Morde, Gewalt und Ungerechtigkeiten hinzunehmen, Loyalität gegenüber den Unterdrückern zu bekunden. Deshalb kann sie helfen, sich der Kriminalität und Grausamkeit systemischer Ungerechtigkeit und Gewalt zu stellen, mit der Vergangenheit abzuschließen. Aber sie kann auch zu einem rituellen Vergessen führen; sie beseitigt die Unterdrückung nicht, fordert keine Reue oder Wiedergutmachung, bringt keine radikalen sozialen Veränderungen. Schwarze vergeben, aber die, denen sie vergeben, machen weiter, ja, sie wählen sogar einen Rassisten ins Weiße Haus. Was also, so Darren Mathews, macht Vergebung aus ihnen: »Heilige oder Handlanger«?

In ihrem Buch liefert Attica Locke keine Antwort auf diese Frage, vielmehr spürt sie ihrer Komplexität und Vielschichtigkeit nach. Die Wahl Donald Trumps ist für Darren Mathews ein »Verrat an der Versöhnung«, die Obama verkörpert hat. Zeitlich ist »Heaven, My Home« zwischen der Wahl und Inauguration Donald Trumps angesiedelt, und auf jeder Seite ist zu spüren, dass sich die Stimmung im Land geändert hat. Lähmende Unsicherheit und Entsetzen prägen die eine Seite; Triumph die andere. In den vier Wochen, seit Trump gewählt wurde, haben Kirchen gebrannt, wurden Kinder in Schulkantinen bespuckt, wurde eine mexikanische Frau auf einem Supermarktparkplatz vor den Augen ihres Mannes und ihrer Kinder angegriffen. Mathews *weißer* Vorgesetzter bei den Texas Rangers fürchtet, durch das neue Weiße Haus könnten die Ermittlungen gegen die Arische Bruderschaft beendet werden. Mathews bester Freund, der *weiße* FBI-Agent Greg Heglund, glaubt, indem er einen Schwarzen einem Hassverbrechen überführt, könnte er dem Justizministerium vermitteln, dass das FBI jedes Hassverbrechen ernstnimmt und sie kein »liberaler Hokuspokus« sind. Und Darren Mathews, einer der wenigen Schwarzen bei den Strafverfolgungsbehörden in Texas, »wundert sich ganz benebelt vor Wut darüber, was eine Handvoll verängstigter Weißer einer Nation antun konnte«.

Einst ist Darren Mathews aus Überzeugung und Liebe zu seinem Heimatstaat Texas Ranger geworden, er hat geglaubt, dass Veränderungen möglich sind – auch in Texas, in dem die Zeichen des Ku-Klux-Klans kaum verhüllt werden. Deshalb hat er sein Jura-Studium abgebrochen, nachdem er von der (tatsächlich stattgefundenen) brutalen Ermordung von James Byrd Jr. durch Rassisten in Jasper, Texas erfahren hatte. Sein Onkel William war ebenfalls ein Texas Ranger, er war überzeugt, das Gesetz würde die Schwarzen retten, weil es sie schütze, wenn man Verbrechen gegen Schwarze genauso eifrig verfolgt wie Verbrechen gegen *Weiße*. Damit verkörpert er eine Hoffnung: Wenn es mehr Schwarze Gesetzeshüter gibt, könnte das Leben von Schwarzen auch besser geschützt werden. Dagegen ist Williams Bruder Clayton, ein Strafverteidiger, überzeugt, dass das Gesetz eine Lüge ist, vor der Schwarze Schutz brauchen – denn es sind Regeln, die von Anfang an gegen sie gerichtet waren. Dieser Konflikt zwischen seinen Onkeln, bei denen er aufgewachsen ist, bestimmt Darren Mathews Leben – und nun fragt er sich, ob Clayton nicht doch richtig lag, wenn er sagte, dass »Gerechtigkeit stets relativ« sei.

Darren Mathews ist geprägt durch seine Erziehung und seine Erfahrungen, er ist mit den Geschichten der Bürgerrechtsbewegung groß geworden, mit der Hoffnung auf eine bessere Zukunft, die nun zerstört scheint. Dazu kommt die Widersprüchlichkeit, als Schwarzer in diesem Bundesstaat zu leben, ihn zu lieben, obwohl ihm Hass entgegenschlägt. »I make heaven my home, I shall not be moved« lautet die Zeile des Blues-Songs, der diesem Roman seinen Namen gegeben hat – und der den Schmerz umfasst, kein tatsächliches Zuhause zu haben, keine Heimat, die an einen konkreten Ort gebunden ist. Dazu kommt aber in der Gegenwart der Wille, sich nicht vertreiben zu lassen, abermals die eigene Geschichte auslöschen zu lassen.

Diese Widersprüchlichkeit und die schwierige Geschichte machen Texas zu einem sehr geeigneten Ort für Kriminalliteratur. Schon Jim Thompson verortete sein Central City in »The Killer Inside Me« in Texas, Joe R. Lansdale spürt seit Jahren den Verwerfungen der US-amerikanischen Gesellschaft in kleinen osttexanischen Orten nach. Attica Locke nun widmet sich aus Schwarzer Perspektive der intrinsischen Widersprüchlichkeit des Lebens Schwarzer Texaner im Osten des Bundesstaats entlang des Highway 59. Er beginnt im Süden in Laredo und geht im Norden bis nach Texarkana. Würde man ihm über Texas hinaus folgen, käme man bis nach Minnesota, so als würde er die USA in zwei Teile schneiden. Dabei quert er Houston, vor allem aber reihen sich kleine Ortschaften an dieser Straße. Manche Siedlungen wie Hopetown am Caddo Lake, einst von befreiten Sklaven gegründet, sind noch nicht einmal auf der Karte verzeichnet. Sie liegt ganz in der Nähe von Jefferson im Nordosten an der Grenze zu Louisiana, wo einige

Bewohner versuchen, mit touristischen Touren und Attraktionen von ihrer glamourösen Vergangenheit vor dem Amerikanischen Bürgerkrieg zu profitieren. Hier ermittelt Darren Mathews in dem Verschwinden des neunjährigen Levi.

Wie in Attica Lockes erstem Mathews-Roman »Bluebird, Bluebird« liegen wesentliche Elemente zur Lösung des Falls in der Geschichte des Ortes, die hier aktiv umgeschrieben werden soll. Die einflussreiche, wohlhabende, *weiße* Rosemary King will den Schmerz der Sklaven und *Natives* nicht nur aussparen, sondern sie abermals verraten, ausbeuten und vertreiben, sie auslöschen aus der Geschichte. Die grausamen Spuren der Vertreibung der Caddos, die nun überwiegend in Oklahoma leben, das Blut der Sklaverei werden weggewischt, stattdessen will sie an die wirtschaftliche Blütezeit erinnern, ohne zu erwähnen, worauf dieser Wohlstand fußt. Es bleiben ausladende Kleider, herrschaftliche Anwesen und Raddampfer sowie das blühend *weiße* Bild einer Stadt, die einst an einer wichtigen Handelsroute lag. Doch diese Orte sind auch die Heimat von einem Schwarzen Mann wie Leroy Page, von den Haisnai, die zu den Caddos gehören, die von den *Weißen* vertrieben wurden. Ihr Wort für Verbündete ist »tayshas«, es hat dem Staat Texas seinen Namen gegeben, dessen Staatsmotto noch immer Freundschaft ist. Aber Verbündete waren die *Weißen* nie – und auch in der Gegenwart entstehen Zweifel an der Verbundenheit sogar in langjährigen Freundschaften wie der von Darren Mathews und Greg Heglund.

Attica Locke erzählt, wie vielfältig sich die Geschichte in ein Land und die Menschen einschreibt. Bei Darren Mathews ist durch die Geschichten, die ihm erzählt wurden, die vielen Ungerechtigkeiten und geerbten Vorurteile eine Blindheit gegenüber den Verfehlungen älterer Schwarzer Männer entstanden, als müsse er für die Gerechtigkeit sorgen, die sie nicht erfahren haben: »Entweder sie oder wir, stimmt's«? Doch zugleich will er die Hoffnung auf eine bessere Zukunft nicht ganz fallenlassen, er will nicht glauben, dass ein neunjähriger Junge, aufgewachsen mit einem Vater aus der Arischen Bruderschaft, zwangsläufig ein Rassist wird. Und er hadert damit zu verstehen, warum die Enkelin des alten Mack nichts dabei findet, wenn ein *weißer* Mann sie rassistisch beleidigt. Vielleicht hat sie andere Erfahrungen gemacht als er, vielleicht sind die Geschichten der Bürgerrechtsbewegung zu weit weg für sie.

»Bluebird, Bluebird« hat gezeigt, dass man die Gegenwart besser verstehen kann, wenn man die Vergangenheit voll und ganz kennt. »Heaven, My Home« erzählt nun, dass diese Kenntnisse nicht immer zu mehr Klarheit in der Gegenwart verhelfen. Doch Geschichte kann man nicht entkommen. Sie begleitet und prägt die Menschen, sie lässt sich nicht lösen von der Gegenwart – für niemanden.

Attica Locke im Unionsverlag

Bluebird, Bluebird
Abseits des Highway 59 in Texas dröhnt in Genevas Café unablässig der Blues aus der Jukebox, und Stammgäste und müde Trucker bekommen einen anständigen Ochsenschwanzeintopf serviert. Eine halbe Meile die Straße runter in Wallys Eishaus sieht das Bild anders aus: Konföderierten-Flaggen, Pin-up-Girls und Countrymusik. Als innerhalb einer Woche im nahe gelegenen Bayou die Leichen eines schwarzen Mannes und einer jungen weißen Frau gefunden werden, sind die Schuldzuweisungen schnell zur Hand. Der Texas Ranger Darren Mathews vermutet eine Verbindung zur Arischen Bruderschaft und beginnt, sich in der gespaltenen Kleinstadt umzuhören. Er stößt auf steife Höflichkeit, offene Ablehnung und schwelenden Hass – der mit jedem Tag, den das Verbrechen ungeklärt bleibt, gefährlicher wird.

Heaven, my Home
Bei Einbruch der Nacht verwandelt sich der Caddo Lake im texanischen Marion County in ein bedrohliches Labyrinth aus Bayous und stummen Zypressen. Als der neunjährige Levi King mit seinem Boot nicht zurückkehrt, soll Texas Ranger Darren Mathews ermitteln – denn Levi ist der Sohn eines Captains der Arischen Bruderschaft. Und gegen die braucht das FBI dringend eine Anklage, bevor Trump Präsident wird und sich die Grenzen der Justiz verschieben. Mathews, entsetzt darüber, was eine Handvoll verängstigter Weißer einer Nation antun kann, stapft durch einen Sumpf aus Hass und Anschuldigungen, der ständig droht, ihn zu verschlingen. Attica Locke zeichnet das gnadenlose Porträt eines brodelnden Amerikas in der Trump-Ära.

»Attica Locke verknüpft erstklassige Kriminalfälle mit klugen Betrachtungen über die gegenwärtigen Spaltungen innerhalb der USA.« *NPR*

Mehr über Autorin und Werk auf *www.unionsverlag.com*

Gloria Naylor im Unionsverlag

Linden Hills
Linden Hills – wer hier lebt, hat es geschafft. Lester und sein Kumpel Willie verabscheuen die noble Klientel, reinigen aber für ein paar Dollar ihre Auffahrten. Straße für Straße arbeiten sie sich den Hügel hinunter, bis ganz nach unten zum finsteren Luther Nedeed, wo das Versprechen eines besseren Lebens in schneidende Niedertracht zersplittert.

Die Frauen von Brewster Place
Mattie Michael und Etta Johnson wohnen schon ewig in Brewster Place und wissen absolut alles, was bei den anderen so passiert. Über Kiswana Browne mit ihren Black-Power-Parolen, oder Cora Lee, die immer mehr Kinder kriegt. Die Gerüchteküche brodelt und treibt den Geruch von Begierde und Fürsorge, Hoffnung und Verzweiflung durch die Straße.

Mama Day
Cocoa verbringt die Sommer bei ihrer Großtante Mama Day auf der Südstaateninsel Willow Springs, wo die Zeit stillzustehen scheint. Als sie aber ihren Freund George mitbringt, gerät das Leben auf der Insel aus dem Gleichgewicht, und der Ort wird für sie beide zur Bedrohung. Naylor entfesselt einen tosenden Wirbel aus Liebe, Wahn und Hoffnungen.

»Gloria Naylors Schreiben ist sinnlich und ihr Umgang mit den Menschen, die sie beschreibt, voller Achtung und Zärtlichkeit. Mit einer Palette von Komik, Slapstick und feinster Ironie verfügt sie über mehr Humor als Toni Morrison.«
Neue Zürcher Zeitung

Mehr über Autorin und Werk auf *www.unionsverlag.com*

Chester Himes im Unionsverlag

Harlem-Romane

Die Geldmacher von Harlem
Kaum zu glauben, dass es in Harlem so vertrauensselige und tollpatschige Kerle wie Jackson gibt: Er verliert nicht nur einen Koffer voller Gold und seine große Liebe Imabelle, sondern auch noch die Leiche seines Bruders. Wie konnte es nur so weit kommen? Der erste Roman aus Chester Himes' Serie von »Harlem-Thrillern«.

Heiße Nacht für kühle Killer
An der Theke ein Mann, ein Weißer zur falschen Zeit am falschen Ort. Grund genug für eine Messerstecherei, eine wilde Flucht. Ein Schuss, und der Weiße liegt tot auf der Straße. Für Grave Digger Jones und Coffin Ed ein klarer Fall. Doch dann stellt sich heraus, dass die Waffe des jungen Sonny eine Schreckschusspistole ist.

Fenstersturz in Harlem
Während einer Trauerfeier in Harlem stürzt ein Mann aus dem Fenster auf die Straße hinunter. Aber er bleibt unverletzt: Er ist in einen Korb mit frischem Brot gefallen … Zufall? Doch wenige Minuten später liegt ein anderer Mann in demselben Korb. Ein Mann mit einem Messer in der Brust. Grave Digger und Coffin Ed klären ihren Fall – auf ihre Weise.

»Auch nach Jahren wirken seine Bücher noch so hart, beunruhigend und radikal wie am ersten Tag.« *NDR*

Mehr über Autor und Werk auf *www.unionsverlag.com*

Garry Disher im Unionsverlag

INSPECTOR-CHALLIS-ROMANE

»Disher ist ein Meister der modernen Krimikomposition. Er entwickelt ein faszinierendes Erzähltempo, das flott und schnell, aber niemals atemlos oder gehetzt erscheint. Disher zu lesen, ist ein literarischer Genuss erster Güte.« *krimiblog.de*

Drachenmann *Rostmond*
Flugrausch *Leiser Tod*
Schnappschuss *Funkloch*
Beweiskette

CONSTABLE-HIRSCHHAUSEN-ROMANE

»Hirsch (fast) allein gegen Sheriff, Vorgesetzte, Dorfbonzen. Weizen, Wolle, früher Kupfer, leeres Land. Ganz, ganz fein, staubtrocken und herzenswarm.« *Tobias Gohlis, KrimiZeit-Bestenliste*

Bitter Wash Road
Hope Hill Drive
Barrier Highway

Hinter den Inseln
Liebe, Krieg und Verrat vor dem Hintergrund der zusammenbrechenden Kolonialreiche in Südostasien.

Kaltes Licht
Ein Skelett, ein jahrealter Mordfall und vergessene Geheimnisse – ein Fall für Sergeant Alan Auhl.

Stunde der Flut
Eine nagende Ungewissheit treibt Charlie Deravin in Ermittlungen gegen seine eigenen Familie.

Mehr über Autor und Werk auf *www.unionsverlag.com*

Patrícia Melo im Unionsverlag

Gestapelte Frauen
Eine Anwältin verfolgt die Aufklärung von Frauenmorden, doch Gerechtigkeit scheint unerreichbar.

Trügerisches Licht
Ein vielschichtiges Verwirrspiel in der grellen Scheinwelt zwischen Realität und Reality-TV.

Der Nachbar
Ein Nachbar, der das Leben zur Hölle macht, kann das Monster wecken, das in uns allen schlummert.

Leichendieb
Ein Drogenfund setzt eine rasante Abwärtsspirale in Gang. Ein atemloser Roman über das Böse in uns.

Die Stadt der Anderen
Patrícia Melo reißt uns mit in ein brodelndes São Paulo und fragt, was uns als Mensch ausmacht.

»Patrícia Melo gehört zu den ganz wichtigen Stimmen nicht nur der brasilianischen Literatur.« *Culturmag*

»Souverän beherrscht die Autorin die Klaviatur der literarischen Töne vom (dominierenden) lockeren, unterhaltsamen Erzählen über reportagehaftes Beschreiben, brutalen Realismus bis zu Poesie, Ironie und beißender Satire.« *BücherRezensionen*

Mehr über Autorin und Werk auf *www.unionsverlag.com*

Claudia Piñeiro im Unionsverlag

Ein wenig Glück
Ein psychologischer Spannungsroman um die Frage »Was ist Glück?«

Ein Kommunist in Unterhosen
Der Roman einer Kindheit, einer Epoche, einer Klasse und eines ganzen Landes.

Betibú
Ein filmreifer Thriller um Medien, Macht und Manipulation.

Der Riss
Eine Midlife-Crisis, ein Immobilienprojekt und eine Leiche.

Die Donnerstagswitwen
Die Reichen und Schönen der Gated Community und ihre tödlichen Geheimnisse.

Elena weiß Bescheid
Das Drama einer Mutter-Tochter-Beziehung und eine überraschende Wahrheit.

Ganz die Deine
Ein perfider Rachefeldzug gegen einen undankbaren Ehemann.

Der Privatsekretär
Románs rasanter Aufstieg führt ihn mitten in den Politiksumpf aus Machthunger und Intrigen.

Wer nicht?
Geheimnisse, Abgründe und gewöhnlich seltsame Menschen, denen das Leben eine Falle stellt.

Kathedralen
Piñeiro enthüllt die erdrückende Macht der Kirche und die dunkle Vergangenheit einer Familie.

Mehr über Autorin und Werk auf *www.unionsverlag.com*

Tony Hillerman im Unionsverlag:
Die Bände erscheinen ab 2023

Die Fälle der Navajo-Police

»Tony Hillerman ist ein großartiger Erzähler. Mit seinen stimmungsvollen Kriminalromanen, die bei den Navajos im Südwesten der USA spielen, schlug Hillerman neue Wege in der amerikanischen Kriminalliteratur ein und wurde zum Bestsellerautor.« *The New York Times*

Tanzplatz der Toten
Blinde Augen
Zeugen der Nacht
Dunkle Winde
Gesang an die Geister
Stunde der Skinwalker
Dieb der Zeit
Sprechende Götter
Coyote wartet
Mord und Gelächter
Sturz in die Tiefe
Erster Adler
Jagd ohne Beute
Klagender Wind
Geheime Kanäle
Knochenmann

»Wer spannende Krimis liebt, ist bei dieser Reihe bestens aufgehoben. Man taucht beim Lesen in eine andere Welt ein. Ohne Effekthascherei und ohne die üblichen Klischees zu bedienen, erzählt Tony Hillerman vom Leben der indigenen Bevölkerung der USA.« *Bayerischer Rundfunk*

Mehr über Autor und Werk auf *www.unionsverlag.com*

Edwidge Danticat im Unionsverlag

Der verlorene Vater
Eigentlich wollte sie bei der Reise in den Süden der USA ihrem Vater näherkommen und sich bedanken für all die Anregungen, die er ihr schenkte. Doch dann entdeckt die junge Künstlerin, dass ihr Vater keineswegs ein Opfer der Diktatur in Haiti war, sondern ein Folterer, der das Leben unzähliger Menschen zerstörte. Alles, worauf sie ihr Leben baute, bricht nun zusammen. Wie kann Vergebung gefunden werden?
Edwidge Danticats Sprache ist luzide und lyrisch, sie beherrscht die Kunst der Andeutung und Aussparung. Der Leser wird immer tiefer hineingezogen und so zu einem faszinierten und zugleich angewiderten Mitwisser.

»Der Band vermisst achtsam und ohne spektakuläre Gesten historische und menschliche Abgründe. Aus der Verschränkung unterschiedlicher Zeitebenen und Figurenkonstellationen gewinnt er eine Dichte, mit der ungleich dickleibigere Werke nicht aufwarten können.« *Neue Zürcher Zeitung*

»Edwidge Danticat gibt den Kindern von Tätern und Opfern der Duvalier-Diktatur auf Haiti eine Stimme.«
Deutschlandradio Kultur

»Edwidge Danticats überzeugendste Leistung. Die einzelnen Teile fügen sich zu einem Puzzle zusammen, das die furchtbare Geschichte dieses Mannes und seiner Opfer erzählt.«
The New York Times

Mehr über Autorin und Werk auf *www.unionsverlag.com*

Im Polar Verlag erschienen

GARY PHILLIPS *One-Shot Harry*
Mit *One-Shot Harry* begibt sich Gary Phillips auf eine Zeitreise ins Frühjahr 1963, in die letzten Tage des Goldenen Zeitalters von L.A. und Hollywood. Doch Rassismus und der Kampf um Bürgerrechte prägen die Schattenseiten der Stadt. Koreakriegsveteran Harry Ingram verdient seinen Lebensunterhalt als Nachrichtenfotograf und Prozessbevollmächtigter. Seine Figur ist Harry Adams nachempfunden, einem damals bekannten schwarzen Fotografen, der den Spitznamen »One-Shot Harry« trug. Da die rassistischen Spannungen am Vorabend der Freedom Rally und der Rede von Martin Luther King zunehmen, läuft er Gefahr, an jedem Tatort, den er fotografiert, zum Opfer zu werden. Als er über Polizeifunk von einem tödlichen Autounfall erfährt, erkennt er, dass das beschriebene Fahrzeug einem alten Armeekameraden gehört, einem White-Jazz-Trompeter, dessen Mercury in eine Leitplanke am Mulholland Drive gekracht ist. Das LAPD erklärt den Zusammenstoß zum Unfall. Als Ingram seine Fotos entwickelt, bemerkt er jedoch Anzeichen eines Verbrechens. Er fühlt sich nun gezwungen, Detektiv zu spielen, um seinem Freund Gerechtigkeit widerfahren zu lassen. Auch wenn er dabei sein eigenes Leben aufs Spiel setzt. Schon bald sieht er sich angeheuerten Killern ausgesetzt, die für eine Gruppe weißer Rassisten arbeiten.

»*One-Shot Harry* ist rasant, hart, ironisch und klug, aber was diesen Roman zu einer einzigartigen Sensation macht, ist das abwechslungsreiche Stadtbild aus der Mitte des letzten Jahrhunderts von L.A., das Phillips heraufbeschwört.«
The Washington Post

www.polar-verlag.de

Unionsverlag Taschenbuch

BÜCHER FÜRS HANDGEPÄCK
Ägypten · Argentinien · Australien · Bali · Bayern · Belgien · Brasilien · China · Dänemark · Emirate · Finnland · Himalaya · Hongkong · Indien · Indonesien · Innerschweiz · Island · Japan · Kalifornien · Kambodscha · Kanada · Kapverden · Kolumbien · Korea · Kreta · Kuba · London · Malaysia · Malediven · Marokko · Mexiko · Myanmar · Namibia · Neuseeland · New York · Norwegen · Patagonien und Feuerland · Peru · Provence · Sahara · Schottland · Schweden · Schweiz · Sizilien · Sri Lanka · Südafrika · Tessin · Thailand · Toskana · Vietnam

JOSÉ MAURO DE VASCONCELOS Mein kleiner Orangenbaum (UT 1025)
ALEXANDRA LAPIERRE Artemisia (UT 1024)
MAXENCE FERMINE Schnee (UT 1022)
GLORIA NAYLOR Linden Hills (UT 1021)
CLAUDIA PIÑEIRO Kathedralen (UT 1019)
CHRISTINE DWYER HICKEY Schmales Land (UT 1018)
ADANIA SHIBLI Eine Nebensache (UT 1017)
ADAM ANDRUSIER Tausche zwei Hitler gegen eine Marilyn (UT 1016)

ATTICA LOCKE Heaven, My Home (UT 1014)
KRISTINA GORCHEVA-NEWBERRY Das Leben vor uns (UT 1013)
CARL NIXON Kerbholz (UT 1012)
JULES VALLÈS Das Kind (UT 1009)
LEONARDO DA VINCI Der Esel auf dem Eis (UT 1008)
SIMON CARMIGGELT Kronkels (UT 1007)
FRANCES CHA Hätte ich dein Gesicht (UT 1006)
GARRY DISHER Stunde der Flut (UT 1005)
ATTICA LOCKE Bluebird, Bluebird (UT 1004)
DIANE BROECKHOVEN Ein Tag mit Herrn Jules (UT 1003)
ALEXANDER GRIN Purpursegel (UT 1002)
MARTINA CLAVADETSCHER Vor aller Augen (UT 1000)
ANNA NERKAGI Weiße Rentierflechte (UT 999)
TSCHINGIS AITMATOW, JURI RYTCHËU, GALSAN TSCHINAG Die Kraft der Schamanen (UT 998)
CHERIE JONES Wie die einarmige Schwester das Haus fegt (UT 997)
JOSÉ LUIS CORREA Kanarische Geheimnisse (UT 996)

Mehr über alle Bücher auf *www.unionsverlag.com*

Unionsverlag Taschenbuch

José Luis Correa
Kanarische Intrigen (UT 995)
Yaşar Kemal Auch die Vögel sind fort (UT 993)
Usama Al Shahmani
Im Fallen lernt die Feder fliegen (UT 992)
Shichiro Fukazawa
Die Narayama-Lieder (UT 991)
Leonardo Padura
Wie Staub im Wind (UT 990)
Alexis Ragougneau
Opus 77 (UT 989)
Alena Mornštajnová
Stille Jahre (UT 988)
Ursula Hegi
Die Andere (UT 985)
Fiston Mwanza Mujila
Tanz der Teufel (UT 982)
Christian Signol
Marie des Brebis (UT 981)
Patrick Deville
Amazonia (UT 980)
Tschingis Aitmatow
Tiergeschichten (UT 979)
Patrícia Melo
Leichendieb (UT 978)
Mercedes Rosende
Der Ursula-Effekt (UT 977)
Marjorie Kellogg
Sag dass du mich liebst, Junie Moon (UT 976)
Gloria Naylor
Mama Day (UT 975)
Geetanjali Shree
Mai (UT 974)
Garry Disher
Barrier Highway (UT 973)

Edvard Hoem
Die Hebamme (UT 972)
Bergsveinn Birgisson
Die Landschaft hat immer recht (UT 971)
Bachtyar Ali
Mein Onkel, den der Wind mitnahm (UT 970)
Tony Hillerman
Sprechende Götter (UT 960)
Tony Hillerman
Dieb der Zeit (UT 959)
Tony Hillerman Stunde der Skinwalker (UT 958)
Tony Hillerman Gesang an die Geister (UT 957)
Tony Hillerman
Dunkle Winde (UT 956)
Tony Hillerman
Zeugen der Nacht (UT 955)
Tony Hillerman
Blinde Augen (UT 954)
Tony Hillerman
Tanzplatz der Toten (UT 953)
Petra Ivanov
Stumme Schreie (UT 952)
Jörg Juretzka
Nomade (UT 951)
Gloria Naylor
Die Frauen von Brewster Place (UT 950)
Bernardo Atxaga
Ein Mann allein (UT 949)
Bernardo Atxaga
Obabakoak oder Das Gänsespiel (UT 948)
Petra Ivanov Erster Funke (UT 947)
Kai Hensel Terminal (UT 946)

Mehr über alle Bücher auf *www.unionsverlag.com*

Unionsverlag Taschenbuch

Jürgen Heimbach
Vorboten (UT 945)
Francisco Coloane
Kap Hoorn (UT 944)
Fernando Contreras Castro Única blickt aufs Meer (UT 943)
Michel Jean Kukum (UT 942)
Olli Jalonen Die Himmelskugel (UT 941)
Martina Clavadetscher
Die Erfindung des Ungehorsams (UT 940)
Patrícia Melo
Gestapelte Frauen (UT 939)
Ling Ma New York Ghost (UT 938)
Sylvain Prudhomme
Allerorten (UT 937)
Gianrico Carofiglio
Drei Uhr morgens (UT 936)
Henry James Die Aspern-Schriften (UT 935)
Andrea Barrett Die Luft zum Atmen (UT 934)
Scharuk Husain
Mondfäden und Märchengarn (UT 933)
Karl-Markus Gauß
Die sterbenden Europäer (UT 932)
Bachtyar Ali Perwanas Abend (UT 931)
Mercedes Rosende
Falsche Ursula (UT 930)
Patrícia Melo
Der Nachbar (UT 929)
Andrea Barrett
Schiffsfieber (UT 928)
Sarah Moss Schlaflos (UT 927)

Guy de Maupassant
Auf See (UT 926)
Usama Al Shahmani
In der Fremde sprechen die Bäume arabisch (UT 924)
Alena Mornštajnová
Hana (UT 923)
Garry Disher Hope Hill Drive (UT 922)
Auf die Dame kommt es an (UT 921)
Shahriar Mandanipur
Augenstern (UT 920)
Galsan Tschinag Kennst du das Land (UT 919)
Reginald Arkell
Charley Moon (UT 918)
Karl-Markus Gauß
Die versprengten Deutschen (UT 917)
Sylvain Prudhomme
Legenden (UT 916)
Xavier-Marie Bonnot
Der erste Mensch (UT 915)
Wole Soyinka Aké (UT 914)
José Eduardo Agualusa
Barroco Tropical (UT 913)
Patrícia Melo Trügerisches Licht (UT 912)
Andrea Barrett Die Reise der Narwhal (UT 911)
Howard Fast Spartacus (UT 910)
Petra Ivanov Entführung (UT 909)
Hoeps & Toes Die Cannabis-Connection (UT 908)
Garry Disher Kaltes Licht (UT 907)

Mehr über alle Bücher auf *www.unionsverlag.com*